L'ÉTÉ DE TOUS LES POSSIBLES

JENNIFER NIVEN

L'ÉTÉ DE TOUS LES POSSIBLES

Traduit de l'anglais (États-Unis)
par Vanessa Rubio-Barreau

GALLIMARD JEUNESSE

Titre original : *Breathless*

Édition originale publiée aux États-Unis par Alfred A. Knopf,
une filiale de Random House Children's Books,
un département de Random House LLC,
une entreprise de Penguin Random House, New York.

Pour Justin,
le véritable Jeremiah Crew.
Je t'aime au-delà des mots.

p. 65 : Ray Bradbury, *Fahrenheit 451*, trad. de Jacques Chambon et Henri Robillot, éditions Denoël, 1995. « Remplis-toi les yeux de merveilles (...) Vis comme si tu devrais mourir dans dix secondes. Regarde le monde. Il est plus extraordinaire que tous les rêves fabriqués ou achetés en usine. »

p. 107 : Alex Comfort, *The Joy of Sex*, Penguin Books, 1972.

p. 168 : Ray Bradbury, *Dandelion Wine*, Doubleday, 1957.

p. 290 : Colleen McCullough, *The Thorn Birds*, Harper & Row, 1977.

p. 374 : citation du film *À bout de souffle*, Jean-Luc Godard, 1960.

p. 415 : citation du film *Les Aventures de Peter Pan*, studios Disney, 1953, adapté de la pièce éponyme de J. M. Barrie, 1904.

p. 415 : Oscar Wilde, *L'Âme humaine*, trad. de Nicole Vallée, Arléa, 2006. Texte publié pour la première fois en 1981.

p. 415 : Zelda Fitzgerald, « Eulogy on the Flapper », *Metropolitan Magazine*, 1922.

p. 437 : Ernest Hemingway, *A Moveable Feast*, Scribner, 1964.

Personne n'a jamais pris la mesure,
pas même les poètes,
de ce que le cœur endure.
Zelda Fitzgerald

Tu as été mon premier. Pas seulement pour le sexe, même si c'est un tout, mais le premier à voir clair en moi, au-delà des apparences.

Certains noms et lieux ont été modifiés, mais l'histoire est vraie. J'ai tout couché sur le papier parce qu'un jour, tout cela appartiendra au passé et je ne veux pas oublier ce que j'ai traversé, ce que j'ai pensé, ce que j'ai ressenti… ni qui j'étais. Je ne veux pas t'oublier.

Mais surtout je ne veux pas m'oublier.

MARY GROVE, OHIO

J -8
AVANT LA REMISE DES DIPLÔMES

Quand j'ouvre les yeux, je suis entortillée dans mes draps, avec tous mes livres éparpillés sur le sol. Je sais sans même regarder l'heure que je suis en retard. Je saute du lit, un pied encore empêtré dans le drap, et je m'étale par terre. Je reste une minute étendue là, les yeux clos. À me demander si je ne pourrais pas faire semblant de m'être évanouie et convaincre maman de me laisser sécher les cours aujourd'hui pour rester à la maison.

C'est si paisible, par terre.

Seulement... ça sent bizarre. Entrouvrant les paupières, j'aperçois un truc peu ragoûtant sur le tapis. Peut-être une des friandises pour chat de Dandelion. Je tourne la tête de l'autre côté, c'est mieux par là. Mais j'entends quelqu'un klaxonner dehors. C'est mon père.

Alors je me lève d'un bond parce qu'il va continuer à klaxonner comme un malade jusqu'à ce que je sois dans la voiture. Il me manque un bouquin et une chaussure. Je suis mal coiffée, mal habillée et, globalement, je me sens mal. Mal dans ma peau. J'aurais dû naître en France. Si j'étais française, tout irait bien. Je serais chic et cool, j'irais à l'école à vélo – avec mes affaires dans un petit panier, sur le devant. Et pour commencer, je saurais faire du vélo. Si j'habitais à Paris et non à Mary Grove, dans l'Ohio, ces ballerines iraient beaucoup mieux avec cette jupe, mes cheveux n'auraient pas ces reflets rouge orangé façon tomate ancienne. Bref, je serais une version améliorée de moi-même.

Je fais irruption dans la chambre de mes parents avec ma jupe et mon haut de maillot de bain – le noir que j'ai acheté avec Saz le mois dernier, celui dans lequel je compte passer l'été. Tous mes soutiens-gorge sont au sale. Le placard de ma mère est bien rangé, mais pas avec un soin aussi maniaque que celui de mon père, où tout est noir, gris ou bleu marine, ordonné par couleurs, parce qu'il est daltonien et que ça lui évite de se demander : « Ça, c'est vert ou marron ? » Je fouille sur l'étagère du dessus, puis dans les tiroirs de sa commode, à la recherche de son T-shirt Nirvana vintage, de 1993. Je le lui pique sans arrêt et il me le repique, mais aujourd'hui, je ne le trouve nulle part.

Je ressors sur le palier pour hurler dans l'escalier, en direction de ma mère :

– Il est où, le T-shirt Nirvana de papa ?

J'ai décidé que c'était le seul truc que je voulais porter aujourd'hui.

J'attends deux, trois, quatre, cinq secondes mais la seule réponse que j'obtiens est un nouveau coup de Klaxon. Je retourne dans ma chambre en courant pour enfiler le premier T-shirt qui me tombe sous la main (et que je n'ai pas mis pour aller en cours depuis la seconde) : un Peggy la cochonne à paillettes.

Alors que je passe la porte, ma mère me lance :

– Je viendrai te chercher si Saz ne peut pas te ramener à la maison.

Ma mère est une autrice à succès – romans historiques, documentaires, tout ce qui a trait à l'histoire. Mais elle a beau être débordée en permanence, elle trouve toujours du temps pour moi. Quand on a emménagé dans cette maison, on a changé la chambre d'amis en bureau et mon père a passé deux jours à monter des étagères qui vont jusqu'au plafond pour ses centaines de bouquins de recherche.

Elle a dû remarquer mon expression car elle me prend par les épaules pour me rassurer :

– Hé, ça va aller.

Par là, elle veut dire que ma meilleure amie Suzanne Bakshi (plus connue sous le nom de Saz) et moi, on restera amies après le lycée, malgré la fac et tous les changements qui nous attendent… Je sens son calme, son énergie positive se poser sur mes épaules, comme un oiseau dans un arbre, se propager à mes bras, couler dans mon sang. C'est un des talents secrets de ma mère. Avec elle, on se sent tout de suite mieux.

Mon père m'attend dans la voiture, avec son T-shirt Radiohead sous une veste de costume – ce qui signifie que le Nirvana est au sale. Faudra que je pense à le récupérer en rentrant si je veux le mettre pour la soirée.

Il s'écoule trois ou quatre minutes sans qu'on parle, mais c'est normal. Contrairement à ma mère, mon père et moi, on n'est pas du matin. Il apprécie qu'on fasse le trajet dans un « silence confortable », comme il dit – un concept que Saz refuse obstinément, et c'est pour ça que je ne pars pas au lycée avec elle.

Je regarde par la fenêtre les nuages noirs, bas, qui s'amoncellent dans le ciel comme un cortège d'enterrement, au-dessus de l'université où travaille mon père. La météo n'annonce pas de pluie, pourtant on dirait bien qu'il va pleuvoir – dommage pour la soirée chez Trent Dugan. D'habitude, avec Saz, on passe le week-end à se balader en ville, à chercher un truc à faire, mais cette semaine, c'est différent. Dernière soirée officielle de l'année de terminale.

Mon père passe devant le lycée, traverse le pont, entre dans le centre-ville de Mary Grove – qui consiste en une dizaine de boutiques le long d'une rue pavée, répondant au nom ronflant de « Promenade ». Il s'arrête au bout, où ladite Promenade débouche sur une petite place avec une fontaine. Il sort, fonce au petit trot à la pâtisserie Joy Ann pendant que j'envoie à Saz une photo de l'enseigne avec, en commentaire : Qui aimes-tu le plus au monde ?

Elle répond instantanément : Toi.

Deux minutes plus tard, mon père revient en trottinant toujours. Il esquisse une sorte de petite danse de la victoire, les bras en l'air, agitant son butin. Il monte dans la voiture, claque la portière et me tend le sachet blanc contenant notre petit déj habituel – un cupcake au chocolat pour Saz et, pour nous deux, une livre de mini-cookies, que nous dévorons le temps d'arriver au lycée. Notre rituel secret depuis mes douze ans.

Tout en mangeant, je fixe le ciel chargé de nuages.

– Il va pleuvoir.

– Il ne pleuvra pas, réplique-t-il.

C'est le ton qu'il avait pris pour affirmer : « Il n'osera pas », quand Damian Green avait menacé de me flanquer un coup de poing parce que je ne voulais pas le laisser copier sur moi. « Il n'osera pas » signifiait que, dans le cas contraire, c'est mon père qui débarquerait à l'école pour lui flanquer un coup de poing parce qu'il ne laisserait personne menacer sa fille, pas même un gamin de huit ans.

– Ça risque, dis-je, juste pour le plaisir d'entendre son ton protecteur.

Cette sensation de sécurité que j'éprouvais, perchée sur ses épaules, quand j'avais cinq, six, sept ans.

– Il ne pleuvra pas, répète-t-il.

En première heure, on a atelier d'écriture. Mon prof, M. Russo, me retient à la fin du cours.

– Si tu veux vraiment écrire, et je pense que c'est le cas, il va falloir t'ouvrir davantage pour nous faire ressentir ce que tu ressens. Tu as toujours l'air un peu en retrait, Claudine.

Il me fait aussi quelques compliments, mais je reste sur la critique – que je donne l'impression de ne rien ressentir. C'est fou comme on se focalise sur le négatif alors que le positif passe à la trappe. Je sors de la classe en me disant qu'il ne sait rien de moi. Il ne sait pas que je travaille déjà sur mon premier roman et que je serai un jour une autrice célèbre et que j'aide ma mère pour ses projets de recherche depuis que j'ai dix ans – l'année où j'ai commencé à écrire des histoires. Il ne sait pas que, quand c'est perso, j'ouvre grand les vannes.

Alors que je me rends au cours suivant, Shane Waller, le garçon avec qui je sors depuis bientôt deux mois, me coince devant mon casier pour me demander :

– Je passe te chercher pour aller chez Trent ?

Shane sent bon, il est drôle quand il veut bien et c'est à cause de ça – et, il faut bien l'avouer, de mes hormones débridées – que je sors avec lui.

– J'y vais avec Saz. Mais on se retrouve là-bas.

Shane ne proteste pas car, depuis mes quinze ans, mon père fait attendre tous mes copains dehors – même en plein hiver. Parce qu'il a un jour été ado et qu'il sait ce qu'ils ont dans la tête. Et parce qu'il tient à ce qu'ils sachent ce que *lui*, il a dans la tête.

– OK, à ce soir, alors ! me lance Shane.

Et là, pour me prouver à moi, et à M. Russo, et à tout Mary Grove que je suis une personne bien réelle qui ressent un tas de choses, je fais un truc que je ne fais jamais : je l'embrasse au beau milieu du couloir du lycée.

Quand on se sépare, il se penche à mon oreille et son souffle me chatouille le tympan.

– J'ai hâte.

Je sais qu'il pense – qu'il espère – qu'on va coucher ensemble. Ça fait deux mois qu'il attend que je me lasse de ma virginité et que je décide de « m'offrir à lui » (Je cite. Genre ensuite, je lui appartiendrai.)

Quand j'ai raconté ça à Saz au déjeuner, elle a éclaté de son rire de folle furieuse, à gorge déployée, en faisant danser son carré brun, et a levé sa bouteille d'eau pour porter un toast.

– Je te souhaite bonne chance, Shane !

Parce qu'on sait toutes les deux qu'il n'y a qu'un seul garçon de Mary Grove, Ohio, avec qui j'envisage ma première fois, et ce n'est pas lui. Mais peut-être qu'un jour il me fera tellement rire que j'en perdrai mes moyens… enivrée par l'odeur de son cou, je ne pourrai pas résister, je changerai d'avis et je coucherai avec lui, en fin de compte. J'aimerais bien, mais je ne pense pas que ce soit le bon.

Je résume ça à Saz.

– On ne sait jamais. Il est super drôle, parfois.

– Ouais, il est marrant.

Elle rassemble ses cheveux – épais, raides, lourds, le drame de sa vie – en arrière. Elle n'arrête pas de les couper, de les laisser repousser, de les recouper, de les relaisser pousser…

– Ce serait si terrible que Shane soit mon premier ?

Notre amie Alannis se laisse tomber sur la chaise voisine en décrétant :

– Ouaip.

Elle sort un soda et une barre protéinée de son sac puis lance deux élastiques à Saz.

– Au fait, si ton hymen ne se rompt pas, ça ne compte pas, t'es toujours vierge. Moi, la première fois, j'ai saigné comme un bœuf.

– C'est faux, je réplique. L'hymen ne se rompt pas vraiment. Ce n'est qu'une légende idiote. On ne saigne pas forcément et, encore mieux, on n'a pas forcément d'hymen. Ne sois pas si hétéronormative. La virginité n'est qu'une construction sociale héritée du patriarcat.

Saz lève la main pour me faire un *high five*. Mais j'ai beau être cent pour cent convaincue de tout ce que je viens d'avancer, j'ai quand même hâte de « le faire ». Genre, tout de suite maintenant.

Mara, une autre amie, débarque avec son cardigan boutonné de travers et jette son sac sur la table, déclenchant une pluie de tampons, stylos et gloss. Elle vit dans un chaos permanent, à part en présence de sa grand-mère coréenne très portée sur les traditions. Elle plonge sous la table pour récupérer ce qui est tombé. À quatre pattes, elle lance :

– Hé, les filles, vous saviez qu'on peut commander des hymens sur Internet ? Sur hymenshop.com ! Ils te refont une virginité en cinq minutes chrono, c'est leur argument de vente.

Elle réapparaît et prend son portable pour chercher le site.

– Sérieux ?

Saz lève les yeux au ciel, l'air de dire : « Non mais, ces deux-là ! »

Je réponds en secouant imperceptiblement la tête, genre : « Je sais ! » tandis que Mara nous fait la lecture :

– Ils utilisent paraît-il de la teinture rouge testée dermatologiquement qui ressemble à s'y méprendre à du sang humain. Ils se vantent d'être – tenez-vous bien – « la marque la plus renommée et la plus fiable en matière d'hymens artificiels ».

– Tu parles d'une fierté ! commente Saz.

– Et encore, ce n'est pas le pire, intervient Alannis. J'ai lu qu'en Chine des filles payaient jusqu'à sept cents dollars pour une opération de reconstruction de l'hymen.

Je n'ai plus très faim, brusquement, parce que j'ai beau être complètement obsédée par le sexe en ce moment, l'existence d'un marché de la virginité me semble carrément démente – et je pèse mes mots.

Je me lance :

– C'est antique, comme conception des choses. Comme si le sexe se résumait à pénis + vagin. Environ vingt pour cent des Américains se considèrent comme « pas strictement hétéros », alors c'est quoi cette fixette sur le premier rapport entre une femme et un homme ? Et pourquoi faire tant de cinéma autour de la virginité des filles ? Un mec hétéro qui couche pour la première fois, on n'en fait pas tout un plat. C'est genre : « T'es un homme, maintenant ! » Applaudissements. Eux, ils ne sont pas là à se triturer le cerveau pour trouver des pièces de rechange sur Internet !

Saz s'étrangle de rire. Je suis à fond.

– Et puis, vous avez remarqué comment les gens parlent de la virginité ? On nous l'ôte et hop, elle n'est plus à nous. Comme un objet qui ne nous appartiendrait pas vraiment. On la garde, on la perd. On s'offre. On se fait *dé*puceler… *dé*florer…

– Déflorer ?

Mara me regarde par-dessus son portable.

– Qui dit encore « déflorer » ?

– Les vierges.

Alannis me regarde en haussant ses sourcils parfaitement épilés. Elle couche depuis la troisième.

– Pourquoi vous me stigmatisez toujours pour ça ?

Je tends le menton vers Saz, ma partenaire de vertu. Quand on avait dix ans, Saz et moi, on s'est promis de franchir toutes les grandes étapes de l'existence en même temps – y compris tomber amoureuse et avoir une vraie relation avec quelqu'un, ce qui inclut le sexe, bien entendu – pour que jamais l'une de nous ne se sente larguée. C'était notre manière de jurer qu'on ferait toujours passer notre amitié d'abord et qu'on ne laisserait jamais personne s'immiscer entre nous. Alannis me tapote la main comme si j'étais une pauvre petite fille perdue.

Mara a les yeux rivés à son téléphone.

– Trente dollars seulement pour « remonter le temps et raviver la passion dans la chambre à coucher » !

Là, on explose de rire.

– À la passion dans les chambres à coucher ! entonne Saz.

Nous entrechoquons nos bouteilles d'eau et nos cannettes.

Puis nous oublions hymens artificiels et virginité pour regarder Kristin McNish traverser la cafétéria, menton dressé et ventre rond, comme dans un spot de prévention du planning familial. Le timing parfait.

À la maison, je fouille dans le panier à linge mais point de T-shirt Nirvana ! Je déniche une petite robe noire gisant sur mon tapis et j'enfile par-dessus un T-shirt des Ramones de mon père. Pour le dîner, maman et moi on se commande une pizza parce que papa est retenu au boulot et que c'est lui, le cuisinier de la famille. Sa spécialité, c'est de préparer un menu sophistiqué en accordant plats, vin et musique. Saz adore manger chez nous parce que c'est tout un cérémonial, et moi, j'adore manger chez elle parce que c'est le contraire. Les Bakshi s'installent sur le bar de la cuisine ou devant la télé avec un plat tout prêt ou à emporter, des Mac & Cheese (ma recette préférée : tu ouvres la boîte, tu verses de l'eau chaude, et voilà de délicieux macaronis au fromage)… bref, le genre de trucs qu'on ne mange jamais à la maison sauf si c'est moi qui suis aux fourneaux. Mon père refuse de servir un truc lyophilisé à base de poudre orange.

Quand je vais ouvrir au livreur de pizzas – celui que Saz a surnommé Jack la Terreur alors qu'il s'appelle Matthew et qu'il est super gentil –, je lance un « Oh salut, toi ! » aussi sexy que possible.

– On n'avait plus de limonade, alors je t'ai mis un Sprite à la place, répond-il.

Plus tard dans la soirée, je me retrouve chez Trent, dans la grange, couchée sous Shane, tous mes sens en émoi, complètement chamboulée par la chaleur de sa peau et l'odeur de son cou. Je me dis : « C'est peut-être le moment. Peut-être que je vais la perdre là, maintenant. »

C'est ce que j'aime quand je sors avec quelqu'un. Me dire que c'est peut-être le bon. Juste la bonne lumière. Juste la bonne musique. Une pluie d'amour sur le monde. Bon, je n'ai pas beaucoup d'expérience, comparé à Alannis. J'ai officiellement fait quelques branlettes et trois ou quatre pipes ratées, j'ai eu cinq orgasmes et demi – sans compter ceux en solitaire – et je suis au total sortie avec trois garçons, dont celui-ci.

Shane m'embrasse, ses mains sont partout sur moi – « Oh oui, ici… oh oui, là… c'est bon ». Il m'embrasse pour me faire plaisir parce que, comme beaucoup de gars du lycée, ce n'est pas ça qui l'intéresse. Son but ultime est toujours de mettre la main dans ma culotte. Je le sais et il le sait, il m'embrasse juste pour arriver à ses fins. Et je le laisse faire parce qu'il embrasse bien et que j'aime ça.

Ensuite, il se contente de me peloter, mais ça ne me dérange pas parce qu'il est tellement excité que c'en est contagieux.

Je me dis : « Ne le laisse pas aller trop loin », alors même que je l'aide à déboutonner son jean. Et on s'embrasse à nouveau, de plus en plus goulûment ; j'ai presque l'impression qu'il va avaler ma langue, ma bouche, tout mon visage et j'aime ça et je me serre contre lui et j'en veux toujours plus. J'ai à la fois l'impression de perdre le contrôle et d'avoir le pouvoir. « Qu'est-ce que tu attends ? »

Shane glisse la langue dans mon oreille, mais j'entends toujours la musique dehors. Les rires. Quelqu'un qui crie un truc. Au début, je suis là « Oh, oui... » mais finalement sa langue est tellement humide que pour un peu, je me croirais à la piscine. J'ai envie de chasser la salive en secouant la tête, mais juste à ce moment- là, il me chuchote :

– T'es trop sexy.

Franchement, on ne me le dit pas souvent, alors je recommence à l'embrasser. Mais soudain je repense à la situation : on est en train de se tripoter dans une grange. Alors je me dis : « Ouais, pas mal » et : « Trop cool », mais je n'y crois pas vraiment. Et si je perdais ma virginité avec Shane sur cette botte de foin ? Honnêtement, de tous les scénarios que j'ai envisagés, jamais je n'ai imaginé ma première fois dans une grange.

Soudain, il tire sur mes sous-vêtements, ce qui me ramène à la réalité. C'est-à-dire Shane et moi presque nus dans la paille qui me pique de partout. C'est bizarre, je n'avais pas remarqué jusqu'à présent, concentrée sur la sensation de ma peau contre sa peau, de tous les petits feux d'artifice qui se déclenchent un peu partout dans mon corps, menaçant de mettre le feu à la paille.

Ce n'est pas la première fois que je me retrouve presque nue avec Shane, mais c'est la première fois dans une grange. J'ai la tête qui tourne alors que je n'ai pas bu et, quelque part, ça m'inquiète : si je suis excitée dans ces circonstances – avec la paille qui pique, des copains saouls qui braillent à côté… –, à la fac, je risque de coucher avec n'importe qui. Parce que sortir avec quelqu'un, c'est tellement bon, même quand on n'est pas amoureux. Parfois, c'est sa bouche, ses yeux, ses mains ou le tout. Parfois, ça suffit pour…

Justement ses mains glissent subrepticement vers le bas. Mon côté responsable et réfléchi – celui qui se préserve pour un certain Wyatt Jones – prend un peu de recul, juste assez pour me séparer de Shane, alors que mon côté sensuel tente de poursuivre l'aventure, vautré sur la botte de foin. J'essaie de me concentrer sur lui, de me perdre en lui, mais soudain je ne sens plus que la paille qui me pique le dos, et les feux d'artifice crépitent comme des pétards mouillés si bien qu'il ne reste plus que de la fumée et une vague odeur de brûlé.

Tout à coup, je sens un truc dur et humide contre ma cuisse. Je me décale légèrement pour qu'il ne puisse pas entrer en moi.

– Claude…

Sa voix est rauque et plaintive, ça m'énerve. Sur le moment, je culpabilise un peu parce que, en fait, j'ai toujours su qu'on n'allait pas coucher ensemble. Ça se finit chaque fois pareil, il jouit à l'air libre, sur son T-shirt ou sur ma jambe.

Saz dit que je me sens en sécurité dans ma virginité, comme Raiponce dans sa tour. Que je déroule juste assez ma chevelure pour la faire scintiller au soleil et aveugler le pauvre crétin qui attend en bas, avant de la remonter vite hors de sa portée. Peut-être. Peut-être que ça me rassure. Que Wyatt n'a rien à voir là-dedans. Que je suis bien dans ma petite vie, avec Saz, et mes parents, que je n'ai rien à prouver à personne. C'est mon corps et j'en fais ce que je veux.

Shane me regarde, les yeux révulsés, le souffle court, il se frotte contre ma jambe comme un chien. Le rayon de lune qui filtre sous la porte éclaire à demi son visage. Je dois reconnaître qu'il est pas mal physiquement et qu'il sent bon. Et pour je ne sais quelle raison, il a l'air de m'apprécier. Il n'a pas remarqué que je n'étais plus du tout dans le truc. Je ne lui ai pas dit d'arrêter, je ne l'ai pas repoussé. Jusqu'à ce qu'il s'approche un peu trop et que je murmure :

– Hé ho, doucement, cow-boy.

Il dira à ses potes que je suis une allumeuse ou bien qu'on l'a fait. J'aimerais pouvoir lui expliquer que ce n'est pas tout blanc ou tout noir – le faire ou pas. C'est le fait que ce soit *possible* qui me plaît. Qu'on y soit *presque*. Au bord. Le « Peut-être cette fois-ci, peut-être que c'est le bon ».

J'aimerais lui dire : « L'espace d'un instant, je te sors de toi-même et tu me sors de moi-même, on est au-delà de tout ça, la grange, la paille... parce qu'on est tous ces possibles, ces presque, ces peut-être. »

Mais comme je ne me vois pas bien expliquer le concept de presquitude à un type comme Shane, je préfère m'écarter légèrement. C'est le moment qu'il choisit pour gémir et exploser. Au creux de ma cuisse. Et là je panique parce que j'ai peur que ça coule en moi, alors je roule vite sur le côté en le repoussant.

Il gémit à nouveau, affalé dans la paille. Je m'essuie avec son T-shirt, je redescends ma robe sur mes hanches et je remets tout bien en place. J'entends déjà ce que je vais dire à Saz, le bon mot que je lui réserve : « Contrairement à nombre de nos camarades de classe en cette contrée agricole, je crois que je ne suis pas faite pour batifoler dans les foins. »

Je me relève et, pour faire la conversation, je dis :

– Tu savais que le mot « pucelle », ça vient de *puella* qui veut dire « jeune fille » en latin ?

Je suis un vrai dico de la virginité, surtout dans les situations délicates où je ne sais pas quoi dire. Il soupire :

– Tu me fais penser aux poupées russes, chaque fois que j'en ouvre une, il y en a une autre à l'intérieur. Une foutue poupée et encore une foutue poupée, et je crois bien que personne n'arrivera jamais à toutes les ouvrir.

Il se lève, remet son jean, enfile son T-shirt froissé et poisseux. Comme il contemple la tache, je marmonne :

– Désolée.

– C'est mon T-shirt Snoop Dogg. Putain, Claude !

– Vaut mieux qu'on reste juste amis, dis-je. J'ai envie de répliquer : « Mieux vaut avoir trop de surprises en réserve que pas assez. »

– Nan, sans blague ! réplique-t-il en me plantant là.

Je retrouve Saz à une vieille table de pique-nique, en train de discuter avec une petite bande qui inclut Alannis et Mara, ainsi qu'Ivy, musicienne et gameuse, et sa petite amie qui doit avoir trois siècles, Leah. Ça fait des semaines que Saz et moi, nous inventons tous les scénarios possibles et imaginables où Ivy largue Leah avant de déclarer son amour éternel à Saz. Ou tout du moins accepter de coucher avec elle.

L'un des garçons fait tourner un joint et un autre raconte en détail la soirée étudiante où il est allé le week-end dernier. Leah tend la main à Ivy – pâle fantôme au clair de lune, avec ses longs cheveux blonds aux pointes bleues – et elles s'éclipsent dans la grange de la débauche. Saz les regarde s'éloigner comme si elles venaient d'écraser son chien.

Alors qu'il est à peine onze heures, je lui lance :

– On s'arrache ?

– Bien volontiers, très chère !

Je la prends par les épaules pour traverser le pré, regagner la maison et l'allée de gravier où nous sommes garées. En chemin, je fredonne la chanson qu'on a inventée quand on avait dix ans pour se remonter le moral :

– *Un pot de glace aux cookies,*
Et t'oublies tous tes ennuis !

Une silhouette vient vers nous dans la nuit. Saz me donne un coup de coude.

– 'spèce de malade ! Tais-toi, on va t'entendre !

Ce qui m'encourage à chanter encore plus fort. La silhouette sort de l'ombre, et forcément, c'est Wyatt. En un éclair, j'oublie Saz, Ivy, Shane, les poupées russes et tout ce qui s'est passé avant.

Wyatt va partir bientôt à l'autre bout du pays, à l'autre bout du monde, en Californie, où les filles ont de longs cheveux dorés et de petites robes à bretelles. Saz et moi, on devait y aller aussi, pour le croiser par hasard et faire sa connaissance – deux étrangers en terre étrangère, liés par leurs racines du Midwest, qui, adultes, vont comprendre qu'ils sont faits l'un pour l'autre.

Il me regarde dans les yeux et mes os se liquéfient. Le bruit court qu'il aurait un petit faible pour moi. Qu'il voulait m'inviter au bal de promo mais qu'il n'a pas osé. Et que si, avec ses trois potes, ils ont décoré mon jardin de guirlandes de papier-toilette il y a deux mois, c'est parce que je suis spéciale. Ils n'avaient juste pas prévu que mon coureur de marathon de père les surprendrait et les pourchasserait dans tout le quartier. Je fixe mes pieds, mortifiée par ce souvenir cuisant.

– Salut, dit-il.

– Salut.

Je me force à relever la tête. Ses yeux noisette, sa peau mate, ses épaules larges et ses lèvres… J'ai beau avoir encore mal aux lèvres des baisers échangés avec Shane, j'ai envie de lui.

– Vous partez ?

– Ouais.

– Dommage.

Il déclenche son sourire absolu, plus éblouissant que le soleil, tout ce qui m'entoure sombre dans la nuit à part nous deux. Son père est noir, sa mère était blanche, elle est morte quand il était bébé. Il ne s'en souvient pas mais d'après lui, c'est d'elle qu'il tient son sourire.

Il me parle mais sa voix est couverte par la musique, les rires et quelqu'un qui crie. Nous nous retournons d'un même mouvement. C'est Kayla, qui passe son temps à hurler en soirée. Elle est debout sur la table de pique-nique, brandissant son verre en mode arrosage automatique.

Il la désigne du menton.

– Et dire qu'elle a obtenu une bourse pour Notre-Dame…

J'ai un rire un peu forcé.

– Tu es venue avec Waller ?

– Non, mais il doit être dans le coin.

J'agite la main d'un geste vague genre : « Peu importe. » J'espère que ces quelques mots et ce geste lui permettent de comprendre :

« Je m'en moque car c'est toi qui m'intéresses, Wyatt. Ça a toujours été toi. »

Il hoche la tête, pensif.

– Au fait, j'ai appris que tu étais deuxième de la promo. Bravo.

– Merci.

– Ça veut dire que tu vas aussi faire un discours à la remise des diplômes ?

– Plus court, mais oui.

Jasmine Ramundo, qui est sortie major, doit parler dix minutes, alors que moi, j'ai droit à cinq.

– J'ai hâte de l'entendre !

Il sourit et fait ce truc qui me rend dingue de lui – il contemple le sol, comme si quelque chose de profond et important s'y trouvait. Puis il relève les yeux.

– Tu passes l'été ici ?

– Oui.

– Moi aussi.

Nous nous regardons. Je sens que je rougis de plus en plus car je ne pense qu'à une chose : « Je veux que tu sois mon premier, Wyatt Jones. Si tu me demandais d'aller dans cette grange avec toi, tout de suite, maintenant, je courrais pour arriver la première à la porte, déjà déshabillée. »

Il toussote. Détourne les yeux. Me regarde. Sourit.

– À plus tard, alors.

– À plus.

Il s'éloigne et je me retrouve à une soirée ordinaire, au milieu de gens ordinaires, dont je fais partie.

– On peut rester, si tu veux.

Je me retourne, contemplant Saz en clignant des yeux.

« D'où tu sors, toi ? »

Mais j'ai beau avoir envie d'accepter sa proposition, quand je vois sa tête, je réponds :

– Pas question.

Les amis d'abord. Toujours et à jamais. Je chantonne jusqu'à la voiture.

Une heure plus tard, dans mon lit, je pense à Wyatt. À tout ce que j'aimerais qu'il me fasse. La nuit a englouti ma chambre, cependant la lune fait tout étinceler autour de moi.

Je ferme les yeux. Mais je suis toujours moi, couchée dans mes draps jaunes à pâquerettes, vêtue du pyjashort bleu marine que j'ai eu pour mon anniversaire, et enfouie sous les livres parce que j'adore ça depuis que je suis toute petite.

OK, je suis moi, mais avec Wyatt par-dessus. Wyatt et ses jambes de footballeur, ses épaules de nageur et ses cheveux qui sentent le chlore et le soleil. Wyatt avec son regard brûlant. Il est au-dessus de moi. En dessous. Sa peau contre ma peau. Ses lèvres contre les miennes.

Mon corps est en feu et ma main à l'endroit où j'aimerais que soit la sienne. J'envoie valser les bouquins d'un coup de pied, ils tombent avec fracas. J'ai le nez qui me démange, je me gratte. Un cheveu me chatouille le front, je l'écarte en soufflant dessus.

« C'est pas vrai ! »

« Respire. »

« Concentre-toi. »

« Wyatt. »

« Wyatt. »

Et le revoilà, dans sa triomphale nudité.

« Wyatt. »

Mille épingles me picotent la peau.

Il me demande : « Tu es sûre ? »

Car malgré sa beauté flagrante, ce garçon est d'une timidité légendaire. Quand il prend la parole, c'est toujours de cette voix douce et rauque, réfléchie et attentionnée. Je lui ai bâti toute une vie intérieure dans ma tête, une vie où il est gentil, empathique, sensible et pourtant assez costaud pour soulever une fille – moi, pour être précise – et la jeter sur un lit.

« Oui, je réponds. OUI. »

« C'est toi, Claude. Ça a toujours été toi. »

« Tais-toi, Wyatt. Tais-toi immédiatement. »

Les picotements se propagent dans tout mon corps. Et Wyatt prend l'apparence du garçon que j'ai croisé un jour dans l'avion et qui m'a regardée droit dans les yeux en passant dans l'allée. Et voilà que je me retrouve à bord, en uniforme d'hôtesse de l'air – rouge à lèvres bien rouge, tailleur chic assorti. Ou plutôt bleu marine, pour ne pas jurer avec mes cheveux de clown. Je le suis aux toilettes, il m'attire à l'intérieur et ferme la porte derrière nous. Me soulève et me hisse sur le lavabo. J'enroule mes jambes autour de lui.

Au moment où il m'embrasse, passant la main dans mes cheveux, il se transforme en Jack la Terreur, le livreur de pizzas. On est dans sa vieille Pontiac vintage, ça sent la pizza et la clope, mais je m'en moque parce qu'on est en train de s'arracher nos vêtements. Et là, il se change en M. Darcy.

Non. M. Rochester. Sauf que je ne suis pas Jane Eyre, je suis moi dans un costume ridicule et il m'embrasse à la lueur des bougies. Nous sommes au coin du feu et soudain, je remarque une peau d'ours devant la cheminée. « Y a ça dans le livre ? » Je regarde l'ours qui me fixe de ses petits yeux accusateurs – « Assassins ! » Et c'est tellement déprimant que je me débarrasse du tapis. Du coup, on se retrouve par terre, Rochester et moi, or il gèle parce que Thornfield Hall est un manoir anglais perdu en pleine campagne. Rochester me propose une couverture, mais trop tard, je le congédie.

Et me revoilà en compagnie de Wyatt qui court vers moi, comme dans les couloirs du lycée. Son regard est tellement perçant que je sais que c'est le moment. On est dans sa chambre et ses parents ne sont pas là. Le rythme ralentit, j'entends ma propre respiration, courte et précipitée, j'entends presque la sienne, il me regarde dans les yeux et j'y vois tout se refléter – lui, moi, nous...

Il dit : « Claude... »

Claudine ?

« Claudine. »

Et je le sens. Partout sur moi. Je me moque d'être trop maigre ou trop grosse d'ici ou de là. Parce qu'il me dit : « Tu es belle. »

Je n'ai jamais été aussi proche de quelqu'un. Je suis tout autour de lui et en lui, et j'inspire et... *Yes !* Mon corps décolle du lit. Il flotte dans les airs. C'est un véritable feu d'artifice multicolore dans ma chambre. Des milliers de lucioles tourbillonnent autour de moi et me soulèvent.

J'aimerais rester perchée là-haut, dans cette tempête de guirlandes clignotantes. Hélas, une à une, les lucioles vacillent et s'éteignent. J'essaie de les attraper pour les garder mais doucement, tout doucement, je regagne mon lit.

Le matelas m'accueille et m'absorbe, je suis toute molle, immobile.

Je rouvre les yeux. La seule lueur provient de la lune. Mon corps est lourd, maintenant, si lourd. Je sens que je dérive dans mes draps à pâquerettes, je me dis que j'aurais dû réviser davantage pour le cours de M. Callum et que je n'ai pas retrouvé ma basket gauche et qu'il ne faut pas que j'oublie de rapporter son pull vert à Alannis lundi. Mon esprit dérive vers Shane et la grange, et ma cuisse mouillée, et si une goutte est entrée en moi, et si je tombe enceinte et que j'aie un bébé et que je doive épouser Shane et passer ma vie dans l'Ohio ?

La dernière image que j'ai avant de sombrer dans le sommeil, sous mes draps à pâquerettes, dans mon pyjama bleu marine, c'est Wyatt qui murmure : « À plus alors... », ce qui peut vouloir dire n'importe quoi parce que la vie n'est qu'une infinité de possibles.

J – 7
AVANT LA REMISE DES DIPLÔMES

Il est presque onze heures et je suis dans ma chambre, au téléphone avec Saz. Nous discutons de nos projets pour l'été. Et surtout de notre road trip pour explorer l'Ohio en long en large et en travers avant de lui dire adieu à jamais, ou tout du moins pour les quatre prochaines années. Nous avons acheté des maillots de bain assortis (noir pour moi, rouge pour elle) et des sacs à dos Kånken (bleu ciel pour moi, jaune pour elle) ; Saz a le droit d'emprunter la voiture une ou deux semaines. Elle veut partir du nord, moi du sud, nous rions et parlons toutes les deux en même temps, si bien que je n'entends pas frapper à la porte.

Elle s'ouvre brusquement ; mon père se tient sur le seuil. Il fait une de ces têtes en contemplant les posters au mur, les jeans, robes et T-shirts en boule par terre, les livres partout, et moi, perchée sur une montagne de vêtements, comme si j'étais au sommet du Kilimandjaro. Je glousse toujours, tout en me demandant quand il est venu dans ma chambre pour la dernière fois.

Je devrais me douter de quelque chose, mais non. Je me contente de dire :

– Je suis au téléphone.
– J'aimerais te parler.
D'un coup, je ne rigole plus du tout et Saz non plus.
– C'est ton père ? s'étonne-t-elle.
Elle paraît aussi surprise que moi.

Il se pose au coin du lit, les pieds à plat par terre, prêt à bondir et filer à tout instant. Au début, j'ai peur qu'il soit arrivé quelque chose à ma mère. Ou qu'il m'annonce que le chien est mort, ou le chat, ou mes grands-parents. Je fouille dans ma mémoire, essayant de me rappeler quand il s'est assis sur mon lit comme ça pour me parler, et je ne trouve aucun souvenir postérieur à mon treizième anniversaire, date à laquelle il s'est tourné vers ma mère pour décréter :

– Je ne parlais déjà pas ado quand j'en étais un. Elle est entre tes mains, désormais.

Je m'assieds à côté de lui, pas tout près. Je me demande où est ma mère, justement, et si elle sait qu'il est là. C'est à ce moment-là qu'il se lance :

– Ta mère m'a demandé de venir te parler...

Je pense direct à l'épisode de la grange avec Shane. « Pourvu qu'ils ne soient pas au courant, pitié ! » Ce serait l'horreur, parce que, jusque-là, je mène une petite vie tranquille, sans le moindre drame – ce qui explique manifestement pourquoi je suis incapable de faire passer un quelconque sentiment par l'écriture. Sincèrement, je n'ai même jamais eu de carie.

Puis mon père se racle la gorge et se met à parler d'une voix grave et posée, radicalement différente de sa voix habituelle. Et voilà qu'il se met à pleurer – un truc qui n'est jamais arrivé depuis que je suis née.

« Non, arrête. Ne pleure pas. Un papa, ça ne pleure pas. »

C'est complètement idiot, je sais, mais bon.

Je pense que je dis tout haut :

– Ne pleure pas.

Ou peut-être que je ne dis rien.

Parce qu'il est en train de m'avouer qu'il ne nous aime plus, maman et moi,

que les dix-huit dernières années de ma vie...

les dix-huit années qui constituent ma vie entière...

n'ont été qu'une sinistre plaisanterie et qu'il ne nous a en fait jamais aimées, pas un seul instant,

ou peut-être juste un peu, mais que l'amour s'éteint vite lorsque les objets d'amour sont aussi peu aimables que ma mère et moi,

et que, malheureusement, c'est notre faute s'il ne veut plus de nous.

Qu'il a besoin de partir loin, de ne plus jamais nous voir parce que notre simple présence le rend malade. Il parle toujours mais je ne l'écoute plus. Je suis trop concentrée sur les larmes qui coulent sur sa barbe de trois jours avant de disparaître. « Où vont-elles ? »

– Clo, dit-il.

Mon surnom. Il n'y a que lui qui m'appelle comme ça. Un petit nom secret pour nos descentes clandestines à la pâtisserie avant les cours, nos glaces mangées en douce avant le dîner, nos virées en voiture au-dessus de la vitesse autorisée, et nos soirées film d'horreur. Tout ce que maman est trop « maman poule » pour autoriser. Même si toute ma vie, ça n'a été que Claudine et Lauren, Lauren et Claudine, les filles Llewelyn, parce que maman n'a jamais pris le nom de mon père et qu'on a toujours été plus

Llewelyn que Henry. Ce qui signifie qu'on croit à la magie, qu'on voit la vie comme une infinité de possibles, plutôt que de se concentrer sur le côté pratique (c'est-à-dire tristement réaliste) des choses.

Pendant ce temps, mon père se tenait sur le bord du terrain, toujours moins à fond que nous, il regardait, applaudissait, participait tant qu'il pouvait. Tout le monde nous a toujours appréciées, nous, les deux Llewelyn. Tout le monde, apparemment, sauf lui.

– Clo, ce n'est pas que je ne tiens pas à vous.

Le sol de ma chambre se dérobe alors sous mes pieds, je les fixe en me demandant comment je vais faire pour tenir debout. Il n'arrive même pas à prononcer le verbe « aimer ». Genre : « Ce n'est pas que je ne vous aime pas. »

Il déclare :

– C'est juste que je ne supporte plus la vie de famille.

Peut-être qu'il ne l'a pas formulé comme ça, mais en tout cas, c'est ce que j'ai entendu. J'arrête de regarder les larmes qui coulaient dans sa barbe pour fixer l'endroit où se tenait le sol un instant plus tôt. C'est la seule question qui tourne en rond dans ma tête : comment se fait-il que le sol se soit dérobé sous mes pieds, comme ça, sans prévenir ? On ne pense jamais au sol sur lequel on prend appui, parce qu'on est persuadé qu'il sera toujours là. Jusqu'au jour où il disparaît.

En réalité, la conversation se déroule plutôt comme ça :

Papa :

– Il faut que je te parle.

Moi :

– D'accord.

– Je ne veux pas que tu t'imagines qu'il y a quelqu'un d'autre. Je tiens à ce que tu le saches. Mais ta mère et moi, on se sépare. Et elle m'a demandé de te l'annoncer parce que ce n'est pas sa décision, c'est la mienne.

Il détourne la tête en disant cela. Puis :

– Je ne peux pas. Je ne peux pas vivre comme ça.

Il ajoute :

– Ce n'est pas ta faute, ni celle de ta mère. C'est moi. On est restés ensemble le temps que tu finisses le lycée, pour ne pas te perturber. On va cohabiter encore deux semaines, puis on se séparera.

Quand il prononce ce mot, j'imagine un cœur ouvert en deux, un membre sectionné.

– Mais hier, tu m'as conduite au lycée.

« Hier, tout était normal. On a mangé des cookies, on a fait le trajet dans un silence confortable en fonçant comme des malades. »

– Ça fait un moment que ça couve, reprend-il. Mais on voulait faire au mieux pour toi, pour ta mère, pour moi.

« Il était donc au courant quand on a traversé le pont, puis la ville, quand on a mangé nos cookies. »

Je me sens trahie. Abandonnée. Pendant toutes ces années, même si c'était surtout Claudine et Lauren, Lauren et Claudine, j'avais l'impression qu'on était mariés tous les trois ; je viens juste de me rendre compte que ça ne concernait qu'eux deux.

– Je ne veux pas que tu en parles à qui que ce soit, Clo. Pas même à Saz. Pas tant qu'on n'a pas tout réglé. Je sais que tu adores Saz et ses parents, mais ce sont aussi nos amis, et nous ne sommes pas prêts à le leur dire. Ni à personne, d'ailleurs. Pas encore.

Je suis tellement assommée que je ne réagis même pas. Je ne

demande pas pourquoi. Je ne réplique pas : « Tu n'as pas le droit de me dire à qui je peux en parler ou pas. Tu n'as pas le droit de me dire que c'est la fin du monde et ensuite me demander de garder le secret. »

Non, je reste juste assise sur mon lit, complètement vide, à me tordre les mains, à me tordre le cœur, les pieds qui pendent dans le vide parce que le sol s'est volatilisé.

Sa voix est lointaine quand il reprend :

– On est dans une si petite ville... la dernière chose dont on ait besoin, c'est que les gens discutent de nos histoires, à ta mère et à moi, parce qu'ils n'ont rien de mieux à faire. Ça rendrait les choses plus difficiles encore, et je ne veux pas qu'ils te fassent souffrir inutilement...

Après ça, je n'entends plus rien.

Une fois qu'il a quitté la pièce, ma mère vient et me prend dans ses bras. Elle me propose d'en parler si j'en ai envie, parce que c'est important de parler, de sortir les choses. « Il faut que tu laisses couler les larmes, répète-t-elle sans arrêt. Parce que sinon, elles finiront par sortir plus tard, mais peut-être sous une autre forme, comme de la colère, ou pire. »

– Alors c'est vrai, je dis.

– C'est vrai.

Et tout à coup, la douleur me foudroie, électrise mes mains, mon cœur, tout mon corps que je croyais vide et mort. Me plie en deux. J'ai l'impression qu'une bombe vient de tomber dans ma chambre, pile sur ma tête.

– Je sais que c'est soudain. Que ça fait beaucoup. Je suis désolée. Vraiment désolée.

Elle me serre plus fort contre elle.

– Papa a dit que je ne pouvais en parler à personne.

Je me demande si elle m'entend, ma voix est si lointaine, comme si j'étais enfermée dans une maison sombre, vide, sans porte ni fenêtre.

– Pas en dehors de la famille, le temps qu'on règle tout ça.

Je m'efforce d'étouffer l'espoir que fait naître ce « le temps qu'on règle tout ça », comme si rien n'était encore décidé, rien d'irréparable.

– Comment je vais faire pour passer mes vacances avec Saz si je ne peux rien lui dire ?

– Je pense que votre road trip n'est plus d'actualité, Claude. Tout du moins pas pour le moment.

– Mais… on a tout prévu.

– Je sais, je suis désolée.

Je vois bien qu'elle est aussi perdue que moi.

– Pour être honnête, j'ai du mal à reprendre pied, moi aussi.

Elle se tait, je l'entends presque choisir ses mots avec soin.

– Mais ce que tu ne dois jamais oublier, c'est que ça n'a rien à voir avec toi. Ton père et moi, nous t'aimons plus que tout.

Après son départ, je reste dans mon lit. Cette fois pas de pile de bouquins, pas de fantasmes sur Wyatt, ni de projets de road trip. Je suis seule avec moi-même, à me demander où est passé le sol, mon socle, mon point d'appui.

Je reste là très longtemps.

La maison est plongée dans un profond silence à part quand j'entends la porte du garage grincer et la voiture de mon père démarrer. Un peu plus tard, on gratte à ma porte. C'est Dandelion qui veut entrer. Sauf que je ne peux pas bouger. Alors je reste là.

Encore et encore.

Quand le Vésuve est entré en éruption, ça a pris les habitants de Pompéi de court. Pourtant les écrits d'un survivant nous apprennent qu'il y avait eu des signes avant-coureurs : des fumerolles, des secousses annonciatrices de la catastrophe. « Comment se fait-il que je n'aie rien vu ? Comment se fait-il que je ne m'en sois pas doutée ? »

Je repense à toutes les personnes au cours de l'histoire, dont la vie a basculé en un instant, par exemple la femme dont je tiens mon prénom, Claudine Blackwood, la grand-tante de maman, qui n'avait que cinq ans lorsque sa mère s'est tiré une balle dans sa chambre à coucher. Un jeudi, après le petit déjeuner, son père venait de quitter la maison quand Claudine a entendu un coup de feu et a trouvé sa mère, gisant dans une mare de sang. C'est l'une de ces tragédies que ma mère qualifie de « tournant décisif » : l'instant où une vie vole en éclats, et où on n'a plus qu'à ramasser les morceaux. Selon elle, c'est la manière dont on ramasse et on recolle les morceaux qui fait de nous ce que nous sommes.

Tante Claudine et son père sont malgré tout demeurés dans cette maison, sur une petite île de Géorgie, après le drame. Elle a passé quelques années dans un internat pour filles du Connecticut, puis elle est revenue sur l'île pour de bon à dix-neuf ans. À la mort de son père, elle a hérité de la maison. Je me suis souvent demandé comment elle faisait pour vivre à l'endroit même où sa mère s'était suicidée, pour passer devant la porte de cette chambre jour après jour, année après année.

De toute sa famille, c'était tante Claudine que ma mère préférait. Quand elle avait dix ans, elle est allée lui rendre visite et a vu le trou qu'avait creusé la balle dans la porte du placard. On pouvait y mettre un doigt. Sur les photos, Claudine a l'air d'une femme énergique et soignée, avec son petit carré blond et ses trois gros teckels qui la suivaient partout. Vêtue d'une simple chemise sur un pantalon en toile beige, elle avait pourtant le port d'une reine, selon ma mère.

J'aimerais pouvoir demander à tante Claudine si, en y repensant, elle avait repéré des signes avant-coureurs du geste de sa mère. Hélas, elle est morte avant ma naissance. Peut-être avait-elle remarqué quelque chose mais rien n'est moins sûr. Car elle n'avait que cinq ans à l'époque. Les souvenirs qu'elle avait de sa mère, et de la fille qu'elle aurait pu être si le coup n'était pas parti, ont disparu avec elle. Elle n'a laissé ni mari ni enfant, personne qui pourrait nous expliquer pourquoi elle est restée toute sa vie dans cette maison, sur cette île, au large de la côte de Géorgie.

Je me demande : « Est-ce un tournant décisif pour moi ? Qu'est-ce que je vais bien pouvoir faire de tous ces morceaux ? »

À un moment, je me rends compte qu'il faut que je réagisse. Que rester affalée comme ça n'arrange rien. Alors je consulte mon téléphone. Saz m'a envoyé quinze SMS et laissé trois messages vocaux. Au lieu de descendre pour prendre mon « petit déj amélioré » du samedi comme dit papa, j'éteins mon portable puis je prends mon cahier et mon stylo sur ma table de nuit. Depuis toujours, j'invente des histoires à partir de tout et n'importe quoi, parce que j'estime que tout ou n'importe quoi a bien le droit d'avoir une histoire. Même une vieille bille coincée entre deux briques du mur de la cave : « Comment s'est-elle retrouvée là ? Qui l'a enfoncée dans ce trou ? Et pourquoi ? »

Ce que personne ne sait, c'est que j'écris un roman. Un mauvais roman, interminable, que j'adore même s'il n'y a aucune intrigue, environ sept cent cinquante personnages et que je ne le terminerai sans doute jamais. Pour l'instant, il remplit trois cahiers et je continue à écrire. Un jour, je le jetterai au feu... ou bien je le taperai sur mon ordi.

J'ouvre mon cahier. Je débouche mon stylo.

Je fixe la page blanche.

Elle me fixe.

– Arrête de me fixer comme ça !

J'écris mon prénom, juste pour lui montrer qui est la cheffe.

Claude.

Je l'entoure.

Je l'entoure encore et encore. Je l'entoure tant et si bien que mon prénom a l'air prisonnier d'un nuage furibond.

J'écris alors mon nom complet. *Claudine Llewelyn Henry. Llewelyn*, le nom de jeune fille de ma mère. Je raye le Henry et j'écris en dessous *Claudine Llewelyn.*

Peut-être est-ce mon nom désormais.

Je ramasse mon téléphone, je le rallume et j'appelle Saz.

– Qu'est-ce qu'il voulait, ton père ?

– Quoi ?

– Ton père, répète-t-elle. Il voulait quoi ?

– Rien. Me parler de la remise des diplômes. Mes grands-parents viennent écouter mon discours.

Et en même temps, je pense : « Oh, c'est pas vrai, je ne suis pas en train de faire ça... de lui cacher ce qui se passe. »

Je regarde le creux de mon bras. Je me suis pincée si fort que j'ai un bleu.

– T'as l'air bizarre. T'es sûre que ça va ?

– Oui, oui. Juste un peu fatiguée. Je n'ai pas beaucoup dormi.

J'ai envie de lui dire, même si mon père me l'a défendu, même si ma mère est de son avis. J'ai envie de lui parler de la bombe qui vient de s'abattre sur ma tête, sur mon cœur. Mais ça rendrait les choses plus réelles, alors que, pour l'instant, ça me semble irréel. Alors à la place, je demande :

– Tu fais quoi ce soir ?

Juste pour voir, je me pique avec mon stylo encore et encore, jusqu'à ce que ma peau soit bleue, d'encre ou d'hématome.

– Rien. Je suis en train de regarder un film tout en fabriquant une poupée vaudoue de Leah.

– Tu peux prendre la voiture ?

– Ouais, sûrement. T'as qu'à passer à la maison.

Saz habite à deux pas.

– OK.

– Ou alors on peut aller à Dayton.

L'idée de rouler vite avec la musique à fond m'enthousiasme plus.

– Encore mieux.

– Tu es sûre que ça va ?

Je regarde la page où j'ai écrit mon prénom trois cents fois. Les petits points bleus sur mon bras.

– Ouais, ouais.

On raccroche. Je me prépare à attendre dans ma chambre pendant cinq ou six heures pour ne pas avoir à descendre et croiser ma mère.

Saz conduit. Elle a une petite Honda qu'elle partage avec son frère Byron. On roule vite avec la musique à plein volume et les vitres baissées. On ne parle ni d'Ivy, ni de Wyatt, ni de Shane. On se fond dans la nuit, le vent, la chanson. On braille à en avoir la voix cassée.

C'est notre truc, à Saz et à moi. Deux copines qui ont grandi dans une ville trop petite. C'est la première personne qui m'ait fait me sentir chez moi à Mary Grove. Notre point commun, c'était qu'on n'était pas d'ici. On était des parias. À dix ans, quand on s'est rendu compte qu'on voulait toutes les deux être écrivaines, on a décidé qu'on quitterait Mary Grove pour devenir quelqu'un. Quitter cette ville, quitter l'Ohio, c'est une question de survie, on en était déjà conscientes. C'est à ce moment-là qu'on a commencé la liste : la liste de tout ce qu'on ferait quand on serait libres. En CM2, on a formé un groupe de filles pour pouvoir partir plus tôt. On n'était pas très douées pour jouer de la musique, plus pour l'écouter. Et notre passion éclectique pour tous les genres et toutes les époques nous a permis de découvrir Françoise Hardy et les filles yéyé. À la faveur d'un exposé pour notre cours de français de cinquième, ces femmes des années 1960 – chics et exotiques – nous ont transportées loin de notre petite ville du Midwest et ont été à l'origine de notre obsession pour tout ce qui est vintage ou qui vient de France.

À Dayton, nous nous asseyons sur les marches de l'Institut des arts – fermé mais éclairé de l'intérieur. Blotties l'une contre l'autre, luttant contre le vent et le froid – alors que l'été approche –, nous regardons le ciel virer du gris au bleu marine, en passant par toutes les nuances de doré et de rose. La lune apparaît, bientôt suivie par les étoiles, qui brillent trop fort. C'est presque injuste.

À onze ans, Saz a commencé à se dire qu'elle avait dû être adoptée parce que ses frères, si discrets et calmes, et ses parents, si discrets et calmes, ne la comprenaient absolument pas. Nous avons donc décidé qu'elle devait être une enfant trouvée. Et même si j'aime mes parents et que je leur ressemble comme pas possible, j'ai décidé que moi aussi. Bien que Saz soit lilliputienne alors que je suis montée sur échasses, qu'elle ait la peau mate et moi des taches de rousseur, des cheveux bruns et lisses et moi une tignasse rousse, nous nous sommes imaginé que nous étions sœurs. Séparées à la naissance. Arrachées à notre famille d'origine. Nous avons écrit l'histoire de nos vrais parents, nos vrais frères et sœurs, et des gens qui nous avaient enlevées. À treize ans, nous avons échafaudé un plan. Après le lycée, on partirait en Californie pour prendre un appart ensemble et vivre de notre plume. Au fil des années, nous sommes devenues de plus en plus proches, au point qu'il est difficile de savoir où commence Saz et où finit Claude.

Et pourtant, à la rentrée, nous irons dans des facs différentes. Moi à Columbia, à New York. Saz à Northwestern, à Chicago. D'un commun accord, nous avons décidé de ne pas aborder le sujet avant la fin de l'été parce que nous ne supportons pas l'idée d'être séparées.

Saz sort une bouteille de vodka de son sac. Elle me la tend, j'en bois une gorgée. J'ai beau détester le goût, j'aime la brûlure, la sensation de chaleur dans ma poitrine quand j'avale. Comme si j'avais une petite chaudière à l'intérieur. Nous restons assises là, à contempler la ville. On vient ici depuis la seconde, quand on n'a pas envie de parler mais qu'on a besoin de se remonter le moral. C'est « notre » Institut des arts, comme la I-70 est « notre » autoroute et Mary Grove « notre » ville, même si on n'a rien à faire là.

Je lui rends la bouteille, mais elle secoue la tête.

– Je conduis.

Alors je bois un coup pour elle.

– Hen, fait-elle. J'ai un truc à te dire.

Elle m'appelle Hen, diminutif de Henry, diminutif de Claudine Henry depuis qu'on a dix ans. J'ai envie de répliquer : « Lew. Appelle-moi Lew, je suis Claudine Llewelyn, maintenant. »

« J'ai un truc à te dire aussi », je pense.

Elle expire longuement comme si elle retenait son souffle depuis une éternité.

– J'ai couché avec Ivy.

Et avant que je puisse protester « Attends, on l'a vue avec Leah hier soir... ça date de quand ? », elle s'excuse :

– Je suis désolée de ne pas te l'avoir dit quand c'est arrivé.

Je réplique le premier truc qui me passe par la tête :

– Mais elle a une copine.

– Ça fait un moment que leur couple, ça va, ça vient.

– Et quand est-ce que tu as couché avec elle ?

– Il y a trois semaines. Tu te rappelles quand Mara et moi, on est allées chez Adam Katz ? Toi, tu passais le week-end avec Shane.

– Oh..., fais-je.

« Il y a trois semaines. »

– Je sais qu'on était censées attendre... tomber amoureuses et faire l'amour pour la première fois en même temps, mais on avait dix ans quand on s'est fait cette promesse, Hen. Tu sais que j'ai déjà eu des histoires. Pas tellement. Pas autant qu'Alannis.

– Personne n'a autant d'histoires qu'Alannis.

– Ouais, c'est sûr. Mais... je ne sais pas... personne n'a jamais autant compté pour moi. Pas à ce point. Enfin, je veux dire, ça comptait mais ça ne me touchait pas là.

Elle mime son cœur qui palpite.

– Je n'ai rien vu venir. Je ne l'ai pas vue venir. C'est normal, j'imagine.

Elle sourit, perdue dans ses souvenirs d'Ivy.

Bizarrement, cette nouvelle m'atteint presque autant que la séparation de mes parents, parce que c'est un autre secret qu'on a omis de me dire.

« Je suis le genre de personne à qui on pense devoir cacher des choses. Et tout ce que je croyais vrai n'est en fait pas vrai. »

J'ai du mal à respirer. Je baisse les yeux vers les marches en béton... qui ont disparu. Il n'y a plus que du vide entre le sol et moi.

Je me racle la gorge, qui est soudain complètement sèche.

– Pourquoi tu ne m'as rien dit ?

– Je ne suis pas sûre... J'aurais dû t'en parler. Mais j'ignorais ce que ça allait donner, ce qu'on était l'une pour l'autre, Ivy et moi. Je voulais d'abord le savoir.

– Et alors ? Maintenant tu sais ?

– Non, pas vraiment. Pas encore. Seulement, je ne voulais pas attendre plus longtemps sans t'en parler.

– Tu veux dire que tu ne voulais pas garder le secret plus longtemps.

– Ouais.

J'ai beau être assise là, avec mon propre secret, ça fait mal. Comme une plaie ouverte. J'ai envie de revenir en arrière, de reconstruire les marches pour qu'on puisse être assises côte à côte comme avant.

– C'est Ivy qui t'a demandé de ne rien dire ? Parce qu'elle était encore avec Leah ?

– Non. C'est moi, je préférais ne pas t'en parler. Et puis, la virginité, c'est subjectif, Hen. Un concept élaboré par les vieux mâles blancs hétéros qui dirigent ce pays, ou leurs homologues d'autrefois, pour nous faire sentir inférieures, diminuées, incomplètes. Pour moi, ça n'a aucune importance.

– Mais ta première fois avec Ivy, ça, c'était important.

– Oui, super important, confirme-t-elle, et sa voix se brise.

Elle se brise littéralement d'émotion.

Je devrais ravaler ma colère et ma peine pour lui demander de me raconter comment ça s'est passé, ce qu'elle ressent, où elle en est avec Ivy. Je devrais lui poser des questions, parce que c'est une étape importante de sa vie, et que je le veuille ou non, visiblement, il faut compter avec Ivy. Mais quand j'ouvre la bouche, la seule chose que je suis capable de dire, c'est que si ça se trouve, je suis enceinte de Shane.

– Tu sais qu'on n'est plus dans les années 1950, hein ? Tu aurais des solutions si jamais tu étais enceinte – ce qui n'est évidemment pas le cas.

– Il m'a dit que j'étais comme une série de poupées russes : chaque fois qu'il en ouvre une, il y en a une autre à l'intérieur.

Je baisse les yeux vers l'endroit où devraient se trouver les marches, mais ici aussi, le sol s'est volatilisé.

– On sait toutes les deux qu'il n'y a qu'une seule poupée dans laquelle il a envie de pénétrer.

Dayton est à une cinquantaine de kilomètres de Mary Grove. Au lieu de parler, on met la musique si fort que je la sens pulser dans mes veines, vibrer dans mes os. Saz conduit le coude en appui sur la portière. Elle prend un virage un peu vite et on braille sur la chanson. Je retiens mes cheveux d'une main parce qu'à force de les prendre dans la figure, je vais finir par tous les avaler. De ma main libre, je bois la vodka au goulot. Avec l'alcool brûlant et la musique à fond, je me sens vivante.

Vingt minutes plus tard, on est à Mary Grove – Saz conduit encore plus vite que mon père.

À la lueur du tableau de bord, j'examine le creux de mon bras.

Tous ces petits bleus parce que, depuis ce matin, je n'arrête pas de me pincer pour être sûre que je ne rêve pas.

Nous arrivons dans mon quartier.

« Il est encore temps de lui dire. »

Nous descendons la colline.

« Je peux lui dire maintenant. »

Un virage, puis un autre.

« Je peux ouvrir la bouche et laisser les mots sortir, comme ça, elle saura et elle pourra m'aider à comprendre. Et je ne serai plus seule. Et tout sera bien réel. »

La voiture s'arrête devant chez moi. Nous restons à l'intérieur un moment, à écouter la musique. Je n'ai pas envie de rentrer. Je n'ai pas envie de voir mes parents.

Mais je ne peux pas rester là éternellement parce que Saz va vouloir savoir ce qui se passe, alors je commence à sortir de la voiture. Elle se penche pour poser une main sur mon bras, elle me retient.

– Ça ne veut pas dire que c'est fini entre nous, tu sais ? Pas seulement New York et Chicago, mais Ivy et moi. J'aime cette fille et c'était le bon moment, mais ça ne change rien à ce qu'il y a entre nous.

– Je sais.

Pourtant mon cœur se serre. Elle a rompu notre promesse. C'était peut-être une promesse idiote. Une promesse faite par des gamines de dix ans. Mais le pire, c'est qu'elle m'ait caché ce qui s'est passé. Alors qu'on n'est même pas encore diplômées, même pas encore parties de la maison. Combien de secrets y aura-t-il entre nous une fois qu'elle sera à Northwestern et moi à Columbia au lieu d'être ici ensemble à Mary Grove ?

« Toutes les choses ont une fin, qu'on le veuille ou non. »

Peut-être que ça ne me dérangerait pas autant si je n'avais pas, moi aussi, un secret, un secret qui appartient à mes parents et qui me pèse. Un secret dont je ne veux pas.

Je m'oblige à lui prendre la main en disant :

– J'aurais aimé qu'on aille en Californie.

– Moi aussi.

Je croise son regard noir et brillant. Saz a toujours mille et une idées à la fois. Mais là, ses yeux sont fixes, et derrière la joie de son histoire avec Ivy, je vois l'inquiétude et la tristesse, peut-être même la peur que je lui en veuille.

– Je ne pourrais jamais t'en vouloir. Surtout pas t'en vouloir d'avoir suivi ton cœur.

« Surtout quand moi aussi je fais des cachotteries. »

– Promis ? dit-elle.

– Promis.

Son soulagement est palpable. Elle serre ma main dans la sienne. Et de l'autre, elle prend la bouteille de vodka. En boit une gorgée maintenant qu'elle est tout près de chez elle.

Elle dit tout bas :

– Je l'aime vraiment beaucoup.

C'est comme une mort soudaine. L'ancienne Saz et l'ancienne Claude ont brusquement disparu. Je serre sa main dans la mienne, parce que sinon je risque de fondre en larmes et de craquer complètement. Alors je la prends dans mes bras, longtemps, tout contre moi, avant de sortir de la voiture.

– Hé, fait-elle en se penchant à la fenêtre, les yeux brillants. Je t'aime plus que les Oreo, Ariana Grande et l'été.

On a ce rituel de « Je t'aime plus que… » depuis des années parce qu'on s'aime plus que trois petits mots et qu'on a besoin de l'exprimer.

– Je t'aime plus que les Mac & Cheese, Zelda Fitzgerald et le printemps.

Mais ma phrase tombe platement sur le trottoir.

Elle lève la main pour qu'on croise nos petits doigts. Je le fais mécaniquement.

Puis je claque la portière et je m'engouffre dans la maison.

J -6
AVANT LA REMISE DES DIPLÔMES

Le lendemain matin, je me réveille dans un monde différent. Une différence que je sens, plus que je ne la vois. Comme si un principe aussi évident que la gravité s'était subtilement modifié.

Il y a une nouvelle de Ray Bradbury où un homme fait appel à une entreprise organisant des « safaris dans le temps » pour retourner à la préhistoire et avoir le privilège de tuer un dinosaure. Il n'a le droit d'en tuer qu'un seul, un bien particulier, choisi parce qu'il est vieux, malade et qu'il va mourir de toute façon. De cette manière, en le supprimant, l'homme ne changera rien à l'équilibre des choses. Il est censé marcher exclusivement sur le sentier aménagé par l'entreprise, avec interdiction formelle de s'aventurer en dehors. S'il tue n'importe quoi d'autre, il risque de bouleverser l'avenir du monde.

Et bien sûr, il quitte la piste et ils sont à deux doigts de le laisser là-bas, mais finalement quand ils le ramènent dans le présent, le monde semble en tous points identique à celui qu'il avait quitté. Sauf que non, ce n'est pas le même. Et là *tada*, il trouve un papillon écrasé sous sa semelle. Et il comprend qu'il a radicalement changé le cours des choses.

« Aucun moyen de savoir dans quel monde on vit désormais. »

C'est exactement l'impression que j'ai dans ma chambre, ma maison, ma vie. Maman, papa, Saz, le Soleil, la Terre. L'atmosphère. Les étoiles. Le sol sous mes pieds. Volatilisés.

LA SEMAINE DE LA REMISE DES DIPLÔMES

Les jours suivants passent dans une sorte de brouillard. Le calme après la tempête. Comme après un cataclysme, le monde semble s'être arrêté. Mes parents et moi, nous manœuvrons avec précaution, telles des figurines de verre dans une maison de verre, et quand nous sommes à l'extérieur, nous sommes plus prudents encore, pour ne rien laisser paraître.

Mon père et moi, nous nous retrouvons rarement en tête à tête. Je demande à Saz si elle peut me conduire au lycée cette semaine, en prétextant qu'il doit arriver tôt au boulot. Elle parle pendant tout le trajet mais j'apprécie que ses mots remplissent le silence, le vide qui s'est fait en moi.

À la maison, dès que mon père entre dans la pièce où je suis, je m'empresse de trouver une excuse pour filer.

Je ne sais pas quoi lui dire. « S'il te plaît, fais revenir mon père parce que je ne connais pas cette personne qui a décidé de nous quitter, maman et moi. Et je ne veux pas la connaître. Je ne te reconnais plus. »

Il a l'air de le comprendre parce qu'il n'insiste pas. En revanche, ma mère reste dans les parages. Mais le plus bizarre, c'est qu'ils ont un comportement assez normal en dehors de ça. Courses, ménage, soirée Netflix, dîner en famille à part un ou deux soirs où papa travaille tard. Mais ça aussi, c'est normal.

Alors que nous reprenons nos rôles habituels, je sens une petite flamme d'espoir grandir dans ma poitrine. « Peut-être qu'il ne va pas le faire, en fin de compte. Peut-être que c'est juste une crise de la cinquantaine par laquelle passent tous les pères. Peut-être que maman l'a convaincu de rester. Peut-être que c'était juste une passade. »

Je fixe le sol de ma chambre pour m'assurer qu'il ne cédera pas comme la surface gelée d'un lac si je pose le pied dessus.

Pendant ce temps, la vie continue – même si ça me choque un peu. Je vais en cours le lundi – mon dernier lundi de lycée. Je m'attends à ce que tout le monde remarque que je ne suis plus tout à fait la même. L'ancienne Claude a été remplacée par Claudinator, un robot qui assiste aux cours, marche dans les couloirs, mange à la cafèt', écoute ses copines parler de sexe et de la fac ou se plaindre de leur physique. Je n'avais jamais réalisé que nous critiquions autant nos propres corps. Je me demande pourquoi nous sommes toutes si dures avec nous-mêmes. Pourquoi on n'arrive pas à se satisfaire de ce qu'on est. Mais quand je le dis tout haut, Alannis et Mara me dévisagent comme si je venais de les insulter.

J'ai mes règles à l'heure du déjeuner – je ne suis donc pas enceinte de Shane; bizarrement, ça ne m'apporte aucun soulagement. Je le vois en cours de maths mais nous n'échangeons pas un mot. Il ne me regarde même pas, comme si on était deux étrangers alors qu'on est sortis ensemble pendant deux mois. C'est complètement dingue : un jour, tu es nu et intime avec quelqu'un, et le lendemain cette personne fait comme si elle ne te connaissait pas. Pourtant ça m'affecte tellement peu... à se demander si j'ai éprouvé le moindre sentiment pour lui. Peut-être que M. Russo a raison, peut-être que je suis incapable de ressentir quoi que ce soit.

Sauf que, un peu plus tard dans la journée, en passant devant la bibli, j'aperçois Wyatt en train d'embrasser Lisa Yu devant son casier. Ça me démonte complètement. Lisa est cool, le top de la coolitude. Et elle a les lèvres ventousées aux siennes. « Pas toi, Wyatt ! ai-je envie de crier. Tu ne peux pas me faire ça maintenant. T'as pas le droit de changer. Pas le droit de m'abandonner comme tous les autres. »

Saz me glisse :

– Reprends-toi, Hen. Tu fais une tête ! Tourne-toi, tourne-toi vite.

Je la dévisage en clignant des yeux, surprise de la trouver là.

– Ça date de quand ? je demande. (Je veux parler de Lisa et Wyatt.) Il n'est pas amoureux d'elle. Il est amoureux de moi. Depuis quand a-t-elle le droit de l'embrasser ? Je devrais être à sa place, là.

Je me rends bien compte que je pleurniche comme un bébé.

Saz se met à fredonner la chanson de la glace. J'hésite. Comment suis-je censée réagir à cette chanson ? Je fouille dans mes souvenirs et je lui tire la langue. Elle me rend ma grimace. Ouf, elle me prend toujours pour la vraie Claude.

– Les mecs sont trop nuls. J'ai tellement de chance d'aimer les filles !

Mon téléphone vibre. Un message de Shane. Bêtement, je me dis qu'il veut peut-être s'excuser pour... quoi ? Avoir voulu coucher avec moi ? Ne pas être le garçon que je voudrais ? Il m'envoie une photo. Je mets un moment à comprendre ce que j'ai sous les yeux. Lui, nu, cadré en dessous de la ceinture. Et en légende : Voilà ce que tu rates. Préviens-moi si tu changes d'avis.

Mille et une reparties me traversent l'esprit. « J'ai d'autres sujets de préoccupation que ta bite », déjà. Mais finalement, j'efface la conversation. « Bye bye, Shane ! Je me demande ce que j'ai bien pu te trouver. »

Le lendemain, avant de partir en cours, assise sur la moquette, je repense à notre première année ici. Les souvenirs que je garde de mon ancienne chambre de Rhode Island sont flous, alors que cette pièce, plus encore que cette maison, c'est mon chez-moi. Mon espace à moi. Mon havre de paix, mon refuge – loin des notes, des profs, des ruptures, des disputes, du stress du monde extérieur. Enfin, jusqu'à ce que mon père entre et fasse disparaître le sol qui se trouvait sous mes pieds.

On frappe à la porte. Ma mère. Elle vient s'asseoir à côté de moi. Sans même y penser, nous penchons la tête, pour que nos crânes se touchent. On fait ça depuis que je suis toute petite.

– Quand l'as-tu su ? Que ça ne marchait plus entre papa et toi ? je demande.

– C'est dur à expliquer.

– Ça fait longtemps ou tu viens juste de t'en rendre compte ?

– Ni l'un ni l'autre… Je le savais sans le savoir.

Ma mère, qui d'habitude est extrêmement franche avec moi, fait des mystères pour la première fois. Je sens mon cœur ralentir, se taire, s'immobiliser. C'est encore pire que de voir mon père s'asseoir sur mon lit pour pleurer.

– C'est ta décision ou la sienne ?

Elle soupire :

– Claude.

– Maman.

Ma mère ne me ment jamais. J'espère qu'elle ne va pas commencer maintenant. Même si, à tort ou à raison, je me sens déjà trahie.

– C'est ce que tu veux ? j'insiste.

– Non, avoue-t-elle, sincère.

J'espérais qu'ils allaient changer d'avis et essayer d'arranger les choses. À la place, elle me parle d'une île de Géorgie peuplée d'alligators et de chevaux sauvages, sans voiture ni téléphone portable, où on exile les enfants et les femmes mal-aimés. Elle m'annonce que nous sommes bannies là-bas. Qu'une fois mon diplôme en poche, on quittera cette maison, où on a passé les huit dernières années, parce que mon père nous répudie.

En réalité, elle m'explique que nous allons passer l'été en Géorgie, sur l'île où vivait mon arrière-grand-tante Claudine Blackwood. Chaque année, maman et moi, nous allons dans sa famille à Atlanta au début de l'été, nous avons donc un alibi parfait pour les gens de Mary Grove. Nous nous arrêterons à Atlanta comme d'habitude, puis nous filerons sur l'île.

– Mais pourquoi c'est nous qui devons libérer les lieux alors que c'est lui qui veut partir ? je demande.

– Parce que j'ai envie de changer d'air – de m'éloigner de Mary Grove, de ton père, de cette maison. Juste le temps d'y voir plus clair.

– Eh bien, Saz et moi, on part faire notre road trip. Je n'ai pas besoin de m'exiler sur cette île pour lui laisser le champ libre, je ne serai pas là.

– Claude.

– Maman.

Je sais ce qu'elle va dire.

– Le road trip devra attendre, désolée. Je te promets que tu pourras le faire, mais pas tout de suite… c'est juste pour quelques semaines…

Elle secoue la tête et les larmes lui montent aux yeux.

– Ma chérie, j'ai besoin que tu viennes avec moi…

L'île du Divorce est un parc national, un espace naturel protégé ou je ne sais quoi. En plus des alligators et des chevaux sauvages, elle est pleine de ruines et de souvenirs de famille. Pendant cinq semaines – trente-cinq jours exactement –, nous habiterons dans une maison appartenant à sa cousine Addy. Maman l'a soutenue lors de son divorce et lorsque son fils de douze ans s'est noyé, emporté par une lame de fond. Maintenant c'est au tour d'Addy d'être là pour nous.

Le chat viendra avec nous, le chien restera avec papa. Même nos animaux de compagnie se séparent.

Vendredi après-midi, les parents de mon père arrivent de Pennsylvanie. J'attends qu'il leur parle du naufrage de son mariage, qu'il leur annonce qu'il chasse leur belle-fille et leur unique petite-fille de la maison, à peine son diplôme en poche, mais personne ne dit rien. Mon père passe sa journée en cuisine à concocter un de ses fameux menus : tournedos, asperges braisées et gratin de pâtes aux quatre fromages – maison, bien entendu.

Pendant ce temps, mes grands-parents se postent chacun leur tour dans l'encadrement de la porte pour que maman les mesure. Une tradition qu'elle a initiée quand on a emménagé : une toise où on note la taille, le nom et la date de chacun. Adultes, enfants… même Dandelion le chat et Bradbury le chien y ont droit.

Moi, je retiens ma langue, alors que ça me démange de lancer : « Il ne veut plus de nous. » Mais mon père m'a interdit d'en parler. En plus, il est là pour le dîner, alors on mange tous ensemble, en famille.

– Quel dommage que tes parents n'aient pas pu venir, Lauren, dit ma grand-mère.

– Oui, c'est bête.

Apparemment, maman a annoncé la séparation à ses parents et à sa sœur. Ils sont en colère contre mon père et refusent de le voir. Tellement en colère qu'ils préfèrent rater ma remise de diplôme. Mais franchement je ne leur en veux pas. Si je pouvais, je n'irais pas non plus.

– Neil nous a dit que tu allais travailler en Géorgie cet été.

– Oui, je vais faire des recherches dans les archives de mes ancêtres, les Blackwood.

– Les Blackwood... comme Samuel Blackwood ?

Maman acquiesce.

– Dans les années 1920, il a fait construire une maison sur une île pour son fils unique. Je pense que je tiens un sujet de roman.

Sa voix est calme et posée.

Mamie a des étoiles dans les yeux.

– Fascinant !

Ma grand-mère est la lectrice la plus fidèle de ma mère. Sa plus grande fan.

– Tu peux m'en dire un peu plus ou c'est trop tôt ? Non, attends, ne dis rien.

Elle lève la main.

– Inutile de me dévoiler le sujet maintenant. Mais si tu as besoin de quelqu'un pour une première lecture, je suis là.

– Merci, Maggie.

Mamie se tourne vers moi.

– Et tu vas l'aider ?

J'arrête de jouer avec ma nourriture, je pose ma fourchette.

Et là je m'aperçois que je n'ai rien à dire.

Maman répond à ma place :

– C'est ma meilleure assistante de recherche !

Mamie s'adresse maintenant à mon père :

– Qu'est-ce que tu vas faire sans elles, Neil ? J'espère que tu pourras passer les voir un petit moment au moins.

J'attends qu'il réponde que l'idée vient de lui, qu'il a hâte d'être débarrassé de nous, mais au lieu de ça, il nous dévisage en disant :

– Je vais devoir me débrouiller.

Je lis la culpabilité dans son regard.

« Ce n'est pas obligé. Rien n'est encore irréversible. Tu peux encore changer d'avis et on restera. »

Il baisse les yeux vers son assiette.

Je suis à deux doigts d'intervenir. J'ai l'impression d'être prise en otage, retenue contre ma volonté. Et je n'ai qu'une envie, c'est de hurler aux passants qui ne se doutent de rien : « Je vous en prie, aidez-moi ! » pour prendre la fuite en courant.

Mais la conversation dévie sur le travail de mon grand-père, son club de golf, l'église que fréquentent mes grands-parents et leur voisin qui est en plein divorce, le pauvre.

LA REMISE DES DIPLÔMES

Le samedi, à la cérémonie, perchée sur l'estrade, derrière le micro, je contemple la mer de toges et de toques bleu foncé. Je repère des visages familiers dans la foule. Saz, ma meilleure amie. Wyatt, le garçon dont je suis amoureuse, qui était censé m'aimer mais en fin de compte en aime une autre, apparemment. Shane, qui m'a vue nue, Matteo, qui m'a vue presque nue, et mes copines Alannis et Mara, qui me mitraillent avec leur portable. Il y a aussi Lisa, celle qui m'a piqué Wyatt sans le savoir, et Ivy, qui m'a piqué Saz. Ils attendent tous mon discours inspiré. Derrière eux, j'aperçois mes parents et mes grands-parents, assis les uns à côté des autres, les yeux rivés sur moi.

J'ouvre la bouche et déroule mon discours sur les rêves, les espoirs, et toutes les choses auxquelles je croyais avant que mon monde ne vole en éclats.

– « Remplis-toi les yeux de merveilles (...) Vis comme si tu devais mourir dans dix secondes. Regarde le monde. Il est plus extraordinaire que tous les rêves. » Ray Bradbury, *Fahrenheit 451*.

Je m'entends mais je ne ressens rien, comme si la vraie Claude était loin, loin d'ici et que, sur la scène, se tenait juste une doublure. J'ai envie de dire : « Ne croyez pas un mot de toutes ces conneries. Ce qui vous attend, c'est divorce, trahisons, cœur brisé et une solitude absolue, même au milieu d'une foule immense. »

Je réussis néanmoins à aller au bout du discours et j'attends les applaudissements. Je souris à l'assemblée en pensant : « C'est quand même dingue que personne ne s'aperçoive que je suis morte depuis une semaine. »

Je traverse la scène avec ma toge et ma toque, puis je pose sur les photos avec Saz. Je me sens tellement vide et invisible… je me demande si je vais apparaître sur les clichés.

Elle me lance :

– Je t'aime plus que la liberté, la vodka et me baigner toute nue.

Je réplique :

– Je t'aime plus que les librairies, le soleil et les garçons qui jouent de la guitare.

Soudain, je manque d'air et la pièce tourne autour de moi. Le monde bascule et, l'espace d'un instant à la fois paisible et terrifiant, tout devient noir.

Quand je reviens à moi, je suis allongée sur un banc, à l'extérieur du gymnase, et Wyatt est penché sur moi. Durant une seconde, je me dis que j'ai rêvé : la semaine qui vient de s'écouler n'était qu'un cauchemar. Mais il me prend le pouls et Alannis m'évente et Mara dit que j'ai dû verrouiller mes genoux sur la scène et que sa sœur avait commis la même erreur à un mariage. Saz fait dégager les curieux :

– Circulez, y a rien à voir. Elle va bien.

J'ai envie de hurler que non, ça ne va pas du tout.

Je lève les yeux vers Wyatt et il me regarde et je murmure son prénom en tendant le bras vers lui.

Saz rapplique à mon chevet et me tapote la main.

– Tu t'es évanouie, Hen ! Bon Dieu !

Quand elle secoue la tête, sa toque lui tombe sur le nez. Elle l'arrache et coince ses cheveux derrière ses oreilles pour ne pas les avoir dans la figure. Elle me dévisage, sourcils froncés.

– T'es sûre que t'es pas enceinte ? me glisse-t-elle à l'oreille.

Je sais qu'elle plaisante et brusquement les larmes me montent aux yeux.

– Sazzy…

Et voilà que tout le monde se met à pleurer – Saz, Mara et Alannis. Elles me serrent toutes dans leurs bras en criant :

– *Mary Grove Forever !*

Le soir, Saz et moi, on va faire un tour en voiture, vitres baissées et musique à fond. On roule pour rouler et, Dieu sait comment, dans cette ville dont on a fait le tour mille fois, on se retrouve dans un quartier qu'on ne connaît pas.

De petites maisons cubiques s'alignent à perte de vue, parfaitement identiques. Saz éteint la musique et s'arrête. Chaque maison est face à la route, avec la porte d'entrée sur le côté et un petit réverbère à la lueur orangée planté au début de l'allée. Petite boîte à lettres. Petit perron. Toutes à égale distance les unes des autres. Aucune lumière aux fenêtres. Une statuette de lapin trône au milieu d'un jardin.

– Où on est ? je demande.

– À l'endroit le plus sinistre du monde.

« Non, l'endroit le plus sinistre du monde, c'est chez moi. »

Nous passons devant des impasses et des ruelles. Un vrai labyrinthe, où tout se ressemble. Alors que je suis sur le point de tout lui dire, contre l'avis de mon père, contre l'avis de ma mère, Saz s'écrie soudain :

– Je sais où on est ! Au purgatoire. Tous ces gens qui dorment, loin des regards, attendent, attendent leur vraie mort. Ici, au milieu de nulle part.

Je frissonne, et ça fait partie du jeu. On essaie de se faire peur. C'est le genre de moment qui me manquera le plus quand je serai partie, cet été, puis à l'université. Je me dis : « Profites-en tant que tu es là. »

Saz éteint les phares et nous arpentons les rues en voiture, grosse ombre roulante. Au bout d'un cul-de-sac, elle fait demi-tour. J'ai les tempes qui bourdonnent. Je me penche à la fenêtre pour sentir l'air frais sur mon visage. La lune brille si fort qu'elle paraît toute proche.

Nous la repérons en même temps, sur la gauche. Cette maison est aussi propre et nette que les autres mais il y a une lueur à l'intérieur. Le reflet bleuté d'une télévision. Au bout de l'allée, les poubelles sont sorties. Un panneau À VENDRE est planté au milieu de la pelouse.

Saz s'arrête devant, en laissant tourner le moteur.

– Regarde, Hen. Ils vont quitter le purgatoire.

Nous restons assises dans la voiture, à savourer le calme de la nuit en contemplant la lueur bleutée qui danse à l'intérieur de la maison.

– Je parie qu'ils vont filer aussi loin que possible d'ici pour ne jamais revenir.

Je sens une autre petite lueur bleutée – d'espoir, peut-être – danser dans ma poitrine.

– On devrait faire pareil. Foncer tout droit vers l'ouest.

– J'aimerais tellement.

– Et pourquoi pas ?

– Parce que c'est impossible. On vivrait où ? On paierait comment ? Et Wyatt, alors ?

En fait, elle veut dire : « Et Ivy, alors ? »

Elle poursuit :

– Ce n'est pas l'envie qui m'en manque mais… Hé ho ! Allô, ici la Terre ! Tu es passée où ?

– Quoi ? Je suis là.

– Non. Tu es là sans être là. Qu'est-ce qui t'arrive en ce moment ? Tout à l'heure, tu t'es carrément évanouie…

– Ça va. C'est beaucoup de changements, c'est tout.

Je lui avoue alors que ma mère et moi, nous allons bientôt partir à Atlanta. Genre très bientôt.

– Et notre road trip ?

– Je reviens dans quelques semaines.

– Quelques *semaines* ? C'est notre dernier été, Hen !

– Je sais.

– Alors ?

– Désolée.

– Pourquoi tu ne restes pas ici avec ton père ? Ou alors tu pourrais venir vivre chez moi…

– Parce que je ne peux pas.

J'aimerais lui dire plus gentiment, mais elle insiste et je ne peux pas lui expliquer, et puis il y a Ivy… – si je m'installe chez Saz, je serai de trop.

J'ignore combien de temps nous restons comme ça à nous dévisager. Mon cœur bat si fort que je n'entends que lui. Finalement, son regard se porte à nouveau sur la route et elle redémarre. Dans le rétro, je regarde s'éloigner la lumière bleutée, le panneau À VENDRE, et je sens la petite lueur d'espoir s'éteindre dans ma poitrine.

J - 4
AVANT LE DÉPART

Le jeudi, je marche jusqu'à la fac où travaille mon père. Je passe sans m'arrêter devant le bâtiment Roosevelt – son bureau se trouve au quatrième étage, sa secrétaire s'appelle Pamela et sa fenêtre donne sur les massifs de tournesols. Je traverse les locaux de l'association des étudiants, puis le parking, et la pelouse qui mène au terrain de foot où s'agitent un brouillard de jambes – de longues jambes musclées soutenant de grands gars musclés.

Je m'approche jusqu'à distinguer les visages surmontant les corps soutenus par ces jambes. Je me poste au bord du terrain, les deux pieds dans l'herbe. Il fait plus chaud que je ne l'aurais cru en ce début d'été. Mais je suis trop furieuse et assommée pour m'en soucier, alors je reste plantée là, longtemps, jusqu'à ce qu'un des gars aux longues jambes musclées me lance :

– Salut !

Je ne réponds rien. Je demeure plantée là. Il accourt vers moi, dans son maillot trempé de sueur. Il est à contrejour, si bien que je ne distingue qu'une silhouette sombre nimbée d'un halo de lumière.

– Claude.

– Wyatt.

Je pensais bien le trouver là car c'est sur ce terrain que je l'ai vu pour la première fois. J'ai cru que c'était un étudiant, avant de le croiser dans les couloirs du lycée. En l'entendant prononcer mon nom, je sais pourquoi je suis venue. J'en ai assez d'attendre. Je n'ai plus rien à perdre.

– Ça va ?

– Oui.

– Tu es sûre ?

– Oui, oui.

Je souris, c'est facile.

Mes lèvres s'incurvent naturellement sans que j'aie à le leur demander. Mes dents étincellent. Ma bouche s'étire, encore et encore, au point que mon visage menace de se fendre en deux. Alors, il tend le bras et prend ma main dans la sienne. C'est comme un électrochoc. Le contact de sa peau contre la mienne. La brutalité de sentir quelqu'un si proche de moi, qui me touche, m'ébranle à tel point que ça sort tout seul .

– Non, en fait, ça ne va pas. Mes parents se séparent. Et je n'ai pas le droit de le dire. Saz n'est pas au courant. Mais si je n'en parle pas à quelqu'un, j'ai peur de me dissoudre dans le néant. Alors, je t'en prie, ne le répète pas.

– D'accord.

– Je suis sérieuse.

– Je te le promets.

Je respire. Je n'aurais pas dû..., mais il ne connaît pas mes parents, et nos parents ne se connaissent pas, et même moi, il ne me connaît pas vraiment, en fait, et je ne le connais pas vraiment. C'est pour ça que je pouvais le lui confier : mon secret est bien gardé.

– Au cas où on ne se reverrait jamais, je voulais juste te dire que tu me plais. Je suis amoureuse de toi depuis la seconde.

Je devrais culpabiliser à cause de Lisa, mais non. Ça ne m'effleure même pas l'esprit. Parce que, après un deuil, on est comme un fantôme dans son propre corps. On se voit dire et faire des choses en spectateur. On a besoin de quelque chose pour revenir sur terre, se prouver qu'on est toujours en vie. Pour ressentir une émotion. Quelle qu'elle soit.

Voilà sans doute pourquoi j'enchaîne :

– J'ai envie de t'embrasser. J'espère que tu es d'accord.

J'attends qu'il imprime. Une ou deux secondes plus tard, un sourire éclaire son visage et il répond :

– Je suis tout à fait d'accord.

Je me penche pour l'embrasser. Ses lèvres sont chaudes. Avec un goût salé de sueur. « Je suis en train d'embrasser Wyatt Jones », je me répète pour en être pleinement consciente. Je reste la bouche plaquée contre la sienne le plus longtemps possible.

Quand je m'écarte, je passe ma langue sur mes lèvres pour savourer jusqu'à la dernière goutte de lui. Il bouge la tête et, soudain, le soleil m'éblouit. Je ferme les yeux une seconde mais je vois toujours sa silhouette.

Lorsque je les rouvre, il me dévisage, un peu perdu et inquiet. Alors que ses amis l'interpellent, je remarque ses yeux marron foncé, si profonds.

Juste à temps, j'essuie la larme qui roule sur ma joue en faisant mine de me gratter. Puis, avant qu'il puisse dire quoi que ce soit, je tourne les talons.

LA VEILLE DU DÉPART

Pour notre dernière soirée en famille, nous dînons tous ensemble, mes parents et moi – en faisant comme si ce n'était pas la fin d'un monde. Ils se parlent d'une voix polie et figée qui me donne envie de me pincer. En haut, mes bagages sont faits.

– Si on part avant dix heures, on devrait éviter les bouchons aux environs de Cincinnati et être à Atlanta pour le dîner, dit ma mère.

– Mieux vaudrait partir à neuf heures par précaution, dit mon père, l'air inquiet. Ou même plus tôt.

Ils font preuve d'une courtoisie exagérée comme s'ils venaient de se rencontrer.

Ma mère pose sa fourchette.

– Pourquoi ?

Le mot flotte dans les airs, entre eux.

– Pourquoi, Neil ? insiste-t-elle. Pourquoi veux-tu que je parte avant neuf heures ?

Mon regard va de l'un à l'autre – papa, maman ; maman, papa. Elle est blessée, elle ne le cache plus, ça me bouleverse. Et pour la première fois, je la vois – la faille, comme si elle venait de s'ouvrir. Je me sens tellement bête de ne pas l'avoir remarquée plus tôt. Tellement bête, aveugle, naïve. Je me fais la promesse de ne plus jamais me laisser surprendre ainsi.

– Le poulet est délicieux, dis-je pour changer de sujet alors que j'ai l'impression de manger du polystyrène.

Je ne supporte pas de les voir si distants, de voir le mal qu'ils se font. Juste le temps du dîner, j'aimerais qu'ils redeviennent les parents que j'ai toujours connus.

Ils me regardent comme s'ils se rappelaient soudain ma présence. Et c'est à ce moment précis que je réalise : il n'y aura plus jamais de nous trois. À compter de maintenant, ce sera :

Claude.

Lauren.

Neil.

Chacun pour soi.

Après manger, papa vient me voir dans la salle de bains alors que je me brosse les dents. Avant que je puisse m'éclipser, il dit :

– Je t'aime, Clo. Quoi qu'il arrive. Je veux que tu le saches.

Il me serre dans ses bras. Et il relâche son étreinte. La porte se referme sur lui. Je crache. Je me rince la bouche. Puis je me cramponne au lavabo et je m'attends à pleurer toutes les larmes que je retiens depuis le 30 mai, assez pour combler la faille qui s'est ouverte dans le sol. Ma mère a raison : il faut que ça sorte, mais pas la peine que ce soit en public.

Je me raidis et j'attends… sauf que rien ne vient. Je me regarde dans le miroir. J'ai les yeux brillants, fatigués, un peu rouges, mais complètement secs.

Je n'arrive pas à dormir. À deux heures du matin, je fais le mur. Le quartier est plongé dans un profond silence, toutes lumières éteintes, rues désertes. Je fais cent mètres, je tourne à droite et j'arrive chez Saz. Sa chambre est au rez-de-chaussée et elle dort toujours la fenêtre ouverte, même en plein hiver, parce que c'est une bouillotte sur pattes et aussi pour que je puisse entrer si besoin. Moi, c'est la fenêtre du salon que je laisse entrouverte.

Je me faufile dans l'entrebâillement et j'atterris sur le tapis. Je l'entends ronfler. J'attends que mes yeux s'accoutument à l'obscurité, puis je m'approche du lit sur la pointe des pieds et je me glisse à côté d'elle. Elle gigote.

– Hen ?

– Désolée.

– Ça va ?

– J'ai pas envie de partir.

– Je sais.

On se tourne sur le côté et elle me prend dans ses bras.

– Je n'ai pas envie que tu partes non plus.

Une part de moi lui en veut d'être amoureuse d'Ivy, de coucher avec elle, et encore plus de ne pas me l'avoir dit. Mais surtout je lui en veux de ne pas sentir qu'il y a quelque chose qui cloche sérieusement. Elle devrait lire dans mes pensées et comprendre ce que j'endure sans que j'aie besoin de le lui dire. Elle devrait réussir à me tirer les vers du nez, me forcer à lui raconter pour que je n'aie pas le choix et que mes parents ne puissent pas me le reprocher. « Si c'était vraiment ma meilleure amie, elle devrait le voir. » En même temps, je n'ai pas deviné pour Ivy, hein ?

Et puis l'autre part de moi s'en veut de si bien cacher son jeu.

– Sazzy ?

– Quoi ?

– Ça t'angoisse, la fac ?

– Un peu. J'aurais préféré qu'on soit ensemble.

– Moi aussi.

– Et que tu ne partes pas tout de suite avec ta mère.

– Je sais.

– Vous revenez quand d'Atlanta ?

J'ai la gorge nouée, je ne peux même pas avaler ma salive. Je me contente de hausser les épaules.

« Je ne vais pas rester à Atlanta. Je vais sur une île. Et je ne serai pas de retour avant fin juillet, début août. »

Même si c'est moi qui ai choisi d'aller à Columbia et elle à Northwestern, je savais qu'on aurait du mal à se séparer. Mais je n'avais pas prévu que ça arriverait si vite.

Elle chuchote :

– Tu vas me manquer plus que les étoiles, la glace aux cookies et Françoise Hardy.

Je réponds :

– Tu vas me manquer plus que ma chambre aux murs verts, mes draps à pâquerettes et mes étagères qui croulent sous les bouquins.

« Et mon chien, et mon père, et ma maison, et même cette ville. Et toi. Saz, surtout toi. »

L'ÎLE

PREMIÈRE PARTIE

JOUR 1

Je suis cramponnée au bastingage, les cheveux au vent et d'énormes lunettes de soleil sur le nez. Je les ai dénichées chez mes grands-parents où, durant nos deux semaines de séjour, pas une fois nous n'avons mentionné mon père. Je déteste le vent, les embruns qui me piquent le visage, je déteste mes cheveux qui jouent au cerf-volant. Ma robe me colle à la peau comme une serviette humide, tellement il fait lourd – jamais vu une chaleur pareille. J'ai calé la caisse de Dandelion entre mes deux pieds pour éviter qu'elle glisse sur le pont du ferry. Pour venir jusqu'ici, il nous aura fallu huit heures de route de Mary Grove à Atlanta, puis cinq heures d'Atlanta à l'extrémité sud de la côte de Géorgie où nous avons embarqué. Il nous faut encore quarante-cinq minutes de bateau pour arriver sur l'île – et ce sera vraiment l'exil.

Nous ne sommes que neuf à bord, en comptant le capitaine et un jeune, blanc, l'âge d'être étudiant, qui a monté les bagages à bord avec une brouette rouge vif. Le capitaine a l'air d'avoir passé un siècle au soleil, et les cheveux qui dépassent de la casquette du jeune gars sont décolorés, couleur de l'Ohio en hiver. Ils parlent avec un accent traînant qui me donne une impression de dépaysement total. Un couple de passagers est à l'abri dans la cabine, les autres sont en plein soleil.

Quand nous passons devant les papeteries qui bordent toute la côte, une odeur de soufre flotte dans l'air. Je suis reconnaissante aux usines d'être si laides et mastoc, et de gâcher le beau paysage. Nous obliquons soudainement et le continent se retrouve dans notre dos.

Je baisse les yeux vers mon portable. Il n'y a plus qu'une petite barre de réseau. Et un message de Wyatt.

Préviens-moi quand tu seras rentrée. Je n'arrête pas de penser à ce baiser.

D'habitude, je ne répondrais pas tout de suite, mais c'est une urgence – qui sait combien de temps cette petite barre de réseau va subsister.

J'y ai beaucoup repensé aussi.

En appuyant sur « envoi », j'éprouve un pincement de culpabilité pour Lisa, mais il est englouti par la peur panique que le réseau disparaisse complètement.

Un nouveau message apparaît.

J'aurais dû te demander de sortir avec moi l'an dernier. J'ai envie de t'embrasser.

Moi : Moi aussi.

Lui : Reviens vite, Claud.

Il a mal orthographié mon surnom, mais je m'en fiche. Après tout, c'est le seul au courant de mon drame familial – du coup, dans une comédie romantique, on serait liés par ce secret.

Moi : J'ai hâte de te revoir.

Et là je reçois une photo de lui torse nu, allongé sur son lit.

Mon cœur manque s'arrêter tellement il est beau. J'ai envie de lécher l'écran, mais à la place j'en cherche une de moi aux vacances de printemps, en maillot, pour lui rappeler à quoi je ressemble et lui montrer que j'ai des formes – quelles qu'elles soient – et des jambes et une peau qui serait si douce contre la sienne. J'appuie sur «envoi» et j'attends. Ça mouline, ça mouline, mais bien sûr ma photo ne passe pas parce qu'il n'y a plus de réseau, et donc plus de Wyatt.

J'ai envie de hurler, de jeter mon portable dans l'eau et de piquer ma crise comme une sale gamine. Mais je me contente de me cramponner plus fort au bastingage – c'est un miracle que mes doigts ne cassent pas.

Je jette un coup d'œil par-dessus mon épaule aux usines de papier quand je sens qu'on me marche sur le pied. Un chien gros comme un ours a la patte sur ma basket.

– C'est Archie, m'informe le gars à la casquette en se posant à côté de moi.

Il sent l'herbe, l'encens et a trop de bagues tête de mort aux doigts.

– Le chien de l'île.

Archie lève les yeux vers moi en haletant avant de filer se mettre à l'ombre dans la cabine.

À bord de tous les bateaux qu'on croise, les passagers nous font signe, c'est la coutume, j'imagine. Les autres répondent, mais pas moi, j'agrippe le bastingage des deux mains, luttant contre la tentation de me jeter à l'eau.

– Là-bas, c'est l'île de Palmetto, m'indique le garçon d'un signe du menton. Là où on mettait en quarantaine les malades de la variole, il y a deux cents ans. Maintenant il n'y a plus que des sangliers et des alligators.

J'ignore s'il essaie de m'impressionner ou s'il fait juste son boulot.

– Grady !

Il se retourne vers le capitaine puis rentre dans la cabine en me laissant ruminer. Je ne vaux pas mieux que les varioleux du XIXe siècle. L'île est aride et désolée, sans le moindre signe de vie. Pas de sangliers en vue. Ni d'alligators. Nous nous éloignons de plus en plus du continent.

Il y a des îles de chaque côté du bateau, mais nous continuons à avancer.

Encore.

Et encore.

Je m'attends presque à voir surgir la côte de l'Irlande à l'horizon. Pour laisser le champ libre à mon père, nous avons dû non seulement changer d'État mais carrément mettre un océan entre nous.

– Regarde ! s'écrie ma mère en me rejoignant.

Une île apparaît sur la droite.

Nous nous tenons côte à côte à la proue tandis que le bateau longe le rivage, à travers des eaux bleu foncé, marécageuses. Cette île paraît plus majestueuse, plus importante que les autres. D'abord, elle est plus grande que je ne le pensais. Selon maman, elle fait plus de trente kilomètres de long, sur presque cinq de large, soit un tiers de plus que Manhattan. Tout ça pour une population permanente de trente et un habitants. Les seuls véhicules autorisés sont ceux des résidents ou du personnel du parc naturel. Le seul commerce est une épicerie qui est censée avoir le wifi. Pas de route goudronnée. Pas de réseau mobile.

Première impression : c'est très vert. Vert d'un bout à l'autre. Plus de nature que je n'en ai jamais vu de toute ma vie, au point que je me sens un peu submergée. Une île vierge et sauvage. Pas le moindre bâtiment à l'horizon.

– C'est magnifique, dit ma mère, d'une voix où perce la surprise.

Elle est déjà venue, donc ce n'est pas le paysage qui la surprend – peut-être s'étonne-t-elle d'être encore capable de s'émerveiller malgré tout ce qui vient de se passer.

– On ne les voit pas du rivage, mais les vestiges de Rosecroft, la demeure des Blackwood, sont par là. C'était un lieu de rassemblement, non seulement pour les membres de la famille, mais pour tous les habitants de l'île. C'est là que vivait tante Claudine. Deux mois avant sa mort, il y a eu un incendie; il ne reste plus que des décombres.

Ma mère connaît ma passion pour les ruines, les fantômes, les maisons hantées, tout ce qui a une histoire... Une passion innée, que j'ai héritée d'elle. Mais même si une foule de questions se bousculent dans ma tête – « Qu'est-ce qui a déclenché le feu ? C'est bien la maison où la mère de Claudine s'est suicidée ? Pourquoi Claudine est-elle restée sur l'île ? » –, je ne mords pas à l'hameçon. Après tout, ma mère est aussi mouillée dans cette affaire. Mon père n'est pas le seul à m'avoir interdit d'en parler. Elle aussi, elle a gardé le secret. Alors je reste plantée là, lèvres closes, agrippée au bastingage, à contempler tout ce vert.

Ma mère est encore en train de parler quand l'un des autres passagers pousse un cri, et ils rappliquent tous à la proue pour prendre en photo un cheval gris galopant sur la plage. Elle m'a déjà parlé des chevaux sauvages de l'île, descendants des montures amenées par les Anglais et les Espagnols il y a des siècles. Mais en voir un en vrai, ça fait bondir mon cœur – qui venait juste de se calmer. Il court sans se soucier de nous, il se contente de vivre sa vie de cheval, et soudain je me dis : « Tu vas pouvoir être qui tu veux, ici. »

Je sens un frémissement, tout au fond de moi.

Je m'imagine libre comme lui et, l'espace d'un instant, je suis nulle part et partout à la fois. Je flotte. J'ai un été entier pour devenir celle que je veux être, qui qu'elle soit. Faire ce que je veux faire, quoi que ce soit. Sans avoir besoin de penser à personne, parce que personne ne pense à moi. Je revois brièvement la fille que j'étais autrefois – gaie, sûre d'elle, les pieds sur terre – avant que le sol ne se dérobe sous ses pieds. « Allez vous faire foutre. Tous. »

Et soudain le frémissement s'interrompt et ma bouche devient sèche. C'est ce qui se passe quand on n'a pas le droit de s'exprimer.

« Ne dis pas un mot. N'en parle pas. Ne montre pas ce que tu ressens. Tais-toi. Garde ça pour toi. Silence. »

On se contente de sourire, encore et encore, à en avoir la bouche toute sèche.

Soudain le ciel me semble trop bleu. La mer, trop agitée. La forêt, trop dense. J'ai l'impression que les arbres avancent, prêts à fondre sur le ferry, sur moi. « C'est quoi, cet endroit ? » J'en ai la chair de poule. Je regarde les avant-bras de ma mère : elle aussi.

À l'approche du quai, le bateau ralentit. Un garçon à lunettes, T-shirt jaune vif et grand sourire, nous attend. Il est mince et sec, bronzé, les cheveux châtain clair, dans les seize ans. Il y a au moins un autre jeune d'à peu près mon âge dans les parages, quel soulagement ! Nos bagages sont rangés sous les bancs, au milieu des sacs marins et des sacs à dos. En prenant ma valise, je me fais la remarque qu'elle n'est pas bien lourde, finalement. Pourtant, ma vie entière est à l'intérieur.

– Je m'appelle Jared, dit le garçon.

Il a l'air sympa.

– Laissez tout ça là, on le montera à l'auberge pour vous. Vous n'avez qu'à m'attendre à l'ombre des arbres, au bout du quai, je vous montrerai le chemin.

– On ne va pas à l'auberge, dis-je.

– Nous logeons chez Addy Birch, précise ma mère en posant la main sur mon épaule.

Je me dégage aussitôt.

– Je m'en occupe, Jared.

La voix appartient à un garçon qui doit avoir mon âge ou un peu plus, et qui s'y croit grave. Buriné par le soleil, pieds nus, bermuda sur la pointe des hanches, T-shirt noir, tignasse blond foncé. Il est plus grand que Wyatt et parle avec l'accent traînant du Sud.

En descendant de bateau, je croise son regard. Pendant une fraction de seconde, à peine, je me fige et il semble se figer également.

Puis il me toise de la tête aux pieds et, avec son sourire goguenard à fossettes, il commente :

– Ça va être chaud !

Je lève les yeux au ciel et détourne la tête. Il fait lourd, comme sous une couverture trempée, et j'ai cinq siècles de trajet dans les pattes. J'ai les cheveux collés dans la nuque, la robe plaquée à la peau, le maquillage qui dégouline. Je sue même des coudes. Mais ce gars, lui, ne transpire pas. On dirait qu'il vient de sortir du lit pour se pointer là, frais et dispos.

Je me retourne vers lui, il soutient mon regard. C'est là qu'Archie fonce sur le quai et manque me faire tomber.

– Ça va, la miss ? demande-t-il, hilare.

– Génial !

Je lui adresse mon plus beau sourire – celui qui l'avertit que son charme ne fonctionne pas sur moi et qu'il ferait mieux d'aller voir ailleurs.

Parce que je n'ai pas l'intention de me lier avec quiconque sur cette île. Je vais rester enfermée chez Addy jusqu'à ce qu'il soit l'heure de rentrer dans l'Ohio.

Il hausse un sourcil, prend nos bagages et s'engage sur un sentier de sable blanc constellé de brisures de coquillages. Il parle à ma mère en me matant du coin de l'œil. Mes écouteurs dans les oreilles, je leur emboîte le pas, sans lui jeter le moindre regard. J'écoute la même chanson de Françoise Hardy depuis qu'on est parties de Mary Grove. *Tous les garçons et les filles de mon âge.*

« Ouais, tous les garçons et les filles de mon âge savent bien ce que c'est d'être heureux sauf moi, Claudine Llewelyn Henry, qui suis condamnée à la solitude éternelle. »

Soudain nous nous engouffrons sous les arbres, qui forment une voûte incroyable. D'énormes chênes de Virginie tout droit sortis des *Contes de Grimm* – tordus, biscornus, noueux, comme s'ils n'attendaient que la nuit pour prendre vie. Un bois de conte de fées, un endroit hanté par les esprits. Des lianes de mousse espagnole pendent des branches comme des fantômes verts si bien qu'on ne voit même plus un carré de ciel.

Et au milieu se dresse l'auberge, majestueuse et digne, comme une vieille dame de bonne famille. Large perron entouré de colonnes blanches, toit rouge. Comme je l'ai dit à Jared, nous ne logerons pas dans l'auberge mais dans la maison d'en face, chez Addy.

Je suis notre guide et ma mère sur un chemin bordé de petites maisons peintes en vert vif, jaune et rose. J'aperçois une sorte de grange avec une vieille pompe à essence devant et des kayaks entassés autour. Des chevaux sauvages paissent sous les arbres. En m'engageant dans l'allée principale, encadrée par deux colonnes blanches, je la vois. Une demeure couleur corail, avec une grande terrasse couverte, des volets bleus et un toit en forme de chapeau écrabouillé. Elle se dresse au milieu des fleurs sauvages, à la lisière de la forêt.

Je passe devant pour couper à travers la pelouse. Comme le gars me crie un truc, j'enlève un de mes écouteurs.

– Quoi ?

– Vaut mieux pas passer par là, à cause des pousses de cactées.

– Des quoi ?

– Tu verras par toi-même.

Ils restent sur le chemin pendant que je poursuis dans l'herbe, juste pour lui montrer que je n'ai pas peur des cactées, des serpents ou de quoi que ce soit.

Je grimpe les marches du perron qui émettent un grincement sinistre et contemple mes baskets, couvertes de petites boules vertes. Quand j'essaie de les arracher, elles me piquent les doigts. Je saigne. Alors j'enlève mes chaussures et je les laisse sur le seuil. Il y a un crâne d'animal à la porte.

À l'intérieur, je suis accueillie par un courant d'air frais tout droit sorti de la clim , j'aimerais pouvoir le boire. La maison est séparée en deux ailes, avec une chambre et une salle de bains de chaque côté. Addy nous a laissé un petit mot :

Faites comme chez vous.
À bientôt.
Bisous.

Une vaste pièce haute de plafond fait office de cuisine, salon et salle à manger, avec même une cheminée face au canapé. Dans le prolongement, il y a aussi un bureau encombré. Mais le plus chouette, c'est le coin lecture : deux immenses bibliothèques encadrant un bow-window garni d'une banquette moelleuse face au jardin.

Je prends la chambre de gauche, côté auberge, laissant à ma mère celle de droite, côté forêt. Je ferme la porte derrière moi et contemple les arbres et les chevaux, juste sous ma fenêtre. Le mal du pays me serre la gorge. Le plancher est nu et sombre. Le lit est trop grand. Il y a deux fenêtres, pas trois, et pas à la bonne place. Les murs sont jaune pâle et non vert pétant, ornés des œuvres de quelqu'un d'autre. Il n'y a pas un bruit, c'est trop silencieux. Ma mère me manque, alors même que je l'entends discuter avec le type dans la pièce voisine.

Je jette un coup d'œil à mon portable : pas de réseau. J'essaie tout de même d'envoyer un SMS à Saz en espérant qu'il passe par miracle. On frappe à la porte. Sans même lever les yeux, je réponds :

– Entrez.

Elle s'ouvre. Le garçon s'avance, ma valise à la main, et la pose sur la malle au bout du lit en soupirant :

– La vache !

– Merci. Au revoir.

– Y a quoi, là-dedans ?

– Des briques, des livres, et sans doute un ou deux cadavres.

Je lui tourne le dos, espérant qu'il comprendra le message.

– Je trouve qu'un sac à dos, c'est plus pratique pour transporter des briques, des cadavres ou, à tout hasard, un sale caractère. Ça ménage les épaules. Le poids est mieux réparti.

Je pose mon téléphone, qui de toute façon ne sert à rien, pour le dévisager.

– Il y a quoi à faire ici ? Sur cette île d'enfer ?

– J'en déduis que tu es ravie d'être là.

– J'en rêvais.

Il me lance un regard difficile à interpréter – un peu moins « je suis un tombeur », un peu plus sincère.

– Quoi ?

– Tu me rappelles quelqu'un. Puis-je faire autre chose pour vous, Milady ?

Et hop, le tombeur est de retour.

– Non, c'est bon, merci.

Sur le seuil, il se retourne. Derrière lui, j'aperçois ma mère en train de ranger des trucs dans la cuisine.

– On peut tout faire ici, affirme-t-il. Après ça dépend de ton caractère.

Et sur ces mots, il quitte la pièce. Je reste assise sur le lit à le regarder aider ma mère, rire, discuter, gratouiller Dandelion sous le menton. Je me lève pour refermer la porte.

Une heure plus tard, tout est rangé dans l'armoire trop étroite et la commode qui bascule dès qu'on ouvre un tiroir. Juste au-dessus, il y a la photo d'un gamin de douze ans, tout sourire et plein de taches de rousseur. Torse et pieds nus, sur la plage, avec les dunes en arrière-plan. C'est le fils d'Addy. Danny, celui qui s'est noyé.

Je m'affale sur le lit pour écrire un vrai message à Saz :

Ma mère et moi, on a filé sans que j'aie pu te raconter. On est exilées sur une île presque déserte parce que mon père fait sa crise de la cinquantaine et qu'il ne supporte plus la vie de famille. Tu files le parfait amour alors que je suis encore vierge et que je vais sans doute le rester parce que Wyatt est à 10000 kilomètres de moi. Et on ne sera plus en cours ensemble à la rentrée donc je ne sais pas ce que notre amitié va devenir.

Je continue dans la même veine un moment. Puis je m'arrête. Je relis. Et j'efface. Dans son cadre, Danny me sourit. Et malgré mon cœur en miettes et la boule que j'ai dans la gorge, je me sens coupable de m'apitoyer sur mon sort.

– Désolée que tu te sois noyé. Je suis vraiment navrée que tu sois mort si jeune, je murmure.

Le frigo et les placards sont remplis de jus, lait, céréales, fruits et tout ce dont on pourrait avoir besoin. Merci, Addy. La pendule au-dessus de la cuisinière indique 18 h 34. Je prends une poire avant de faire le tour du salon, en contemplant la moindre photo, le moindre bibelot. Addy est partout et, même si c'est sympa de voir un visage familier, on sent qu'on n'est pas chez nous, qu'on s'est introduites dans la vie de quelqu'un d'autre.

Ma mère s'approche, Dandelion dans les bras.

– Ça a l'air sympa comme endroit.

– Oui.

– Il y a pas mal de garçons, dans le coin.

J'ignore sa remarque parce que le seul qui m'intéresse est resté dans l'Ohio.

– Les Blackwood sont de la famille, alors ? Mais on est en quelque sorte les parents pauvres, c'est ça ?

– Un peu. Ton arrière-grand-mère Eva, la grande sœur de Claudine, était la fille aînée de Sam Junior. Eva était déjà en internat quand Claudine est née. Après la mort de leur mère, elle n'est jamais revenue vivre sur l'île…

Elle enchaîne les dates et les noms.

Même si j'ai envie d'en savoir plus, il n'est pas question que je dépose les armes. Je la coupe :

– Je te crois sur parole.

Il se trouve que Samuel Blackwood Senior, mon arrière-arrière-grand-père, était un magnat des chemins de fer. Oui, un membre de ce cercle fortuné – la haute aristocratie de l'Amérique. Encore un secret que j'ignorais.

– Donc pendant toutes ces années, j'ai fait du baby-sitting, travaillé à la librairie, papa achetait ses chemises sur eBay, tu conduisais ton vieux tas de boue alors qu'on aurait pu mener la grande vie ?

– La fortune des Blackwood a fondu depuis belle lurette.

« Dommage. J'aurais bien aimé pouvoir me payer un billet pour rentrer à la maison, ou mieux pour New York ou Los Angeles. Un endroit où je pourrais refaire ma vie, où aucun de mes proches ne risquerait de me trahir. »

– Tu as prévenu papa qu'on était arrivées ? (Même s'il n'en a sûrement rien à faire.)

– Oui.

– Et il a réagi comment ? Genre : « Oh bon sang, je suis soulagé que vous ayez débarrassé le plancher » ?

– Non, Claude. Tu lui manques.

Je fixe le sol.

– Je me disais qu'on aurait pu aller faire un petit tour. Peut-être dîner à l'auberge ? propose-t-elle.

– Ça m'est égal. Comme tu veux.

Je me demande ce que fait mon père à la maison. S'il reste affalé sur le canapé à manger des cookies ou s'il sort tous les soirs. S'il se cuisine des bons petits plats à partager avec le chien. S'il regrette de nous avoir bannies.

Maman repose Dandelion qui détale, pour renifler le moindre centimètre carré et se faufiler sous tous les meubles.

– Addy m'a donné un bon conseil : « Ne gâche pas l'instant

présent. » Par exemple à ruminer sur hier ou à craindre demain. On va profiter de ce qui nous arrive, Claude. Vivre une véritable aventure, toi et moi. On est faites pour ça.

Elle me serre dans ses bras et j'inspire son odeur. Ma maman qui sent la rose. Sauf qu'elle ne sent plus la rose, elle sent le chèvrefeuille. Soudain je perds pied. Puis je comprends. C'est papa qui lui offrait son parfum à la rose chaque année à Noël. Désormais, elle sentira le chèvrefeuille.

Même si je n'en ai aucune envie, je souffle :

– OK, allons faire un tour.

En me relâchant, elle me sourit, l'air de dire : « Je sais que c'est dur pour toi, et j'apprécie tes efforts. »

Mon sourire en retour signifie : « Je fais de mon mieux. »

Comme d'habitude, on n'a pas besoin de se parler. Une conversation dont mon père a toujours été exclu.

Les chênes bordant l'allée se rejoignent au-dessus de nos têtes, entremêlant leurs branches, formant un tunnel. Le sentier monte, on gravit des dunes hérissées de hautes herbes semblables à des plumes. Puis il y a un pré, et des dunes à nouveau. Le sable est velouté comme un épais tapis où mes pieds s'enfoncent à chaque pas.

Et, soudain, l'immensité du ciel se déploie devant nous.

Même avec mes lunettes de soleil, je suis éblouie par ce blanc, ce bleu. Le blanc de la plage qui s'étend à perte de vue. Le bleu de la mer qui vient lécher le rivage. Ma mère se tient à mon bras afin d'enlever une chaussure, puis l'autre. Elle rassemble ses cheveux chahutés par le vent pour improviser un chignon. Elle est belle – aussi fraîche et gracieuse qu'un champ de pâquerettes – et elle n'en a pas conscience. Parce que durant sa vie entière, tout le monde a vanté son intelligence et que, la première fois que quelqu'un lui a dit qu'elle était belle, à part mon père, elle avait la trentaine.

Je lance :

– Tu es belle.

C'est mon boulot, désormais, de lui dire ce genre de choses et de lui acheter son parfum au chèvrefeuille. Tout à coup, j'ai envie de lui annoncer que j'ai décidé de ne pas aller à Columbia, que je vais rester avec elle pour que plus jamais personne ne lui fasse de mal.

Elle passe un bras autour de mes épaules en contemplant la mer.

– Ton père m'a un jour dit que j'étais la deuxième fille la plus jolie de la pièce et, sur le coup, sa sincérité m'a fait plaisir. Maintenant je me rends compte que c'était vraiment un goujat.

Elle me regarde. Je la regarde. Peut-être parce que nous sommes enfin là, dans cet endroit que je redoutais et qui, tout compte fait, n'est pas une prison, ou alors parce que nous sommes toutes les deux sous le choc et en manque de sommeil, mais nous nous asseyons sur le sable en riant. Un rire qui fait du bien et que je fais durer parce que c'est si bon. Alors qu'il s'éteint, doucement, nous émettons toutes les deux le même bruit, un genre de soupir-grognement, exactement au même moment, et nous voilà reparties à rire.

À la fin, elle s'essuie les yeux en soufflant :

– Promets-moi de me dire si jamais tu as besoin de quelque chose cet été. Je suis toujours ta mère, et je tiens à être là pour toi.

– C'est promis.

Mais alors même que je prononce ces mots, je sens que je me referme. Nous sommes ensemble, côte à côte, et pourtant, il y a comme une impression de distance, de chacune pour soi.

JOUR 1
(SUITE)

Le temps que nous arrivions à l'auberge, le ciel a pris une teinte rose doré. Le bâtiment est majestueux et néanmoins accueillant, sans doute parce qu'il s'agissait autrefois d'une demeure familiale. J'aurais préféré qu'on loge là, plutôt que chez Addy où je me sens comme une intruse. Au moins, ici, je pourrais me dire que je suis juste en vacances. Nous nous mêlons aux autres clients, rassemblés pour l'apéritif sur la grande terrasse couverte. Ils sourient. Je souris.

– Bonjour, je suis Lauren Llewelyn, et voici ma fille, Claudine.

– Claudine, répète quelqu'un.

– Je préfère Claude.

– Claude.

Ils se présentent un à un. Je n'arriverai jamais à retenir leurs noms mais je souris, discute et ris poliment dans ma jolie robe verte qui tourne – parce que, à l'auberge, on s'habille pour le dîner. Nous slalomons entre les rocking-chairs et les balancelles pour pénétrer dans un intérieur frais et sombre, au décor d'une autre époque.

La plupart des clients se sont maintenant regroupés dans le salon, qui a plutôt l'allure d'une vieille bibliothèque. Il y a deux portraits au mur, face à face – une femme noire en robe blanche, la quarantaine, bras croisés, le regard perdu au loin, et une femme blanche du même âge, carré blond, pistolet à la ceinture, qui vous fixe d'un regard de défi.

– C'est Claudine, m'indique ma mère.

Nous nous postons devant le tableau où mon arrière-grand-tante nous toise avec un demi-sourire, comme si elle nous jaugeait. Elle n'est pas comme je l'imaginais. Je me figurais une femme frêle, aux yeux enfoncés, marquée par la tragédie, alors qu'elle se tient bien droite, comme tenue par une colonne vertébrale en acier.

– Pourquoi sa mère s'est suicidée? ne puis-je m'empêcher de demander, sans détourner le regard, fascinée.

– Personne ne sait vraiment. Elle n'a pas laissé de lettre mais on suppose qu'elle était dépressive. J'espère que mes recherches m'en apprendront davantage.

Malgré la mort tragique de sa mère et le fait qu'elle n'ait jamais quitté l'île bien longtemps, même à l'âge adulte, Claudine a l'air déterminée, prête à conquérir le monde. J'aimerais être comme elle.

Ma mère reprend :

– Claudine était non seulement la grand-mère que j'aurais rêvé d'avoir mais surtout la femme qui a fait de cette demeure une auberge. Avant, c'était un genre de chambres d'hôtes, qui devait revenir à ma grand-mère après son mariage, mais elle n'en a pas voulu, alors c'est devenu une maison de vacances pour toute la famille et les amis, un lieu de réunion. Claudine a tout de suite vu le potentiel... C'était une femme en avance sur son temps. Et elle...

Elle désigne le portrait de la femme en robe blanche.

– … c'est Clovis Samms. Elle a bâti le premier hôtel de l'île, et c'était la première et seule guérisseuse, la meilleure de tout le Sud, selon certains. Elle se servait des plantes et des racines pour soigner les gens. Aussi une femme moderne pour son époque. Je n'ai pas beaucoup d'informations sur elle, mais j'ai envie d'en savoir plus.

Elle passe son bras autour de mes épaules et nous nous appuyons tempe contre tempe. Puis nous nous séparons pour nous mêler aux autres, un verre à la main. J'essaie de m'imaginer de quoi j'ai l'air à leurs yeux. Avec ma silhouette maigrichonne et mes taches de rousseur. La jumelle de ma mère en plus jeune.

« C'est peut-être pour ça. Parce qu'on se ressemble trop. Il se sent en minorité. »

Au bout d'un moment, je préviens ma mère que je dois aller aux toilettes. Je me balade dans le couloir menant au bar, qui est désert. J'attends une minute et, comme je ne vois personne, je me glisse derrière le comptoir et, après avoir à nouveau vérifié que la voie est libre, je prends une bière dans le frigo. Je la décapsule et j'en bois une gorgée.

– Tu m'as l'air un peu jeune pour ça. Dans cinq ou six ans, peut-être…

Le gars qui a porté nos bagages s'approche de moi, me prend la bouteille des mains et la vide dans l'évier. Il a toujours le même short et le même T-shirt, les pieds nus. Il fait tache dans ce décor d'autrefois alors que tout le monde est sur son trente-et-un.

– J'ai dix-huit ans.

Il me dévisage un instant.

– Ah…

Il prend un stylo et ouvre le carnet posé sur le bar.

– Dans ce cas, vous noterez vos consommations ici, Lady Blackwood. Ça va vite chiffrer, visiblement. Je ne te compte pas celle-ci.

Il me rejoint derrière et se penche vers le frigo, si près de moi que je sens son odeur – de linge propre et de grand air. Il me tend un soda.

– Vas-y, note-le, dit-il en désignant le carnet du menton.

Je pose la cannette sans y toucher.

– Ma mère m'attend.

– Je ne te retiens pas.

Je le contourne pour prendre deux mignonnettes de vodka que je fourre dans ma poche.

– Tu les mettras sur mon compte.

Et je quitte la pièce.

Une seconde plus tard, je reviens.

Il fixe la porte comme s'il m'attendait.

– Et au fait, je suis très mûre pour mon âge. Et s'il y a tant de choses à faire ici, t'as qu'à me les montrer.

Je prends le stylo pour écrire mon numéro de portable sur le bloc.

Le cœur battant, je ressors et je pousse la première porte que je vois. Je pénètre dans une sorte de petit salon aux murs couverts de livres où flotte une odeur de cuir. Je n'ai rien à faire là, mais comme le gars rôde encore dans les parages, je fais comme si. Je choisis un bouquin au hasard – *Le Jardin secret* – et je m'installe sur le canapé. Je tire les mignonnettes de ma poche, je les bois cul sec et les repose vides sur la table.

Une vague de chaleur m'envahit et j'ai la tête qui tourne légèrement. Je feuillette le livre un instant avant de le poser pour prendre mon portable. Je relis le fil de messages de Wyatt.

Je contemple sa photo torse nu en m'imaginant allongée à côté de lui, sur lui, sous lui, nos jambes entremêlées.

Franchement, la vie est ironique, hein... Parce que c'est maintenant qu'il me demande de sortir avec lui, forcément.

J'écris : *Moi aussi, j'ai envie de te voir. Je suis en Géorgie avec ma mère pour le moment, mais je reviens bientôt.*

Sauf qu'il n'y a pas l'ombre d'un réseau. Alors le message reste là, dans mon téléphone.

Je me renfonce dans le canapé, je me ronge les ongles, en cherchant une solution. Je pourrais prendre le ferry demain et demander à Saz de venir me chercher. Je pourrais appeler la sœur de ma mère, Katie-May, qui vit à Savannah. Ou pirater le compte de mon père et prendre un Uber jusque dans l'Ohio.

À un moment, j'entends une clochette tinter. Des voix, des pas qui grincent sur le parquet. Ma mère apparaît sur le seuil.

– C'est l'heure du dîner, annonce-t-elle.

Elle attend une réaction de ma part – ranger le bouquin, me lever, sortir de la pièce.

Son regard tombe sur les mignonnettes de vodka.

– Claude...

– Maman...

Elle fronce les sourcils. Je remets le livre dans la bibliothèque et retourne poser les deux petites bouteilles sur le bar, maintenant désert. Je ne vérifie pas si le garçon a pris mon numéro, je ressors immédiatement, et je suis ma mère jusqu'à la salle à manger.

Nous nous retrouvons à une grande table avec trois sœurs, un photographe venu de Nashville et une famille de quatre personnes. Jared, le gars à lunettes qui était sur le quai, est l'un des serveurs. Il me fait signe de l'autre bout de la pièce. J'agite la main.

Puis je regarde chacun des convives en me demandant : « Ça vous est déjà arrivé d'annoncer une nouvelle si terrible à quelqu'un que le sol s'est dérobé sous ses pieds ? » Ce photographe, cette mère de deux enfants, ces trois sœurs, il y a sûrement quelqu'un dans le monde qui n'a plus d'endroit où poser ses pieds à cause d'eux.

Les conversations tournent toujours autour des mêmes sujets : « Qu'est-ce qui vous amène sur cette île ? Vous venez d'où ? Que faites-vous dans la vie ? Depuis combien de temps êtes-vous là ? »

Je leur dis :

– On se cache.

– Programme de protection des témoins.

– On a assisté à un meurtre.

– Mon père était un serial killer.

– On ne sait pas quand on repart.

– Je vais sûrement passer ma vie ici.

Chaque fois, ma mère corrige, rectifie, prétextant que je suis une future autrice, à l'imagination un peu trop fertile. J'ignore son regard insistant.

Après le dessert, nous nous éparpillons. Lorsque je passe devant Jared, il me dit :

– On est une petite bande à travailler ici. Si tu t'ennuies, tu peux venir nous voir en cuisine. On y est jusqu'à minuit, parfois même plus tard.

– C'est un job d'été ?

– Non, je bosse ici toute l'année. Comme la plupart d'entre nous.

– Tu as quel âge ?

Franchement, il a l'air un peu jeune pour avoir déjà un vrai boulot.

– Vingt ans.

– Je t'en donnais seize.

– Je sais !

Il rit, visiblement habitué.

– Les gens ne me prennent jamais au sérieux tant qu'ils ne me connaissent pas vraiment. Je suis toujours le petit frère. Et toi, t'as quel âge ?

– Dix-huit.

– Je t'en donnais seize aussi.

– Je sais, c'est trop énervant.

– Ouais.

Je me dis que peut-être – je dis bien peut-être – si j'avais l'intention de me faire des copains ici – ce qui n'est pas du tout le cas –, on pourrait être amis.

Je jette un coup d'œil à ma mère, qui est en train de discuter avec le photographe et les trois sœurs.

Je demande :

– Et c'est par où, la cuisine ?

– Par ici.

Je le suis à travers une petite pièce où ils vendent des casquettes, des cartes postales et des livres. La cuisine se trouve juste derrière. Immense, pleine de jeunes de mon âge ou un peu plus vieux qui rient et discutent tout en s'affairant. Je me sens encore sur la touche, comme partout. Je m'imagine Saz et Wyatt dans l'Ohio, en train de faire la fête.

– Y a vraiment pas moyen de passer un coup de fil, ici ?

– Seulement pour les clients de l'auberge et les urgences.

– Et y a pas de wifi non plus ?

– Si, à l'épicerie, mais ils ont des horaires d'ouverture bizarres. T'inquiète, on finit par s'y habituer… Être déconnecté du vaste monde (il désigne l'univers d'un geste vague), ça aide à se faire à la vie ici (il pointe la pièce autour de nous). Tu verras. Le temps ne s'écoule pas à la même vitesse. Les gens ne bougent pas à la même vitesse non plus. Ici, tu peux être vraiment toi. C'est pour ça qu'on reste. Ou si jamais on part, c'est pour ça qu'on finit par revenir.

– Y a un plan de l'île ?

Il prend une carte en vente dans la petite boutique.

– Tiens, c'est pour toi.

– Merci. Jared, c'est ça ?

Il sourit.

– Ouais. Claude ?

– Ouais.

Dehors, il fait encore lourd et chaud. Un bourdonnement persistant rompt le silence de la nuit. Ma mère dit que ce sont les cigales, mais je n'ai jamais entendu des cigales faire un tel vacarme. Une vibration qui pénètre jusqu'au creux des os. Sur le chemin du retour, dans le noir, elle ne revient pas sur la vodka, mais me demande d'arrêter avec mes histoires de protection de témoins et de serial killer.

– C'était juste pour faire la conversation.

Et une part de moi, celle qui est en colère et blessée, celle qui aimerait qu'elle se réconcilie avec mon père pour qu'on puisse rentrer à la maison, celle qui pense que c'est peut-être aussi un peu sa faute, se réjouit de l'avoir contrariée.

Il est onze heures passées quand je me couche. Dandelion se blottit contre moi et se met à ronronner. Je m'étale dans cet immense lit, ces draps inconnus. J'ai tiré les rideaux et laissé la lumière allumée dans la cuisine et la salle de bains pour ne pas me perdre si je me lève pendant la nuit.

Allongée, je contemple la photo de Danny, figé à jamais avec ses taches de rousseur et son nez brûlé par le soleil. Je me demande si c'est devenu un fantôme. Il paraît que ça arrive après une mort violente – ça laisse une empreinte, des énergies en suspens.

Je n'ai même pas envie de lire. À la place, j'écris le plus long SMS du monde à Saz. Je veux savoir pourquoi elle ne m'a rien dit pour Ivy. Je veux savoir pourquoi elle m'a caché ça. C'est Ivy qui lui a demandé de garder le secret ? « N'en parle à personne, même pas à Claude. Dans une si petite ville, les rumeurs vont vite. »

Je pianote sur mon portable jusqu'à ce que mes paupières deviennent lourdes, puis j'efface le message et je reste étendue dans l'obscurité, à sentir le matelas qui s'enfonce sous mon poids. Je ne me sens plus vide, mais lourde, lourde... Ce qui me pèse sur la poitrine, c'est d'être si loin de chez moi. C'est l'impression d'être rejetée. Seule au monde. Si seule. Tout le monde a quelqu'un. Et moi, je n'ai personne. Le soir, chacun rentre chez soi, ferme la porte, allume la lumière, tire les rideaux. Je vois filtrer la lueur par l'interstice, et moi, je reste toute seule, dehors, dans le noir.

J'ai survécu à cette première journée. Jour 1. Plus que trente-quatre à tirer.

JOUR 2
(PREMIÈRE PARTIE)

Le lendemain matin, je le sens avant même d'ouvrir les yeux : je suis ailleurs. Je ne respire pas l'air de l'Ohio, mais celui de Géorgie, chaud et étouffant. Avec comme un parfum d'autrefois et un certain charme. Et l'été a aussi une bande-son ici : le chant incessant des cigales.

Mais ce n'est pas simplement une affaire de géographie, je suis ailleurs... dans tous les sens du terme. Et je sais bien que c'est ça aussi, grandir. C'est ce qu'on ne nous dit pas. Que tu peux te retrouver du jour au lendemain dans un nouvel endroit, qui n'a rien à voir avec celui d'avant et qu'il n'y a pas moyen de faire machine arrière, parce que dorénavant, c'est ici que ça se joue et il faut bien t'y faire, essayer d'en tirer parti et te dire que c'est ta vie, désormais. Et ça va aller. Tu vas y arriver. Parce que tu n'as pas le choix.

Je prends mon petit déj dans le coin lecture pendant que ma mère se prépare à aller au musée de l'île, où se trouvent les archives de tante Claudine. Elle s'est levée tôt pour courir sur la plage, et ça aussi, c'est nouveau. Car c'est mon père qui court, normalement. Pendant des années, il a essayé de la motiver pour qu'elle vienne courir avec lui, et elle a toujours refusé.

Elle me propose :

– Pourquoi tu ne m'accompagnerais pas au musée ? Je ne sais pas trop ce que je vais trouver. À mon avis, rien n'a été classé ni catalogué. J'aurais bien besoin d'un coup de main.

– Non merci, ça va.

Je ne bouge pas de ma banquette devant la fenêtre. Je vais rester assise là à bouquiner jusqu'au mois d'août.

– Fais-moi plaisir : si tu n'as pas envie de m'aider, va au moins te balader. J'ai vu des vélos derrière la maison.

– OK.

Elle est distraite ce matin. Elle est parfaitement au courant que je ne sais pas faire de vélo.

– Il y a tout ce qu'il faut dans le frigo, mais on peut se retrouver pour déjeuner à l'auberge, si tu veux. Enfin... on ferait bien de manger ce qu'Addy nous a laissé. Je lui ai dit que je la rembourserai.

– Si quelqu'un doit la rembourser, c'est papa, je réponds.

– Mmm...

Sans ajouter un mot, elle prend son sac et ouvre la porte.

J'ai envie de lui dire : « Maman, j'espère que tu vas trouver ce que tu cherches au musée. Une histoire ou un mystère pour te plonger dans tes recherches et oublier la tristesse et la solitude. »

Parce qu'il n'y a pas que moi qui suis en exil. Pourtant, je ne dis rien. Peut-être parce que mes parents m'ont demandé d'être muette, j'obéis.

À la place, je lance :

– Je pense que je vais rentrer plus tôt, sans doute dans une semaine ou deux.

Son sourire vacille.

– Non.

– Maman.

– Claude.

Je la regarde dans les yeux et elle soutient mon regard.

– Si c'est lui qui a voulu que vous vous sépariez, c'est lui qui aurait dû partir.

– Je peux travailler où je veux, pas lui.

Elle soupire et, soudain, elle n'a plus l'air triste, ni fatiguée, ni déterminée à prendre les choses du bon côté. Elle est furieuse.

– Et voilà... je suis encore en train de le protéger.

Elle secoue la tête.

– Je ne veux pas discréditer ton père à tes yeux, mais il faut que j'arrête de le protéger.

– Sûrement.

– En fait, la vérité, c'est que je ne voulais pas quitter la maison... jusqu'à ce qu'on décide de se séparer. Il ne m'a pas dit qu'on devait partir, mais je ne me voyais pas rester. Pas dans cette maison, pas dans cette ville. J'espère que tu comprends.

« Sauf que rentrer en août, ce sera trop tard. Ivy aura pris ma place auprès de Saz en tant que meilleure amie – une meilleure amie avec qui, en plus, elle peut coucher, c'est l'avantage. Wyatt aura épousé Lisa et moi, je mourrai ici toute seule sur l'île de la Virginité. »

Mais je me lève sans rien dire pour la serrer dans mes bras. Je lui chuchote dans les cheveux :

– J'espère que ce musée sera à la hauteur de tes espérances.

Dix minutes plus tard, je me retrouve toute seule avec Dandelion qui se dore au soleil, étalé sur le parquet du salon. Ça fait déjà dix-neuf heures que je n'ai pas parlé avec Saz – un record absolu sans entendre la voix l'une de l'autre. J'essaie d'imaginer ce qu'elle est en train de faire. Si elle est avec Ivy. Je ne devrais pas être jalouse, mais je ne peux pas m'en empêcher. Même si je n'ai rien à voir avec Ivy et qu'on ne représente pas du tout la même chose pour Saz. Je pense à mon père tout seul à la maison avec notre chien.

Je me penche vers Dandelion.

– Je suppose que Bradbury ne te manque pas, mais moi, si.

Je me sens si seule.

Seule avec mes pensées.

Et ce silence.

Je prends un bouquin. Le dernier Celeste Ng, que je me gardais pour l'été. Mais je n'arrive pas à me concentrer. Je relis la même phrase, encore et encore, comme si je lisais de l'air, des nuages… les mots sont vides de sens. Je repose le livre pour regarder par la fenêtre. Ces arbres… on dirait qu'ils attendent qu'on ait le dos tourné pour s'animer. Je guette le moindre mouvement, le moindre signe qu'ils sont vivants. Mais ils restent parfaitement immobiles alors que les lianes de mousse espagnole dansent dans la brise.

Je me lève pour explorer le salon, contemplant les cadres au mur, les étagères. Addy a surtout des lectures d'été, des livres de poche tout cornés de ces vingt dernières années. Je tire *Les Joies du sexe* du Dr Alex Comfort, qui n'a visiblement pas été ouvert depuis les années 1970, et je le feuillette. Les illustrations sont aussi inspirées que des croquis de manuel de SVT. Et surtout, il y a des poils partout ! Je suis tellement fascinée que je ne pense même pas à m'asseoir, je reste plantée là, à lire debout.

« Ne soufflez jamais à l'intérieur du vagin. Une bulle d'air dans la circulation sanguine peut causer une embolie, et même la mort. »

– *Oh my God,* je murmure en regardant Dandelion. J'y crois pas, mon vieux !

Je continue ma lecture. Chaque paragraphe est plus loufoque et vieillot que le précédent.

« Un vibromasseur ne remplacera jamais un pénis. »

« L'odeur naturelle d'une femme propre est son plus grand atout sexuel après sa beauté. »

J'invective le livre, sourcils froncés :

– Et son intelligence, tu y as pensé ?

Mais le bouquin ne semble pas perturbé par ma remarque. Il conseille aux femmes d'entretenir et de chérir leur odeur naturelle avec autant de soin que leur apparence. Deux chapitres plus tard, l'auteur vante les mérites d'un bon bâillon pour ces dames.

C'est bon, j'en ai lu assez. Le Dr Alex Comfort m'a perdue. Je repose le livre à sa place et pars à la recherche de la télé. Les habitants de l'île se font une fierté de ne pas avoir la télévision, aussi me faut-il cinq bonnes minutes pour trouver où Addy l'a cachée. J'étudie la collection de DVD rangée derrière. Je les sors un par un, mais j'ai beau adorer les vieux films, livres et CD, je ne trouve rien qui me tente. À part peut-être un film français en noir et blanc dont Saz m'a parlé plusieurs fois.

Je contemple la jaquette. La fille a l'air cool. Super cool. Sans peur et sans reproche. Le cœur bien accroché. Du genre à renverser son verre sur la tête d'un vieux crétin misogyne comme le Dr Alex Comfort. Ou à donner son numéro à un bel inconnu aux pieds nus sur une île. Bref, à faire ce qu'elle veut, quand elle veut.

J'allume la télé, je glisse le DVD dans le lecteur. Et je regarde le film, en observant Jean Seberg comme si j'allais avoir une interro dessus. Sa coupe, son style, son sourire, sa démarche. Le moindre de ses gestes. Dandelion vient se blottir à côté de moi et me pétrit la cuisse. Je lui caresse distraitement la tête, il reste jusqu'au bout.

Devant le générique de fin, j'ai la chair de poule. Je ne sais pas si j'ai adoré ou détesté, mais en tout cas, je n'avais jamais vu un film pareil. Un garçon tombe amoureux d'une fille. La fille tombe amoureuse du garçon. Le garçon a un flingue, la fille veut être écrivaine, le garçon vole des voitures, la fille le trahit, le garçon refuse de la quitter. Et tout ça dans le décor magique des rues de Paris. Il faut que je file voir la tour Eiffel et les Champs-Élysées, là, tout de suite, maintenant.

Mais il y a autre chose. Je sens monter une envie irrépressible, au plus profond de moi. Je connais cette sensation, ça veut dire que je vais commettre l'irréparable même si je sais parfaitement que je le regretterai après. Je fouille dans les tiroirs de la cuisine pour dénicher une paire de ciseaux et, le DVD sous le bras, je fonce dans la salle de bains.

Vingt minutes plus tard, j'ai les cheveux courts. Une petite tête ébouriffée. Jean Seberg a l'air si sûre d'elle, si bien dans sa peau et heureuse. On a l'impression que rien de mal ne peut lui arriver tellement elle est à l'aise avec ce qu'elle est. En plus, les cheveux courts, c'est plus pratique. Et il fait trop chaud sur cette île pour les garder longs. Et puis les cheveux, ça repousse.

Dans le miroir, je compare mon reflet avec la photo du DVD. Ouais, bon, je fais plus petit elfe que Jean Seberg. Ce n'est sans doute pas une coupe pour moi.

J'enfile mon maillot, un T-shirt, mon jean noir le plus moulant pour imiter sa tenue mythique. Je décide de ne plus porter de soutien-gorge dorénavant, à part quand je suis en maillot. De toute façon, c'est pas comme si j'en avais besoin. Je farfouille dans le maquillage de ma mère à la recherche d'un rouge à lèvres bien rouge. Je l'applique. Je fais la moue. J'en remets une couche.

Je prends ma carte de l'île. Mon carnet et mon stylo que je fourre dans mon sac. Je retourne les tiroirs à la recherche de la clé de la maison mais je ne trouve qu'un vieux paquet de cigarettes. Je les jette dans mon sac aussi, avec un briquet. En partant, je prends une casquette bleue au portemanteau – le genre que mon père et l'ex-mari d'Addy portaient pour faire de la voile quand on habitait à Rhode Island –, je l'enfonce sur ma tête, elle couvre complètement mes cheveux.

Et je sors.

Alors que je m'arrête, un peu éblouie par le soleil, un cerf traverse au petit trot la route qui passe devant la maison.

– Je ne te veux pas de mal, je lui lance.

Bien sûr, il détale.

Je rajuste la casquette en tirant sur mes cheveux. Ou ce qu'il en reste.

JOUR 2
(DEUXIÈME PARTIE)

En suivant mon plan, je m'engage sur la route principale, qui va d'une extrémité de l'île à l'autre. Une entaille blanche au milieu de tout ce vert émeraude – du sable mêlé de brisures de coquillages, dur comme du béton. Je prends la direction du sud, seule sur terre.

À un moment, je vois un bâtiment à l'horizon – Rosecroft. La route longe les ruines de la demeure, qui se dressent au milieu de la végétation. C'est là que Samuel Blackwood Junior s'est installé avec sa jeune épouse. Là où mon arrière-grand-mère a vécu avant de quitter l'île pour ne plus jamais y revenir. La propriété où mon arrière-arrière-grand-mère, la mère de tante Claudine, est morte. Où le coup de feu a retenti, où ils ont retrouvé son corps, où la balle a creusé un trou parfaitement rond dans la porte du placard, et où Claudine a passé presque toute sa vie jusqu'à l'incendie, en 1993 – elle est morte deux mois après.

Rosecroft est une immense demeure, qui se dresse, pâle comme une aquarelle, contre le ciel si bleu. La toiture a pratiquement disparu et les murs encore debout dessinent une silhouette déchiquetée. À part dans une petite zone intacte du rez-de-chaussée, l'herbe a remplacé le plancher et le ciel le plafond. Lianes et lierre s'enroulent autour des portes et des fenêtres, qui vous fixent comme des orbites vides. Une pancarte met en garde : DANGER – ACCÈS INTERDIT. Je la contourne, gravis le perron, pose les pieds sur le tapis d'herbe.

Je passe au travers des cadres de portes et de fenêtres en essayant de deviner à quoi servait chaque pièce.

« Là, ce devait être la cuisine. Ici, la bibliothèque. Et là, la nursery. Ici, on a ri; là, on s'est disputés. Ici, on a aimé, on a rêvé. C'est là que le feu a pris. Et là que la première brique est tombée. Ici, on est mort. »

Je m'aventure à l'arrière de la demeure, sur ce qui devait être la terrasse couverte. Juste en face de moi, à quelques mètres, se dresse une fontaine, silencieuse et vide.

Je me laisse tomber sur les marches, puis je sors mon carnet et mon stylo. Le soleil me brûle les bras, les épaules. Je prends une cigarette, je l'allume et je tire une bouffée. C'est ma toute première cigarette, un moment solennel... sauf que ça me donne la nausée et que ça me fait tousser pendant cinq bonnes minutes.

Quand je finis par me calmer, les larmes aux yeux, le souffle court, j'ouvre mon carnet à une page blanche.

Chère Saz

Je contemple ces deux mots. J'ai tant de choses à lui dire, mais je ne sais pas comment m'y prendre.

« Il est sans doute temps que je t'explique pourquoi cette lettre vient d'une île de Géorgie et non d'Atlanta et pourquoi je ne passerai pas l'été à Mary Grove avec toi. »

Elle ne va pas en revenir. Elle va m'en vouloir de lui avoir caché. C'est pour ça qu'il faut que je lui écrive, maintenant.

Je remplis six pages, recto verso, puis je reste assise là, à fumer la cigarette jusqu'au filtre. J'en allume une autre, puis une autre, en inhalant la fumée, jusqu'à ce que je voie des clients de l'auberge, armés de cannes et d'appareils photo, s'approcher des ruines. Je prends une dernière bouffée avant de vomir dans les buissons et de filer à la plage.

Le ciel est d'un blanc aveuglant, et j'ai oublié mes lunettes de soleil. Je mets ma main en visière, scrutant les environs, les yeux plissés. Quand j'enlève ma casquette, je me sens nue sans mes cheveux. Je me déchausse, le sable est si doux, plus frais que je ne le pensais. Je repère un pick-up, loin, très loin, à l'autre bout de la plage. Bizarre, je croyais que les véhicules à moteur étaient interdits sur l'île... Mais, là où je suis, il n'y a que moi. Je suis seule avec l'océan, qui s'étend à perte de vue...

Je me mets en maillot – le bikini noir que j'ai acheté avec Saz en avril, en prévision de notre épique dernier été avant la fac. Je laisse mes vêtements en tas sur le sable à côté de mes chaussures et de ma casquette – cette plage commence à ressembler au sol de ma chambre. Puis j'entre dans l'eau. Elle est bonne. Je m'arrête quand elle m'arrive aux mollets.

Mon plus vieux souvenir, c'est mes parents et moi à la plage, main dans la main, les pieds dans l'eau. Je me rappelle les vagues qui vont et viennent, le sable collé à mes chevilles et l'océan qui essaie de me l'arracher. Je me rappelle ma mère qui rit en criant : « Ne te laisse pas emporter ! » au sable, ou peut-être à papa ou à moi. Je me rappelle lui avoir lâché la main pour essayer de retenir le sable.

Je m'avance dans l'eau.

Jusqu'aux genoux.

Jusqu'aux cuisses.

Jusqu'aux hanches.

J'inspire profondément. J'ai le cœur qui bat à coups sourds.

Boum boum boum.

Jusqu'à la taille.

Jusqu'à la poitrine.

Je guette le moment où le sol va se dérober sous mes pieds, mais le truc, c'est que ça arrive sans prévenir. Je me dis : « Non, pas cette fois. » Et je plonge. Lorsque je l'ai décidé. « Cette fois, je m'enfonce quand je l'ai choisi. » Je ferme les yeux, et nage dans l'océan. À Rhode Island, on vivait au bord de l'Atlantique. Je connais les dangers des courants, des lames de fond et des tourbillons. Je sais nager aussi bien en eaux calmes qu'en eaux agitées et je sais quoi faire si je me mets à paniquer. J'ai presque su nager avant de marcher, d'abord dans la mer, puis à la piscine municipale de Mary Grove.

Sous l'eau, il n'y a plus de fond, plus de sol. J'ouvre les yeux et je m'imagine vivre ici, sous la mer. Je nage, ça fait du bien de se sentir libre de ses mouvements. Les vagues grossissent, mais je continue. Quand je fatigue, je me laisse porter par le courant, sur le dos. Je suis à la fois excitée, terrifiée et indifférente. Je fais la morte, je me laisse flotter, toute molle. L'eau me porte, c'est étonnant... Je me sens si lourde que je devrais couler comme une pierre.

Je m'arrête un instant pour regarder autour de moi, mais il n'y a plus que l'océan, de tous côtés, à perte de vue.

Alors je me mets à crier. Je crie, je hurle, je braille, à pleins poumons. Je donne tout ce que j'ai, tout ce que je retiens depuis que mon père est entré dans ma chambre. Toute ma rage, toute ma colère contre mes parents. Je hurle le plus fort possible, vers le ciel, vers la mer, et les mots disparaissent dans tout ce bleu.

Une vague me gifle. Je bois la tasse, je crachote, je toussote, et quand je reprends mon souffle, je me tais. Je flotte sur le ventre, les yeux ouverts, et je ne vois rien parce que l'eau est trop sombre, trop profonde. Je dérive, ballottée par les flots.

Je relève la tête pour respirer, le courant est fort, l'île semble si loin. Comment suis-je arrivée là ? Je m'imagine emportée par les vagues jusqu'en Afrique, rejetée sur le rivage… où je recommencerai ma vie. Nouveau nom. Nouveau continent. Mon père s'inquiéterait peut-être. Il comprendrait qu'il a fait une erreur, qu'il tient à sa famille.

Je replonge le visage dans l'eau, je me laisse flotter.

Je devrais peut-être faire demi-tour, j'ai perdu la notion du temps. J'ai le ventre qui gargouille, l'estomac vide, je meurs de faim.

Soudain, quelqu'un m'attrape par la taille. Ma tête sort de l'eau, je tousse, je crache parce que je viens d'avaler la moitié de l'océan. Sur le coup, je pense : « Un requin ! »

Mais ce sont des bras qui se referment sur moi, qui me traînent dans l'eau, et ces bras sont attachés à un garçon.

Je réussis à crachouiller :

– Lâche-moi.

– Non.

– Je ne suis pas en détresse. Je suis née dans l'océan.

– Ah oui ? T'es à moitié dauphin ? Eh ben, je m'en fous.

C'est le gars du bar, le gars des bagages et dorénavant, j'imagine que ce sera aussi le gars de la plage. Je le martèle de coups de poing, mais il resserre son étreinte et continue à me tracter vers le rivage.

– Tu vas te calmer, Ariel ? grommelle-t-il, tout doré de soleil. Tu sais qu'on abrite la plus grand pouponnière de requins de la côte Est ?

Soudain, je pense à mon cousin Danny, le fils d'Addy, emporté par le courant. On est loin de la côte. Je ne connais pas cette plage, je ne connais pas ces eaux-là ni ce qui y vit. Je ne sais rien. Et s'il m'était arrivé quelque chose ? Ma mère se serait retrouvée complètement seule.

Passant le bras autour de son cou, je me cramponne. Il a un tatouage sur l'omoplate. Une boussole. Évidemment. Quelle ironie... Quelle magnifique, absolue, stupide ironie ! Je lui fais face, dos à la côte, et je contemple l'océan. Quand je tourne la tête, l'île se rapproche de plus en plus, mais elle est encore loin. Du coin de l'œil, je guette la nageoire triangulaire qui pointerait hors des flots.

Le temps qu'on regagne l'endroit où j'ai pied, je comprends à quel point j'ai été bête. Je ne peux pas me permettre de risquer ma vie, même si je prends un malin plaisir à imaginer la tête de mon père au bout du fil.

« Neil Henry ? Votre fille a eu un accident. Si seulement vous ne les aviez pas expédiées là-bas... »

À l'approche du rivage, je le lâche et je m'écarte. Je nage plus vite, plus fort que jamais. Je fais la course parce que j'ai hâte de regagner la terre ferme, de sentir le sol sous mes pieds. Parce qu'il n'est pas question que je laisse un garçon me battre. Parce que je ne suis pas le genre de fille à attendre son sauveur. Parce que je veux qu'il sache à qui il a affaire.

Je le dépasse, il me rattrape, on est au coude à coude.

Je gagne d'un cheveu et on s'écroule sur la plage.

Mon corps s'enfonce dans le sable. C'est bon, ça me réchauffe la peau, les os. C'est la première fois que mon cœur se dégèle complètement depuis le 30 mai. Je suis à l'abri derrière mes paupières – telles des volets qui protègent mes pensées. Sauf qu'avec ce soleil, impossible de faire le noir complet.

Un jour, quelqu'un passera sur la plage et verra l'empreinte de mon corps, comme une silhouette tracée à la craie, et je serai en-dessous, enfouie profondément dans le sable.

– Non, mais qu'est-ce que t'as dans la tête ?

J'ouvre les yeux, il est planté devant moi.

– Écoute, Calamity Jane… c'est bon pour aujourd'hui ou faut que je reste pour jouer les gardes du corps ? Tu sais quoi ? Je vais t'aider. Les marécages, c'est par là.

Il désigne les arbres au loin.

– De ce côté, tu traverses la route principale, et tu continues vers l'est, jusqu'au bout. Tu ne peux pas te tromper. T'as qu'à piquer une tête là-bas aussi. Tu vas adorer. Les alligators et les serpents venimeux t'attendent.

Il se penche, ramasse son T-shirt dans le sable, et commence à s'éloigner.

Sans faire référence à notre rencontre au bar, hier soir. Ni au fait que je lui ai laissé mon numéro.

– Claude, je lance. Je m'appelle Claude.

Il se retourne, continuant à marcher à reculons. Il écarte les bras.

– Qu'est-ce que ça peut me foutre ?

Et il disparaît entre les dunes.

Je rentre à travers les dunes, à travers les chênes biscornus. Sur la route poussiéreuse. Je le cherche des yeux, en vain.

J'enlève ma casquette pour ébouriffer ce qui me reste de cheveux.

Si seulement je pouvais les récupérer et les recoller ! Quand je les ai coupés, il ne m'est pas venu à l'esprit un seul instant que mon séjour sur cette île allait prendre fin un jour et que j'aurais besoin de mes cheveux à la rentrée. Bah non ! Quand je vais entrer à la fac, on me prendra pour un garçon.

Je tire le rouge à lèvres du fond de ma poche. Je m'en remets soigneusement. Au cas où je le croiserais à nouveau.

Et là, j'entends un bruissement dans les buissons et je détale.

JOUR 2
(TROISIÈME PARTIE)

Mon cœur bat encore à tout rompre lorsque j'arrive chez Addy. Alors que la porte-moustiquaire claque derrière moi, j'appelle ma mère. Pas de réponse. J'appelle Dandelion. Pas de réponse. L'espace d'un instant, je me demande s'ils m'ont abandonnée également. Je fonce dans la chambre de ma mère, mais toutes ses affaires sont là, sur la commode, le fauteuil, le lit. Ses vêtements sont pendus dans le placard. Je respire à nouveau. Dandelion surgit de nulle part, s'étire et miaule. Je le prends dans mes bras pour le couvrir de papouilles.

Dans la salle de bains, j'enlève mon jean, mon T-shirt et ma casquette trempés, puis je reste plantée là en maillot, découvrant mes bras et mes jambes constellés de piqûres d'insectes. Je les gratte frénétiquement, elles gonflent affreusement, puis j'ôte mon maillot pour prendre la plus longue douche de ma vie.

Une heure plus tard, je suis dans mon petit coin près de la fenêtre, casquette vissée sur la tête pour cacher le massacre. Mes carnets – ceux où j'ai écrit mon interminable et abominable roman – gisent à mes côtés. J'ai tant de choses à dire et, en même temps, rien d'intéressant. Je regarde cette pile vacillante comme si c'était un proche placé sous respirateur depuis trop longtemps. « Il est temps de te débrancher, désolée. »

Je sursaute en entendant frapper à la porte. Je n'ai envie de voir personne, je ne réponds pas. On frappe à nouveau. Je ne lève pas le nez de mon carnet. Mais voilà qu'on cogne à la fenêtre. Quelqu'un me regarde. C'est le gars de la plage.

Je le fixe en espérant être soudainement devenue invisible.

À travers la vitre, il me lance :

– J'te vois, tu sais.

Je repose mon carnet, je me lève, j'ouvre la porte.

– Qu'est-ce que tu veux ?

– Tu es en vie.

– Comme tu peux le constater.

– Il y avait quand même de grandes chances que tu sois au fond des marécages en train de te faire dévorer par les alligators. J'ai préféré passer vérifier. Ce n'est pas parce qu'on se croirait au paradis qu'il n'y a aucun danger.

Il tourne les talons, descend du perron, puis remonte aussitôt.

– Au fait, je voulais te prévenir pour les serpents : à sonnette, cuivré ou mocassin d'eau… il y en a pour tous les goûts. Ah, et surtout, ne t'interpose jamais entre une laie et ses petits. Tu passerais un sale quart d'heure. Regarde où tu vas, regarde où tu nages, et tout ira bien. Surtout la nuit, parce qu'il y a beaucoup de créatures nocturnes dans les environs. Sur la plage, ça va, mais je pense quand même que tu ne devrais pas aller te baigner toute seule. Ce serait vraiment ennuyeux de devoir organiser une évacuation d'urgence pour toi.

Et sur ces mots, il dévale les marches et file vers la route.

Je me rue sur le perron.

– Tu sors ce petit discours à tous les nouveaux venus ?

Il se retourne pour me faire face.

– Non, seulement aux plus intrépides.

– Désolée, mais tu as perdu ton temps en venant jusqu'ici parce que j'ai décidé de ne plus mettre le nez dehors de tout mon séjour ici.

– Et tu restes combien de temps ?

– Encore trente-quatre jours, en comptant aujourd'hui. Hélas.

– Je vais quand même avertir les gardes du parc naturel. Au cas où tu changerais d'avis.

Et il repart d'un pas nonchalant, sans un coup d'œil en arrière. Je le regarde s'éloigner – le soleil qui joue dans ses cheveux, ses épaules musclées qui roulent sous son T-shirt – puis se hisser au volant du pick-up poussiéreux qui l'attend sur le bord de la route.

Ce soir-là, ma mère et moi, nous allons siroter une limonade dans un rocking-chair sur la terrasse de l'auberge. Nous portons des robes bleues presque assorties. Une coïncidence qui m'agace.

Ma mère ne tarit pas sur tout ce qu'elle a découvert au musée.

– Franchement, l'histoire de cette île regorge de figures féminines fortes, qui ont dû tout reconstruire après une tragédie. Claudine et ton arrière-grand-mère Eva étaient leurs descendantes. Et même avant que la famille Blackwood vienne s'installer ici, les femmes faisaient la loi sur cette île.

– Ah oui ?

– Oui.

– Tu veux dire qu'on est sur l'île des Amazones ?

– Tout à fait ! Nous voilà sur l'île des Amazones, entourées par les esprits de ces femmes à poigne. Peut-être pourrons-nous prendre exemple sur elles. Peut-être trouverons-nous toutes les deux matière à écrire…

Elle laisse sa phrase en suspens et comme je ne lui pose pas de questions sur son travail – combien de temps ça va lui prendre, quel genre de documents elle a trouvé sur les Blackwood, qu'a-t-elle appris sur les gens qui ont vécu ici –, elle me raconte l'histoire de Doña Grecia Reyes, une Amérindienne du peuple Timucua, qui a épousé un soldat espagnol et combattu aux côtés des Espagnols pour prendre possession de l'île. Qui a écrit au roi d'Espagne afin de lui demander les fonds nécessaires pour prendre le contrôle de toute la côte de Floride et de Géorgie. Et qui non seulement a reçu une réponse, mais également l'argent réclamé et qui, de ce fait, était surnommée la Princesse de l'Île.

Derrière la tristesse, je sens l'exaltation poindre dans la voix de ma mère, une forme de détermination. Elle a un nouveau projet, un objectif, les recherches vont l'occuper.

Je ne dis rien, mais une petite partie de moi pense : « Il me faut quelque chose à faire à part traîner aux quatre coins de l'île comme cette vieille sorcière de Miss Havisham. » Et la part de moi qui lui en veut encore refuse de lui dire que ses histoires sont intéressantes et de leur témoigner la moindre attention.

– Ça te va bien, dit-elle en m'effleurant les cheveux. Ça fait chic.

– Ils sont trop courts.

– Pourquoi tu les as coupés ?

– J'avais besoin de changement.

– Je me les couperais bien aussi si je n'étais pas sûre que ça ne m'ira pas.

– Ça t'irait mieux qu'à moi.

Tout le monde sait que moi, c'est Ron, et elle, Harry.

– Franchement, je ne crois pas que tu apprécierais que j'essaie de te copier. Il faut que je trouve mon truc à moi... peut-être un tatouage.

Ce qu'elle dit me fait réfléchir... On a tous un rôle assigné, qu'on le veuille ou non. Le mien, c'est «la gentille fille de deux adultes exceptionnels qu'elle n'arrivera jamais à surpasser». Cette fille a passé un test de QI à six ans, qui l'a classée dans la catégorie des génies alors qu'elle est loin de se sentir géniale. Une version moins glamour de sa mère, qui elle a le rôle d'«autrice célèbre et primée que tout le monde adore».

Mon père a le rôle de «celui qui n'est pas comme nous». Attention, c'est un créatif, lui aussi. Il peut jouer de n'importe quel instrument qui lui tombe sous la main, même s'il n'avait jamais pris le moindre cours avant d'entrer à la Juilliard School, à vingt ans. Il lui suffit d'entendre un morceau une fois pour être capable de le répéter au piano ou à la guitare. Il est aussi doué en peinture, sauf qu'il ne peint jamais. Ma mère dit que c'est un artiste frustré qui aurait dû vivre à une autre époque.

Mon rôle sur cette île ne peut pas se limiter à être «la fille en exil du type qui ne supporte plus la vie de famille». Ni «Lauren Junior» ou «l'ombre de Lauren». Faut que je trouve mieux. L'ancienne Claude est morte et une nouvelle Claude a pris sa place... sauf que c'est une étrangère pour moi.

Je dis à ma mère que j'ai besoin d'aller aux toilettes. À l'intérieur de l'auberge, il fait cent degrés de moins. Je file à la petite boutique, qui est déserte. Je fais mine de regarder les bouquins, les casquettes et les cartes postales.

Jared surgit de nulle part. Il porte une chemise blanche sur un pantalon noir, l'uniforme du personnel. Ses manches relevées laissent apparaître un tatouage sur l'avant-bras droit.

– Salut, me lance-t-il.

Je me remémore soudain que nous sommes sur une île où il n'y a qu'une trentaine de personnes.

– Salut. Je cherche le gars qui a porté nos bagages jusqu'à la maison hier.

– Tu veux parler de Miah.

– Maya ?

– Jeremiah Crew. Mais on l'appelle Miah. M-I-A-H. À son arrivée sur l'île, certains l'ont surnommé J. Crew. Tu sais, comme la marque. Il leur a vite fait comprendre qu'il ne trouvait pas ça drôle.

– Et tu sais où je pourrais le trouver ?

– Ici ou là… n'importe où. Miah va où il veut et fait ce qu'il veut.

– Mais il a un statut spécial ici ? Parce qu'il se la joue un peu…

Jared hausse les épaules.

– Il vient sur l'île depuis longtemps.

– Qu'est-ce qu'il fait là ? Il travaille à l'auberge avec vous ?

– Il travaille pour les Bailey, un couple du nord de l'île. Il encadre les jeunes de l'association Outward Bound qui nettoient les sentiers. Il fait des petites courses. Il va sur le continent quand les gens ont besoin de quelque chose de particulier. Il construit des trucs.

– Mais pourquoi ici ?

– Tu devrais lui poser la question.

Il me lance un regard entendu en précisant :

– Il n'a pas de copine. Enfin, pour autant que je sache.

Il sourit. Il a parfaitement compris pourquoi je m'intéresse à Miah mais il ne me juge pas. Franchement, je crois que je pourrais m'en faire un pote.

– Ce n'est pas pour ça que je te demandais, mais merci quand même, Jared.

– De rien, Claude.

Je commence à m'éloigner, puis je me retourne.

– C'est quoi, ton tatouage ?

Il tend le bras pour que je puisse déchiffrer. *12 août.*

Je plaisante :

– T'as peur d'oublier la date de ton anniversaire ?

– Non, c'est en mémoire d'un ami qui est mort.

Visiblement, il sait ce que ça fait de voir le sol se dérober sous ses pieds.

– Je suis désolée pour ton ami.

– Merci.

Il fixe son tatouage un instant avant de relever la tête vers moi.

– Hé, on a prévu un truc tous ensemble demain soir. Tu veux venir ?

– Où ça ?

– Au Haz.

– C'est quoi, ça ?

– L'Heureux Hasard, la maison où vit toute l'équipe.

– Peut-être, je verrai. Merci.

Pendant le dîner, bercée par le brouhaha des discussions, qui monte et descend – toujours les mêmes conversations dont j'ai mémorisé les questions et les réponses –, je pense à Jeremiah Crew.

Voilà ce que je sais de lui :

On le surnomme Miah.

Il n'aime pas qu'on l'appelle J. Crew.

Il vient sur l'île depuis longtemps.

Tout le monde lui fait confiance.

Il n'a sans doute pas de copine.

Sur le chemin du retour, mon portable vibre.

– C'est le tien ? demande ma mère, le nez vers les étoiles.

Je sors mon téléphone de ma poche.

Je t'aime plus que la Veuve Noire, le beurre de cacahuètes et *Umbrella*. Quand est-ce que tu rentres ?

Umbrella de Rihanna est notre chanson depuis toutes petites, à Saz et moi.

Je me dépêche de lui envoyer un extrait des paroles en réponse, mais voilà que mon portable mouline, mouline, mouline sans parvenir à envoyer le message. Et voilà, Saz n'est plus là.

JOUR 3
(PREMIÈRE PARTIE)

Je me réveille tôt. Pendant la nuit, j'ai enlevé mon bas de pyjama, et me voilà en T-shirt et culotte. J'essaie d'imaginer le visage de Wyatt. Sa bouche. Mais à la place, je vois la gueule de beau gosse de Jeremiah Crew. La boussole tatouée sur son épaule. Ses mains larges et fortes. J'ai beau essayer de le chasser de mon esprit, il revient.

« Claudine, murmurent ses lèvres en gros plan. J'ai envie de toi. Tu ne te rends pas compte de l'effet que tu me fais ? Tu ne vois pas comme j'ai envie de toi ? »

« Si, dis-je dans un souffle. Prends-moi. »

Un bourdonnement résonne dans mon oreille. D'un revers de main, je chasse le moustique sans le voir. *Bzz bzz bzz!* Je me redresse pour tenter de l'écraser entre mes paumes. Je secoue mes cheveux, tout trempés par la moiteur géorgienne, au cas où il se serait caché dedans. Le bourdonnement persiste et *pouf!* adieu, Jeremiah !

Je m'adosse à la tête de lit.

« Tu as gagné, moustique. Régale-toi ! Avec un peu de chance, je vais mourir de la malaria dans cette jungle. Bien fait pour mes parents ! »

Jeremiah Crew viendra à mon enterrement et sanglotera devant mon cercueil ou mon urne, ou je ne sais quoi. Il sera à jamais hanté par mon souvenir et le regret de ce qu'on aurait pu vivre ensemble.

Le temps que j'émerge de ma chambre, il s'est mis à pleuvoir. Ma mère est dans la cuisine, en train de rincer la vaisselle avant de la poser sur l'égouttoir. Elle porte un jean et une jolie blouse, les cheveux en queue-de-cheval.

– B'jour, dis-je en me servant un café.

– Il est un peu tard pour les bonjours, dit-elle.

Elle repousse une mèche de son visage en désignant du menton un colis sur ma banquette près de la fenêtre.

– Tu as reçu ça de la part de ton père.

« Papa » est devenu « ton père » ?

– Qu'est-ce que c'est ?

– Aucune idée.

Au loin, les éclairs zèbrent le ciel. Je compte – un, deux, trois, quatre – et le tonnerre résonne. Je m'appuie contre le bar pour manger mes céréales, fixant le colis comme si c'était une bombe. Ma mère me parle, mais je ne l'écoute pas – je suis obnubilée par ce paquet. Elle dit un truc à propos du musée, puis du dîner avant de prendre son sac et son parapluie pour quitter la maison.

Je suis toujours à la même place quand elle revient un instant plus tard.

– C'est à toi ?

– Quoi ?

Elle se tient sur le seuil, fixant un truc sur le paillasson. En la rejoignant, je découvre un tube de crème à la cortisone et une bombe de répulsif contre les insectes. Avec un petit mot :

Pour Milady. C'est pire quand on gratte.

– Ah, en effet, je pense que c'est pour moi.

Je jette un coup d'œil aux environs, mais il n'est pas dans les parages.

En lisant le message, elle sourit malgré elle.

– Tu as envie de me dire qui t'a fait ce petit cadeau ?

– Pas vraiment.

Je lui rends son sourire puis je file dans la cuisine me servir un nouveau bol de céréales, en m'efforçant d'avoir l'air détaché.

Je l'entends me dire au revoir, puis la porte se referme derrière elle.

J'attends deux minutes avant d'aller ramasser mon « petit cadeau ». J'examine le mot qui a visiblement été rédigé sur un carnet qui m'est familier. Je le retourne et vois mon numéro. En dessous, il a écrit :

Les portables ne passent pas ici. Si je veux te voir, je sais où te trouver.

Mon père m'a envoyé Edna, ma poupée préférée de petite fille, un carnet de paroles de chansons écrites en collaboration avec Saz au fil des années, ma collection de livres d'Alice et un chat en argile que j'avais fait en CM1. Le tout enveloppé dans du papier Avengers. Avec le message suivant :

Ma Clo,

J'ai pensé que tout ça pourrait te manquer. J'espère que tu t'amuses bien sur cette île et qu'il ne fait pas trop chaud. Bradbury et moi, on prend nos petites habitudes, tous les deux. J'ai beaucoup de boulot à la fac en ce moment, mais nous avons hâte de te voir en août quand tu reviendras. Tu nous manques.

Bisous,

Papa

Je feuillette le carnet, range les livres en pile avec le chat dessus. Je prends Edna pour la dévisager. Elle a des moustaches – en réalité des points de suture imitant ceux que j'avais récoltés dans la cour de récré –, une mèche en moins à cause d'une coupe de cheveux sauvage, de l'ombre à paupières violette dessinée au marqueur.

– Qu'est-ce que tu fais là ? je lui demande. Pourquoi m'a-t-il envoyé tout ça alors que je rentre dans quelques semaines ?

« À moins qu'il ne veuille pas que tu rentres, murmure une voix au fond de moi. Jamais. »

Edna est couchée sur le dos, les pieds contre le mur. Dandelion saute à côté d'elle et entreprend de lui faire un shampooing.

Je mets ma casquette et mes chaussures. Je pars si vite que j'oublie de prendre un parapluie. Cinq minutes plus tard, je suis trempée jusqu'aux os. La casquette sent le chien mouillé.

Tout en marchant, je réfléchis à l'histoire de mes parents. Ils s'aimaient pourtant, tous les deux, jusqu'à ce que mon père décide que non, c'était fini. Il a fondé une famille, et puis, non, finalement, il n'en veut plus. Qu'est-ce qui fait que l'amour s'arrête ?

Un jour, il y a de l'amour entre deux personnes, le lendemain, plus rien. Où va cet amour ? Un truc vivant, si puissant... comment peut-il disparaître comme s'il n'avait jamais existé ? J'imagine une pièce, ou même carrément une planète où se retrouve tout l'amour dont on ne veut plus. Une sorte de décharge des sentiments. Avec de petits éclats d'amour éparpillés un peu partout. Des gens qui fouillent, récupèrent les plus gros, les plus beaux pour tenter d'en faire quelque chose, de les recycler. C'est bien ce qui se passe quand on rencontre quelqu'un d'autre, qu'on retombe amoureux – on se réconcilie avec soi-même, on recolle les morceaux et on essaie encore.

Je finis par apercevoir une maison sur le bord de la route. Une maisonnette bleu vif sous un énorme chêne. Des rocking-chairs assortis sur la terrasse couverte. De la lumière aux fenêtres. Une vraie maison de conte de fées, mignonne et douillette, qui donne envie d'entrer et de faire comme chez soi.

Je me remets en marche, parce que sinon je risque de rester plantée là éternellement. Un peu plus loin, il y a une autre maison, jaune tournesol cette fois, et la suivante vert pâle et celle d'après rose. De l'extérieur, elles paraissent si chaleureuses et cosy... à croire qu'aucun malheur n'arrivera jamais à leurs habitants.

L'épicerie se résume à deux allées remplies de bonbons, céréales, *junk food* et lotions apaisantes. Il y a un congélateur pour les glaces et un frigo pour les boissons fraîches. Quelques cartes postales de l'île qui datent des années 1970. Et un petit comptoir où une dame au visage rond lit un magazine. D'après son badge, elle s'appelle TERRI.

Je m'éclaircis la voix.

– Le ferry passe tous les combien ?

Elle lève les yeux de son magazine.

– Il fait l'aller-retour jusqu'au continent trois fois par jour, mais si vous avez de l'argent, vous pouvez prendre un bateau privé.

– Si seulement ! je réponds. Et à quelle heure ouvrez-vous le magasin ?

– Quand ça me chante.

Et sur ces bonnes paroles, elle se replonge dans sa lecture.

Dans un coin, il y a deux tables rondes entourées de chaises. Je m'assieds, je sors mon portable et j'appelle Saz. Elle décroche à la deuxième sonnerie.

– Sazzy ?

– Hen ! T'es toujours à Atlanta ? Quand est-ce que tu rentres ?

Brusquement, tous les morceaux de moi que je m'efforce de contenir depuis des semaines se mettent à parler, fracturés, épars, mais unis dans une même douleur. Une souffrance qui s'exprime en lâchant :

– Je ne rentre pas tout de suite parce que ma mère et moi, on est sur une île et on n'a pas le choix. Parce que mon père ne veut plus de nous et que ma mère ne sait pas trop ce qu'on va faire, du coup. Donc, voilà, et je ne comprends toujours pas. S'il tenait tant à la quitter, alors pourquoi ce n'est pas lui qui est parti ? Pourquoi c'est ma mère et moi qui avons dû tout laisser en plan et filer comme des fugitives, comme des criminelles en cavale qui ont fait un truc si terrible qu'on ne peut même pas en parler, qui ne méritent même pas qu'on leur dise au revoir ? Donc, voilà, je ne sais pas quand je rentre.

Je ne dis pas « à la maison » parce que ma maison n'est plus à Mary Grove, pas plus que sur cette île. C'est juste un endroit où j'ai vécu. Maintenant je ne sais plus où j'habite. Peut-être dans la décharge des sentiments, au milieu des ruines de l'amour.

Saz m'écoute sans rien dire, même quand je lui annonce que je me suis coupé les cheveux et que je me mets à pleurer. Elle murmure juste « putain » et continue à m'écouter. Je sens qu'elle est tout ouïe, qu'elle retient son souffle, pour me laisser vider mon sac. Au bout d'un moment, je ne sais même plus trop ce que je raconte, parce que ce n'est pas moi qui parle, ce sont tous ces morceaux de moi. Même alors que je pleure, je sens qu'ils se raccrochent les uns aux autres. De bric et de broc. Mais unis.

Quand j'ai fini, que les mots cessent de jaillir et que les morceaux de moi rafistolés sont à bout de souffle, Saz dit :

– Alors 1) je t'aime.

– Moi aussi.

– Pour toujours et à jamais. Je suis sérieuse. Ne va pas t'imaginer une seule seconde que je vais me lasser. Et 2) qu'il aille se faire voir. Ça ne m'étonne pas, mais quel connard !

« Comment ça, “ça ne l'étonne pas” ? »

La part de moi qui aime mon père parce que c'est mon père a envie de lui dire d'aller se faire voir, elle, mais je ne peux pas le protéger éternellement, alors je répète :

– Qu'il aille se faire voir.

Et un morceau de mon cœur se détache et tombe par terre lorsque je prononce ces mots, parce que j'ai l'impression de le trahir.

– Et enfin 3) il faut qu'on te sorte de là.

À cette pensée, je me redresse un peu et je sèche mes larmes pour me concentrer sur ce qu'elle dit.

– Il y a quoi à mi-chemin entre ici et là-bas ? Je pourrais aller jusqu'à... attends...

Elle se tait quelques secondes.

– Si je descends jusqu'à Greenville, tu pourrais me rejoindre ?

Tu voles une voiture, tu sautes dans un avion, je ne sais pas... Je peux y être demain.

J'affiche la carte sur mon téléphone, mais elle n'arrête pas de bugger parce qu'il n'y a presque pas de réseau. Tandis que j'étudie le trajet, mon cœur s'emballe. Oui, je pourrais prendre la fuite, filer loin, loin d'ici...

– Je ne veux pas retourner à Mary Grove.

Pourtant ma chambre aux murs verts me manque, et mon chien, et ma maison, et mes amis. Des choses que je croyais acquises à jamais.

– Non, bien sûr. On n'a qu'à tailler la route, toutes les deux. Comme Thelma et Louise. Deux hors-la-loi. Un dernier voyage avant la fac. Toi et moi, libres et rebelles! On pourrait aller à Asheville. Visiter le sanatorium où Zelda Fitzgerald est morte brûlée vive.

Je nous imagine. Claude et Saz. Saz et Claude. Comme toujours. On s'arrêterait visiter tous les sites touristiques les plus pourris de la Caroline du Nord à la Californie. Parce qu'on irait forcément sur la côte Ouest. Los Angeles. Adieu l'hiver. Adieu le froid. Le soleil, le ciel éternellement bleu, la ville à perte de vue. Une ville où se perdre et où se trouver.

Et soudain, Saz fait :

– Attends une minute.

Je l'entends parler à quelqu'un et rire. Puis elle dit autre chose. Et elle me reprend :

– Me revoilà. Désolée! Ivy commande des pizzas et on n'arrive pas à se mettre d'accord. Moi, c'est pepperoni et supplément poivrons, et elle est plutôt hawaïenne. Jambon et ananas, répugnant!

Elle crie sans doute plus à l'intention d'Ivy que de moi.

– Tu m'as mise sur haut-parleur?

– Quoi ?
– Tu-m'as-mise-sur-HAUT-PARLEUR ?
– Oui...
– Coupe-le tout de suite.
Je n'appelle pas Saz et Ivy. J'appelle Saz.
– OK, je l'ai coupé. Désolée. On est entre nous. Ivy ne t'entend plus.
C'est sa façon de dire *Ivy*, comme si elles partageaient tellement de choses... du genre commander des pizzas, coucher ensemble et tomber amoureuses... alors que moi, je suis sur la touche, à mille cinq cents kilomètres de là.
– Bon, alors on se retrouve à Asheville ? reprend-elle.
– C'est sérieux entre Ivy et toi ?
– Elle a rompu avec Leah.
Elle attend que je réagisse, mais comme je ne dis rien, elle insiste :
– Hen ?
– Désolée, je me demandais si tu lui parlais à elle ou à moi.
Je suis blessée et ça s'entend à ma voix.
– Et elle l'a quittée pour toi ?
– Elle dit que non, mais c'était jeudi dernier et on est ensemble depuis. Elle m'a déflorée à nouveau. Encore et encore...
Elle éclate de rire.
– Oh, attends une seconde...
Elle me prend, me laisse et me reprend, sans arrêt.
À chaque fois, elle s'excuse, mais je me ratatine de l'intérieur. L'île, ses ruines, l'humidité, les chevaux, les sangliers m'oppressent, je rapetisse jusqu'à la taille d'une fourmi. Saz a toujours eu l'impression que ses parents ne la comprenaient pas vraiment. Ils ont beau faire des efforts – parce qu'ils sont adorables

et qu'ils veulent bien faire –, sa sexualité, son sens de l'humour leur passent complètement au-dessus de la tête. Son père l'accompagne aux manifs avec son T-shirt Gay Pride, il l'a laissée couvrir leur voiture d'autocollants arc-en-ciel. Il lui dit tous les soirs qu'il l'aime et qu'il l'aimera toujours. Elle ne peut donc pas comprendre ce qui m'arrive. Mais quoi qu'il en soit, ça ne se fait vraiment pas, putain.

J'ai envie de raccrocher. De lui dire : « Mon univers a explosé et toi, tu te disputes avec ta copine sur le choix d'une pizza, sérieux ? »

Voilà qu'elle recommence :

– Désolée, Hen.

Et elles se remettent à parler comme si je n'étais pas là. J'ai les mains moites, je dois être écarlate et ce n'est pas à cause de la chaleur légendaire de la Géorgie. C'est à cause d'elles. Ça me frappe brusquement : que je le veuille ou non, plus rien ne sera comme avant.

Quand elle me reprend en ligne, je dis :

– Je te laisse. Toute ma vie part en live et toi, tu es trop occupée à discuter avec Ivy pour m'écouter.

– Mais si, je t'ai écoutée. Je suis désolée, c'est pas sympa. Je ne savais pas que tu allais appeler, et je suis contente parce que tu me manques trop, Hen. Mais elle est là, et je ne sais plus ce que je fais. C'est nouveau, tout ça, pour moi : cette relation, et toi qui n'est pas là…

Le silence s'installe. La faille qui nous sépare s'élargit à tel point que je me demande si on pourra la combler un jour. « Il ne devait pas y avoir de secrets entre nous. On devait rester Claude et Saz, Saz et Claude, pour toujours et à jamais. »

Elle reprend :

– Je suis sérieuse. Je peux venir te chercher. Au fait, Wyatt m'a demandé de tes nouvelles.

– Il m'a envoyé un message.

Et, comme ça, j'ajoute :

– Je lui ai dit.

– Tu lui as dit quoi ?

– Pour mes parents.

– Tu en as parlé à Wyatt ?

– Oui.

– Quand ?

– Avant de partir.

– Tu lui as dit à lui, et pas à moi ?

J'allais parler d'Ivy et tout ça, mais en fin de compte, je prétexte :

– Non, on est trop proches. Ça aurait rendu les choses trop réelles.

Ça fait bizarre de réécrire l'histoire. Au lieu de rebâtir un sol sous mes pieds, je construis des murs autour de moi.

Elle ne répond rien.

– T'es toujours là ? je demande.

– Ouais.

Sa voix est plate, terne. Pendant une minute, on reste là, sans rien dire.

Finalement, elle soupire :

– Bon, allez, on se retrouve quelque part et je te ramène à Mary Grove.

Mais elle manque cruellement d'enthousiasme.

Et même si je lui en veux de continuer à vivre sa vie alors que je suis piégée ici, complètement paralysée, et même si elle m'en veut de l'avoir dit à Wyatt et pas à elle, j'ai envie de répondre : « OK, on y va ! On part ! »

L'espace de quelques secondes, je nous imagine à nouveau sur la route, comme Thelma et Louise.

Mais je regarde autour de moi, cette épicerie, et dehors, les chênes de Virginie, les palmiers, les marécages. Et je réalise que je suis ici, sur cette île, et que sur cette île, il y a ma mère plongée jusqu'au cou dans la paperasse, les archives et Dieu sait quoi. Qui s'efforce de trouver un but, de s'occuper pour éviter de s'écrouler complètement.

– Je ne peux pas.

Pour le coup, j'ai l'impression que c'est moi qui vais m'écrouler. Mais le mécanisme est enclenché. À partir de ce moment-là, je ne regarde plus en arrière, je prête allégeance à ma mère. Je fais ce choix pour la vie. Je la choisis elle et pas lui. Je décide de la faire passer avant tout le monde, y compris moi.

– Hé, ça va s'arranger. Tu n'es pas seule, Hen. T'as peut-être cette impression, mais non. Tu n'es jamais seule. Pas tant que je suis sur cette terre.

– OK.

Mais en vrai, je suis seule. Et il y a un gouffre entre nous. Parce que je suis là et qu'Ivy est là-bas. Qu'elle prend ma place.

– Pourquoi tu as dit que ça ne t'étonnait pas quand je t'ai parlé de mon père ?

– Parce que… tes parents ne se disputent jamais. Et ils travaillent tous les deux nuit et jour. Et je ne les ai jamais vus se tenir la main.

– Si…

Mais en le disant je cherche la dernière fois que je les ai vus se donner la main, s'embrasser ou avoir le moindre geste d'affection l'un envers l'autre, comme les parents de Saz.

– Ce n'est pas parce que tu es en couple – si on peut appeler ça un couple – que tu es devenue experte en amour.

– Quoi ? Je viens de te dire que je sais pas du tout où j'en suis. C'est complètement la merde, Hen, mais pas la peine de te venger sur moi !

– Tu n'as aucune idée de ce que je traverse.

– Non, parce que tu viens de me l'apprendre, il y a dix minutes à peine. Contrairement à Wyatt qui est visiblement au courant depuis un moment.

Le silence s'installe à nouveau. J'entends sa respiration entrecoupée à l'autre bout du fil. J'ai envie de raccrocher mais elle soupire :

– Écoute. J'aime pas trop le plan que tu viens de me faire, mais toi, je t'aime plus que *Riverdale*, les librairies et les tournesols.

« Et Ivy alors ? Tu m'aimes plus qu'elle ? »

Quelqu'un pousse la porte du magasin. C'est le photographe de l'auberge.

– Il faut que j'y aille, je marmonne.

Et je lui raccroche au nez.

Je fixe mon portable, où Saz était un instant plus tôt. J'ai le cœur qui cogne, le sang qui bat à mes tempes, la tête qui va exploser. Je ressors le SMS de Wyatt et j'essaie de lui envoyer la photo de moi en maillot.

Cette fois, ça passe. J'écris : J'aimerais que tu sois là.

Je ne regarde pas où je vais. Je marche droit devant. Je marche, je marche… et quand je jette un œil autour de moi, je ne vois pas la maison bleue ni les chevaux sauvages, seulement les arbres, les marécages et le ciel.

Je fais volte-face pour retourner vers l'épicerie – ou tout du moins, c'est ce que je crois – mais les broussailles sont de plus en plus denses, les arbres plus grands, et je ne vois même plus le ciel.

Si je pouvais, j'appellerais mon père maintenant pour lui dire : « C'est ta faute si je suis perdue. Alors c'est à toi de me sortir de là. Préviens maman que je serai en retard, dis-lui que ça va, et trouve un moyen de me rapatrier chez Addy. Débrouille-toi ! »

J'essaie d'activer le GPS de mon portable, mais bien sûr, il n'y a pas de réseau. Alors j'essaie d'aller dans une autre direction, mais je crois bien que je tourne en rond. À un moment, je sens quelques gouttes sur mon front. Je lève la tête : il y a un nuage de la taille du Texas au-dessus de moi.

– Et merde !

C'est le moment que choisit le nuage pour crever et le tonnerre pour gronder. Et me revoilà trempée jusqu'aux os. Mais je continue à avancer parce que ce n'est pas une tempête qui va m'arrêter. Je *suis* la tempête. Je marche, je marche, jusqu'à ce que j'entende des voix et que je distingue un bâtiment à travers le rideau de pluie. Ce n'est pas la maison que j'ai croisée tout à l'heure. Celle-ci a un étage. Et avec sa peinture jaune écaillée, et ces énormes chênes drapés de mousse tout autour, on dirait plutôt une maison hantée. Il y a des gens sur le perron.

– Claude ? fait Jared.

JOUR 3
(DEUXIÈME PARTIE)

Jared est assis sur la plus haute marche, une bière à la main. À côté de lui, une fille avec deux nattes brunes et de grands yeux noirs, et un garçon afro-américain au visage rond. Il me fait signe en souriant alors que je ne l'ai jamais vu.

Je les rejoins. Jared me passe une bière. Elle est fraîche et amère, c'est bon. Ça me rappelle un peu l'Ohio et la soirée chez Trent. J'enlève ma caquette, je passe la main dans mes cheveux mouillés pour les dompter et leur donner une forme.

– Bienvenue à l'Heureux Hasard, lance Jared en écartant les bras. Ou pour faire court, au Haz !

Quelques bières plus tard, j'ai appris que la fille s'appelle Wednesday, qu'elle travaille aussi à l'auberge et vient de l'Alabama. Le garçon, Emory, est guide au parc naturel, et il a grandi en Caroline du Sud. Il emmène les clients de l'auberge visiter l'île en camionnette. Aujourd'hui, c'est leur jour de repos. La pluie continue à tambouriner contre le toit de la terrasse alors que la nuit tombe. Je commence à me détendre. « Tout va bien.

Tu ne t'es pas perdue finalement. Tu es là, avec eux. Tu n'es pas seule. »

Ils se mettent à raconter des histoires d'épouvante. Je n'écoute que d'une oreille, en pensant à Saz, à mon père et à Wyatt, qui doit être en train de coucher avec Lisa en ce moment même.

Wednesday me demande :

– Tu as déjà vu un fantôme ?

Elle a une voix feutrée qui, combinée à l'effet de la bière et à la musique de la pluie, me berce. J'ai chaud, je me sens bien, les paupières lourdes, le corps pesant.

– Non, je réponds.

– Tu vas forcément en voir, ici.

Un frisson me parcourt.

Emory secoue la tête.

– Le cimetière a un petit côté film d'horreur, c'est sûr. Mais pas autant que Rosecroft ou cette maison.

– Pourquoi tout le personnel loge si loin de l'auberge ? je demande.

Emory étend ses jambes et les croise.

– Les nouvelles constructions sont interdites sur l'île, elle est protégée. Et c'est le seul endroit assez grand pour tous nous accueillir.

Je jette un regard circulaire aux bois qui nous entourent. Pas d'autre habitation, pas la moindre lumière. Cette maison est vraiment dans un endroit reculé.

– Vous avez déjà entendu parler de l'homme-bébé ? fait Jared en me regardant.

Emory secoue la tête.

– Arrête, mon pote…

– Non, pas celle-là, Jared. Elle est trop flippante. Sérieux. Elle est encore pire que celle du mec au crochet ou je ne sais quelle autre légende urbaine.

Jared se penche en avant, et commence, d'une voix grave et posée :

– L'homme-bébé est une créature avec une tête de bébé et des cheveux de vieillard. Il n'arrête pas de dire « maman ». Et si tu as le malheur de répondre, il essaie de t'attraper.

Évidemment, le silence se fait. Je tends l'oreille pour tenter de distinguer les « maman » dans la nuit. À part le martèlement de la pluie et la musique qui s'échappe de la maison, il n'y a pas un bruit. Comme si l'île retenait son souffle, que les arbres se figeaient.

Et soudain, j'entends « maman ! », d'une petite voix haut perchée, si étrange que je suis persuadée que c'est lui, l'homme-bébé. Wednesday et moi, nous sursautons. Elle pousse Jared des marches.

Il se relève, rajuste ses lunettes, s'époussette et se rassoit comme si de rien n'était.

– Putain, marmonne Emory.

Nous ricanons nerveusement.

Puis nous nous taisons à nouveau. Wednesday se tourne vers moi.

– C'est ta couleur naturelle ? me demande-t-elle.

– Oui.

– C'est quoi, ton signe astrologique ?

– Bélier.

– Tu as des animaux ?

– Un chat et un chien.

Je ne précise pas que Bradbury est resté dans l'Ohio.

– Si tu avais le choix entre cette île et la Patagonie, qu'est-ce que tu choisirais ? Vas-y… sans réfléchir.

– Ni l'un ni l'autre. Je choisirais la Californie.

– C'est quoi ta chanson de rupture préférée ?

– Récente ou pas ?

– Peu importe.

Je dis la première chanson qui me passe par la tête :

– *Irreplaceable* de Beyoncé.

Elle acquiesce.

– Et alors… c'est quoi, ton histoire, à toi ?

« Je n'en ai pas la moindre idée, putain », ai-je envie de répondre.

– Rien de spécial.

Pas encore, tout du moins. À part que je suis la fille dont le monde s'est écroulé juste avant la remise des diplômes.

Le petit sourire de Wednesday m'indique qu'elle n'en croit pas un mot.

– Tu poses toujours autant de questions ? je réplique.

– Je suis très curieuse.

– Et sans limites, précise Emory.

– Je suis là parce que ma mère fait des recherches. Et toi ?

– J'aime la mythologie, l'astrologie et le maquillage. J'apprends le japonais. J'ai un chihuahua qui s'appelle Teddy et c'est l'amour de ma vie. Je joue de la guitare depuis mes douze ans.

Elle soupire :

– Et surtout, je veux devenir chanteuse. Mais pour mes parents, on chante sous la douche ou au volant, c'est pas un métier. Ils ne comprennent pas.

Elle prend une gorgée de bière. Repose sa cannette.

– Comme je n'avais pas les moyens pour aller à la fac, il y a deux ans, je suis partie de chez moi.

Elle dit ça sans émotion. Je la dévisage sous le faible éclairage du perron, mais même si elle dit aimer le maquillage, elle n'est pas apprêtée. Plutôt nature, née dans un de ces chênes de conte de fées, ou sortie des eaux, une sorte de sirène échouée sur la terre. À peine mouillée, alors que je dégouline.

– Je vis ici toute l'année, comme Jared.

– Wednesday, c'est ton vrai nom ?

– Quand j'ai fugué, j'ai changé de nom. C'est en référence à Wednesday Addams.

Elle tire sur une de ses nattes sans pour autant me dire comment elle s'appelle vraiment.

– Et tes parents sont au courant que tu es là ?

Elle acquiesce, mais je n'en suis pas sûre.

Je me tourne vers Jared.

– Et toi, comment tu as atterri ici ?

– J'ai grandi dans le coin, dans une petite ville, aux environs de Jacksonville. Je devais partir l'été avant la fac aux Philippines, dans la famille de mon père. Tu sais, pour découvrir ma culture d'origine mais...

Il tend le bras où il est tatoué.

– Mon ami est mort. C'était comme mon frère. La seule personne qui m'ait jamais compris. Et... ça a bouleversé ma vie.

Ça me fait penser à Saz. Même si elle est toujours quelque part sur cette terre, j'ai l'impression qu'elle est partie ailleurs, bien plus loin que l'Ohio.

Jared reprend :

– Ça fera bientôt trois ans... et il me manque toujours. Mais il faut faire avec. C'est la vie. J'avais toujours pensé que je partirais... je ne sais pas... à New York ou à Atlanta, dans une grande ville. Puis j'ai entendu parler de ce boulot. C'était plus ce dont j'avais envie. Moins loin. Moins grand, moins bruyant, moins écrasant...

– C'est la vie…, je répète.

– Oui, c'est ce que je me dis.

– Et ça t'aide ?

J'aimerais qu'il me réponde : « Oui, ça m'aide. Le simple fait de le dire chasse la tristesse et la colère à jamais. »

– Non, pas vraiment.

Il réfléchit avant de corriger :

– Peut-être un peu. De temps en temps.

Wednesday lui passe un bras autour des épaules.

– Et toi ? je demande à Emory. Pourquoi tu es venu là ?

Il reste le regard perdu dans la nuit, comme s'il y cherchait la réponse.

– Je pourrais te dire que c'est parce que j'ai toujours voulu être guide, que j'ai toujours été fasciné par cette île. Et c'est vrai.

Il hausse les épaules avant de me faire face.

– Mais c'est surtout que c'est loin de chez moi.

Nous restons assis là, à boire. Je me demande s'ils sentent aussi la nuit se refermer sur nous.

Au bout d'une minute, Jared reprend, tout bas :

– C'est un peu angoissant de se dire qu'on est loin de tout, ici. Mais tous les trucs flippants de cette île, ce n'est rien comparé à risquer de se perdre dans ses pensées.

Et ça, plus que tout le reste, ça me donne la chair de poule.

Une nouvelle bière plus tard, la pluie s'est arrêtée. Je suis bien au sec, blottie dans le canapé du salon. Il y a de la musique, une douzaine de personnes d'âges variés – pour la plupart aux alentours de la vingtaine – vont et viennent. Wednesday danse et chante, elle a un peu la voix d'Adele. Elle me prend par la main pour me faire danser également. Je ne connais pas ce morceau, mais ça fait du bien de bouger en rythme. Ça me plaît. J'adore. Le chanteur se sent perdu ou éperdu, ou peut-être les deux à la fois.

– Comme moi ! je m'écrie. C'est exactement ce que je ressens.

Quelqu'un me tend une autre bière que je descends en vitesse. Je me sens de plus en plus légère, de plus en plus libre, comme si je laissais ces quatre dernières semaines tomber sur le sol, à la manière d'une mue de serpent. Je chante avec Wednesday, Jared et Emory. On danse, on saute, on tourbillonne. Je me sens complètement libre !

À la fin de la chanson, je m'écroule sur le canapé à côté d'un garçon avec les cheveux presque blancs et trop de bagues tête de mort. Le type du ferry.

– Grady, dit-il en se montrant du doigt.

– Claude, dis-je en faisant de même.

– Claude.

Il hoche la tête d'un air approbateur

– Diminutif de ?

– Claudette.

C'est faux, mais ça m'amuse.

Il pose son bras sur le dossier du canapé. Son odeur me fait tourner la tête. Ce n'est pas de l'herbe ni de l'encens... Peut-être son gel pour les cheveux. Ça sent la forêt de pins. Ça sent Noël ! Il parle, il parle mais la musique est si forte que je n'entends rien. Et soudain Wednesday me prend à nouveau la main pour me faire lever et quelqu'un monte le son.

À un moment, Jeremiah Crew fait irruption dans la pièce. Au début, je crois halluciner, mais non, c'est bien lui, les bras croisés, adossé au bar de la cuisine, en train de discuter avec Jared et deux, trois autres. Il est en jean. Avec un T-shirt foncé à col en V.

Pas de chaussures. Il croise mon regard et continue à parler sans me quitter des yeux.

– Oh, merde… la tête que tu fais ! braille Wednesday pour couvrir la musique.

– Quoi ?

– Miah te plaît.

Elle me dévisage avec ses yeux de chat.

– Je ne le connais même pas.

– Mmm…

Un nouveau morceau. Un truc de country que je n'ai jamais entendu, lent et langoureux. Je regarde toujours Miah, qui reste planté là. Qui discute. Prend une poignée de chips et la mange. S'écarte des autres. Passe devant Wednesday qui le transperce du regard. Me tend la main en mimant une révérence.

– Voudriez-vous m'accorder cette danse ?

Je fais mine de réfléchir. Je regarde autour de moi, comme si j'avais le choix entre différents cavaliers.

Puis je hausse les épaules.

– Pourquoi pas.

Il m'attire contre lui et passe un bras autour de ma taille. Nous dansons un moment comme ça, puis je lève les yeux et croise son regard.

– Tu as les cheveux plus courts. Vraiment très courts. Tu vas pas nous refaire le coup de la noyade ?

– J'ai pas essayé de me noyer… Et j'étais déjà coiffée comme ça quand tu as interrompu ma baignade.

– J'ai pas fait attention, j'étais trop occupé à te sauver la vie.

– Tu m'as pas sauvé la vie…

– Non, franchement, c'est pas si moche, fait-il en fixant mon crâne. Ça va repousser.

– OK.

– Je crois même que je préfère.

– Super. Merci. Et merci pour le spray antimoustique.

– Tu commençais à ressembler à une victime de la peste bubonique.

– Merci.

– J'ai appris que tu te renseignais sur moi.

– Oui, parce que je voulais mettre les choses au point à propos d'hier.

– Et du fait que tu m'aies donné ton numéro ?

– Non.

– Et que je te l'aie rendu ?

– Non, je voulais juste que tu saches que je n'étais pas en train de me noyer, et que je n'essayais pas de me noyer. Je suis désolée que tu aies eu cette impression et que tu te sois senti obligé de venir à mon secours.

Il insiste :

– On aurait vraiment dit que tu étais en train de te noyer.

– Eh bien, il se trouve que non.

– OK. Tant mieux. Et de rien.

– Pour quoi ?

– Pour t'avoir sauvé la vie.

– Tu ne m'as pas sauvé la vie.

– Si, quand même un peu.

– Enfin bref. C'est tout ce que j'avais à te dire.

Dans son dos, Wednesday me regarde en haussant les sourcils et tourne les talons. Je devrais sûrement l'imiter, mais je n'ai pas envie. Je suis bien là, dans ses bras. Je me sens moins seule.

Puis il reprend :

– Ouais, c'est logique.

– Quoi ?
– Tu aimes mener.
– Non, c'est pas vrai.
– Mais si, et c'est pas grave. Je vais m'adapter.
– C'est tellement sexiste !
– Non, pas du tout. Je ne parle pas des relations homme-femme, là. Parfois, il faut savoir lâcher du lest et laisser l'autre mener. Et je constate que ça te pose problème.
Ses fossettes se creusent, ça palpite dans mon ventre.
Je me fais la leçon : « Hé, t'emballe pas. C'est juste deux petits creux au coin de ses lèvres. Rien de plus. »
– On peut danser sans parler ? je demande.
– Bien sûr.
Il me serre contre lui, mon front lui effleure la joue et, l'espace d'un instant, il n'y a plus que la musique et ses mains dans mon dos. Puis je sens son souffle dans mon oreille. Il me chuchote :
– Pourquoi tu en veux autant à cette île ? Ou alors tu es en colère contre la terre entière ?
Je m'écarte pour le dévisager. Il a l'air sérieux, mais ses yeux pétillent comme si j'étais la chose la plus drôle qu'il ait jamais vue.
– Je ne suis pas en colère. Je suis bien. Je me plais beaucoup ici. C'est génial.
– Ah bon ?
– Sérieux.
Pour le lui prouver, je lui souris. Mon plus beau sourire, celui que je m'entraîne à faire sur commande depuis quelques semaines.
– Je ne te crois pas.
– Si, c'est vrai. Je ne voudrais être nulle part ailleurs. Même

si je n'ai rien à faire ici. Même si ce soir j'étais censée être dans l'Ohio. À la fête de Kayla, pour être précise. À boire de la vodka avec Saz et tous mes amis, à sortir avec Wyatt, à préparer le road trip de ma vie, avant de rentrer chez moi pour dormir dans le lit où je dors depuis mes dix ans. Je n'ai jamais rêvé d'avoir un lit à baldaquin, mais mon père a dû penser que c'était un truc de petite fille alors il m'a fait la surprise, c'était mignon. Mais ça c'était à l'époque où il voulait encore de nous. Et maintenant, je me retrouve à dormir dans un lit qui n'est pas le mien face à la photo d'un gamin qui aura douze ans pour l'éternité. Voilà. Alors si je t'ai envoyé promener hier parce que j'étais un peu en vrac, eh bien, désolée. Mais je n'étais pas en train de me noyer. En tout cas pas au sens propre. Je ne t'ai pas demandé de me sauver. Parce que je suis parfaitement capable de me sauver toute seule. Enfin, de toute façon je n'en ai pas besoin, mais tu vois ce que je veux dire.

– Non, j'ai rien compris du tout.

J'ai la gorge serrée. J'aimerais boire encore une bière pour faire taire les voix dans ma tête. On enchaîne sur une deuxième chanson, et il ne me lâche pas, alors je reste dans ses bras. À la fin du morceau, avant qu'il puisse s'écarter, je demande :

– Tu veux pas aller faire un tour ?

JOUR 3
(TROISIÈME PARTIE)

Nous roulons à travers la nuit dans son vieux pick-up noir, les vitres baissées. Il y a une collection de coquillages sur le tableau de bord. Un appareil photo sur l'accoudoir central. Un canif, des pièces et un spray antimoustique dans l'un des porte-gobelets. Une bouteille d'eau dans l'autre. Il me la tend.

J'en prends une gorgée avant de la lui rendre.

– Tu devrais en boire un peu plus.

– Je ne suis pas saoule.

Mais je bois quand même, et j'en renverse sur mon T-shirt car la route est cahoteuse.

– Alors dis-moi. Si tu ne voulais pas te noyer, et que tu n'étais pas en train de te noyer, qu'est-ce que tu faisais si loin du bord ?

– J'ai pas envie d'en parler.

– Je ne te crois pas. Tu n'arrêtes pas de parler, parler, parler chaque fois que je te vois.

Je ne réponds rien. C'est vrai, je n'ai pas envie d'en parler. Mais il est là, et il insiste. Et il ne va pas détaler, tout du moins pas tant qu'il est au volant. En plus, je n'ai pas besoin d'entrer dans les détails. Il ne connaît pas ma famille, alors je ne trahis personne.

– C'est mes parents. Mon père, plus exactement.

Son sourire vacille légèrement. Comme la flamme d'une bougie qui s'éteint. On la voit encore… mais elle se change en fumée.

– Ah… les pères.

Je comprends qu'il a aussi une histoire avec son père.

– Ils se sont séparés. Enfin, ils viennent de se séparer.

– Désolé.

– Merci.

Et là, comme une idiote, je fonds en larmes.

– Merde, marmonne-t-il entre ses dents.

Il arrête la voiture et se tourne pour me prendre dans ses bras. Il ne dit rien, il me laisse pleurer. Je n'essaie pas de me retenir, de toute façon, je ne peux pas. J'enfouis mon visage dans son T-shirt, il me serre contre lui en me caressant les cheveux. Ça me fait pleurer encore plus fort, si fort que j'ai peur de ne jamais pouvoir m'arrêter. Je marmonne dans son T-shirt : « Désolée, désolée » mais je sanglote tellement que c'est incompréhensible. Et soudain je panique : « OMG, et si je n'arrive plus jamais à m'arrêter ? On va être coincés là dans sa voiture jusqu'en août ? » Parce que je sens bien que j'ai des réserves pour inonder son T-shirt jusque-là.

Sauf qu'il faut que je m'arrête parce que je ne le connais pas et il ne me connaît pas et les gens n'aiment pas quand on pleure ou qu'on aborde des sujets difficiles devant eux. Ils aiment qu'on sourie et qu'on dise que tout va bien. C'est pour ça que je me reprends, rassemblant mes morceaux épars, suffisamment pour être capable de me redresser, toute tremblante, et de hoqueter :

– C'est bon. Je suis bête. Désolée. J'ai dû boire un peu trop en fin de compte.

Je m'essuie les joues et je me tiens bien droite, sans le toucher, comme une grande fille.

– Tu es sûre ?

– Sûre et certaine.

– Parce que je n'avais pas vu une inondation pareille depuis le passage du dernier cyclone.

– Oui, oui, ça va.

Il me tapote le crâne, puis redémarre, une main sur le volant, un coude à la fenêtre, les yeux sur la route.

Deux minutes plus tard, il demande :

– Tu tiens le choc ?

– Oui, oui.

Je parviens à garder la tête haute, même si elle pèse une tonne, et je lui souris pour lui prouver que je dis vrai.

– Je croyais que les voitures étaient interdites sur l'île, je remarque.

– Sauf pour le personnel du parc naturel, celui de l'auberge et les résidents. J'ai racheté le pick-up de mes amis, Bram et Shirley.

– Tu habites ici ?

– Seulement l'été. Je viens depuis mes treize ans.

– Parce même quand tu pars, tu finis toujours par revenir ?

Il me jette un regard surpris.

– Oui, exactement.

– C'est Jared qui m'a dit ça.

Il hoche la tête.

– Je pensais qu'on t'avait peut-être convaincue.

– Oui… non… Peut-être. Mais pourquoi ici, en particulier ?

– C'était ça ou la prison pour mineurs. Je n'ai pas toujours été le citoyen modèle que tu as sous les yeux.

Je contemple ses pieds nus sur les pédales. Son coude sur la portière, son air détaché.

– Ça t'arrive d'être sérieux ?

C'est sorti tout seul.

– De temps en temps.

Il m'adresse un sourire qui luit dans la nuit comme une luciole.

– Je n'ai pas envie de rentrer tout de suite.

– Et ta mère ? Elle ne va pas s'inquiéter ?

Je mens :

– Non, elle doit dormir à l'heure qu'il est.

Il me conduit sur une petite plage, la crique de Blackwood. Et après avoir franchi les dunes, il s'assied et me fait signe de l'imiter.

– Qu'est-ce qu'on fait là ?

Je chuchote parce qu'il y a comme une ambiance de mystère et de secret.

– On attend.

Là, dans la nuit, au clair de lune, il a une voix douce, un peu rauque.

J'ai envie de lui demander ce qu'on attend, mais il dégage quelque chose de semblable à ma mère. Une présence chaleureuse, apaisante, comme un feu de camp. J'ai un peu la tête qui tourne, à cause de la bière, de la nuit, de lui.

Alors on attend, assis là.

On attend, encore et encore.

J'ai arrêté de pleurer mais j'ai une drôle de sensation dans les yeux, le nez, tout le corps. Comme si les larmes étaient mon sang et que, maintenant que je les ai évacuées, j'étais vide.

Au bout d'un moment, je finis par demander :

– Qu'est-ce qu'on attend ?

– Les tortues caouannes. Elles parcourent des centaines de kilomètres pour venir pondre ici. Généralement entre mai et août, parfois en septembre ; elles reviennent faire leur nid sur la plage où elles sont nées. Et ça, depuis l'époque des dinosaures.

Il se tait, puis reprend, sa voix va et vient, comme les vagues de l'océan. Va et vient. Va et vient.

– Une femelle peut pondre jusqu'à deux cents œufs. Deux mois plus tard, si le nid est intact, les petits se frayent un chemin à coups de nageoires et rampent vers l'océan. Mais la plupart ne l'atteindront pas.

Voilà que je m'imagine ces bébés tortues sans leur maman pour les aider.

– Et on ne peut rien faire ?

– On essaie de les aider autant que possible. On marque et on date les nids. On les recouvre de grillage pour les protéger des coyotes et des ratons laveurs, mais il faut aussi laisser la nature faire son travail...

Je pense aux efforts que déploie la mère – elle se démène pour regagner la plage où elle est née, elle creuse un nid à ses petits... pour finalement les laisser se débrouiller seuls.

– Pourquoi elle ne reste pas ?

– Elle fait ce qu'elle a à faire, mais ensuite elle doit repartir. Je ne sais pas exactement pour quelle raison.

Là, il pose la main sur mon bras, et je ne pense plus qu'à ça. Le contact de sa paume contre ma peau. Mon bras est tout chaud, la chaleur se propage à l'autre bras et au reste de mon corps.

Puis il reprend sa main pour la passer dans ses cheveux. Je le regarde, il me regarde, et pour la première fois depuis des semaines, je me sens presque bien. Je me rappelle un détail que j'ai appris en cours de physique – sur le poids de l'eau. Un litre d'eau pèse un kilo. J'ai dû pleurer au moins trente litres dans sa voiture. C'est pour ça que je me sens si légère, comme si j'allais décoller et m'envoler dans le ciel, flotter au-dessus de la terre.

– Alors c'est quoi, le problème, avec tes parents ?

C'est peut-être l'atmosphère magique et mystérieuse de cette nuit ou sa voix si douce ou son sourire qui luit dans le noir, ou ses pieds nus dans le sable, j'ouvre la bouche et je me mets à parler.

Je lui raconte tout sans me censurer.

Et il m'écoute.

Il m'écoute encore. Et tout en écoutant, il jette parfois un regard vers moi, puis vers l'océan. Tour à tour. Quand j'ai fini, j'ai une horrible envie de ravaler tout ce que je viens de sortir et de l'enfouir au fond de moi.

« C'est l'alcool, je me dis. Tu boiras moins la prochaine fois. »

Et au bout du compte, il répond :

– Comme ça ? C'est tout ce qu'il a dit : « Je vous aime mais je ne peux pas rester ? »

– Ouais.

– Eh ben...

– Je savais que j'allais devoir quitter la maison cet été, mais pas comme ça... Pas si vite... Je pensais avoir plus de temps...

– On pense toujours avoir plus de temps. En tout cas, si ça peut te consoler, ça pourrait être pire. Tu pourrais n'avoir qu'un seul parent, complètement à côté de la plaque, à peine capable de sortir de son lit. Et du coup, t'es obligé de te faire ton propre gâteau d'anniversaire mais, faut être honnête, t'es nul en cuisine. Alors tu te dis : « Et si je volais un gâteau dans un magasin ? »... Sauf que les vendeurs, ça leur plaît pas trop, forcément...

– Ça t'est vraiment arrivé ?

– Possible, oui.

– Je n'arrête pas de me répéter que j'aurais dû le voir venir, que j'aurais dû être une meilleure fille.

– Je ne connais pas ton père, mais je suis un spécialiste en matière de pères qui lèvent le camp, et je suis sûr que tu n'y pouvais rien.

– Je ne sais plus où j'en suis... Je le hais vraiment... et en même temps, il me manque. J'ai envie de tout arranger pour que tout redevienne comme avant. Et j'en veux à ma mère de n'avoir rien fait pour empêcher la séparation. Et je m'en veux aussi. Ouais, c'est surtout ça, je suis très en colère.

C'est la première fois que je le dis à haute voix.

Je sens son bras qui frôle le mien et ça me rappelle que je ne suis pas seule sur terre. J'inspire profondément. Puis j'expire. Et je me dis que j'ai assez parlé pour ce soir.

– Je comprends. Tu te souviens quand je t'ai dit que tu me faisais penser à quelqu'un ? Je parlais de moi. J'ai été en colère pendant si longtemps. Je me battais. Je détestais tous ceux qui n'étaient pas comme moi. Je pensais que je valais mieux que les autres. J'étais vraiment un enfoiré. Je me suis fait prendre en train de fumer un joint dans l'enceinte du collège. J'en ai peut-être même vendu quelques grammes, mais jamais à des gamins. J'allais sur le campus de la fac. Et c'était pour aider ma mère ou acheter à manger pour ma famille. Dans ma tête, j'étais une sorte de Robin des Bois du deal. La première fois que je suis venu ici, le juge m'avait laissé le choix : passer un été à camper avec une bande de criminels en herbe ou passer l'été dans une maison de redressement à faire des travaux agricoles avec une bande de criminels en herbe. Je préférais camper, alors je suis venu, grâce à l'association Outward Bound. Tu en as entendu parler ?

J'acquiesce.

– J'ai nettoyé les plages, dégagé les sentiers, tout ce que personne ne veut faire. Putain, j'ai détesté. Vraiment.

– Mais qu'est-ce qui a changé ?

– Je venais de rentrer à la maison quand mon père est parti pour de bon. Je me suis réveillé un matin, il était plus là. Sans aucune explication. En tout cas, ma mère n'a jamais rien voulu nous dire. Elle a toujours été très douée pour lui trouver des excuses tout en répétant que c'était un salaud. Je ne l'ai jamais revu depuis – sincèrement, ce n'est pas une grosse perte, mais c'est dur pour mes petites sœurs. Mon grand frère était déjà engagé en Afghanistan à l'époque, mais elles, elles étaient toutes petites. Mackenzie avait dix ans, Lila neuf, Ally sept, et Channy à peine cinq.

Je reste assise là, à côté de lui, à penser à nos pères, le mien, le sien.

– Tu te doutais qu'il allait partir ?

Il secoue la tête et me sourit.

– Tu vois, le truc, c'est que mon père, il parle pas beaucoup. Il prévenait pas ma mère quand il sortait se prendre une cuite, le soir. Et il ne nous a pas dit au revoir quand il est parti.

– Alors il s'est barré comme ça ?

– Comme ça.

– Et le sol s'est dérobé sous tes pieds. Hop, plus rien sous tes semelles.

Il contemple la lune, les yeux plissés, en réfléchissant à ce que je viens de dire.

– Ouais. Sauf que moi, je crois que je n'ai jamais eu de sol stable sous mes semelles.

Quand il bouge, son bras effleure à nouveau le mien. Et

soudain je nous imagine tous les deux vus d'en haut, côte à côte, sur cette vaste plage, les yeux perdus dans l'océan.

– Tu sais, j'ai su très tôt que mes deux parents craignaient. Ça doit être terrible, quand tu as une famille parfaite, de la voir voler en éclats du jour au lendemain.

Je le regarde, il me regarde et, soudain, j'ai l'impression qu'il me connaît mieux que personne.

– Le clair de lune vous va à ravir, capitaine.

– Capitaine ?

Il fixe mon couvre-chef.

– C'est une casquette de pêcheur.

– Oui, mais pêcheur, ça sonne moins bien.

– Qu'est devenue Milady ?

– J'aime mieux Cap'taine.

Nous restons les yeux dans les yeux.

– Et tu fais quoi, ici ? Sur l'île ?

– Je sauve les filles téméraires de la noyade.

Il sourit.

Je souris.

Et voilà que cette Claude aux cheveux courts et aux lèvres rouges inspire et, sans réfléchir, tend l'index pour effleurer les taches de rousseur de son avant-bras – de petits confettis, pâles souvenirs des étés passés ou souvenirs récents de celui-ci.

Il me dévisage, puis me prend la main et entrelace nos doigts. Il a une ancre tatouée au creux du poignet. Et sur l'autre, un mot : « Joy ». J'ai un pincement de jalousie car cette Joy est peut-être son amoureuse. « Non, arrête de réfléchir. »

Je lance :

– J'ai envie de t'embrasser. J'espère que tu es d'accord.

Exactement ce que j'ai dit à Wyatt, mot pour mot.

Ses yeux pétillent et un sourire se dessine sur ses lèvres.

– OK.

– OK ?

Il hausse les épaules.

– Je veux dire, oui. Pourquoi pas ?

Il prend un ton super détaché, mais je vois dans ses yeux qu'il rigole.

Alors je me penche et je l'embrasse. Durant une seconde, j'ai peur qu'il ne me rende pas mon baiser.

Et puis ses lèvres se collent aux miennes, douces et pressantes à la fois, et ça fait des petites étincelles partout. Une bestiole me pique la cheville, mais je le sens à peine. Je me rapproche de lui.

Il prend mon visage dans sa main et j'aime sentir sa chaleur et sa force, il m'attire vers lui, il ne me repousse pas. J'ouvre la bouche et nos langues se rencontrent. Il a un goût sucré, un goût de danger aussi. Je me rapproche et il se rapproche, et je l'embrasse et il m'embrasse, et brusquement la Claude que je connais a disparu. À la place, il y a une fille aux cheveux courts qui sort avec des inconnus sur des plages inconnues. Et ça lui plaît. Il lui plaît. Elle ne pense pas à ce qui va suivre ou à ce qui pourrait arriver. Elle n'essaie pas de faire de lui ce qu'elle aimerait qu'il soit. Elle ne réfléchit pas trop. Elle se contente d'être là avec lui, lèvres contre lèvres, langue contre langue.

Peu importe qu'il s'imagine que je suis le genre de fille qui sort avec un inconnu sur une plage. Car en fait, c'est vrai.

Et voilà mes mains partout sur lui et ses mains sur ma taille, et je veux que ce moment dure éternellement pour ne plus avoir à penser, pour ne plus être cette ancienne Claude qui a été congédiée sans façon.

Mais soudain, il s'éloigne, et il me faut une minute pour

redescendre sur terre, revenir sur cette plage. Il me sourit comme si j'étais une gamine et non la femme qui vient de l'embrasser follement.

– Waouh, souffle-t-il.

Et je pense : « Ouais. Waouh. »

– T'as vraiment envie de moi.

Je le repousse. Il rit.

– T'as quel âge déjà ?

– Dix-huit.

– Je préfère vérifier.

– Et toi ?

– Dix-huit. J'aurai dix-neuf ans en novembre.

Et soudain, je redeviens Claude Henry, qui sort avec un garçon inconnu sur une plage inconnue, avec mon jean et mon sweat à capuche bleu clair à la taille, celui avec une tache de jus de raisin, recouverte de sable, la peau constellée de grains de beauté et brûlée par l'implacable soleil de Géorgie, piquée de partout par des insectes invisibles.

– Les puces des sables sont de sortie. Elles vont te dévorer toute crue.

Jeremiah gare son pick-up dans l'allée et m'accompagne jusqu'à la maison. Il n'y a que le bruissement de nos pas dans l'herbe et le chant lointain des cigales qui monte et descend, alternativement fort et doux, comme un refrain.

Nous montons les marches du perron et nous nous arrêtons sur le seuil. Il y a de la lumière à l'intérieur. Les papillons de nuit se cognent aux vitres, en essayant d'entrer.

Les mains dans les poches, il me toise.

– Comment t'es allée jusqu'au Haz, au fait ?

– À pied.

– Tu sais que tu peux emprunter les vélos de l'île, hein ?

– En fait, je ne sais pas faire de vélo.

Je m'attends à ce qu'il pousse de hauts cris comme chaque fois que je fais cet aveu, mais à la place, il répond :

– Bon, alors je vais devoir t'apprendre.

– On verra.

Il acquiesce avec un demi-sourire, une fossette se dessine sur sa joue. Puis il jette un coup d'œil aux papillons qui s'affolent, contre les vitres, sous le toit de la terrasse.

– Donc tu es la petite-cousine d'Addy ?

– Exact.

– Ce qui fait de toi une Blackwood.

Je relève le menton. Bats des cils.

– Alors comme ça, tu t'es renseigné sur moi ?

L'autre fossette apparaît.

– Ta mère a dû en parler le jour de votre arrivée.

– Je tiens mon prénom de Claudine Blackwood. De Rosecroft. Mais je ne suis pas une Blackwood. Pas une lady. Plutôt tout le contraire.

– Ça te correspond, pourtant.

– Comment ça ?

– Une femme forte. Je veux dire, d'après ce qu'on raconte, les Blackwood avaient leurs problèmes... mais elles n'avaient rien de faible.

– C'est ce que dit ma mère.

Je pense au portrait de Claudine, déterminée et intrépide.

– Sauf que je ne me sens pas si forte en ce moment.

Pendant quelques secondes, nous demeurons les yeux dans les yeux. Je me demande s'il va m'embrasser à nouveau et, bizarrement, mon estomac fait un looping et ma gorge devient toute sèche.

Je tousse.

– Au fait, tu as une paire de chaussures ?

Il écarquille les yeux avant d'éclater de rire.

– Non, pas digne de ce nom.

Il m'adresse un petit salut.

– Bonne nuit, Cap'taine.

– Bonne nuit.

Les cigales ne chantent plus. Elles crissent si fort que ça alourdit la nuit. Une nuit d'été sensuelle. La lumière du perron jette un rond de clarté sur la pelouse, mais au-delà il n'y a rien d'autre que la nuit, comme si le monde s'arrêtait là.

Il ne m'embrasse pas, alors que j'en ai tellement envie, peut-être parce que j'en ai envie. Il se contente de descendre les marches et de s'éloigner, et je le suis des yeux jusqu'à ce que l'obscurité l'engloutisse.

JOUR 3
(QUATRIÈME PARTIE)

J'ôte mes chaussures et referme la porte, avec précaution, comme une cambrioleuse qui ne doit pas se faire prendre. Je passe devant la cuisine sans m'arrêter alors que je meurs de soif, je croise Dandelion qui saute de l'appui de fenêtre pour venir se frotter contre mes jambes. Et c'est là que j'entends la voix de ma mère :

– Il est une heure passée.

Je me fige.

– Claude.

Elle surgit en pyjama, un livre à la main, l'index entre deux pages.

– Maman.

– J'étais inquiète.

– Désolée.

– Où étais-tu ?

– Je n'avais aucun moyen de te joindre et j'étais assez loin.

– Je sais que tu as dix-huit ans, mais tant qu'on vit sous le même toit, je veux savoir où tu vas et à quelle heure tu rentres. Tu pourras découcher quand tu seras à Columbia, du moment que je ne l'apprends pas. Mais je ne tiens pas à ce que tu commences dès maintenant.

– Que veux-tu qu'il m'arrive, ici ?

– Une mauvaise rencontre avec un alligator ou un serpent venimeux.

– J'ai perdu la notion du temps.

– Alors on va se mettre d'accord sur les règles de base. Tu es là à une heure du matin, dernier délai. Et tu me tiens au courant de ce que tu fais.

–Très bien.

– Merci.

On est dans le couloir, à se toiser. C'est rare que je tienne tête à ma mère. J'ai le cœur qui bat à tout rompre.

Elle reprend d'une voix posée.

– Je me fais du souci pour toi.

– Moi aussi, je me fais du souci pour toi.

– Tu sais que je suis là si tu veux discuter. Je suis toujours ta mère. J'ai trouvé un thérapeute qui a l'air pas mal sur le continent. Je pourrais t'y emmener une fois par semaine. Tu as besoin de parler à quelqu'un.

Elle a ce petit ton de psy ou d'adulte qui essaie de raisonner un enfant en pleine crise. Cette voix exagérément calme me rend dingue. Je ne bouge pas, mais je sens la colère monter en moi. Je croise les bras afin de me maîtriser, mais je sais qu'elle voit la fureur dans mes yeux, l'air qui se charge d'électricité autour de nous.

– Alors, maintenant, tu veux que j'en parle ?

– Oui.

– Parce qu'avant, la consigne c'était : pas un mot, à qui que ce soit, et j'ai obéi. Je suis partie sans le dire à personne, pas même à ma meilleure amie. Et tu attends que je sois exilée sur cette île, sans portable, pour me balancer que je dois en parler… maintenant que je me suis habituée à me taire ? Il faut que tu te décides.

Brusquement, tout s'affaisse – ses épaules, son visage. Elle secoue la tête.

– Je sais. Je suis désolée. Vraiment. Je n'aurais jamais dû accepter ça de ton père.

Je pourrais continuer, mais je me tais. Parce que j'ai beau être furieuse, je l'aime. Et elle se sent déjà assez mal comme ça. Nous restons là, face à face, avec le tic-tac de la vieille horloge en bruit de fond.

Au bout d'une minute, elle reprend :

– Tu sais, tante Claudine n'a jamais eu d'enfant, mais quand sa nièce, ta grand-mère, a été assez grande, Claudine allait la chercher sur le continent puis la raccompagnait pour la déposer au train. Elle avait une légère surdité, mais elle sentait ses vibrations à des kilomètres. Il paraît qu'elle restait sur le quai longtemps après le départ, jusqu'à ce qu'elle ne les sente plus du tout.

– Et quel est le rapport ?

Elle sourit.

– Je suis toujours là, quoi qu'il arrive, même si tu n'es pas juste à côté de moi, même si je suis perdue dans mes pensées ou dans un musée ou en train de chercher le sommeil. Tu peux me parler.

Elle me serre dans ses bras et je lui rends son étreinte, mais je sens toujours cette faille entre nous.

Je ferme la porte de ma chambre.

Je m'adosse contre.

Je pense à lui.

Pas Wyatt.

Jeremiah.

Lui qui ne connaît de moi que celle que je suis ici et maintenant. Qui sait uniquement que je m'appelle Claude, que j'ai les lèvres rouges et que j'embrasse des garçons sur la plage. Lui. Jeremiah. Je l'ai embrassé sur la plage.

Ce garçon qui, au bout d'une nuit, en sait plus sur moi que n'importe qui. Plus que Shane au bout de deux mois. Je n'ai rien à perdre, rien à prouver. Je n'attends rien de lui, de moi, d'un hypothétique nous. Aucune attente.

Je ne perdrai rien. Je ne céderai rien. Je ne laisserai personne me prendre quoi que ce soit.

Parce que ça m'est arrivé beaucoup trop souvent. Plus de « Claudine, viens ici », « Claudine, mets-toi là », « Adieu, Claudine, je ne veux plus jamais te revoir ». Je vais reprendre ma vie en main. C'est moi qui décide ce que je veux faire, où je veux aller, et quand et comment.

JOUR 4

L'épicerie est bondée de campeurs carbonisés par le soleil, qui parlent trop fort. Je m'assieds dans un coin en attendant qu'ils partent, j'en profite pour consulter mes messages, les réseaux sociaux, les photos. Wyatt qui fait du ski nautique sur le lac, qui nage à la piscine municipale, qui boit un verre chez Trent. Il est bronzé, radieux, une vraie star. « Il sera dans son élément en Californie. »

Mara critique la boîte spécialisée dans les hymens. Alannis pose avec un maître-nageur trop canon. Quant à Saz, elle ne poste jamais un portrait d'elle en entier. À la place, elle prend en photo ses cheveux, une oreille, son menton, une épaule, un coude – selon son humeur. En général, elle est seule, c'est juste un petit bout de Saz. Mais son post le plus récent représente deux fronts accolés – un noir, un blanc sur fond de ciel – en train de se confier des secrets. Et en légende, l'une de mes citations préférées. « Tout, absolument tout était là. » Ray Bradbury. *Dandelion Wine – Le Vin de l'été.*

Mon cœur remonte dans ma gorge et reste coincé là comme

si c'était sa nouvelle place. C'est moi qui l'ai forcée à lire *ce livre*. C'est la citation que j'avais choisie pour sa carte d'anniversaire l'an dernier. En lui disant que ça m'évoquait notre rencontre, quand nous étions deux parias qui n'avaient pas encore trouvé leur place.

Je lève le nez. Les campeurs sont partis; il n'y a plus que Terri et moi.

J'appelle Saz.

Le téléphone sonne dans le vide. Juste avant qu'il bascule sur messagerie, elle répond.

– Salut.

– Salut.

Il y a longtemps, après notre première dispute, nous nous sommes promis de ne jamais cesser de nous adresser la parole, même si nous étions très en colère l'une contre l'autre. Pas de *ghosting*.

Elle commence :

– Je ne peux pas trop te parler. Ivy est là.

Effectivement, j'entends sa voix dans le fond.

– OK, je ne peux pas parler non plus. Il y a des clients qui viennent d'entrer et je t'entends mal.

J'ai haussé la voix, si bien que Terri lève le nez de son livre et me jette un regard réprobateur.

– On se rappelle plus tard, alors. Sinon tu n'as qu'à téléphoner à Wyatt, il t'écoutera sûrement, lui.

Et elle me raccroche au nez.

Pas de « je t'aime plus que… », pas même un au revoir.

Je reste là, à fixer mon portable. Je suis encore perdue dans la contemplation de mon écran, quand – troublante coïncidence – arrive un message de Wyatt.

Salut, ma belle !

Je pars en famille faire du canyoning en Caroline du Nord, j'espère pouvoir te voir avant.

Je commence à lui répondre, sauf que je ne sais pas trop quoi dire.

Je ne serai certainement pas rentrée avant ton départ parce que je suis en exil sur l'île maudite.

J'aimerais bien t'embrasser de nouveau, mais pour l'instant, c'est un certain Jeremiah qui occupe toutes mes pensées.

Parfois, le soir, je ferme les yeux et j'imagine que tu es dans mon lit. Toi… ou bien Jeremiah.

J'efface tout. À quoi bon ? Je suis coincée ici pour tout l'été et Wyatt sera sans doute déjà parti en Californie quand je rentrerai.

Mais autre chose me retient… la soirée d'hier avec Jeremiah.

Tout ce que je lui ai confié, tout ce qu'il m'a confié. Je n'avais jamais eu une conversation aussi intime avec quiconque, à part Saz. C'est comme si je m'étais plantée devant lui en disant : « Me voilà. Avec tous les trucs affreux et repoussants que j'ai planqués tout au fond de moi. Tous ces rouages laids, cassés, compliqués. »

Et il n'a pas bronché. Il a juste ouvert la bouche pour me montrer ses rouages cassés aussi. Et au lieu de prendre les jambes à son cou, il m'a embrassée.

Sur les presque trois cents pages des *Joies du sexe*, il y en a une consacrée à la virginité, qui nous apprend que les filles sont moins susceptibles que les garçons d'éprouver du plaisir lors de leur première fois et que cette expérience ne sera agréable que pour un tiers d'entre nous seulement. Ce qui signifie que la plupart seront extrêmement déçues. Mais ne vous inquiétez pas, précise le livre, cette première fois n'est pas forcément la plus importante. Il faut davantage l'envisager comme une séance d'entraînement, un atelier pratique.

Si je suis globalement en désaccord avec la plupart des propos du Dr Alex Comfort, j'apprécie qu'il dédramatise la première fois pour lever un peu la pression. C'est juste une étape à franchir, comme avoir le permis ou voter, rien de plus.

Je rentre chez Addy, mes écouteurs sur les oreilles, en essayant d'imaginer la scène. Pour commencer, ça ne sera pas dans une grange. Il y aura de la musique, peut-être un truc en français. Je cherche dans ma playlist et, miracle, je trouve une chanteuse qui s'appelle Cœur de Pirate – ça, c'est signé Saz. Elle rajoute en douce à ma playlist des morceaux qu'elle veut me faire découvrir. Je me laisse emporter par la mélodie. J'avance les yeux fermés, en savourant la caresse du soleil sur mon visage.

Soudain un coup de Klaxon me fait sursauter. Un pick-up noir poussiéreux me rattrape au ralenti. Jeremiah est au volant, le coude à la fenêtre. J'enlève mes écouteurs.

– Bon, écoute... faut pas que tu t'attaches trop à moi, parce que je repars dans quelques semaines.

– Je vais essayer.

– Sérieux. Quatre semaines. Vingt-huit jours.

– Je suis là pour trente-cinq jours, dont trois sont déjà derrière moi. Ça va aller.

– Donc aucun risque que tu tombes amoureuse de moi et que tu aies le cœur brisé ? Pas la peine que je m'inquiète ?

– Je pense que je vais gérer.

– Je veux que tu en sois sûre à cent cinquante pour cent. Parce que, bon...

Il m'adresse un sourire tout en fossettes, le grand numéro de charme, en se désignant, genre : « Tu vois à quoi tu t'attaques ? »

– Alors disons que je suis sûre à deux cent cinquante pour cent que je ne tomberai pas amoureuse de toi.

– Bien, dans ce cas, monte.

Nous passons devant les vestiges de Rosecroft. Miah s'arrête dans l'herbe, à l'orée des bois. Il prend quelques affaires – un spray antimoustique, une torche, un gros appareil photo à la lanière décolorée, qu'il porte en bandoulière. Il sort, claque la portière. Et voilà qu'il se plante devant moi, mais au lieu de m'embrasser, il m'asperge d'insecticide.

– Sérieux, Cap'taine. Y a pas de nature, là d'où tu viens ?

– Pas une jungle pareille.

Il vide le spray sur mes bras et mes jambes avant de le jeter dans le pick-up.

– Et on va s'enfoncer dedans, annonce-t-il.

Je le suis. Claude, la fille raisonnable élevée par deux parents raisonnables, se dit : « Tu ne connais même pas ce garçon. Tu ne vas quand même pas aller dans les bois avec lui ! » Dans les films d'horreur, c'est comme ça que ça commence. Une fille s'enfonce dans les bois avec un inconnu. Et on ne la revoit jamais.

Mais la Claude qui a passé la soirée d'hier assise sur la plage avec Jeremiah, qui lui a déversé les secrets de son âme et trente litres de larmes, continue d'avancer.

Je pensais qu'il allait parler de la veille, justement, mais non. On marche en silence parmi les broussailles et je m'efforce de ne pas penser aux tiques, aux serpents et autres créatures qui hantent ces lieux.

Je chasse les taons, les ronces, les toiles d'araignées. J'enjambe le sumac vénéneux, je passe sous les lianes. Je me retiens de demander : « On est bientôt arrivés ? » comme les gamins en voiture.

Il ne parle pas, donc moi non plus.

Ça fait dix bonnes minutes qu'on marche quand on débouche brusquement dans une clairière. Je cligne des yeux comme une taupe, éblouie par le soleil et le ciel bleu. Il y a des chevaux qui paissent, et derrière, les ruines de Rosecroft. Un peu plus loin, j'aperçois le pick-up.

– On s'est perdus ?

– Non.

– Mais pourquoi on a tourné en rond alors ?

– Je t'avais prévenue. C'était juste pour s'enfoncer « dans la jungle ».

– Tu te moques de moi ?

Et là il me prend par la taille, par les hanches. Ses mains sont si chaudes que je les sens à travers mon T-shirt. Il m'attire contre lui en disant :

– Je vais t'embrasser parce que j'en ai eu envie toute la matinée. Et je t'avertis parce que ça va être un putain de baiser de cinéma, alors prépare-toi. Tu m'as promis de ne pas tomber amoureuse mais je comprendrai si finalement tu changes d'avis après. J'attends maintenant ta bénédiction.

J'ai envie de lui faire remarquer qu'il a la grosse tête, mais, à la place, je réplique :

– Ne t'en fais pas pour moi.

– C'est un oui ?

– C'est un oui, mais je sais que ça ne changera rien à mes sentiments.

– C'est ce qu'on va voir.

Et il m'embrasse.

Je m'abandonne à ses lèvres chaudes et fermes. Sous le soleil, je me sens devenir légère, légère. Je ne pèse plus rien. Je glisse mes mains sous son T-shirt, le long de son dos, sur ses muscles bien dessinés et j'effleure légèrement sa peau du bout des ongles. Je ne vais pas le laisser tout contrôler. Alors qu'il se penche tout contre moi, je m'écarte.

Il me sourit. Je lui souris.

– Alors, toujours deux cent cinquante pour cent sûre, Cap'taine ?

– Trois cents pour cent, même.

Je m'éloigne en direction du panneau ACCÈS INTERDIT, l'air détaché – ne surtout pas montrer que j'ai la tête qui tourne et le souffle court. Alors que je monte les marches, il passe devant moi, pour contourner la maison. Il prend quelques photos des ruines. Examine l'écran puis en prend une autre. La regarde… Je le rattrape mais j'ai l'impression de déranger, d'interrompre un dialogue entre son appareil photo et lui.

Je l'observe du coin de l'œil en faisant mine de contempler les environs. Il est tellement différent de Wyatt. On dirait qu'il est né dehors, sur la plage, peut-être, là où le soleil brille le plus. Il est direct, franc, naturel, complètement lui-même. J'ai les lèvres en feu. J'en veux plus.

– On peut entrer, dit-il, la main en visière.

Avant que je puisse demander « Entrer où ? », il se faufile entre les hautes herbes jusqu'à une volée de marches qui s'enfoncent dans le sol. En bas se trouve une porte bringuebalante qui s'ouvre toute seule… et nous nous retrouvons au sous-sol de Rosecroft. Un niveau complet, éclairé par d'étroites fenêtres à ras du sol, où il fait plus frais que dehors.

Je le suis en m'efforçant de voir dans la pénombre, de me frayer un chemin dans ce labyrinthe obscur, alors qu'il me guide, pieds nus, sans se soucier de ce sur quoi il pourrait marcher.

– Vu que tu es une Blackwood, je me suis dit que ça te plairait de visiter la demeure ancestrale.

– Je ne suis pas une Blackwood. Tout ça…

Je désigne les alentours.

– … ce n'est pas moi. J'habite à Mary Grove, petite ville agricole et industrielle de l'Ohio. Mon père travaille à la fac locale, ma mère écrit des livres et je dois faire du baby-sitting pour me payer le moindre rouge à lèvres.

– Eh bien alors, vois ça comme un hommage aux ruines d'une famille dysfonctionnelle.

– Ouais, c'est plutôt ça.

Il me raconte que Samuel Blackwood Junior, le fils aîné du magnat des chemins de fer, a quitté la Virginie pour s'installer avec sa femme, Tillie, dans cette maison que son père avait fait construire pour lui : Rosecroft. Qu'ils ont eu deux filles, mon arrière-grand-mère et Claudine. Que Tillie était une sage-femme, et qu'elle a fait naître tous les enfants de l'île. Que, alors qu'elle était à nouveau enceinte, il y a eu une épidémie de grippe, qu'elle est tombée malade et a perdu le bébé.

« Tillie. C'était son nom. Tillie Blackwood. »

Je l'imagine parcourant l'île pour les accouchements. Et l'image que j'avais de Tillie Blackwood – comme celle que j'avais de sa fille – change radicalement. Adieu sofa et flacon de sels… Elle prend un peu plus de consistance.

Dans cette pièce basse de plafond, la voix de Miah paraît étouffée et tragique.

– Et peu de temps après, elle s'est tiré une balle dans le cœur. Ça s'est passé dans son dressing.

– Comment s'était-elle procuré cette arme ?

– C'était le pistolet de son mari. Il se sentait tellement coupable de n'avoir pas été là lorsqu'elle est morte qu'il l'a enterrée juste devant la maison pour voir sa tombe de l'intérieur.

Miah s'arrête. Nous devons être au milieu du sous-sol, il n'y a pas de fenêtre, pas de lumière à part celle de sa torche, mais je distingue autour de nous un bric-à-brac d'objets anciens, de différentes époques. Une malle de voyage, un fauteuil à bascule, un vieux parapluie, des planches, un tas de briques, une étagère à chapeaux de guingois. Ils ont chacun une histoire, sans doute oubliée depuis longtemps, mais que je brûle de connaître. Quelles régions du globe a parcourues cette malle? À qui appartenait ce parapluie? Qui s'est assis dans ce rocking-chair? Les images défilent dans mon esprit.

– On raconte qu'une nuit, il a rouvert sa tombe pour lui couper sa natte avant de l'enterrer à nouveau. Et qu'il a gardé la tresse sur lui pour le restant de ses jours.

À la lueur de la torche, il me dévisage.

– Elle avait vraisemblablement une chevelure plus fournie que la tienne, Cap'taine.

Miah tend la main pour saisir une mèche entre ses doigts, me faisant instantanément oublier Tillie et Claudine.

Dans ma tête, je l'encourage :

« Allez, embrasse-moi ! »

Durant une seconde, j'y crois fort, puis sa main retombe et il m'entraîne vers une autre malle garde-robe, deux petites chaises pour enfants. Le faisceau de sa torche illumine des recoins secrets et de nouveaux trésors. Tous ces objets abandonnés là, comme si leurs propriétaires avaient dû fuir en toute hâte.

– Des années plus tard, ton arrière-grand-tante a fait déplacer sa mère au cimetière où elle repose à côté de Sam.

Nous sommes arrivés à l'autre bout du sous-sol, la lumière

pénètre à nouveau par les soupiraux. À côté de la cheminée, je repère un vieux landau déglingué. La capote est intacte, à part un petit accroc dans le tissu, mais il manque le couffin pour recevoir l'enfant ; il n'y a plus que la structure sur roues.

Miah me parle du fantôme de Tillie, qui est censé adorer les bijoux. Au début, il ne croyait pas à toutes ces sornettes, mais lors de son deuxième été ici, on a sonné à la porte de chez lui entre deux et trois heures du matin, et il n'y avait personne.

– Donc je retourne me coucher, et juste au moment où je commence à sombrer dans le sommeil, *vlan !* Tu vas vite le connaître, ce bruit : les portes-moustiquaires qui claquent. J'appelle ça la musique de l'île. Ça fait un de ces vacarmes !

J'essaie de me concentrer sur son histoire. Mais à la place, j'entends : « embrasser, peau nue, lèvres, toucher… »

Il me parle d'une sorte de bracelet que sa sœur lui a fait. Il tend le bras pour me le montrer : il est en coton noir, tressé. Sa dernière phrase se change en : « Tu vois ces mains ? Elles ont envie de se promener sur ta peau. »

Il me raconte que le lendemain matin, son bracelet avait disparu. Et qu'il l'a retrouvé sur l'autre table de nuit. Je n'écoute que d'une oreille.

– Or il faut savoir que je ne bouge jamais dans mon sommeil. Quand je me lève, l'autre côté du lit est intact parce que je n'y ai pas touché.

Je n'entends pas la suite parce que je l'imagine dans son lit, probablement nu, tout seul de son côté, alors que de l'autre, les draps sont bien tirés.

« Qu'est-ce qu'il essaie de me dire ? Qu'il n'a pas de petite amie ? Qu'il ne couche avec personne en ce moment ? Qu'il tient à ce que je le sache ? »

Je me répète : « Reprends-toi, Claude ! Ça doit se voir sur ton visage. » Je reste là, à hocher distraitement la tête en espérant qu'il ne lise pas dans les pensées.

– Donc le bracelet est sur l'autre table de nuit… où je ne l'ai jamais posé.

« L'autre table de nuit, de l'autre côté du lit, où personne ne dort. »

– Deux mois plus tard, je dîne chez Bram et Shirley, dans le nord de l'île, quand Bram parle de ce fantôme qui fait claquer les portes-moustiquaires… Et là, je me dis : « Attends une minute… »

Il lève la tête, je l'imite. Contre le mur, il y a un portrait de femme défraîchi dans un grand cadre ovale. Elle est blonde, jolie, vêtue de bleu pâle, radieuse. Elle ne porte pas un seul bijou. Son seul accessoire est une couronne de fleurs dans les cheveux. Juste au niveau de son cœur, la toile est déchirée.

Brusquement, je reviens sur terre, dans ce sous-sol.

– C'est quoi, ton nom complet, Cap'taine ?

J'ai du mal à détacher mes yeux du portrait.

– Claudine Llewelyn Henry.

Il me dévisage, sourire aux lèvres, en répétant :

– Claudine Llewelyn Henry.

Mon nom dans sa bouche. Sa manière de le prononcer…

Puis il se tourne vers le portrait en annonçant :

– Claudine Llewelyn Henry, je te présente Tillie Donaldson Blackwood.

Tillie me fixe, rayonnante.

– Ils ont trouvé le portrait comme ça, avec l'accroc dans la toile. Parce que ce n'est pas la balle qui l'a tuée, c'est le chagrin. Elle avait le cœur brisé.

– D'avoir fait une fausse couche ?

– Sûrement. Et elle avait perdu son frère dans un accident de voiture et sa mère de la grippe, tout ça le même mois.

– Comment tu sais tout ça ?

– Par mon amie Shirley. Sa grand-mère était la conteuse de l'île.

Nous sommes là depuis longtemps. Pourtant je n'ai pas envie de partir. Je me sens liée à ces ruines, aux fantômes, à Claudine qui a hanté cet endroit jusqu'à la mort, à Tillie et son cœur brisé. Surtout à elle, à sa vie bouleversée du jour au lendemain, trois fois de suite… avant qu'elle ne décide d'y mettre fin.

Un crissement me fait tourner la tête. Miah est en train de graver nos initiales dans la brique. Pas « JC aime CH » ni l'inverse, juste les lettres, côte à côte. Ça me plaît, cette idée que nos noms demeureront là tant que cette brique existera. Comme une capsule temporelle. Où que j'aille, quoi que je fasse, nous sommes passés par ici, tous les deux, c'est gravé.

Nous retournons à la porte par laquelle nous sommes entrés. Il agite la poignée, mais elle refuse de bouger.

– Ce serait drôle, si Tillie nous avait enfermés, non ?

– Hilarant.

Il tire, il pousse… en vain. Et en le regardant s'escrimer, je réalise : « Oh, super, on est prisonniers des entrailles de Rosecroft. Coincés avec un fantôme. »

Un frisson glacé me parcourt.

Miah se retourne vers moi pour annoncer :

– On est enfermés à l'intérieur.

– Tu n'aurais pas mis en scène tout ça pour créer une atmosphère mélodramatique ? Ou pour tenter une approche ?

– Je ne suis pas si malin.

« Dommage », pense une partie de moi.

– C'est verrouillé de l'extérieur. T'as qu'à essayer.

Je secoue la porte qui ne bouge pas d'un pouce.

– Bienvenue sur l'île, Cap'taine ! me lance-t-il.

« Il y a pire endroit pour être prisonnière », je me dis.

Je m'attends à ce qu'il se jette sur moi, mais non, il farfouille dans le bazar qui gît autour de nous.

– Qu'est-ce que tu fabriques ?

– J'essaie de trouver un pied de biche ou un couteau, n'importe quoi pour faire levier et ouvrir cette porte.

Je l'aide à chercher, en pensant à tous ces objets égarés, oubliés – ce parapluie, ce peigne, ce flacon de parfum vide, ce chapeau melon... –, qui ont autrefois été soigneusement choisis, achetés, apportés dans cette maison et utilisés par ses habitants.

Soudain, nous entendons une voix qui vient d'en haut.

– Ohé !

Je sursaute comme si c'était Tillie en personne, revenue des morts.

Miah me pose la main sur le bras genre : « Ça va, ça va, t'inquiète », sauf que la chaleur de sa paume contre ma peau ne me calme pas du tout, au contraire.

– Jeremiah ? J'espère que ce n'est pas toi !

– Si, c'est moi ! Au sous-sol.

– Qu'est-ce que tu fiches ici ?

– Je suis avec une fille canon que j'ai trouvée là. Mais tu nous as enfermés à l'intérieur.

Il me lâche pour se rapprocher de la voix.

– Tu aurais dû me prévenir.

– J'étais bien trop occupé avec ma conquête...

– Je ne t'entends pas.

– Où tu es ?

– Là-haut.

Et ça continue ainsi jusqu'à ce qu'il marmonne :

– Mais d'où vient sa voix ?

Nous montons un escalier étroit et sombre – pas celui de dehors, par lequel nous sommes descendus, mais un qui mène directement à l'intérieur de la maison. Je chasse d'un revers de main les toiles d'araignées qui m'effleurent les joues et les épaules. En haut des marches se tient une grande femme noire qui doit être Shirley. Elle se découpe sur fond de ciel bleu éclatant et de ruines. Nous débouchons au rez-de-chaussée dans un couloir dont il ne reste que les murs, sans plafond.

– Jeremiah Crew !

La femme secoue la tête, les poings sur les hanches.

Mais son ton est presque affectueux.

Shirley et son mari, Bram, sont originaires de l'île. Ils partagent leur temps entre ici et le continent, à la tête d'un programme de réinsertion des jeunes de l'association Outward Bound. C'est eux qui ont accueilli Miah quand il a été envoyé ici. Ce sont les parents qu'il aurait aimé avoir. Ceux qui ont continué de croire en lui alors que tout le monde avait laissé tomber.

Nous sommes en plein soleil. Une camionnette du parc remonte l'allée, avec à son bord un groupe de clients de l'auberge.

Shirley s'adresse à moi.

– J'ai connu ce gamin quand il avait treize ans. Tu as de la chance de ne pas l'avoir rencontré à l'époque. Il m'en a fait faire, des cheveux blancs !

Mais elle rit.

Il me lance un regard penaud en écartant les mains, genre : « C'est vrai, je n'ai rien à dire pour ma défense. »

Elle se tourne vers lui.

– Je peux te faire confiance et te laisser dans ces ruines ?

– Ça m'étonnerait.

– Vous devriez passer dîner à la maison, un soir. Bram serait ravi de vous voir.

Pendant qu'ils discutent, je sens grandir l'envie de courir me réfugier derrière le mur que j'ai bâti au début de l'été. L'idée de rencontrer des gens qui l'aiment me fait bizarrement sentir encore plus seule au monde, comme si ça me privait de quelque chose.

Il me reconduit chez Addy et me raccompagne jusqu'à la porte. Je lui ressors :

– Bon, écoute… faut pas que tu t'attaches trop à moi, parce que je repars dans quelques semaines et je m'en voudrais de te briser le cœur.

Il me toise, en haussant les sourcils.

– Je suis prêt à prendre le risque !

J'attends qu'il m'embrasse, mais comme il ne réagit pas, je m'approche tout près, au point qu'on se touche presque. Je sens son souffle sur ma joue. Il prend mon menton entre ses mains pour me regarder dans les yeux.

Une étrange expression se peint sur son visage tandis qu'il murmure :

– Ne bouge pas.

D'une main, il me tourne la tête de l'autre côté et, de l'autre, il me pince violemment le cou.

Je fais un bond en arrière, portant la main à la plaie pour voir si je saigne.

– Non, mais ça va pas !

– Je t'ai sauvé la vie, encore une fois !

Il lève quelque chose à la lumière : une tique.

– Chaussure, s'il te plaît.

– Quoi ?

– Passe-moi ta chaussure.

J'en ôte une pour la lui tendre.

Il pose la bestiole sur le plancher et l'écrase sous ma sandale.

– Si j'étais toi, une fois à l'intérieur, je m'inspecterais de pied en cap pour vérifier que je n'en ai pas d'autres.

Et sur ces bonnes paroles, il s'en va d'un pas léger, sans m'embrasser, sans me proposer qu'on se revoie ni rien.

Je reste une éternité sous la douche, en passant mon corps à la loupe à la recherche de tiques. J'ai beau ne pas en trouver, j'ai l'impression de grouiller de bestioles.

De retour dans ma chambre, j'ouvre un de mes carnets. Je le feuillette en relisant au hasard des passages de mon roman. C'est parfois bon, parfois mauvais, et la plupart du temps entre les deux. Ça ne sonne pas naturel, c'est ampoulé, trop écrit. Mais surtout ça date, j'ai l'impression que c'est l'œuvre de quelqu'un d'autre, dans une autre vie. Quelqu'un qui pensait tout savoir de la vie et de l'amour… alors qu'il n'en était rien.

Je referme le cahier d'un coup sec avant de l'enfouir dans un tiroir pour le soustraire à ma vue. Puis je pars en quête d'un carnet vide. J'en trouve un vieux dans le bureau, sur une étagère. Pages jaunies, couverture bleu fané. Je m'installe dans cette pièce pour écrire, pas au sujet de Claudine, mais de Tillie Blackwood, morte prématurément, et de l'homme qui l'aimait. Sa vie sur cette île, sa disparition.

Un peu plus tard, j'entends la porte d'entrée s'ouvrir et se fermer, et ma mère qui m'appelle. La moustiquaire claque derrière elle, la petite musique de l'île. Je ne me sens plus si étrangère en ces lieux, finalement.

JOUR 5

Le lendemain matin, je me lève plus tôt que d'habitude. Une fois ma mère partie pour le musée, j'essaie de me coiffer pour que ça fasse plus Jean Seberg que lutin de Noël, et je me mets du rouge à lèvres. Dehors, la luminosité est carrément aveuglante, il n'y a que quelques minuscules nuages à l'horizon. Je me balade le long de la route principale, je vais aux ruines, puis à la plage, mais aucun signe de Jeremiah. Je passe la journée à nager et à lire au soleil, en m'efforçant de surmonter ma déception.

Une fois changée pour le dîner, je complimente ma mère qui s'est faite belle et je lui prends le bras pour descendre à l'auberge. Elle hausse un sourcil, puis me parle de la pointe de Barbe-Noire, au nord-est de l'île, où le célèbre pirate Edward Teach – plus connu sous le nom de Barbe-Noire – aurait, à ce qu'on raconte, enterré son trésor. J'écoute et je pose des questions, et alors que nous montons les marches du perron, elle me dit merci en me serrant légèrement le bras.

– Merci pour quoi ?

– Tu sais très bien. Merci de faire autant d'efforts.

Je me penche pour ôter une épine de cactus de ma chaussure, vexée qu'elle ressente le besoin de le souligner tant je dois être centrée sur ma petite personne d'habitude. Je marmonne :

– De rien.

À l'apéritif, pendant qu'elle discute avec le photographe de Nashville, je m'éclipse pour faire un tour dans la bibliothèque, où je trouve un vieux bouquin sur les tortues caouannes. Je me plonge dedans jusqu'au dîner, en m'efforçant de me concentrer sur les mots plutôt que sur le souvenir des lèvres de Miah sur la plage l'autre nuit.

Voici ce que j'apprends :

• Les plus grosses tortues peuvent peser plus de 150 kg !

• Tous les deux à trois ans, elles reviennent nicher sur la plage où elles sont nées.

• Seulement un bébé tortue sur mille vivra jusqu'à l'âge adulte.

• Les tortues ont besoin d'air, même si elles peuvent rester sous l'eau pendant des heures. Hélas, elles se prennent souvent dans les filets de pêche, épuisent leur oxygène en se débattant et finissent par mourir.

• Il arrive qu'une tortue vienne sur la plage creuser un nid mais que, pour une raison qu'on ignore, elle retourne finalement à la mer sans avoir pondu.

• Une tortue pond de nombreux œufs, qu'elle laisse livrés à eux-mêmes – contrairement, par exemple, à une jument, qui n'a qu'un seul poulain et le protège jusqu'à ce qu'il soit assez grand pour se débrouiller seul ou jusqu'à ce qu'elle soit de nouveau pleine. Mais ce sont les tortues – et non les chevaux – qui existent depuis l'époque des dinosaures.

C'est donc un avantage certain dans la vie d'apprendre à se débrouiller tout seul. « Comme moi. » Et bizarrement, ça me redonne espoir.

Après le repas, maman et moi, nous nous asseyons sur la terrasse. Je me renverse en arrière pour contempler la lune, les paupières lourdes.

– Tu es bien silencieuse depuis que nous sommes ici, remarque-t-elle.

Sur le coup, je pense qu'elle veut dire depuis que nous sommes à l'auberge, mais non, elle veut dire ici, sur cette île.

– Toi aussi.

Elle se penche en avant, les jambes croisées.

– Alors je vais te raconter quelque chose et ensuite ce sera à toi.

– Commence.

– D'accord.

Elle prend une profonde inspiration. Expire.

– Tu sais, je ne pensais pas trouver autant de témoignages de tante Claudine. En fait, elle a laissé un journal et des boîtes entières de lettres. Elle a tout noté, tout conservé. C'est sa mère qui demeure une énigme.

– Comment ça ?

– Jusqu'à présent, je n'ai rien trouvé qui soit de la main de Tillie Blackwood. Pas de journal, pas de lettres, pas même une liste de courses. En revanche, j'ai beaucoup d'infos sur les autres Blackwood. Vraiment beaucoup. Et je pense qu'il y a matière à un livre. Claudine. Sa mère. Toutes les femmes qui ont vécu, aimé et sont mortes sur cette île.

– Un roman historique ou plutôt un documentaire ? Tu as un angle ?

– Pas encore. Mais je vais trouver. Après tout, l'écriture est une bouée de sauvetage. Et j'en ai bien besoin !

Sa voix est claire et forte, celle de Wonder Mom, pourtant une ombre voile son regard. Elle répète cela depuis des années : quand ça ne va pas, l'écriture peut vous sauver.

– Tu vas trouver, je répète.

C'est la solution de facilité, ces derniers temps : je répète ce qu'elle dit parce que c'est plus facile que de lui confier ce que je ressens vraiment.

Elle me demande :

– Et toi, tu écris ? Tu travailles sur quelque chose en ce moment ?

– Pas vraiment.

J'ai écrit quelques lignes sur Tillie et Claudine, mais ce ne sont que des anecdotes, des détails dont je veux me souvenir.

– Mmm.

Elle change de position.

– Qu'est-ce que je peux te raconter d'autre ?

Elle réfléchit.

– Le photographe m'a proposé de prendre un verre avec lui plus tard.

– Celui avec qui tu discutais ?

– Oui.

« Connard. »

– Qu'est-ce que tu as répondu ?

– Non merci. C'est trop tôt. Je ne suis pas prête. Je ne serai peut-être jamais prête. Mais c'est agréable qu'on s'intéresse à moi...

Il y a des moments, comme celui-ci, où on voit qu'elle a un chagrin d'amour. Un chagrin qui pèse sur son cœur mais aussi ses bras, ses épaules et son visage. Je pense au mari de Tillie qui l'a enterrée juste devant la maison et lui a coupé une mèche de cheveux. Je me demande si mes parents se sont un jour aimés à ce point ou s'ils croyaient juste s'aimer. Pourquoi certaines histoires d'amour s'interrompent-elles brusquement alors que d'autres durent éternellement ?

Et soudain, je culpabilise de ne répondre qu'en écho, réfugiée derrière ma muraille.

– À toi, maintenant. Dis-moi quelque chose que je ne sais pas.

J'essaye de chasser de mon esprit l'image de ma mère avec le photographe, cet inconnu qui n'est pas mon père. J'ai envie de lui demander s'ils se parlent encore. S'ils essaient de sauver leur couple ou si c'est vraiment fini, s'il n'y a même plus de couple à sauver. Mais au lieu de ça, je dis :

– Je ne suis pas sûre que Saz et moi, on soit amies pour la vie finalement. Je l'ai toujours cru, mais on s'éloigne l'une de l'autre. Je le sens. Et pas seulement parce que je suis partie. Elle s'éloigne aussi.

– Vous êtes à un tournant de vos vies, répond maman. Vous passez à autre chose, ça paraît affreux, mais c'est normal. C'est parfois douloureux de grandir. Lorsque vous aurez traversé cela, vous vous retrouverez peut-être, plus fortes que jamais. Mais si ça t'inquiète, dis-lui qu'elle te manque.

J'entends ce qu'elle tait : « comme tu me manques ».

À un moment donné, je sens une main sur mon bras. C'est Jared. Il me tend un mot.

Ma première pensée est : « Pourquoi Jared m'écrit-il un mot ? » Mais ensuite, il m'adresse un clin d'œil si peu discret qu'on doit le voir depuis Mars.

– Merci, dis-je.

– Oh, de rien.

Et il s'en va en souriant.

– C'est de la part de qui ? demande maman, d'une voix alourdie par la fatigue et le repas.

– Je ne sais pas.

Alors que je le sais parfaitement. Enfin, j'espère.

Rendez-vous devant chez toi à 22 h 30.

– Il y a un garçon derrière tout ça ?

« Oui ! »

– Peut-être…

JOUR 5
(SUITE)

Le pick-up cahote dans l'allée et contourne l'auberge. Une fois sous les chênes, Jeremiah éteint les phares et poursuit sa route dans la pénombre.

Je tends la main vers la ceinture de sécurité.

– Oh, Cap'taine, on met jamais sa ceinture quand on est de l'île.

– Et si je n'ai pas envie d'être de l'île ? je réplique en lâchant néanmoins la ceinture. Tu pourrais rallumer, qu'on ne finisse pas dans le décor ?

– Lors de mon premier été ici, Shirley refusait que je prenne une torche. Elle disait que j'étais capable de voir dans le noir. Qu'il suffisait d'être patient et de laisser mes yeux s'accoutumer à l'obscurité. Tu peux essayer, Cap'taine ? Tu es assez patiente ?

Il se tourne vers moi et m'adresse un demi-sourire qui sous-entend qu'il ne parle pas que de voir dans le noir.

Mon estomac fait un looping. Ça pétille de partout.

Je lui rends son sourire en coin.

– Peut-être.

Nous nous enfonçons au cœur de l'île. De l'extérieur, on doit avoir l'air de fantômes. On était là et hop… disparus ! Je distingue à peine le blanc de la route. Elle se matérialise devant nous au fur et à mesure de notre avancée. Les arbres forment deux murs sombres de chaque côté. J'ai envie de lui demander à nouveau de rallumer les phares avant qu'on renverse quelque chose ou quelqu'un.

« Je me moque de ce que Shirley raconte. Mes yeux ne vont jamais s'accoutumer à cette obscurité. »

Mais petit à petit, la route devient plus blanche, les arbres prennent du relief. De petites étincelles dorées apparaissent ici et là.

– Des lucioles, m'apprend-il.

Et voilà qu'elles éclairent notre route. Il y en a dans les arbres, dans les airs, dans les feuillages. De petites étoiles d'or qui illuminent le chemin. Je retiens mon souffle. C'est un moment magique, que je n'oublierai jamais. Je baisse les yeux vers sa main, large et bronzée, posée sur le volant, vers ses pieds nus sur les pédales.

C'est féerique. Nous filons dans la nuit, entourés de lucioles qui clignotent comme des guirlandes lumineuses. J'aimerais que ça ne finisse jamais. Je veux passer ma vie à foncer dans la nuit en voiture avec lui.

J'ignore si nous allons en direction du nord ou du sud et ça m'est égal. Je ne veux pas le savoir. Je ferme les yeux pour savourer la brise tiède sur mon visage. J'ai envie de lever les bras en l'air comme dans un manège, je me sens tellement libre ! Je passe la main par la fenêtre pour attraper la nuit qui scintille, grésille, file… et nous nous fondons en elle.

Sentant que nous ralentissons un peu, je rouvre les yeux. Miah s'arrête, nous sortons, les portes claquent l'une après l'autre et le son semble résonner à l'infini. Alors qu'il cherche quelque chose à l'arrière, j'attends. Je suis ici et maintenant, sur cette route, avec les arbres derrière moi et la plage devant. « Quoi qu'il arrive, je savoure l'instant présent. » Derrière les dunes, je distingue une lueur dans le ciel, qui doit provenir de la lune.

Miah me rejoint avec un sac à dos et une couverture comme s'il prévoyait une grande sortie. Je chasse de mon esprit l'image de nous deux sur la couverture. Puis en le regardant plus attentivement, je remarque qu'il porte un short court, le genre que mes parents mettaient pour faire du sport dans les années 1980.

– Qu'est-ce que c'est que ça ?

Il pointe le faisceau de la torche dessus et je constate qu'il est kaki, à motif camouflage.

– Short officiel des rangers de l'armée américaine. Réservé aux gros durs.

– Et à toi.

– Aux gros durs, dont moi !

Il sourit.

– C'est ma tenue de travail. Impeccable pour grimper aux arbres. Pratique pour nettoyer les sentiers, surtout par cette chaleur. Facile à enlever pour piquer une tête à poil.

Il me dévisage. Son regard s'attarde sur mes lèvres, et mon cœur s'emballe. Puis il plonge les yeux dans les miens.

– Allons-y.

« Oui, allons-y. Rentrons vite dans ce pick-up que tu puisses m'embrasser partout ou allons nous allonger sur la plage... »

Mais il est déjà parti. Finalement, il lui va plutôt pas mal, ce short.

Nous slalomons entre les dunes dans le noir. Mais soudain

une mare immense nous bloque le passage. Elle a envahi toute la largeur du chemin jusqu'aux joncs de l'autre côté.

– Ah, l'orage a inondé le sentier. Pas grave, grimpe.

Il se tourne vers moi.

– Quoi ?

– Allez, Cap'taine, grimpe !

– Je vais te tuer le dos.

– Mais non.

Je remonte donc ma robe à mi-cuisse avant de m'accrocher à lui. J'ai une jambe autour de sa taille tandis que l'autre pédale dans le vide. Il titube et on manque s'écrouler tous les deux. Je me cramponne en l'étranglant à moitié.

Dans ma tête, je supplie : « Pourvu que je ne lui casse pas le dos. Et qu'il ne se demande pas ce que j'ai pu manger pour être si lourde. »

Une fois que je suis bien cramponnée et qu'il me tient par les deux jambes, il pénètre dans l'eau, qui me frôle à peine les orteils. Je me colle contre lui. Hélas, nous arrivons bien trop vite sur une immense plage.

Il jette son sac, me laisse descendre et fait le poirier en attendant que j'enlève mes chaussures. Il reste la tête en bas quelques secondes puis se remet à l'endroit et nous avançons de quelques pas.

J'aimerais qu'il me prenne la main. Qu'il m'embrasse. Qu'il tente quelque chose, là, au clair de lune, sur la couverture qu'il a apportée.

À la place, il demande :

– Tu veux te balader le long de la mer ?

– Oui…

Les vagues nous lèchent les pieds. L'eau est bonne. Tout le

monde dort à part nous, nous sommes seuls au monde. Jeremiah Crew et Claude Henry. Seuls, tous les deux. Nos bras se frôlent, nos hanches se cognent, mais nous ne sommes pas main dans la main.

Au bout d'un moment, il dit :

– On n'est pas obligés de parler de tes parents, mais si tu en as envie, c'est l'endroit idéal. J'ai eu des tas de conversations avec moi-même la nuit, sur cette plage.

J'ai bien envie de tout lui ressortir, tout ce que je lui ai déjà raconté, et davantage ; mais j'aimerais aussi préserver cette soirée, éviter de la gâcher par une note triste ou douloureuse. Alors je lui parle de mes parents avant, qui ne se disputaient jamais, qui s'entendaient à merveille. Je lui raconte qu'on était toujours tous les trois ensemble, soudés, c'est pour ça que je n'ai remarqué aucun signe avant-coureur : ni fumerolle, ni secousse annonciatrice de la catastrophe.

– Les gens ne montrent que ce qu'ils veulent bien montrer, dit-il.

– Oui, je l'ai appris à mes dépens.

Il me parle de sa mère, qui reste au lit pendant des jours et des jours, parfois même des semaines. Durant ces cinq dernières années, il a dû s'occuper d'elle et élever ses quatre sœurs. Quand il parle d'elle, sa voix est grave – alourdie par le fardeau, l'amour, le ressentiment, la conscience de sa responsabilité, l'envie de la protéger. Mais quand il me présente ses sœurs, une à une, elle devient plus légère, comme un ballon qui s'envole dans le ciel. J'apprends que Kenzie et Lila adorent lire. Que Kenzie a déjà gagné des concours de photo et que Lila a vu Harry Styles en concert trois fois. J'apprends que, à douze ans, Ally a déjà un petit ami sérieux et que Channy, la plus jeune, est la star de son équipe de foot. Et son frère alors ? Il est parti en mission deux fois, en Afghanistan.

– Mais assez parlé de moi, décrète-t-il. Pour le moment. J'ai bien sûr des tas d'autres secrets fascinants à te révéler. Ça viendra en son temps. Je te promets que ça vaut le coup d'attendre.

Je lève les yeux au ciel.

Il rigole.

– Et ta meilleure amie, là, dans l'Ohio ?

Je lui raconte pour Saz, Ivy et notre dernière conversation cauchemardesque au téléphone.

Il commente :

– On dirait bien que Saz est partie sur son île, elle aussi. Il faut que tu lui laisses un peu de temps.

C'est exactement ce qu'a dit ma mère. Je n'en reviens pas.

– Quoi ? demande-t-il.

– Rien. C'est un sage conseil.

– Parce que je suis sage.

Il passe la main dans ses cheveux. Je regarde son ancre sur le poignet.

– C'est quoi, tous tes tatouages ?

– Ça, dit-il en la montrant du doigt, c'est pour me rappeler d'où je viens. La boussole sur mon épaule, c'est pour m'assurer que je trouverai toujours mon chemin. Et celui-là...

Il retourne l'autre poignet.

– ... c'est ce que je recherche.

« Alors Joy, ce n'est pas une fille, en fin de compte. »

– Ma mère est joyeuse. Sa simple présence rend tout plus gai. Mon père n'a pas su en profiter. Il a de l'humour, il est parfois drôle, mais il a aussi ses humeurs.

– Certaines personnes ne sont pas faites pour ça. Ma mère, par exemple. Ou alors il y a quelque chose qui les en empêche. La maladie ou les épreuves de la vie. Moi, je me démène pour trouver le bonheur. Parce que je suis fait pour... et en même temps, pas vraiment.

Il frotte le tatouage.

– Mon père, c'est encore pire. On dirait presque que parfois, il... je ne sais pas... il ne veut pas être heureux. C'est dur à expliquer.

Même si j'ai toujours su que ma mère et moi, nous nous ressemblions beaucoup, depuis que nous avons quitté l'Ohio, je m'aperçois de plus en plus que nous formons un couple, toutes les deux. Claudine et Lauren, Lauren et Claudine, les filles Llewelyn. Mon père est plutôt une sorte de *guest-star*, qui fait une apparition de temps à autre.

– Je ne le connais pas, mais ça me fait de la peine pour lui, dit Miah.

– Non, il a fait ses choix. Non seulement de briser leur couple mais également de se mettre en retrait quand on vivait tous ensemble.

– Oui, mais il passe à côté de quelque chose. Il passe à côté de toi.

– Je ne crois pas qu'il voie ça sous cet angle.

Nous continuons à marcher en silence. Nos bras se frôlent encore et mon cœur palpite au clair de lune. Je regrette d'avoir parlé de mon père. Je ne voulais pas l'inviter sur cette plage avec nous.

Je change de sujet.

– Tu penses passer ta vie où ?

– Où dans le monde ?

– Ouais.

– Pour de vrai, tu veux dire ?

– Oui.

– Eh bien… selon toute probabilité, en désintox ou en prison. Mais je ne sais pas. Pour l'instant, je suis bien ici. Shirley dit que l'île t'apporte ce dont tu as besoin.

– Pour l'instant, j'ai hérité d'une coupe de cheveux ratée et de pustules qui me donnent l'air d'une lépreuse.

« Et peut-être de toi. »

– C'est sans doute exactement ce dont tu avais besoin.

Il me donne un petit coup de coude, je le lui rends.

– Et après l'été ? Où tu vas dans un mois ?

– Rejoindre les rangs de la CIA.

Il me sourit.

– Et toi ?

– Depuis que je suis toute petite, j'ai toujours voulu aller en Californie. C'est si loin, si grand, plein de promesses. Saz et moi, on avait prévu de partir là-bas pour vivre de notre plume. Mais finalement, je suis inscrite à Columbia et elle à Northwestern.

– Ça ne veut pas dire que tu n'iras jamais. Ni que tu ne peux pas y aller seule. Le futur n'est pas une ligne droite où tout s'enchaîne bien dans l'ordre : les études, le travail, l'amour. Moi, je vois l'avenir plus comme un océan de possibles… un truc… plus fluide…

– Waouh, c'est très profond.

– Ça te donne envie de me sauter dessus ?

– Pas vraiment.

– Attends. Avec les femmes, je fais effet à retardement. C'est là tout mon charme.

Nous revenons sur nos pas. Je suis entièrement concentrée

sur l'instant présent : la plage, les vagues à nos pieds, la nuit, la lune, ce garçon.

– C'est l'endroit idéal.

Miah enlève son T-shirt. Puis son short. Laisse ses vêtements par terre. Et il s'éloigne, complètement nu, pour plonger dans la mer.

Je reste plantée là, à me dire que j'ai le choix : je peux m'asseoir dans le sable pour l'attendre. Ou me déshabiller et le rejoindre. Je suis à un tournant de ma vie. « Tu réfléchis trop, Claudine ! »

J'attends que sa tête disparaisse sous l'eau pour ôter ma robe. Je la pose sur ses affaires. Me voilà en culotte, sans soutien-gorge. Je garde mon bas et, les mains sur les seins, je trottine jusqu'à la mer avant de changer d'avis. Je m'enfonce jusqu'à la taille, puis je m'accroupis pour avoir de l'eau au menton.

Miah n'est plus qu'une ombre à l'horizon, qui plonge dans les vagues comme un dauphin. J'avance un peu plus loin avant de penser à Danny et aux lames de fond, et à cette baie qui est paraît-il une pouponnière de requins. Je m'arrête brusquement, le cœur battant. Une minute plus tard, Miah vient vers moi. Je m'enfonce davantage, cherchant à me cacher sous les vagues. Il ressort de l'eau à un mètre de moi. Il scintille au clair de lune.

– Tu vois ? Une vraie bombe à retardement !

Nous pataugeons sur place, les yeux dans les yeux. Bizarrement, j'ai l'impression que c'est un instant crucial.

– Bon sang, ce que t'es belle, souffle-t-il.

Et il m'embrasse.

Puis il replonge sous l'eau. Et je le suis jusqu'à ce que je n'aie presque plus pied.

Je pense à son image de l'avenir, fluide comme l'océan. Je m'imagine mi-dauphin mi-sirène. Je le rejoins à la nage et j'enroule mes jambes autour de sa taille. Et même si j'ai encore mon bas, contrairement à lui, j'ai l'impression de n'avoir jamais été aussi nue devant un garçon. Il me serre contre lui, et nous restons longtemps comme ça, joue contre joue, torse contre torse, cœur contre cœur.

Quand il sort de l'eau, je ne peux m'empêcher de le regarder discrètement. D'admirer son corps svelte, sa peau mouillée, dorée, qui scintille sous la lune. Je remets vite ma robe qui colle contre mon ventre comme une algue. Il me tend une serviette et en prend une pour lui. Alors je le regarde vraiment, en entier. Il est évident que cette baignade lui a fait de l'effet.

Du coup, je détourne la tête.

– Qu'est-ce qu'il y a, Cap'taine?

– Rien... c'est la lune... elle est si belle.

Il éclate de rire et remet enfin son short. Nous nous asseyons sur sa couverture et buvons les sodas qu'il a apportés. Je voudrais que cette nuit ne finisse jamais. «Je pourrais rester ici à jamais. Je pourrais vivre ici.» Je repense à la Claude que j'étais avant, la fille qui ignorait que les gens peuvent changer d'avis du jour au lendemain et que l'amour peut filer sans prévenir. Et là, sur cette plage au clair de lune, avec ce garçon, j'ai l'impression de m'être retrouvée.

Nous restons côte à côte, sans parler. À contempler la mer. Les vagues vont et viennent et, dans le noir, elles font un bruit impressionnant, comme le tonnerre. Voyant que je frissonne, sans un mot, il me tend son T-shirt. Je l'enfile, même s'il fait si chaud que ma peau est déjà trempée de sueur et non d'eau de mer, et que mes cheveux collent à mon front.

Nous restons assis là une heure, peut-être plus. J'ai perdu la notion du temps. Il pourrait être minuit ou deux heures du matin. Ça n'a plus vraiment d'importance ici, contrairement à ce que dit ma mère. Nous restons assis là, à regarder la mer. Moi, roulée en boule, les bras autour des genoux. Lui, allongé, en appui sur les coudes. Chacun de notre côté mais ensemble. Seuls au monde à attendre les tortues.

À un moment, je crois en voir une sur la plage. Je me penche. Il a dû la voir aussi parce qu'il se redresse. Nous retenons notre souffle, mais c'est une autre bestiole – du genre raton laveur. Un truc bas sur pattes qui file se cacher dans les dunes. Miah se rassied. On attend, encore et encore. Je suis pleinement consciente de cet instant, tous les sens en alerte. L'air doux de la nuit, le contact un peu rêche de son T-shirt sur ma peau, avec son odeur qui m'enveloppe. Le sable où j'ai enfoncé mes pieds. L'odeur salée de la mer, le bruit des vagues qui déferlent vers nous puis repartent. La clarté de la lune et des étoiles – plus que je n'en ai jamais vu, même au milieu des champs de l'Ohio. Je grave le moindre détail dans ma mémoire, pour garder ce souvenir à jamais et être capable de le ressortir quand je serai loin, loin de cette île. « Ce garçon, c'était quoi son nom, déjà ? » Je ne me le rappellerai peut-être pas, mais je n'oublierai jamais le temps passé à attendre les tortues sur le sable.

Soudain, il se lève et me tend la main. Je n'ai pas envie de bouger, mais je le laisse me mettre debout parce qu'il le faut bien, à un moment ou à un autre. Je le suis entre les dunes, sur le sentier. J'ai envie de retourner sur la plage, d'attendre jusqu'à l'aube, sans parler, sans se toucher, mais ensemble.

Arrivé à l'orée des bois, il fait volte-face, me regarde, m'effleure le menton du bout du doigt. Et sans que je sache comment, ses lèvres sont sur les miennes et il me serre contre lui ou je le serre contre moi. Je ne sais pas vraiment, mais nous nous embrassons encore et encore. Et quand nous nous écartons enfin, il murmure :

– Waouh…

Comme l'autre fois, mais pas sur le même ton.

– Waouh…, je répète.

– Waouh…

JOUR 6
(PREMIÈRE PARTIE)

Le lendemain, à l'épicerie, je passe mon appel hebdomadaire à mon père. La dernière fois que je lui ai parlé, c'était depuis la chambre d'amis de mes grands-parents, à Atlanta. Je lui avais demandé de pouvoir rentrer plus tôt à la maison, et il avait refusé. Je passe en revue tout ce que j'ai envie de lui dire, là, maintenant : « Maman ne dort pas. Je l'entends la nuit parce que je ne dors pas non plus. On est là, chez Addy, à attendre, sans parvenir à trouver le sommeil, à attendre que tu changes d'avis et que tu nous autorises à rentrer chez nous. »

En réalité, la conversation se déroule plutôt comme ça :

– Alors, c'est comment sur l'île ?

– Ça va.

– Il fait chaud ?

– Oui.

– Dandelion a pris ses marques ?

– Mmm.

Silence gênant.

– Bradbury veut te dire bonjour.

J'entends le chien haleter dans le combiné et j'ai une furieuse envie de raccrocher, sinon je vais exploser. Mais d'abord, je fais :

– Salut, Bradbury. Je veux que tu m'écoutes bien. Je vais revenir te voir. Promis. Ne pense surtout pas qu'on est parties parce qu'on ne t'aime pas.

Mon père reprend le téléphone et nous échangeons des banalités pendant une minute ou deux. Il me parle des films qu'il a vus, de son entraînement pour le marathon puis il me dit :

– Je t'aime, Clo.

Au prix d'un effort terrible, je réponds :

– Je t'aime aussi.

Et c'est vrai. Ce serait tellement plus simple si ce n'était pas le cas.

Ce soir-là, toute l'île se retrouve à l'auberge pour partager la spécialité du coin : des pommes de terre, du maïs, des saucisses et des crevettes cuits tous ensemble dans une gigantesque marmite en extérieur. Pendant que ma mère discute avec les adultes, je vais trouver Jared, qui fait le service. En remplissant mon assiette, il demande :

– Alors, ce message ? Tes rêves se sont réalisés ?

– Certains, oui.

Il sourit et je ne peux pas m'empêcher de lui rendre son sourire. Même si je suis plus jeune que lui, j'ai un peu l'impression d'être sa grande sœur.

– Et toi ? Tu sors avec quelqu'un ?

– J'aimerais bien.

– Et Wednesday ?

– Je ne suis pas vraiment son genre.

Bizarrement, il a une légère amertume dans la voix.

Mais soudain, comme si elle nous avait entendus, Wednesday surgit de nulle part en me lançant :

– Salut, fille du continent !

Après avoir promis de revenir plus tard regarder les feux d'artifice avec eux, je vais m'asseoir dans l'herbe, à côté de ma mère. Je mange en silence tandis qu'elle bavarde avec trois femmes plus âgées à l'irrésistible accent du Sud. Le photographe traîne dans les parages. « Je te défie d'approcher, mec. » Il doit entendre mes menaces silencieuses car il s'éloigne. Ensuite je rejoins Jared, Wednesday, Emory et le reste de l'équipe sur la plage. Je cherche Miah, mais il n'est pas là.

On se blottit au pied des dunes pour regarder les feux d'artifice tirés des îles voisines. C'est un spectacle réconfortant, ce *snap, crac, pop !* suivi d'une explosion d'étoiles – rouge, bleu, vert, doré ! Je repense aux 4 Juillet précédents… je les ai tous passés avec mes parents. Tous les trois à Rhode Island, sur les quais, au milieu de la foule. Tous les trois à Atlanta, en train de pique-niquer à Piedmont Park sous un ciel scintillant. Tous les trois dans l'Ohio, à siroter de la limonade en compagnie de Saz et de sa famille.

Avec un boum assourdissant, une pluie d'étincelles dorées illumine le ciel.

Wednesday demande :

– Dites, vous préféreriez avoir des pénis à la place des bras ou des troncs à la place des jambes ?

– Des troncs de quoi ?

– De chênes… non, de palmiers, des palmiers immenses.

– Des pénis à la place des bras, affirme Jared.

Il mime la scène, c'est à mourir de rire. On est tous pliés en deux.

Une fois que nous avons repris notre souffle, Emory soupire :

– Je suis en manque… Mais y a pas beaucoup de choix ici sur l'île.

– Merci, répond Wednesday.

– Non, mais tu sais bien ce que je veux dire.

– Et chez nos voisins ? je demande en désignant l'île d'en face d'où est tiré le feu d'artifice.

– Il ne mettra jamais un pied hors d'ici, affirme Wednesday.

– Je vais bien être obligé. Je ne peux pas vivre comme un moine.

– Moi, j'aimerais tomber amoureux, enchaîne Jared de son ton toujours enlevé, mais avec un petit soupir rêveur à la fin. Parce que je me demande si c'est vraiment différent de coucher avec quelqu'un qu'on aime.

Même si je suis encore vierge, j'aurais tendance à dire que le sexe, c'est le sexe. Peu importe avec qui, du moment que les deux parties sont consentantes. Du moment que tu as envie de ses mains, de sa bouche sur ton corps… Partant de là les possibilités sont infinies…

Mais maintenant, à part le sujet du consentement qui est non négociable, je n'ai plus autant de certitudes…

– Je n'en sais rien, avoue Wednesday en tendant les bras comme si elle voulait attraper les fusées dans le ciel. J'aimerais essayer avec différentes personnes, voir ce que ça donne. Voir ce que ça me fait. De tous les genres. Pouvoir coucher avec qui j'ai envie et, si jamais je tombe amoureuse, tant mieux ! Sinon, au moins, je me serai amusée. En tout cas, je ne veux pas me maquer tout de suite.

Bizarrement, c'est moi qu'elle regarde en disant cela.

– Parce que ça finit toujours pareil, non ? Tu t'amuses bien, l'autre s'amuse bien, tout le monde s'amuse bien. Mais quand il s'aperçoit qu'il t'a eue, qu'il n'a plus à te conquérir, l'autre repart en chasse comme si tu n'avais jamais existé. Et puis, j'aime trop être moi-même.

C'est peut-être vrai, mais j'ai envie de croire que non. J'ai envie de croire qu'il y a plus là-dedans qu'un simple jeu de séduction.

– Parce que tu n'es pas toi-même quand tu es avec quelqu'un ? je demande.

Elle laisse échapper un petit rire cynique.

– Ah ça, non, fille du continent ! Pas du tout ! Ma mère, mes amis... ils ont tous complètement changé. Ils sont devenus dingos. Alors merci bien.

Malgré la séparation de mes parents et tout ce que je suis en train de traverser, je la plains. Elle ne croit plus en rien. Alors que moi... j'ai l'impression que j'ai peut-être – je dis bien peut-être – encore de l'espoir.

Wednesday tire sur une de ses nattes en me fixant.

– Et toi ? Tu as déjà couché ?

Jared se penche vers moi.

– Ne te sens pas obligée de répondre.

J'observe Grady qui drague l'une des clientes de l'auberge – elle doit bien avoir trente ans. Je regarde les fusées exploser et retomber dans l'eau. Je me dis que je pourrais m'inventer une histoire, chic et érotique. Ou même parler de mon expérience avec Shane dans la grange.

Mais tout le monde a l'air sincère, donc... La nouvelle Claude répond :

– Presque. J'ai un *crush* dans l'Ohio.

Je ne précise pas que j'ai complètement oublié Wyatt ces derniers jours.

Wednesday reprend :

– Selon ma sœur, techniquement, ça ne compte pas tant que

ce n'est pas pénis-vagin. Par exemple, si c'est par-derrière, tu es toujours vierge.

Emory la dévisage, les yeux écarquillés.

– Donc, selon elle, il n'y a rien d'autre qui compte à part les rapports hétéros ?

– C'est sa théorie, t'énerve pas contre moi.

– Non mais putain, c'est n'importe quoi !

J'interviens alors :

– Ma meilleure amie est lesbienne et elle est amoureuse. Va lui dire que lorsqu'elle couche avec sa copine, ça ne compte pas !

Voilà que je me retrouve à les défendre. Non seulement Saz, mais aussi Ivy. Leur couple.

– Je ne pense pas qu'on puisse envisager les choses sous l'angle purement technique. Ce qui compte, c'est avec qui tu le fais et ce que tu ressens. Le sexe, c'est le sexe. L'amour, c'est l'amour. On n'a pas besoin de vieux concepts des années 1950 pour valider notre expérience. Quelles que soient les conditions « techniques », je pense que tu sais ici...

Je tapote mon cœur.

– ... si tu es encore vierge ou non.

Wednesday se penche en avant.

– C'est comme franchir un seuil que tu es la seule à voir. C'est toi qui décides.

– Euh... ouais.

– Je suis d'accord, dit-elle.

– Quoi ?

– Je suis d'accord avec toi.

Nous nous dévisageons en silence, abasourdies, parce que nous pensons la même chose.

Jared cogne sa cannette contre la mienne.

– Alors buvons pour fêter ça.

Franchement, j'ai de la chance de les avoir. Comme ça, Saz me manque un peu moins… et un peu plus, aussi. J'ai brusquement envie de l'appeler pour m'excuser de ne pas lui avoir posé de questions sur Ivy, sur ce qui se passait dans sa vie. Elle n'a pas été top en tant qu'amie ces derniers temps, mais moi non plus.

Emory et Wednesday trinquent avec nous.

– Bon sang, on a de ces discussions… c'est profond, hein !

Ma mère vient me voir pour me prévenir qu'elle rentre. Quand je lui propose de l'accompagner, elle refuse.

– Non, non, reste avec tes amis. Ça me fait plaisir que tu t'amuses. Mais rentre pour une heure au plus tard.

Une fois qu'elle est partie, notre conversation dévie sur la STS – Société du Tiroir Secret.

– Tu connais la suite Blackwood, à l'auberge ? me demande Emory.

– Non.

– Eh bien, dedans, il y a un bureau monstrueux qui occupe presque toute la pièce… et qui cache un tiroir secret. Les gens y laissent des messages depuis des années. Depuis l'ouverture de l'auberge. Des lettres d'amour, des récits de leur séjour sur l'île, des anecdotes sur les tortues, les ouragans, ce genre de choses…

Jared boit une gorgée et s'essuie la bouche.

– Les mots d'amour, c'est cool. En ce moment, la chambre est occupée mais on pourra te faire visiter entre deux clients. J'y ai laissé quelques lettres. Une destinée à mon grand-père. L'autre à mon ami Rashid, celui qui est mort. Mais aussi une pour moi. Du style : « Cher Jared, n'oublie jamais que la vie est courte, alors profite à fond de chaque instant. »

Wednesday dessine des cercles dans le sable avec un coquillage.

– On a tous fait ça. « Chère Wednesday, ne sois pas si dure avec toi-même. Si tu ne t'aimes pas, personne ne pourra t'aimer. » Quand je suis arrivée ici, j'en ai écrit une à mes parents, parce que je ne pouvais pas leur dire où j'étais ni pourquoi j'étais partie.

Leurs voix montent et descendent, et ça me rappelle quand j'étais à l'arrière de la voiture, petite, en train de regarder par la fenêtre ou de lire et que je n'écoutais que d'une oreille les conversations de mes parents – juste à côté d'eux, mais perdue dans mes pensées. Je contemple la masse noire de l'océan, avant de fixer mon regard sur les lumières d'une île inconnue, à l'horizon, en me demandant ce que je mettrais dans ce tiroir, une lettre pour moi-même… ou pour Miah.

« Et si j'essayais de trouver où il habite pour me glisser dans son lit ce soir, lui faire la surprise ? » J'imagine. Sa peau. Ma peau. Nues. Chaudes. Lui, lui, lui… Ce garçon qui me connaît déjà si bien et qui m'apprécie malgré tout, malgré moi. Je suis en feu rien que d'y penser.

Et cinq minutes plus tard, le voilà qui débarque. Silhouette noire qui se découpe sur le sable. Je n'ai pas besoin de voir son visage pour savoir que c'est lui. Je connais déjà sa façon de marcher, de bouger. Sans un mot, il me tend la main. Mon cœur s'emballe, mon pouls s'accélère comme si je venais de me réveiller d'un long sommeil. Wednesday se penche pour murmurer à l'oreille de Jared et ils nous regardent. Emory propose une bière à Miah.

– Non, merci, c'est bon.

Puis il se tourne vers moi :

– Tu veux t'arracher d'ici, Cap'taine ?

– Oui.

JOUR 6
(DEUXIÈME PARTIE)

Nous roulons vers le nord jusqu'à une plage plus calme, où nous promener et guetter les tortues. J'espère qu'il va me prendre la main ou m'embrasser mais non. Je me dis tant pis, c'est aussi bien d'être amis. De toute façon, on repart tous les deux dans un mois, on n'a pas le temps de vivre grand-chose d'autre. Nous sommes deux bateaux qui se sont croisés par une longue nuit d'été. Et c'est moi qui l'ai décidé, pas lui. Alors que nous traversons les dunes pour regagner le pick-up, je lui donne même une bourrade dans le bras, comme à un vieux pote.

– Ça va, Cap'taine ?

– Impec.

« Impec ? »

Sur la route du retour, nous approchons de la maison bleu vif, avec les rocking-chairs devant. Miah ralentit, une main sur le levier de vitesse, l'autre sur le volant. D'un air tellement décontracté. Une décontraction naturelle.

– Tu veux entrer une minute ?

Le moteur toussote.

– C'est chez toi ?

– Non, on va entrer par effraction.

– Ah bah, dans ce cas, oui, alors.

« Yesssssss ! »

Et d'un seul coup, mon corps entier est aux aguets. Si j'entre, tout peut arriver. J'essaie de ne pas trop y penser pour le moment. Je me concentre sur les actions à accomplir, les unes après les autres : descendre du pick-up, marcher jusqu'à la maison, monter les marches du perron, attendre qu'il ouvre la porte, le suivre à l'intérieur.

C'est une maisonnette, éclairée par une seule lampe sur une petite table face à la cheminée. Je regarde autour de moi : une vraie malle aux trésors, comme son pick-up. Des crânes d'animaux de différentes tailles, des os, des coquillages. Des photos en noir et blanc – d'os et de coquillages également, mais aussi des ruines de Rosecroft, des dunes, des traces laissées par les tortues sur le sable, de l'océan. Si je devais dessiner la maison idéale de Jeremiah, elle serait exactement comme ça : une petite maison bleue, sorte de cabinet de curiosités, avec des étagères chargées de livres. Des cartes, des vieux appareils photo, des souvenirs un peu partout. Des squelettes et des reliques.

– C'était comme ça quand tu as emménagé ?

– Pas tout à fait, j'ai ajouté ma touche personnelle, pour me sentir chez moi.

J'examine un crâne d'animal.

– C'est très nature.

Il rit. Je repose le crâne pour me poser sur le canapé et m'efforcer de rester dans l'instant présent, de ne pas m'emballer, de ne pas nous imaginer tous les deux nus dans son lit, alors que j'en meurs d'envie. Il sort deux sodas du frigo.

Je regarde les murs, les cadres. Mon regard s'arrête sur une image des ruines qui se détachent sur un ciel noir.

– C'est toi qui as pris toutes ces photos ?

– Pourquoi ? Ça te plaît ?

– Elles sont envoûtantes.

À la fois belles et dérangeantes, sombres et lumineuses.

– Alors oui, c'est moi.

– Tu pourrais les vendre.

– Je ne sais pas. Peut-être. C'est Bram qui m'a convaincu de m'y mettre. Il m'a donné un appareil en disant – je te jure – « Peut-être que ça t'aidera à voir autre chose que ton nombril ».

Miah pose les cannettes devant moi.

– La maison, c'est lui aussi. Enfin, Shirley et lui. Ils me la prêtent pour l'été. Je suis revenu si souvent faire le programme d'Outward Bound que, finalement, ils m'ont proposé un boulot. Ce logement, c'est l'un des avantages.

Il va fouiller dans sa collection de disques, rangée près de la platine.

– J'encadre les groupes de jeunes de l'asso pour nettoyer les sentiers, marquer les nids de tortue, bref tout ce qui peut les occuper au grand air. Exactement comme quand je suis venu la première fois.

– Et après l'été ?

– Je suis le programme spatial.

– Je croyais que tu bossais pour la CIA.

– Les deux en fait.

Il pose un disque sur la platine.

– La NASA et la CIA sont venues me supplier : « On a besoin de vous. Fixez vos conditions. »

Il se laisse tomber à côté de moi sur le canapé alors que la musique commence. Mais sa voix est un peu éraillée.

– Bon, si on changeait de sujet ? Profitons que tu es là, chez moi.

Il se penche. M'embrasse. Avant de me laisser emporter, je recule.

– Ça va, Cap'taine ?

– Tu as quelque chose de plus fort à boire ?

Ce n'est pas que j'aie besoin d'alcool pour me donner du courage, c'est juste que j'aie envie de faire durer un peu, de savourer chaque instant.

Il hausse un sourcil.

– J'ai de la vodka au congélo. Elle doit avoir cent ans. Un cadeau de Bram et Shirley, que je garde pour les invités.

– Merci.

Je me lève, mais il se précipite.

– Je vais te servir, je ne suis pas un goujat.

Je le regarde aller dans la cuisine, ouvrir le congélateur, sortir la bouteille et m'en verser deux doigts. J'ai envie de lui demander de remplir le verre – finalement, j'ai peut-être besoin d'un petit remontant – mais je ne veux pas passer pour une ivrogne.

Quand il revient, je demande :

– Tu n'en prends pas ?

– J'ai assez bu pour toute ma vie. J'ai arrêté à quatorze ans. J'ai tout arrêté à quatorze ans.

Il me tend le verre, pose le bras sur le dossier du canapé puis plante son regard dans le mien.

– Enfin, non... pas tout.

Nous restons ainsi, les yeux dans les yeux. Je pose le verre sans y toucher et, au même moment, nous nous penchons l'un vers l'autre.

Il m'embrasse.

Je l'embrasse.

Mon pouls s'emballe à nouveau. Mon cœur bat si fort que j'ai peur qu'il lâche. Il me caresse le visage, puis sa main descend. «*Yes yes yesssss!*» Ça suffit pour me lancer. Brusquement, je suis la personne la plus courageuse du monde.

Je m'assieds sur ses genoux, face à lui. Comme ça, je sens tout. On s'embrasse, encore et encore. Et nous voilà allongés, je suis à califourchon sur lui. Je ralentis un peu parce que c'est trop, mon cœur va éclater. Nos respirations sont rauques, haletantes. J'entends mon cœur cogner dans ma poitrine comme s'il essayait d'en sortir.

Il jette les coussins par terre pour nous faire plus de place. M'embrasse encore. Me serre dans ses bras. Me fait rouler, et je me retrouve sous lui. Tout ça, sans tomber du canapé. Il se colle à moi, les yeux dans les yeux, ses lèvres sur les miennes, et il n'y a plus rien que sa bouche, sa peau, les muscles de son dos sous mes paumes.

Je l'embrasse jusqu'à ce que nous soyons dans la zone rouge, barricadée, délimitée par du ruban «scène de crime», jonchée de fumigènes, signalée par une sirène d'alarme et des panneaux DANGER. Aussitôt mon cerveau se fige, incapable de penser à autre chose. Je fais taire la voix dans ma tête qui me crie : «Ça y est, ça va arriver!» Je suis au bord du gouffre, le canapé est en feu, et moi aussi, des pieds à la tête, mais je m'en fiche. Il doit le sentir, il change de position, mais je ne le lâche pas. Tant pis, on va incendier le canapé.

Cette fois, je ne m'arrête pas. Même quand il me précise qu'il n'a pas d'IST et qu'il sort toujours couvert. Même quand il me rappelle :

– Tu es sûre? Quatre semaines, c'est tout. Et même un peu moins, maintenant...

– Oui... Oui...

– Je suis sérieux, Cap'taine. Je ne vais pas plus loin sans ton consentement.

Ça me prend de court parce que je ne me souviens pas que Shane ait attendu une seule fois ma bénédiction.

« Je peux dire non, et on s'arrêtera là. »

Je répète :

– Oui. Je suis consentante… si toi aussi.

Je lis la surprise sur son visage.

– Oui, répond-il tout bas. Bon sang, oui.

Pour nous prouver, à lui et à moi, que je suis sûre à cent pour cent, je lui retire son T-shirt, je l'embrasse dans le cou, sur les épaules, le torse. Il grogne un peu puis m'enlève ma robe, la rouge et blanc que j'avais achetée l'an dernier pour le 4 Juillet. Je n'ai pas de soutien-gorge en dessous, juste une culotte. Je m'attaque à son short, mais comme je n'y arrive pas, il m'aide. Vu qu'il ne porte pas de sous-vêtement, il est direct complètement nu. Je peux enfin le regarder vraiment, c'est le moment. Une fine ligne de poils dorés part de son torse jusqu'en bas.

Je résiste à l'instinct de me cacher derrière mes mains. Je le laisse m'embrasser les seins. Ce n'est pas la première fois, pourtant, j'ai l'impression d'aller plus loin que jamais auparavant.

Puis il m'ôte ma culotte d'un seul mouvement, les deux jambes en même temps. Je lutte contre l'envie de me cacher sous le plaid du canapé. Je le laisse me contempler, mais pas longtemps, car je l'embrasse et il passe la main dans ce qu'il me reste de cheveux. Puis il se tourne sur le côté pour chercher un truc dans la poche de son short.

« Il prend un préservatif. »

Quand il se retourne vers moi, la capote à la main, je commente :

– Ouh là. T'es bien sûr de toi.

– Non, plein d'espoir. Et puis quand même...

Il nous désigne, tous les deux, nus, l'un sur l'autre, avec une petite grimace moqueuse. Puis il me sourit franchement, et c'est plus fort que moi, j'embrasse ses fossettes. Il m'embrasse au creux du cou et, juste au moment où tout mon être va exploser comme un feu d'artifice... *paf!* je me dédouble. Je suis à la fois dans mon corps et en dehors. Je vois la scène de l'extérieur avec un commentaire explicatif en continu : « Il ouvre l'emballage. Et maintenant, il met le préservatif. »

Mon esprit a repris le contrôle des opérations. Non ! Je veux le faire taire et laisser mon corps gérer tout seul.

« Et là, il te pénètre. Avec le préservatif. »

C'est surprenant de le sentir en moi, même si je m'y attendais. Comme pour mes cinq ans. Tout le monde s'était caché dans ma chambre, et je savais qu'ils allaient me faire la surprise parce que Saz m'avait prévenue, mais j'ai quand même sursauté quand ils sont sortis de leur cachette en hurlant.

– Ça va, Cap'taine ? me demande-t-il.

– Oui, oui, bien sûr.

Mon esprit dit à mon corps d'arrêter de penser à l'anniversaire de mes cinq ans et de bouger un peu, bon sang. Alors je remue. Mais je suis aussi rigide et figée que le bonhomme en fer-blanc du *Magicien d'Oz*. Et voilà que je me mets à penser au *Magicien d'Oz*, un film que je n'aime même pas, en plus. Et je suis tellement fixée sur le fait que je pense au *Magicien d'Oz* que j'en oublie même de commenter l'action dans ma tête.

« Tu le sens, tout entier, en toi. » Et ça me surprend aussi. Ça ne fait pas vraiment mal, mais mon corps enregistre une sensation complètement inconnue. Je bloque ma respiration et ça fait un gros bruit bizarre, qui lui fait relever la tête et me lancer un regard perplexe. Avant qu'il puisse me demander ce qui me prend et qu'il regrette d'avoir décidé de coucher avec moi, je l'embrasse. Et tout en l'embrassant, je me demande si j'ai mis du sang sur son canapé. Si mon fameux hymen est rompu. Mais même si ce n'est pas le cas, et même si c'est la relation sexuelle la plus ratée et la plus bizarre de l'histoire de l'humanité, techniquement, ça compte. Ça compte. Même si la virginité est un concept hétéronormé issu du patriarcat...

« Tiens, il commence à aller et venir.

Et tu remues en rythme avec lui, sans même savoir comment il faut faire.

Mais c'est pas vrai, tais-toi ! La ferme ! »

Et là, miracle, mon cerveau se tait. Et mon corps reprend le contrôle. Comme s'il savait quelque chose que j'ignore. Comme si nos deux corps se connaissaient, se comprenaient, et qu'ils étaient faits pour se mouvoir ensemble, en rythme.

Et puis soudain, c'est fini. Enfin, il a fini. Et ça non plus, je ne m'y attendais pas. La fin du rapport dépend de lui, visiblement. J'ai bien envie de protester : « Hé, j'en veux encore. J'y suis pas, moi. » Mais je n'ose pas.

Alors voilà... des années d'attente... et c'est fait.

Nous restons allongés un moment, moi sur le dos, lui sur le côté, sur son canapé qui paraît tout à coup beaucoup plus petit. Je fixe le mobile en crânes d'animaux qui tanguent en s'entrechoquant.

Il me prend la main.

– Bah... comment c'est arrivé là, ce truc ?

Je comprends qu'il parle du plafond qui quelques secondes

plus tôt, était caché par la vapeur de nos deux corps en fusion, voilant le ciel étoilé de nos rêves.

– Je ne sais pas.

Je reste là, le canapé refroidit petit à petit dans mon dos, mon cœur se calme et reprend sa place comme un bon petit organe bien sage. Je me dis que six jours plus tôt j'ignorais qu'il savait faire le poirier et m'embrasser mieux que n'importe qui au monde, et voilà que je connais tout de son intimité.

J'ai « perdu ma virginité » et pourtant je n'ai pas l'impression d'avoir perdu quoi que ce soit. C'est mon corps. Je suis seule aux commandes. J'ai choisi ce qui allait lui arriver. Je savais ce que je faisais. J'ai décidé où et quand je voulais avoir un rapport. Et désormais, je déciderai toujours de ma vie. Sans attendre que les autres décident pour moi. C'est moi qui écris ma vie.

JOUR 6
(TROISIÈME PARTIE)

Je m'appelle Claudine Henry et je viens de faire l'amour pour la première fois.

Il y a cinq minutes.

Jeremiah est dans la salle de bains. Je suis assise sur les marches de sa petite maison bleue, rhabillée. En train de contempler la nuit étoilée parce que j'étouffe à l'intérieur.

Je devrais être survoltée, surexcitée. Je devrais me sentir plus adulte. Plus affirmée ? Mais non, je ne me sens pas plus femme. Rien.

Je me sens vidée, dénuée de toute personnalité, en fait.

La porte s'ouvre dans mon dos, c'est lui. Encore nu. Je détourne instinctivement les yeux. Réflexe idiot étant donné qu'il y a cinq minutes, il était littéralement en moi. Il vient s'asseoir à côté de moi.

– Bah alors, Cap'taine ? T'as filé comme si tu avais le diable aux trousses…

– Désolée.

– Ça va ?

– Très bien.

C'est pas vrai. Enfin, si, peut-être. Quoi qu'il en soit, je n'ai pas envie d'en parler avec lui. Pas de larmes, ni de « S'il te plaît, serre moi fort » ou de « Je t'aime » ou de « Mon amour pour toujours et à jamais ». Non, juste lui sur moi, plus lourd que je ne le pensais, et les Zombies en musique de fond.

– T'as l'air d'avoir froid, remarque-t-il.

– J'ai froid.

C'est vrai. Je suis glacée jusqu'aux os. Comme je frissonne, il passe un bras autour de moi et me frictionne pour me réchauffer. Je pose la tête sur son épaule parce que sinon, elle risque de tomber et de rouler par terre.

– Tu veux que je te ramène chez toi ?

Sur le coup, j'ai envie de répondre : « Oh oui, ramène-moi dans l'Ohio », avant de comprendre qu'il parle de la maison où nous passons l'été, ma mère et moi.

– Oui, j'ai envie de rentrer.

Je le suis jusqu'au pick-up, je monte à bord. Je ne suis pas Claudinator mais plutôt Claude Legranvide. Je me demande comment j'arrive à lever les pieds. Miah allume les phares et c'est comme une petite mort. Plus de lucioles, plus de clair de lune.

Je me dis que c'est dingue d'être proche de quelqu'un au point de l'inviter en soi. Pour la première fois, je n'étais pas seule dans mon corps. Et pourtant, je me sens si seule.

Ma mère est allongée sur le canapé, avec la télé en bruit de fond et un livre sur les genoux, Dandelion blotti contre elle. À mon arrivée, elle ouvre les yeux.

– Désolée pour le retard. Je suis restée sur la plage avec Miah et Jared pour observer les tortues.

La nouvelle Claude n'est peut-être pas si honnête que ça, finalement.

– Pas de problème. Il est quelle heure ?

Encore à moitié assoupie, elle éteint la télé, ferme son livre et se lève comme si c'était le matin, prête à commencer une nouvelle journée.

– Une heure dix.

– C'est bon. On n'est pas à dix minutes près.

Elle me serre dans ses bras puis me dévisage.

– Ça va ?

– Oui, un peu fatiguée. Mais j'ai passé une bonne journée.

Elle se contente de cette explication. Ma mère ! Celle qui a toujours lu en moi comme dans un livre ouvert. Autre chose qu'on ne dit pas : le sexe crée comme un mur entre les gens, et me voilà d'un côté, toute seule, et ma mère de l'autre.

Il a beau faire cinquante degrés, je m'enfouis sous la couette, bien emmitouflée.

Je murmure dans la nuit :

– Saz, si tu m'entends... c'était comme ça pour toi ? C'est ce que tu as ressenti ?

« Pourquoi je ne lui ai pas demandé ce qu'elle avait éprouvé après avoir couché avec Ivy ? »

J'aimerais tellement pouvoir en discuter avec elle. Elle a mis un peu de temps à m'en parler, mais elle m'a tendu la main. Et je ne l'ai pas saisie. Est-ce que ça fait de moi une mauvaise amie ?

JOUR 7

À dix heures et demie, le lendemain matin, je suis toujours au lit. Ma mère frappe et passe la tête dans l'entrebâillement de la porte.

– J'y vais ! Je passe au musée et ensuite, j'ai rendez-vous avec des locaux pour les interviewer.

Je lève le pouce.

– Flemmingite aiguë.

À midi, je suis encore au lit, en train de grignoter des crackers sous la couette. Je n'ai envie de voir personne, pas même ma mère. Je veux rester là pour réfléchir.

Dans *Les Joies du sexe*, le Dr Alex Comfort parle d'un phénomène surnommé « la petite mort ». Apparemment, certaines personnes s'évanouissent après l'orgasme. Un pauvre gars, qui couchait pour la première fois avec une femme, en a fait l'expérience. Elle a mis tellement de temps à revenir à elle qu'il a appelé les pompiers !

Une heure plus tard, je suis en train d'écrire dans le carnet récupéré dans le bureau d'Addy, celui à la couverture bleue.

La petite mort.

Trois mots qui pourraient aussi désigner le fait de perdre sa virginité. Attention, pas dans un sens tragique ou morbide. Ça n'a rien de triste, mais ça marque la fin de l'enfance. Même si je me sens toujours aussi jeune.

Je couche mes pensées sur le papier, jusqu'aux plus sombres, toutes mes émotions, jusqu'à celles qui me donnent envie de retourner sous la couette. Parce que, quoi qu'il arrive, je ne veux rien oublier.

Il est trois heures moins le quart, j'ai arrêté d'écrire, je suis toujours couchée. Si j'avais le courage, j'irais à l'épicerie – qui est peut-être ouverte… ou pas, selon l'humeur de Terri – m'installer à ma petite table pour appeler Saz. Parce que même si elle ne m'a pas dit tout de suite, pour Ivy, et même si je ne l'ai pas écoutée lorsqu'elle a voulu me raconter, j'ai affreusement besoin de lui parler, de l'entendre dire qu'on est toujours amies, que je suis toujours moi et que tout va bien.

JOUR 8

Je marche le long de la route et je ne suis plus vierge.

J'emporte un pique-nique pour le manger sur le perron de Rosecroft, et je ne suis plus vierge.

Où que j'aille, quoi que je fasse, je ne pense qu'à ça : « Je ne suis plus vierge. »

Je scrute le visage de tous ceux qui m'entourent, surtout celui de ma mère, pour voir s'ils l'ont deviné.

Je passe mes mains partout sur mon corps, comme Miah. J'essaie de me voir à travers ses yeux. Je me dévisage dans le miroir je me doute bien que j'ai toujours la même tête, mais je cherche LE détail signalant que j'ai perdu ma virginité.

Mais voilà, je n'ai pas changé d'un cil. Franchement, c'est un peu comme le lendemain de Noël. Genre : « Déjà ? » et : « Bon, maintenant on fait quoi ? » Ça arrive quand on a attendu quelque chose très longtemps, qu'on s'en est fait toute une montagne, et puis ça y est, c'est passé. Mes parents vont quand même divorcer. Saz et moi, on va aller dans des universités différentes. Bizarrement, je pensais que ça aurait plus d'impact sur ma vie. En réalité, ça se résume à : « Voilà, c'est fait ».

Alors que je suis installée à ma petite table dans la zone wifi de l'épicerie, je reçois un message vocal de Saz.

« Claude, c'est moi. Désolée, je ne t'ai pas écoutée comme j'aurais dû. C'est juste que... Ivy est là, et pas toi. Et je ne savais pas que tu allais appeler pour m'annoncer une nouvelle pareille sinon je lui aurais dit de rentrer chez elle. Les amis d'abord. Toujours.

D'accord, ce n'était pas sympa d'en parler à Wyatt avant moi, mais je te comprends. Et ce n'était pas cool de me raccrocher au nez, mais je n'aurais pas dû balancer ça au sujet de tes parents. J'aurais dû dire que j'étais surprise... et en même temps pas tant que ça. Ça fait un choc car je ne pensais pas que ce genre de choses arrivait dans la vraie vie.

Toi, ta mère, ton père, vous formez une sorte de trio inséparable. Je ne vous imagine pas l'un sans l'autre. Et en même temps, ça ne me surprend pas tant que ça et je t'ai expliqué pourquoi. J'aurais dû faire plus attention à toi. Mais je suis là. Et je ne plaisante pas, je peux venir te chercher à mi-chemin. Si ça ne va vraiment pas sur cette île, préviens-moi. Je t'aime plus que Katniss, les cookies et toutes les taches de rousseur que tu as sur le nez. »

Je cache ma tête dans mes bras sur la table pour pleurer. Pas seulement à cause de Saz... c'est un tout. J'entends un *plonk* près de mon oreille... une boîte de Kleenex est apparue sur ma gauche. Terri me tapote le crâne avant de retourner derrière son comptoir. J'essaie de me reprendre, mais les larmes coulent à flots, même quand j'entends la porte s'ouvrir, un client entrer dans la boutique, discuter avec Terri, repartir. Je relève légèrement la tête pour lui jeter un coup d'œil, mais bizarrement, elle ne regarde pas dans ma direction.

Je m'essuie les yeux avant de rappeler Saz. Je tombe sur la boîte vocale. Alors je lui dis que je suis désolée aussi ; que je ne suis plus vierge et que j'aime beaucoup le garçon, vraiment, vraiment beaucoup, mais que je ne sais pas trop comment je me sens. Que j'aimerais savoir ce qu'elle a ressenti après sa première fois avec Ivy parce que je ne comprends pas ce qui se passe en moi.

Quand je raccroche, j'ai une nouvelle notification. Wyatt m'a envoyé un SMS. T'es rentrée ? Je pense souvent à toi. Et après tant de mois passés à lui créer une vie intérieure riche et sensible, à le parer de toutes les qualités pour en faire le garçon idéal, le plus génial de Mary Grove, de tout l'Ohio, de tous les garçons du monde, à envisager tous ces possibles, ces presquitudes et ces peut-être... eh bien, ça ne me fait ni chaud ni froid.

Machinalement, je commence à lui répondre sauf que je n'ai rien à lui dire parce qu'il ne m'intéresse plus. C'est quelqu'un d'autre qui occupe mes pensées maintenant.

Avant de partir, je rends la boîte de mouchoirs à Terri au passage.

– Désolée pour le craquage. Ma meilleure amie me manque et j'ai mes règles...

Elle pose son livre sur le comptoir.

– Tu sors avec Jeremiah Crew.

Le ton est accusateur. Je n'aurais pas été plus surprise si elle avait dit : « Je sais que tu te masturbais en pensant à Wyatt Jones. »

– Écoute, je sais que ça ne me regarde pas, mais fais attention à toi, OK ?

– Comment ça ?

– L'expérience m'a appris qu'un garçon à problèmes causera toujours des problèmes. Il a beau s'être racheté une conduite, ça ne durera pas, crois-moi.

Ça m'étonne toujours, les gens qui donnent des conseils sans vous connaître, comme s'ils avaient repéré la pauvre fille perdue dans la vie. J'ai envie de répliquer : « En effet, je sors avec qui je veux, occupez-vous de vos oignons ! », mais ça part d'un bon sentiment.

Je la remercie de s'inquiéter pour moi et je décampe fissa.

En descendant sur la plage, je vois un groupe de touristes qui vient de débarquer du ferry. Comme si c'était un jour ordinaire. Dans un film, il y aurait une chanson mélancolique pour accompagner mon vagabondage. Hélas, dans la réalité, la bande-son se limite au chant des cigales.

« Un garçon à problèmes causera toujours des problèmes. »

J'essaie de chasser les mots de Terri de mon esprit. De l'extérieur, la journée se déroule comme n'importe quelle autre. Miah bosse. Ma mère aussi. Jared, Wednesday et Emory également. Les touristes vont et viennent à pied ou à vélo, à la plage ou à Rosecroft. Les camionnettes du parc naturel charrient les visiteurs jusqu'au nord de l'île.

J'aimerais pouvoir revenir en arrière, à la soirée d'avant-hier. J'aimerais que ce soit encore devant moi. Que ça se passe ce soir. J'aimerais pouvoir faire durer l'instant plus longtemps – Jeremiah et moi, nus tous les deux pour la première fois. Personne ne m'avait prévenue que la nuit d'avant était si capitale. Et je l'ai laissée passer sans me douter de rien, comme les autres.

Est-ce que ça m'a plu ? Oui et non. Est-ce que c'était comme je me l'imaginais quand je fermais les yeux et que je me voyais dans les bras de Wyatt, Miah ou M. Rochester ? Oui et non. Je n'ai pas eu d'orgasmes multiples comme dans les films. En fait, je n'ai pas joui du tout, j'étais au bord… enfin pas loin, en tout cas. J'avais des picotements partout et la tête qui tournait, ça, oui.

Est-ce que je me sens plus proche de lui parce qu'on a couché ensemble ? Est-ce que je l'aime davantage ? Je ne sais pas. C'est compliqué. Oui, j'ai l'impression de m'être davantage attachée à lui.

« Fais attention à toi. »

« Fais attention à toi. »

« Fais attention à toi. »

Je marche sur la plage, des kilomètres et des kilomètres parce que je ne tiens pas en place. Je déborde d'énergie. Je n'arrive pas à me le sortir de la tête.

Je me demande s'il pense à moi, en ce moment.

Et là ?

Et maintenant ?

L'après-midi, en rentrant chez Addy, je l'aperçois – Miah. Là, sur la grande terrasse blanche de l'auberge. Dans ma poitrine mon cœur fait un triple salto digne du Cirque du Soleil… mais il est avec une fille. Adossé à l'une des colonnes. Elle pose la main sur son bras et il rit, et il se penche pour lui murmurer quelque chose à l'oreille et, maintenant, c'est elle qui rit. Et que je minaude et que je glousse.

Quand elle se tourne, je me rends compte que c'est Wednesday. Je me sens tellement bête. Le seul gars sexy sur une île pratiquement déserte. Évidemment qu'il peut avoir qui il veut ; il ne doit pas arrêter. Je ne suis qu'une fille parmi d'autres.

Je file en priant pour qu'il ne me voie pas. Je continue à marcher alors qu'il hurle mon nom. Je fais semblant de ne pas l'entendre. Il me rattrape en haletant comme s'il venait de courir un marathon.

– Bon sang, Cap'taine. C'est un peu tard pour jouer les filles inaccessibles, non ?

– Désolée.

– Quoi de neuf ?

– Quoi de neuf ?

– Ouais, quoi de neuf ? dit-il plus lentement et plus fort. On peut continuer à répéter comme des perroquets ou je peux te poser la question différemment. Genre : « Qu'est-ce que tu fais de beau ? » ou : « Comment ça va ? »

– Très bien, merci.

Je poursuis mon chemin.

– Hé.

– Quoi ?

Il marche à côté de moi.

– Quoi de neuf, alors ?

– Rien.

On dirait une gamine butée.

– Je pensais que tu travaillais, aujourd'hui, c'est tout.

Pour ne rien arranger, j'imagine la scène vue du ciel. Moi qui continue à marcher sans le regarder, à parler d'un ton pincé alors qu'il n'a rien fait. J'aimerais tellement avoir un effaceur à Claudine pour disparaître instantanément. Mais à la place, je me retourne vers l'auberge… et Wednesday.

Il suit mon regard et soupire :

– C'est ce que je craignais. Je t'avais bien dit de ne pas tomber amoureuse de moi.

– Je ne suis pas amoureuse de toi.

Je sors ça d'une façon… comme si j'étais raide dingue de lui alors que pas du tout parce que je le connais depuis une semaine à peine.

– Quand même, tu es jalouse. Et y a pas de quoi parce que c'est fini depuis l'an dernier.

– Quoi ?

– Wednesday et moi.

– Oh.

Prends ça dans ta face. Évidemment, il y a eu un « Wednesday et lui ». Logique. « Qu'est-ce que tu croyais ? Que t'étais la seule fille avec qui il était sorti sur cette île ? La seule fille de sa vie ? »

Je me sens piégée. Et immensément stupide.

Terri a raison, finalement. Je devrais peut-être faire attention. Il faut que je me remette en marche parce que je n'arrive plus à respirer. Si je reste, je vais encore aggraver mon cas en disant un truc que je vais regretter immédiatement. Et je ne pourrai pas l'effacer parce que ce qui est dit est dit, et voilà.

– J'ai rendez-vous avec ma mère au musée.

– Je t'emmène en voiture.

– Non, ça va, j'aime bien marcher.

« Ah, tu aimes marcher ? La ferme, Claude. »

– Qu'est-ce qui t'arrive ?

– Rien.

Nos regards se croisent et nous restons les yeux dans les yeux, sans détourner la tête, sans cligner des paupières.

Finalement, il écarte les mains en signe de reddition.

– OK.

Il ne me retient pas tandis que je m'éloigne. Et c'est là, seulement maintenant, que j'arrive à mettre un mot sur ce que je ressens.

D'abord, j'ai peur. Peur. Peur. Peur.

Je suis bouleversée.

Je m'en veux de m'être ouverte à cette personne que je connais à peine.

Je lui en veux de m'avoir fait croire que je pouvais m'ouvrir à lui.

Je me sens bête d'avoir cru que j'étais différente, et qu'il était différent, et que notre histoire était différente des autres.

Je me sens piégée derrière le mur que j'ai construit autour de moi. Incapable de bouger, de respirer, de faire quoi que ce soit, à part continuer de le monter de plus en plus haut. Brique par brique.

Coupable parce que j'aurais dû lui dire que j'étais vierge. Et si je lui avoue maintenant, il va penser que c'était plus important pour moi que ça ne l'est et que je veux qu'il me dise qu'il m'aime ou qu'il n'y a que moi ou un truc du genre et blablabla...

Et en fin de compte, c'était sans doute plus important pour moi que je ne l'aurais cru. En fait, peut-être que ça représente vraiment quelque chose à mes yeux.

Une heure plus tard, j'ai réussi à retrouver le chemin de chez lui. Je sonne et j'attends en grattant mes boutons, en m'éventant parce qu'il fait chaud. Luttant contre la petite voix qui me dit : « Va-t'en. Ne va pas aggraver ton cas. Pas la peine d'en faire tout un plat. C'est rien... »

La porte s'ouvre sur un Jeremiah torse et pieds nus, un serpent à la main.

Et ce n'est pas une métaphore sexuelle douteuse. Il a réellement un vrai serpent vivant dans la main.

– Salut.

– Euh... salut.

Il me tient la porte pour que je puisse entrer. Je me cogne dans l'encadrement en m'écartant pour éviter le serpent. Je le suis dans le salon et mon regard tombe direct sur le canapé.

– Je croyais que tu allais au musée.

– Oui. J'y vais. Pourquoi t'as un serpent à la main ?

– Un clandestin.

– Il est venimeux ?

– Non, pas celui-là.

Il le tient à bout de bras, aussi loin de moi que possible.

– Fais comme chez toi, dit-il avant de sortir, laissant la moustiquaire claquer derrière lui.

Mais je reste debout. Je ne veux pas regarder la platine ni le canapé car ce sont des armes de séduction et je refuse d'y succomber à nouveau.

La porte claque une nouvelle fois et le revoilà. J'attends qu'il parle d'hier soir, mais non, à la place, il dit :

– J'étais sur une échelle en train de nettoyer les gouttières quand j'entends un bruit sourd dans la maison, et comme un truc qui tombe. Je pense d'abord que c'est Archie, le chien de l'île, mais quelque chose me pousse à aller jeter un œil. Et là, je vois un oiseau qui vole à l'intérieur. Et le chien complètement fou qui essaie de l'attraper. Alors je mets le clebs dehors et je cherche un truc – un balai, une serviette... Je suis parti depuis trente secondes quand j'entends un cri, genre sacrifice humain. Je me dis que le chien est rentré, mais non, il est là, sur la terrasse, je fonce à l'intérieur et je vois le serpent. En train de bouffer l'oiseau.

– Ça arrive souvent ce genre de choses ici ?

– Quoi donc ?

– Oiseau plus chien plus serpent qui se pourchassent dans la maison égalent Jeremiah Crew, grand dompteur d'animaux sauvages.

– Dompteur d'animaux sauvages ?

Il lève les yeux d'un air pensif.

– Ça me plaît.

Puis il se laisse tomber sur le canapé – LE canapé – en demandant :

– Quoi de neuf, Cap'taine ?

– Je peux te parler ?

– Attends, laisse-moi deviner, tu veux savoir si je suis ton petit ami ?

– Ne t'emballe pas.

– Mais moi, je suis OK pour être ton petit ami, si ça te fait plaisir.

Il hausse les sourcils de façon suggestive en tapotant les coussins.

– J'ai compris : tu veux recommencer !

– Non.

– Ouille.

– Non, c'était pas mal, mais...

– Super.

– J'ai un truc à te dire.

« C'est pas une affaire d'État. Si ça se trouve, il s'en moque. Il va te répondre : "Et alors ?" » Je reste plantée là, sans oser m'asseoir, à me balancer d'un pied sur l'autre, à gratouiller mes boutons et me passer la main dans les cheveux pour coincer une mèche derrière mes oreilles alors que je n'ai plus un poil sur le caillou.

– Et tu comptes me le dire quand, ton truc ? Aujourd'hui ?

– Je suis vierge. J'étais vierge.

– Quand ?

– L'autre nuit. Quand on a fait l'amour.

– Tu es sérieuse ?

Et tout à coup, je soupire de soulagement intérieurement : « Ouf, donc je n'ai pas saigné sur son canapé. »

– Oui. Et c'est pour ça que j'étais un peu bizarre tout à l'heure, quand je t'ai vu avec Wednesday et que je me suis dit : « Non, mais qu'est-ce que j'ai fait ? » Je te connais à peine... et en fait, en ce moment, je me reconnais à peine...

– Attends, que je comprenne bien. Je t'ai demandé si tu étais sûre et toi, t'as fait : « Ouais, ouais, sers-moi une vodka »...

– Je ne l'ai pas dit comme ça et je n'ai même pas bu la...

– Donc on s'y met et je te *redemande* si tu es sûre... mais toi, c'est seulement maintenant que tu me dis que c'était ta première fois ?

– Ouais...

– Putain.

Il ne sourit plus. Il se masse le front, il se passe la main dans les cheveux, il fixe le sol comme s'il essayait de mémoriser la Magna Carta.

– Dis quelque chose.

Je me sens plus légère de lui avoir avoué. Et en même temps, je sens les larmes monter parce que je vois bien qu'il est furieux.

– Putain.

Il me regarde. Détourne les yeux.

– C'est tout ce que j'ai à dire. Putain. Putain. Putain.

– Mais ça va, ne t'inquiète pas pour moi.

– Merci, c'est réconfortant.

– Sérieux. Je savais ce que je faisais.

Il me regarde à nouveau... d'une façon... je préférerais qu'il se dérobe.

– Et ça ne t'est pas venu à l'idée que peut-être il valait mieux que je sois au courant de ce petit détail ? Que, peut-être, j'aurais voulu le savoir ?

– Je croyais que les mecs aimaient se taper des vierges.

– Putain, Cap'taine.

– Quoi ?

– On n'est pas tous des salauds.

– Je n'ai pas dit ça...

– Alors maintenant, c'est moi le bâtard. Juste parce que j'ai couché avec une fille que je trouve à la fois intéressante et sexy. Je ne suis pas sûr que je serais passé à l'acte si j'avais su. C'était ta première fois. Ça aurait dû être... je ne sais pas... spécial. J'aurais pu en faire un moment spécial.

– Bah voilà. C'est pour ça que je ne te l'ai pas dit. Je ne voulais pas que ce soit spécial. Juste... normal, quoi. Je ne voulais pas en faire des tonnes, comme si j'étais un cas. Et je ne voulais pas que tu te sentes obligé de me dire que tu m'aimais ni que tu étais mon petit ami.

Je commence à m'énerver un peu.

– Waouh. OK. Mais alors... pourquoi moi ? Tu t'es juste dit : « Tiens, il a l'air marrant. Je vais le pécho comme ça je pourrai raconter à mes potes que je me suis fait le gars de l'île. »

– Parce que c'est pas ce que t'as fait, toi ? Te taper une fille de passage ?

« Comme l'été dernier avec Wednesday. »

– Je ne sais pas. Peut-être. Ce n'est pas la question.

– J'attendais depuis si longtemps. Et tout à coup, je me suis dit : « Non, mais qu'est-ce que j'attends ? »

– Alors pourquoi ne pas passer à l'acte ? Que ce soit fait.

– Exactement. En quelque sorte.

Il relève la tête et me regarde sans détourner les yeux, cette fois.

– Merci.

– Je veux dire... je suis contente que ça se soit passé avec toi...

– Arrête.

Je vois bien que je l'ai blessé. Brusquement, je réalise que, lui aussi, il a des sentiments. J'aimerais revenir en arrière, effacer ce que je lui ai balancé.

Au bout d'un moment, il soupire :

– Franchement, tu as l'air très jeune, tout à coup. Et ta vie n'est pas facile en ce moment, je sais.

Il se lève, me contourne, ouvre la porte.

– Tu ferais mieux de t'en aller.

– Sérieux ?

On se défie du regard. Lui tenant le battant, moi plantée au milieu du salon. Figés.

Je tourne les talons et je m'arrête devant lui.

– Je n'étais pas obligée de te dire que c'était ma première fois et je ne te dois aucune explication. Mais je suis venue t'en parler parce que je t'apprécie et que je voulais être honnête avec toi. Je sais que tu aimes « mener » et tout ça, mais là, ce n'est pas toi qui gères. On a fait un choix tous les deux et si tu arrives à te décoincer, on pourrait même refaire ce choix tous les deux. Et si on décide de recommencer, alors j'ai une remarque à te faire. Sache que ce n'est pas parce que t'as joui que voilà, c'est fini.

Je m'en vais en claquant la porte. Puis je reviens. Il est toujours planté là où je l'ai laissé.

– Et peut-être que tu devrais considérer chaque fois comme une première fois, Jeremiah.

Je claque à nouveau la porte et je m'en vais à grands pas.

JOUR 8
(SUITE)

Le soir, après dîner, je ne cours pas à la plage, je me contente de marcher aussi vite que possible avec mes ballerines. Je n'ai pas changé de chaussures parce qu'il aurait fallu que je retourne à la maison avec ma mère et que je fasse la conversation.

Les cigales chantent si fort que j'ai l'impression qu'elles se sont installées dans mes tympans.

Après les dunes, je passe la torche en lumière rouge, parce que ça dérange moins les tortues que la lumière blanche, paraît-il. Le faisceau sautille à chacun de mes pas. Une part de moi espère qu'il sera là et l'autre prie pour qu'il n'y soit pas.

Lorsque je débouche sur la plage, elle est déserte.

Je m'installe à notre place habituelle et j'attends.

J'attends.

Mais il ne vient pas.

Je m'efforce de ne pas laisser mon esprit vagabonder. En vain.

« Tu n'aurais pas dû t'en prendre à lui. Il a bien le droit d'avoir aussi des sentiments. Et puis, tu ne connais pas toute son histoire. Tu ne sais pas qui l'attend sur le continent. Wednesday comptait peut-être beaucoup à ses yeux, elle compte peut-être encore. Tu ne sais rien de lui. Tu l'as rencontré il y a une semaine. Tu croyais quoi, hein ? Qu'il allait passer tout son été à venir regarder les tortues avec toi sur cette plage ? Non, mais sérieux, Claudine ? »

Je suis la championne pour me tirer les larmes. Mais je fixe obstinément la nuit, refusant de les laisser couler. J'enfonce mes pieds dans le sable avec un frisson tandis qu'un nuage passe devant la lune.

« Laisse-le tranquille. S'il a envie de te voir, il te trouvera bien. Il sait que tu dois être là. S'il avait voulu te voir, il serait venu. »

Mais une autre voix en moi réplique :

« Vois le bon côté des choses. Tu as fait l'amour pour la première fois. Avec un garçon qui t'apprécie et qui te trouve – comment il a dit, déjà ? – sexy et intéressante. Ce n'était pas dans une grange, ni avec Shane, avec qui ça n'a jamais vraiment collé. Ni avec Wyatt que – il faut bien l'avouer – tu connais à peine. Et ce n'était pas non plus à une soirée étudiante tellement arrosée que le lendemain matin, en te réveillant, tu ne te souviendrais même plus de son nom, comme la sœur de Mara. C'est la vie, comme dirait Jared. Juste un raté de l'existence comme ça arrive aux humains... et aux tortues. Rien de plus. »

Je m'apprête à repartir quand, soudain, une silhouette monstrueuse et sombre émerge de la mer. Même si Miah n'est pas là pour me le dire, je sais ce que c'est. Au clair de lune, la créature se révèle être une tortue. Couverte de bernacles. Qui se traîne péniblement dans le sable. Je reste figée sur place, le souffle court, à l'encourager mentalement. Pour qu'elle réussisse à faire ce qu'elle est venue faire.

Elle est énorme. Elle s'arrête à quelques mètres de moi et se met à creuser le sable avec ses nageoires arrière. C'est lent et fastidieux, j'aimerais pouvoir l'aider. Mais elle est la seule à pouvoir le faire, elle est la seule à savoir comment procéder.

J'entends la voix de Miah dans ma tête :

« Une femelle peut pondre jusqu'à deux cents œufs. Deux mois plus tard, si le nid est intact, les petits se frayent un chemin à coups de nageoires et rampent vers l'océan. La plupart ne l'atteindront pas. »

Je suis pétrifiée, osant à peine respirer, pourtant les pensées se bousculent dans ma tête. Dommage que je n'aie pas mon carnet pour tout noter. Pour graver cette scène à jamais. La tortue s'enterre dans le sable et quelque temps plus tard – quelques minutes, quelques heures –, elle recouvre le nid et retourne à la mer. Quel effort ! Combien de kilomètres a-t-elle parcourus pour revenir sur la plage qui l'a vue naître et y pondre ses œufs ? Je m'imagine ces bébés tortues, tout seuls, sans leur mère pour les protéger, et brusquement, j'ai envie de pleurer.

« – Et on ne peut rien faire ?

– On essaie de les aider autant que possible, mais il faut aussi laisser la nature faire son travail. »

Je la suis des yeux tandis qu'elle regagne la mer. J'ai envie de lui crier de revenir. De l'attraper et de l'attacher au nid pour l'obliger à rester. À la place, je la regarde nager vers l'horizon.

Au bout de quelques minutes, je me lève, je m'époussette et je m'approche du nid sur la pointe des pieds. Je prends le seul truc que j'ai sous la main – ma torche – pour marquer son emplacement. Puis j'enlève mon pull et je l'étale sur le sable. Ce n'est pas du grillage, mais c'est mieux que rien. Ça protégera le nid des ratons laveurs et des coyotes, en attendant.

L'ÎLE

DEUXIÈME PARTIE

JOUR 9

J'ai appris pas mal de choses à l'épicerie : Terri est une bénévole venue du continent. Elle a trois petits-enfants et un chien nommé Banjo. Ceux qui campent achètent plus de *junk food* que les autres clients. L'article le plus vendu est… – surprise, surprise – le spray antimoustique ! Avant d'être transformé en magasin, le bâtiment abritait une école, fermée en 1972 faute d'élèves. Quand il n'y a pas beaucoup de passage, généralement en hiver, Terri rentre chez elle plus tôt, ça ne sert à rien de rester là s'il n'y a aucun client. Malgré son petit discours sur Miah, on est devenue les meilleures amies du monde.

Je m'assieds dans mon coin habituel pour écrire dans mon carnet – qui ne me quitte plus – parce que je me sens moins seule que chez Addy. J'ai griffonné partout, dans les marges, les coins, et même à l'envers… Il faut s'accrocher pour déchiffrer. J'essaie d'être aussi honnête avec moi-même que possible, ce qui est plus difficile qu'il n'y paraît. La tentation d'enjoliver les choses est grande… Mais ces notes doivent refléter ce que je ressens – un torrent brouillon, sauvage, non censuré d'émotions et de pensées, qui sortent toutes en même temps et sans aucun ordre. Bienvenue dans le chaos de mon cerveau.

Mon portable vibre. C'est Saz. On s'est envoyé des messages toute la matinée. Sujet : le sexe. Et en particulier : nos premières fois.

Saz : Le truc, c'est que quoi qu'on dise, quoi qu'on nous montre sur Internet ou dans les films, ce n'est pas la réalité. Ce n'est ni pire, ni mieux. Juste différent. Ce n'est pas pareil non plus que de le faire seul, parce qu'il y a une autre personne en jeu, qui ne sait sans doute pas te toucher de la même façon. Et puis il y a le désir mutuel, et ça, c'est énorme. Faire l'amour avec Ivy me donne l'impression d'être invincible… et, en même temps, je ne sais pas… profondément humaine. Tu comprends ? Ça n'a aucun sens, hein ? Mais je te fais confiance, Hen, tu décodes toujours ce que je veux dire. C'est pour ça qu'on restera amies quoi qu'il arrive. Tu es mon interprète en ce monde.

Moi : Je comprends. Le fait qu'il me touche, même sans que je jouisse, m'a fait bizarrement plus d'effet que de me toucher seule et de jouir. Je ne me suis jamais sentie aussi humaine de ma vie. Comme si chacune de mes cellules était ouverte au monde, exposée, mais aussi en alerte, éveillée. Comme si je pouvais tout ressentir, le bon comme le mauvais. Le ressentir avec plus d'intensité. Mais comment faire pour se protéger ?

Saz : Ivy et moi, on avait une digue dentaire. Parce que tu sais quoi ? Les lesbiennes risquent aussi d'attraper des IST. Je n'en avais jamais entendu parler mais Ivy a eu plus de partenaires que moi – y compris Robbie Ziffren – alors elle fait super attention. (Tu te souviens de Ziff ? Il était en terminale quand on était en seconde.)

Moi : Ouais, plus ou moins, il traînait avec les frères Lawler, c'est ça ? Mais je ne parlais pas de digue dentaire ni de préservatif ni de moyens de contraception, je suis au point là-dessus (merci, maman). Non, je veux dire comment ne pas souffrir ? Au niveau sentimental, quoi. Ne pas avoir le cœur brisé.

Je fixe les trois petits points qui clignotent. J'attends, encore et encore.

Derrière le comptoir, Terri se lève, s'étire et commence à fermer le magasin.

– J'y vais dans cinq minutes, Claude, m'annonce-t-elle.

– OK.

Je rassemble mes affaires en traînant le plus possible. Carnet… dans le sac. Stylo… dans le sac. Casquette… sur la tête. Je me lève. Je range ma chaise. Je vérifie que j'ai bien mis mon carnet dans mon sac. J'époussette la table. Je fais mine de chercher mes clés alors que sur l'île personne ne verrouille sa porte.

À court de ruses pour retarder le moment fatidique, je finis par me diriger vers la porte. J'ai la main sur la poignée quand mon portable vibre. Je jette un coup d'œil à l'écran. Saz a mis tout ce temps pour écrire un seul mot :

Impossible.

À l'auberge, je trouve Wednesday en train de changer les draps dans l'une des chambres du bas. Celle en face de la bibliothèque. Je frappe même si la porte est ouverte. Elle lève le nez du lit, ça fait danser ses nattes brunes.

– Salut, fille du continent.

Elle n'a pas l'air surprise de me voir.

Elle est en train de se battre avec un drap-housse. J'attrape l'autre côté pour l'aider à le mettre sur le matelas, avant de le lisser de la paume. Puis nous mettons le drap et la couette.

Je m'efforce de chasser de mon esprit la scène où elle pouffe en compagnie de Miah sur la terrasse, qui pourtant revient avec insistance.

Nous replaçons les oreillers avant de reculer pour contempler le résultat, côte à côte. Je tire sur un coin de la couette afin qu'elle soit bien lisse.

– Qu'est-ce que tu veux ? me demande-t-elle.

– Te parler de Miah.

– Il t'a dit, pour nous ?

– Seulement que vous étiez ensemble l'été dernier.

Ça me rend dingue de prononcer cette phrase à haute voix, de lui donner une réalité. C'est idiot mais je me refuse à admettre qu'il ait pu y avoir « Miah et Wednesday » – seulement « Miah et moi ».

– Vous l'avez fait ? me questionne-t-elle. Tu as couché avec lui ?

– On est sortis ensemble...

– Donc vous couchez...

– Je voulais t'en parler avant qu'on se revoie.

– Pourquoi ?

– Parce que... les amis d'abord.

– On n'est pas vraiment amies, fille du continent.

– Je voulais te demander quand même. Ça me semblait plus correct. Parce que s'il y a quelque chose entre Miah et toi, je ne traînerai plus avec lui.

Elle s'assied au bout du lit. Tout en me dévisageant, elle lisse la couette du plat de la main.

– On est sortis ensemble deux ou trois semaines l'an dernier, c'est tout. Mais il n'y a plus rien entre nous.

– Tu l'aimes ?

– Je le connais à peine.

Elle se lève, ramasse les draps sales par terre.

– Tu verras. D'ici la fin de l'été, tu ne voudras probablement plus entendre parler de lui non plus. Donc non, ça ne me dérange pas. Mais fais attention à toi. Miah... en dehors de lui-même, y a pas grand-chose qui l'intéresse.

« Fais attention à toi », encore.

– Comment ça ?

– Il a une vie sur le continent, dont il ne parle jamais. Et quand il en aura assez de toi, il passera à autre chose. Même pas de : « C'était sympa, ça fait de beaux souvenirs. » Rien. Donc, merci bien, je te le laisse.

J'attends une minute, au cas où elle changerait d'avis. Les draps roulés en boule sous le bras, elle me passe devant pour aller les jeter dans le panier à linge de la salle de bains, avant de ramasser les serviettes.

Je ne sais pas quoi dire ni quoi faire. Je quitte donc la pièce en regrettant d'être venue, quand j'entends :

– Hé, Claude ?

– Ouais ?

Je m'arrête sur le seuil, sûre qu'elle va me hurler dessus.

Wednesday rejette une natte derrière son épaule et soulève le panier de linge pour le mettre en appui sur sa hanche.

– Merci. C'est sympa de ta part d'avoir posé la question.

JOUR 10

J'ai reçu un autre paquet de Neil Henry, 720 Capri Lane, Mary Grove, Ohio. Il contient : des bouquins, quelques photos de Dandelion, de Bradbury et de moi quand j'étais petite, mes Converse rouges et mon T-shirt Peggy la cochonne. Mais quand je l'enfile, il me paraît soudain trop petit comme s'il appartenait à quelqu'un de beaucoup plus jeune. Je l'enlève et le jette direct à la poubelle.

Il y a un petit mot :

Ma Clo,

Voici de nouveaux trésors exhumés des tréfonds de ta chambre. Surtout, si tu veux que je t'envoie quelque chose de précis, dis-le-moi. Tu nous manques, à Bradbury et à moi. Et à toutes tes affaires aussi. C'est pour ça que je te les expédie au fur et à mesure. J'espère que tu vas bien, ma puce. J'ai hâte de te voir en août.

Bisous,

Papa

Mon père n'avait pas mis un pied dans ma chambre depuis des années et voilà que – maintenant que je suis partie – il y passe toutes ses journées.

Je rédige un SMS :

Arrête de m'envoyer des trucs. Je reviens dans un mois, je vais être super chargée. À moins que tu ne veuilles plus voir mes affaires parce que ça te fait penser à moi alors dans ce cas NE VA PAS DANS MA CHAMBRE.

Je suis furieuse. Comment ose-t-il entrer dans ma chambre, pénétrer dans mon intimité, toucher à mes affaires, en prendre certaines, les séparer des autres comme s'il pratiquait une opération chirurgicale ?

Je n'envoie pas le message mais je ne l'efface pas non plus. Ma mère dit qu'on a parfois besoin d'écrire ce qu'on ressent, sans nécessairement le partager – par exemple si la personne à qui on en veut s'en fiche ou risque de ne pas comprendre, si bien qu'envoyer un long message ne fera qu'empirer la situation. L'important, c'est d'extérioriser ses émotions.

J'ajoute : Au cas où tu te poserais la question, maman et moi, on va très bien. Elle travaille, et moi, j'ai rencontré un garçon avec qui j'ai couché, ce qui, selon le Dr Alex Comfort, signifie que je suis une femme, désormais. Adieu, Clo. Je ne suis plus ta petite fille.

En fait, ce que je veux dire, c'est : « Je suis toujours ta fille, mais entre nous, ça a changé. Et pas par la faute de Jeremiah. Par ta faute. »

Je reste là, à contempler les mots que j'ai sortis de moi pour les étaler sur l'écran. Je les laisse affichés un bon moment avant de les effacer.

J'ai failli ne pas descendre à la plage, pourtant quelque chose m'y a poussée. Le sens du devoir, peut-être. Envers les tortues et envers moi-même. J'ai besoin de ce petit train-train. Sept heures et demie : apéritif. Huit heures et demie : dîner. Dix heures : plage. C'est rassurant d'avoir un emploi du temps régulier.

Je marche jusqu'à la crique de Blackwood dans la chaleur de la nuit, accompagnée par le chant des cigales. Quand je sors de la forêt pour déboucher sur le sable, j'en ai le souffle coupé : la lune dans le ciel et aussi dans l'eau, une énorme lune rousse, en feu.

Je traverse les dunes et pars à la recherche du nid que j'ai marqué avec ma torche et caché sous mon pull. La torche a été remplacée par un bâton et un grillage recouvre le sable. Mon pull a disparu.

Je me laisse tomber par terre un peu plus loin. Et soudain, je ne suis plus seule sur la plage. C'est étrange comme sur cette île, l'histoire est omniprésente. Peut-être est-ce la couleur du ciel ou le chant assourdissant des cigales ou le crépuscule qui tombe sur les marais... Ou bien juste mon humeur changeante. Mais ce soir, sous la lune rousse, les fantômes des Blackwood sont de sortie, chevauchant les tortues de mer, dansant dans leurs plus beaux atours, tentant de dompter les flammes qui dévorent Rosecroft.

Selon ma mère, le 11 mars 1993, tante Claudine s'est réveillée consciente que l'heure de sa mort était venue. Le sol ne s'est pas dérobé sous ses pieds. Elle n'a pas été prise de court. Elle habitait à l'auberge à ce moment-là – ou plutôt dans la maison qui est devenue l'auberge, dont elle avait hérité à la mort de son père et qu'elle a léguée aux services du parc naturel. Elle a demandé à une amie de sa mère – Clovis Samms – de la conduire une dernière fois à Rosecroft, même s'il ne restait que des ruines, après l'incendie qui s'était produit deux mois plus tôt. À midi, elle s'est recouchée, les pieds déjà glacés. Le froid s'est propagé dans tout son corps. Quelques heures plus tard, elle était morte. L'autopsie a révélé un cancer, mais s'il avait été diagnostiqué, en tout cas, Claudine n'en avait jamais rien dit.

Je réfléchis. Vaut-il mieux savoir ou pas ? Claudine s'est réveillée, sachant qu'elle allait mourir. À l'inverse, le jour de son mariage, Tillie Donaldson Blackwood pensait qu'elle avait toute la vie devant elle… Est-ce mieux d'avoir le temps de se préparer ? Ou bien de voir sa vie basculer du jour au lendemain, comme moi, comme Claudine à la mort de sa mère ?

Je sors mon carnet bleu de mon sac pour noter tout ça au clair de lune, une fois mes yeux accoutumés à la pénombre. Je suis tellement perdue dans mes pensées que je ne vois pas Jeremiah approcher. Il apparaît devant moi.

– Cap'taine.

Je le regarde sans comprendre. Est-ce un fantôme lui aussi ?

– Je t'ai manqué ? demande-t-il.

– Non.

« Oui ! »

Ce n'est pas seulement mon cœur qui s'emballe à sa vue. Mon pouls bat plus vite dans mon corps entier.

– Je suis sûr que si.

Il me tend quelque chose que je mets un instant à reconnaître. Mon pull.

– Merci d'avoir marqué le nid.

Il s'assied à côté de moi. J'étale le pull sur mes genoux comme une couverture alors que j'ai tout sauf froid.

– Alors…, fait-il.

– Alors…

Il prend une poignée de sable. Le disperse. Se frotte les mains pour les épousseter.

– Écoute, je suis désolé. Connard un jour, connard toujours. Tu me l'as dit alors que ce n'était pas une obligation. Un peu en retard, mais quand même.

– Exactement. Rien ne m'obligeait à te le dire. C'est mon corps. C'est moi qui décide de ce que j'en fais. Et ça ne te dérangeait pas tant que j'étais juste une fille facile, un coup d'un soir…

– Je ne t'ai pas prise pour une fille facile. Rien n'est jamais facile avec toi, Cap'taine. Mais d'accord. Tu as raison. Et toi aussi, tu m'as manqué.

– Je n'ai pas dit que tu m'avais manqué.

– Pourtant c'est vrai.

Je repense aux mises en garde de Wednesday et de Terri. « Mais peut-être qu'elles ne le connaissent pas aussi bien que moi. » C'est pour ça que j'avoue :

– Oui, c'est vrai.

De toute façon, qu'est-ce que j'ai à perdre ?

Je le regarde, il me regarde. On reste les yeux dans les yeux. Et je vois bien que je lui plais. Et je n'y peux rien, il me plaît aussi.

Il reprend :

– Alors j'ai réfléchi et je me suis dit : si tu es honnête avec moi, je vais être honnête avec toi, tu vois. Je te le dis en face, je suis comme je suis, tu es comme tu es. C'est à prendre ou à laisser. Mais c'était plutôt bien parti entre nous, alors… si on continuait ?

J'enfonce les pieds dans le sable en essayant de formuler mes pensées intelligemment, délicatement, habilement. Je n'ai pas l'habitude de me confier à quelqu'un que je viens juste de rencontrer. Même avec Saz, quand on avait dix ans, il m'a fallu du temps. « Et si je n'y arrive pas ? Et si je n'ai plus rien à lui dire ? » Alors j'ouvre la bouche et je sors le premier truc qui me vient à l'esprit :

– Entre Wednesday et toi, il s'est passé quoi, exactement ?

Il y a toujours quelque chose entre vous ? Tu as prévu de continuer à la voir cet été alors que tu sors avec moi ? Parce que je ne pense pas être assez cool pour accepter ça. C'est pas que je t'aime ou que je veux que tu m'aimes, mais je crois que je ne peux coucher qu'avec quelqu'un qui ne couche qu'avec une personne à la fois…

Il rigole.

– Waouh. Pour être franche, tu es franche. Donc tu espères qu'on va encore coucher ensemble ?

– Je parle théoriquement. Hypothétiquement.

– Ça n'en avait pas l'air.

J'écarte les mains, genre : « Qui sait ? »

– *Qui vivra verra.*

Il passe une main sur son visage. Fixe l'océan. Il essaie également d'ordonner ses pensées.

– Bon… alors, Wednesday et moi, on est sortis ensemble durant quelques semaines l'été dernier. C'était surtout pour le sexe… et on traînait un peu ensemble à la plage ou au Haz. C'était tout ce qu'elle avait envie de faire. Je n'ai pas du tout l'intention de ressortir avec elle et encore moins pendant que je suis avec toi. Si je voulais recommencer avec elle, je serais avec elle en ce moment.

– Je n'aimerais pas être… une sorte de lot de consolation.

– Comment veux-tu être un lot de consolation, Cap'taine ? Tu es l'énorme nounours violet, le plus gros de toute la fête foraine, qui coûte un million de tickets ! Celui qu'on se ruine à essayer de gagner en tirant à la carabine, au chamboule-tout ou à je ne sais quel stand pour ramener à la maison. Et puis, je ne suis pas du genre à coucher avec plus d'une fille à la fois. En plus, je te rappelle qu'on est sur une île.

Il m'adresse un demi-sourire.

– De quoi tu as peur ?

Je réfléchis.

– J'ai peur que tu te lasses de moi et que je ne voie rien venir. Parce qu'il faut croire que les sentiments peuvent s'évaporer du jour au lendemain. Peut-être que c'est moi... que je suis trop... ou que je ne suis pas assez...

Voilà ce que je ressasse depuis que mon père m'a annoncé la séparation.

– Tu es bien assez... Crois-moi. Tu es plus qu'assez, même.

Il laisse échapper un petit rire, mais on sent qu'il est sincère.

– Je ne te demande pas de m'aimer pour la vie, mais j'ai pas envie de voir à nouveau le sol se dérober sous mes pieds.

– Ça n'arrivera pas.

– Comment tu le sais ?

– Parce que je suis celui sur qui on peut compter. Quand papa se barre. Quand maman s'écroule. Et lorsque j'ai des sentiments, ils ne s'évaporent pas du jour au lendemain.

Sans me laisser le temps de prononcer le nom de Wednesday, il précise :

– J'ai dit : « quand j'ai des sentiments ».

Ce qui signifie qu'avec moi, c'est peut-être différent.

J'inspire, j'expire.

– Et toi, de quoi tu as le plus peur ?

– De toi.

Il plonge ses yeux dans les miens et c'est le moment le plus érotique de toute ma courte vie. Tout ce désir... et même plus. Peut-être... quelque chose qui s'approche de l'amour.

– Et de moi, ajoute-t-il. Je me fais sacrément peur. J'ai la fâcheuse manie de saboter tout ce qui m'arrive de bien dans la vie. Parce que, pendant très longtemps, j'ai pensé que je ne le méritais pas. Alors je gâchais tout, exprès. Maintenant je sais comment je fonctionne, mais ce n'est pas pour ça que je peux m'en empêcher. Comme tu t'en doutes.

Sa voix est à la fois douce et rauque.

Je médite un instant avant de résumer :

– Donc j'ai du mal à faire confiance aux gens à cause de ma mauvaise expérience et toi, tu sabotes tout ce qui t'arrive de cool par peur de souffrir.

– C'est à peu près ça.

– Génial.

– Au moins, on sait dans quoi on s'embarque.

Il me donne un petit coup dans le bras et je le lui rends. En moi, le mur s'effrite peu à peu.

– Sache que pour moi, t'es aussi un gros nounours violet de fête foraine, le super gros lot, sinon je n'aurais rien tenté. Non mais franchement pour quel genre de fille tu me prends ?

– Le genre inclassable.

Il sourit.

Je souris.

– Donc tu veux que je sois ta copine ?

– J'ai dit ça ?

– Plus ou moins. Mais si c'est ce que tu veux, je suis OK.

– Je le veux.

– Alors je te veux.

Il se penche pour m'embrasser. Il me prend dans ses bras, je me blottis contre lui. Je suis si bien.

– Mieux vaut ne pas parler de ce qui adviendra quand on partira d'ici, dis-je en désignant l'île autour de nous.

– Comme tu voudras, Cap'taine.

On reste assis là et, évidemment, je ne pense plus qu'à ça : qu'est-ce qui se passera quand on devra partir ?

Il lève les yeux vers le ciel.

– C'est la pleine lune. Grande marée. L'idéal pour la chasse au trésor.

J'imagine, un coffre plein d'or et de bijoux – étincelants comme les étoiles. Je m'imagine sillonnant les mers avec Miah à bord d'un bateau de pirates, jetant des poignées de pièces d'or à tous ceux qu'on croise. Soudain, le monde s'ouvre à moi. Tout est possible. Je me dis : « Ça va aller. Fais attention, c'est tout. »

– On ira demain. Je te prêterai des bottes en caoutchouc.

– Pour quoi faire ?

– Tu verras. Tu fais quelle pointure ?

– Quarante et un.

Il laisse échapper un sifflement admiratif.

– Quoi ? C'est dans la moyenne.

– Rien n'est dans la moyenne chez toi, Cap'taine. Pas même tes pieds de géante.

Je rentre avant minuit. Ma mère est encore debout, en train de travailler dans le bureau. Je reste un instant sur le seuil à l'observer – incliner la tête pour lire quelque chose, puis pianoter, penchée sur son ordi, en fredonnant de temps à autre, comme si elle écoutait une chanson que je n'entends pas.

Et soudain, je suis submergée par une vague d'amour. Je m'approche et, sans un mot, je la prends dans mes bras. Ma mère laisse tomber le texte qu'elle est en train de lire pour me serrer contre elle et nous demeurons comme ça un long moment.

JOUR 11
(PREMIÈRE PARTIE)

Le lendemain, dans l'après-midi, Miah et moi, nous passons devant Rosecroft en pick-up, avant de nous enfoncer entre les arbustes sur une piste en terre cahoteuse. Sur le pare-brise, le reflet des coquillages, dents d'alligator et autres reliques de l'île disposées sur le tableau de bord disparaît puis réapparaît chaque fois que nous entrons et ressortons de la végétation. Miah chante complètement faux, tandis que je me cramponne à ma casquette de pêcheur de crainte qu'elle s'envole.

En l'entendant fredonner, je me réjouis de nous avoir donné une seconde chance. C'est ça, être humain : n'avoir aucune idée de ce qui va fonctionner ou pas. Jc croyais tout savoir sur moi-même et les gens qui m'entouraient. Mon petit monde bien ordonné. Chaque chose à sa place. Et voilà que je me retrouve dans cette vieille caisse avec un garçon que je connais à peine – un garçon avec qui j'ai couché – et qui m'emmène en terrain inconnu.

Le pick-up s'arrête lourdement au bord des marécages. Miah sort une paire de bottes en caoutchouc de derrière la banquette – kaki, couvertes de boue.

– T'as de la chance.

– T'as pas plus mignon ? Genre rouge à pois blancs ?

– Allez, descends.

Perchée sur le marchepied, je glisse mes pieds nus dans les bottes. Il y a encore de l'eau dans celle de gauche, mais tant pis. Je me plante devant lui – en robe, casquette et bottes, avec le pied gauche qui fait *floc-floc* à chaque pas – et je le regarde d'un air de défi. *Tada !*

– Te voilà habitante de l'île, Claudine Henry, déclare-t-il solennellement. Tu es des nôtres désormais.

Et c'est le truc le plus gentil qu'il pouvait me dire à cet instant précis. Il est pieds nus, comme d'hab, avec son petit short militaire.

– T'as vraiment l'air d'un plouc avec ce machin, je commente en désignant le short.

– Non, plutôt d'un dompteur d'animaux sauvages, d'un chercheur de trésor, d'un combattant de la liberté... Touche un peu voir, Cap'taine. Allez, je sais que t'en meurs d'envie. Il est super doux... mais moins que tes lèvres, précise-t-il en m'embrassant.

Et on s'emballe contre le pick-up. Il me prend dans ses bras, il me serre, je suis plaquée contre lui.

– Prête ? me chuchote-t-il à l'oreille.

Et sur le coup, je comprends qu'il me demande si je veux faire l'amour à nouveau. Avec lui. Dans sa voiture.

– Oui, je murmure.

« Oh oui oui oui. »

Mais il met son appareil photo en bandoulière et nous voilà partis. Je le suis sur le sentier qui s'ouvre sur la mer et le ciel. Sous nos pieds, le sable est compact, dur, pas blanc et fluide comme celui de la plage et des dunes. L'eau des marécages a inondé le chemin par endroits. Nous pataugeons dans les flaques, sautant par-dessus les plus profondes. Il me tend la main, je la prends. Il s'arrête devant une mare aussi large qu'une petite rivière en décrétant :

– C'est pas bon...

– Pourquoi ?

– La marée monte encore, ça veut dire qu'en revenant on devra traverser à la nage.

Il fronce les sourcils en contemplant ma robe.

– T'es pas le seul *badass* de l'équipe.

Il passe devant, l'eau lui arrive aux genoux. Il me fait signe d'avancer. Ma robe me colle comme une seconde peau. Je patauge dans la gadoue. Je lui passe devant et me hisse sur le bord, entre les joncs.

Et on repart, déjà tout trempés et boueux. Il me guide à travers les roseaux jusqu'à la plage, ou ce qu'il en reste. Mais soudain, le sable se change en vase, épaisse, noire et visqueuse. Mes bottes font un bruit de ventouse quand je marche. Pas facile d'avancer, je sens que je m'enfonce de plus en plus. Chaque fois que je suis coincée, Miah me tend la main pour me débloquer.

– Bienvenue dans les marécages. Ces hautes herbes, là, c'est de la spartine.

– Je vais devenir une vraie pro de la nature grâce à toi.

Ça le fait rire. Il enlève son T-shirt. Je m'attends à ce qu'il ôte également son short. Ça me fait chaud et froid à la fois de penser qu'il va se déshabiller. Je pourrais enlever ma robe et lui faire face, vêtue seulement de ma culotte, mes bottes en caoutchouc, et cinq couches d'antimoustique. Mais il me tend son T-shirt.

– T'es couverte de taches de rousseur. Encore plus que d'habitude.

– Merci.

Je l'enfile et le noue à la taille. Je sens son odeur – une odeur fraîche et nature, comme une brise.

« C'est le T-shirt de mon copain. C'est mon copain. »

Il s'enfonce dans la boue et moi aussi. Malgré tout, on continue d'avancer, en peinant à chaque pas comme dans des sables mouvants.

Des coquillages et des cailloux jonchent le sable et la boue à perte de vue, comme s'il ne restait plus que ça au monde. De tous côtés, jusqu'à l'océan, jusqu'à l'horizon. Je marche les yeux rivés au sol sans trop savoir quoi ramasser.

Miah, lui, fait son petit marché.

– Ça, c'est une dent de requin. Ça, un coquillage fossilisé. Ça, c'est une dent de bestiole préhistorique. Et celle-là, d'alligator. Ça, c'est une écaille de tatou.

À mes yeux, tout se ressemble. Je ne sais pas comment il fait pour les différencier. C'est comme s'il parlait la langue des marais, je n'y comprends rien. Sauf qu'il me traduit tout pour ne pas m'exclure. Grâce à lui, je me sens chez moi sur cette île.

Il trace un cercle dans le sable.

– Il y a une dent de requin, trouve-la.

Je scrute le sol avec attention et je ramasse un petit triangle noir. Je le lui montre au creux de ma paume.

– Tu as un don.

Je suis sûre qu'il ne parle pas que des dents de requin. Il se penche pour m'embrasser, cherchant ma langue avec la sienne. Je le bois – sa chaleur, son odeur, son goût.

– J'ai hâte de me retrouver tout nu avec toi.

Et alors qu'on s'embrasse comme deux animaux sauvages,

en se déshabillant mutuellement, prêts à se jeter l'un sur l'autre au milieu de la boue et des hautes herbes, une corne de brume retentit.

Je lève les yeux juste à temps pour voir passer le ferry. Grady nous fait signe depuis le pont, un sourire narquois aux lèvres. On doit avoir l'air malins, à se tripoter à moitié nus dans la gadoue, complètement hirsutes.

Nous nous écartons et retournons sur la plage. Miah dessine des cercles, je ramasse des dents de requin. J'en ai une pleine poignée. Il en prend une et la brandit.

– Il y a des millions d'années, elle est tombée au fond de l'eau, pile à cet endroit, avant d'être recouverte de sable. Et voilà que tous les deux, nous l'avons trouvée. Des millions d'années plus tard.

Je secoue les dents au creux de mon poing en pensant que ce sont de petits morceaux égarés… comme les éclats d'un cœur brisé.

– À ton avis, quand les gens cessent de s'aimer, où va tout cet amour ? Tu crois qu'il y a une sorte de décharge où échouent les amours perdues et abandonnées ?

J'ouvre la main pour disposer les dents de requin en forme de cœur.

– Tu te demandes où l'amour va mourir ?

– Oui… ou bien où il va en attendant d'être recyclé.

– De l'amour recyclé ? Ça alors, c'est une idée ! En plus… il est peut-être plus solide, plus résistant parce qu'il est constitué de tous ces éclats d'amour qui ont survécu.

– Peut-être.

J'y réfléchis pendant qu'il trace un nouveau cercle. Je ramasse la dent et je l'ajoute à mon cœur. Puis je serre le poing et je le secoue pour toutes les mélanger. Je détaille dans ma tête les différentes facettes de l'amour : la complicité, le sexe, le sentiment de sécurité, le romantisme, la confiance, la souffrance, la vulnérabilité… Tous ces aspects qui constituent l'amour romantique et non romantique – comme celui que j'éprouve pour Saz et mes autres amis, ou ma mère. Et, bien malgré moi, pour mon père.

Je reprends :

– Je pensais que le fait que mes parents soient heureux – ou aient l'air heureux – me rendait invincible. Quand j'entrais dans une pièce, je ne voyais que de potentiels amis… parce que j'ignorais que l'amour peut évoluer ou disparaître. Bien sûr, j'ai des amis dont les parents ont divorcé, mais c'est différent de le vivre.

– Peut-être que ce n'est pas le fait qu'ils aient été ou non heureux ensemble, mais plutôt le fait qu'ils sachent t'aimer qui te donne des super-pouvoirs. Mes parents ne pouvaient pas se supporter et, quand ils étaient ensemble, il n'y avait pas beaucoup de place pour nous, les enfants. Dès qu'ils étaient dans la même pièce, je tournais les talons et je filais parce que je savais que l'un ou l'autre finirait forcément par me jeter la télécommande ou un autre truc à la tête.

– Sérieux ?

– Ouais.

– Je n'ai jamais entendu mes parents se disputer. Selon mon amie Saz, c'est bizarre.

– Peut-être existe-t-il un monde où les parents ne se crient pas dessus mais règlent leurs désaccords en discutant. Je ne sais pas. J'ai seulement commencé à considérer mon père comme une personne à part entière il y a un an environ. Avant, pour moi, ce n'était qu'une force maléfique qui nous gâchait la vie, à ma mère et à moi.

Il fixe l'horizon, perdu dans ses souvenirs.

– Mais s'il n'avait pas été comme ça, je ne serais peut-être pas là, sur cette plage, avec toi.

Il se tourne vers moi, revenant à la réalité.

– Pareil pour moi. Sans la séparation de mes parents, je ne serais pas là.

« Accepterais-je de renoncer à Jeremiah si ça impliquait que mes parents ne se soient jamais séparés ? De renoncer à celle que je suis maintenant, avec la main pleine de dents de requin et le soleil qui me dore la peau ? »

Il trace un nouveau cercle et nous scrutons le sable ensemble. Je me penche. Ramasse la dent. La lève en l'air.

– J'aurais aimé qu'ils restent ensemble… mais que je vienne sur cette île quand même.

– Oui, mais tu ne serais pas la même Claude.

– Sans doute.

– Elle était comment ? La Claude d'avant ?

– C'était une grande rêveuse qui voulait parcourir le monde et avoir la belle vie. J'avais la bougeotte… et en même temps, j'étais bien… peut-être pas dans ma peau, mais dans mon petit monde – à la maison, au lycée. Je pensais savoir exactement qui j'étais. Mais j'étais tellement naïve. Je pense avoir gagné en profondeur…

Je souris.

– Mon prof d'atelier d'écriture m'avait dit qu'il fallait que je ressente plus pour faire passer davantage d'émotions à mes lecteurs. Du coup, j'en étais venue à espérer qu'il m'arrive quelque chose pour écrire des trucs plus intéressants.

Ça n'a l'air de rien, mais j'ai rarement confié des pensées aussi intimes à quelqu'un. « Me voilà telle que je suis vraiment. C'est à prendre ou à laisser. »

– Et tu écris en ce moment ?

Sa question me fait taire, bizarrement. Peut-être parce que je culpabilise de ne pas écrire assez. Ou parce que, ces derniers temps, je ne fais que gribouiller sans but et je ne suis pas sûre qu'on puisse appeler ça « écrire ».

– Non, pas vraiment.

Il prend son appareil et cadre les crabes qui se carapatent à nos pieds.

– Mes photos, c'est une façon de raconter des histoires sans la pression des mots. Pour moi, c'était un moyen de capturer le beau, le bien, le bon. Tout ce que ma vie n'était pas. Mais maintenant je prends tout en photo, même ce qui est triste, laid ou dérangeant. C'est aussi pour ça que je collectionne les os. Ils racontent une histoire. Tragique en général, parce que ce sont des ossements, forcément, mais à mes yeux, il y a aussi une certaine beauté là-dedans.

– Il y a de la beauté dans chaque histoire. Et il y a une histoire en chaque chose.

– Comme dans ces dents.

Il trace un cercle dans le sable. Je ramasse une dent et je la lui tends. Les mots de Wednesday me reviennent en mémoire. Elle se plaignait de ne pas avoir réussi à savoir qui il était vraiment. Peut-être qu'avec moi, c'est différent.

– Ou alors c'est que j'ai passé trop de temps sur cette île.

Et il m'adresse un sourire que je sens pétiller jusque dans mes orteils. Je détourne les yeux, fixant le soleil qui est bien moins éblouissant.

– Et alors, le Miah d'avant, il était comment ?

– Il ne t'aurait pas plu. Un sale type. En colère contre le monde entier. Franchement, un gars vraiment malheureux et prêt à tout, qui a vécu il y a une éternité. Désormais, je ne connais que le moi actuel.

Il hausse les épaules.

– Je me demande quand même ce que je serais devenu si mon père était resté, s'il avait été différent. Si ça se trouve, je serais exactement celui qui est devant toi, quoi qu'il en soit. Mais je crois que ce sont les sales épreuves que j'ai traversées qui m'ont rendu... eh bien... tel que je suis.

Des petits crabes s'enfuient à nos pieds. Il s'arrête.

– Écoute...

Je tends l'oreille. En effet, on les entend se faufiler à travers les roseaux – une musique subtile. Cette île est une relique du passé, figée à une époque lointaine. J'ai l'impression que le temps s'est arrêté. Je distingue la moindre ombre, la moindre nuance de couleur, le moindre bruit. Je regarde autour de moi : je suis vraiment dans l'instant présent. Pas dans le passé ni dans le futur. Ici et maintenant.

Je me redresse, couverte de boue jusqu'aux genoux, les mains pleines de dents de requin, de coquillages et de sable, et je regarde Jeremiah qui s'éloigne, tête baissée, scrutant la plage. Il se penche, ramasse quelques morceaux de verre poli, repart. Et soudain je suis submergée par un sentiment proche de l'amour pour ce garçon qui connaît tant de secrets. Qui m'a appris à reconnaître une dent de requin. Qui m'a prêté des bottes en caoutchouc. Qui me fait découvrir l'île. Ce garçon aux pieds nus, de soleil et de lumière, foulant la boue, le sable et les marécages. Qui collectionne les trésors. Qui voit la beauté en chaque chose. Blessé, comme moi, mais qui ne se complaît pas dans le passé. Qui vit dans l'instant. Tourné vers l'avenir. S'émerveillant de ce qui se trouve sous ses yeux. Bien dans sa peau. Bien où qu'il soit.

Je me dis que je pourrais m'installer ici. Que je pourrais être heureuse. Ici, avec lui. Je pourrais rester à jamais.

La flaque qui formait un ruisseau s'est transformée en rivière. Il fait de plus en plus chaud et lourd. Les bestioles bourdonnent. Miah scrute l'horizon. De l'eau à perte de vue.

Je demande :

– Y a des alligators dans le coin ?

– Oui, et pas des petits.

– Qu'est-ce que ça veut dire ?

– Ça veut dire, on bouge, Cap'taine.

Il m'aide à descendre dans l'eau. Je pousse un cri parce que je dérape, je glisse et nous voilà en train de rire comme des baleines. Je me pends à son cou. D'une main, il maintient son appareil photo hors de l'eau et, de l'autre, il me soulève. Ma robe remonte, il la tire sur mes cuisses.

Puis il m'embrasse. Je me sens tellement en sécurité dans ses bras, comme si plus rien ne pouvait m'arriver.

Hélas, il me repose déjà sur l'autre rive. Je suis trempée, pleine de boue. Et *paf!* il écrase un moustique sur mon bras.

Je lève les yeux de la piqûre déjà rouge vif et croise son regard.

– Quoi ?

Il prend mon visage entre ses mains, chasse une mèche collée à mon front et m'embrasse à nouveau.

JOUR 11
(DEUXIÈME PARTIE)

Maman et moi, nous nous rendons à l'auberge, bras dessus, bras dessous. Je me suis habillée en noir pour avoir l'air plus sophistiquée. Rouge à lèvres rouge. Ballerines. Énormes lunettes de soleil sur le front. J'ai abandonné ma casquette pour ce soir. On a à peine fait quinze pas que j'ai la peau moite et les cheveux trempés à cause de la chaleur. Plus deux nouvelles piqûres de moustique sur le bras parce que je veux sentir le Miss Dior et pas l'insecticide.

Je contemple la demeure coloniale qui paraît toujours pimpante malgré son grand âge. Je demande à ma mère si elle a entendu parler de la Société du Tiroir Secret.

– Oui ! Avec Addy, on se faufilait dans la chambre pour laisser des mots d'amour à nos *crushes* de l'été. Si ça se trouve, ils y sont encore, à moins qu'ils vident le tiroir de temps en temps.

Alors que nous montons les marches du perron, je pense à ce que j'aimerais écrire. Levant les yeux, j'aperçois Miah avant qu'il me voie. Il attend sur la terrasse, appuyé à la balustrade. J'en ai le souffle coupé. Il porte une veste de costume de la couleur de l'océan sur une chemise bleu pâle. Il est tellement beau, j'ai envie de le serrer dans mes bras !

Maman nous regarde tour à tour.

– Bon, je vais jouer les chaperons, alors !

– Maman...

« Oh non, elle ne peut pas savoir qu'on a couché ensemble, quand même ! »

– On va bien s'amuser tous les trois, cet été.

C'est alors que Miah me remarque. Son visage s'éclaire. Il vient m'accueillir en haut des marches.

– Cap'taine.

– J'ai failli ne pas te reconnaître avec des chaussures !

– Des prisons pour les pieds, tu veux dire.

À mes côtés, ma mère toussote.

– Jeremiah.

– Madame Henry.

– Appelle-moi Lauren.

Elle ne corrige pas le nom de famille.

– Alors parle-moi un peu de toi. Tu restes combien de temps ici ? Que fais-tu quand tu n'es pas sur cette île ? Et enfin, quelles sont tes intentions envers ma fille ?

Elle prend un air revêche, sourcils froncés.

Je m'interpose :

– Ne l'écoute pas.

– Trois semaines. Je m'efforce d'éviter les ennuis. Aucune idée.

Ça la fait sourire.

– Parfait. Interrogatoire terminé.

À mon intention, elle précise :

– Ne t'en fais pas, je vais bavarder avec ce couple sympa de Cleveland. On se retrouve pour le dîner.

Tandis qu'elle s'éloigne, je demande à Miah :

– Tu manges avec nous ?

– Je ne peux pas. Je croyais, d'où les prisons pour les pieds. Mais Bram a un problème avec les gamins d'Outward Bound. Quand je l'aurai aidé à récupérer les deux égarés, je viendrai te chercher et on ira se promener sur la plage. Il y a une pluie de météorites ce soir, ça devrait être un beau spectacle, si la lune ne gâche pas tout.

On entend des éclats de voix et une porte claquer. Le personnel sort des cuisines. Je fais signe à Jared et Wednesday, en la suppliant intérieurement : « Ne viens pas nous voir, ne viens pas nous voir ! » Elle jette un regard à Miah et tourne les talons. Je m'efforce de ne pas remarquer comme ses longs cheveux scintillent dans la lueur du crépuscule.

– Tu as laissé ton téléphone dans mon pick-up.

Miah me le rend en ajoutant :

– Je t'ai apporté autre chose.

C'est un bocal transparent avec un couvercle noir. Rempli de trésors.

Je l'ouvre et secoue le contenu pour examiner les dents de requin, les coquillages, et d'autres trucs que je n'arrive pas à identifier. J'en sors la dent préhistorique en protestant :

– Mais ça, c'est à toi !

– On l'a trouvée ensemble.

Pour la première fois, je sens une sorte d'embarras entre nous. Peut-être parce qu'on est habillés comme pour le bal du lycée, qu'il n'est pas pieds nus, et que ma mère est dans les parages, mais je ne sais pas quoi dire.

La clochette annonçant le dîner me fait sursauter. Miah me chuchote :

– Je repasse te chercher tout à l'heure.

Il m'embrasse sur la joue et s'attarde un instant. Avant de partir, il me glisse à l'oreille :

– Tu es éblouissante, Claudine Llewelyn Henry.

Après le dîner, nous allons à la plage déserte. Nous nous étendons côte à côte, sur notre couverture, sous la lune la plus énorme que j'aie jamais vue.

– On risque de ne pas voir grand-chose, commente Miah. Mais on ne sait jamais. Avec un peu de chance, on repérera quand même les étoiles filantes les plus brillantes.

Je me sens encore un peu gênée. Alors que je suis la seule endimanchée. Il a enlevé sa veste, remplacé son pantalon par un short... et il est à nouveau pieds nus.

La nuit semble sur pause, en attente. Nous restons allongés, en silence, sans nous toucher. J'ai envie de me pencher pour l'embrasser, lui prendre la main, sentir le contact de sa peau. Il a roulé les manches de sa chemise, j'effleure le duvet doré de son avant-bras, d'un doigt léger. Il baisse les yeux avant de les planter dans les miens.

– Cap'taine...

– Oui, matelot ?

Je pouffe.

Il me dévisage avant de rire aussi.

– Patate !

Soudain une fine traînée de lumière zèbre le ciel. Puis la nuit s'illumine, scintillante, multicolore... c'est comme un feu d'artifice sans détonations. J'imagine le bruit qu'elles pourraient faire – une symphonie aérienne et pétillante.

– Je croyais qu'on ne devait pas les voir, je murmure.

– Bah, normalement non, avec une lune pareille...

Nous nous taisons, fascinés. « Elles font leur show rien que pour nous. Notre son et lumière privé. »

Au bout d'un long moment, je lance :

– D'après mon père, c'est rare de trouver quelqu'un avec qui on peut rester sans parler. Il appelle ça un « silence confortable ». Selon lui, la plupart des gens parlent trop alors qu'ils n'ont rien à dire.

Je sens le regard de Miah posé sur moi.

– Il dit qu'il y a une différence entre pouvoir se taire parce qu'on est bien ensemble et ne pas se parler parce qu'on a chacun la tête ailleurs...

Je laisse ma phrase en suspens. Et voilà, maintenant je pense à mon père alors que c'est bien la dernière chose dont j'ai envie.

Miah est retourné à la contemplation de la symphonie lumineuse.

– Cap'taine, ce silence entre nous, sous ce ciel, c'est mieux qu'une discussion avec n'importe qui d'autre sur terre.

Vers minuit, les nuages ont envahi le ciel. Le pick-up file dans la nuit jusqu'à Rosecroft, qui est enseveli sous la brume. La lune est floue, lointaine, et pourtant elle éclaire le ciel. Miah se gare au niveau des ruines, mais sans couper le moteur.

– Je n'aimerais pas disparaître sans avoir eu le temps d'écrire ma propre histoire, je dis.

Je pense à Tillie Blackwood, mais également à la manière dont j'ai disparu de ma propre vie dans l'Ohio, coupée de moi-même à cause du secret de mes parents.

– C'est pour ça que les histoires sont si importantes, Cap'taine. Peut-être qu'un jour, tu raconteras celle de ceux qui ont vécu ici.

– Peut-être.

Pour la première fois depuis bien longtemps, j'ai soudain envie de me remettre à mon roman, ou de me lancer dans un nouveau projet. Pas seulement des anecdotes et des impressions, mais un texte complet, du début à la fin, qui raconte d'où je viens, où je vais et ce que je fais ici…

Miah tripote l'autoradio et, soudain, la musique retentit : *Joy to the World,* des Three Dog Night. Il monte le volume et sort de la voiture en laissant la portière ouverte. La chanson super entraînante résonne dans la nuit, dans les ruines, autour de nous. Et il se met à danser. Il se débrouille pas mal, j'avais déjà pu le constater. Je me laisse également emporter, la musique m'envahit, je suis la musique et la musique est en moi.

Nous dansons au milieu des ruines voilées de brouillard, sous la lueur fantomatique de la lune. On dirait presque que la vieille demeure va se volatiliser sous nos yeux, le sol sous nos pieds, noyés dans la brume.

Miah joue de l'air guitare, moi de la batterie, sa torche se transforme en micro et nous chantons en chœur même si je ne connais pas vraiment les paroles, mais ça parle notamment d'une grenouille-taureau qui s'appelle Jeremiah… et plus globalement de la joie de vivre.

On tourne, on saute à faire trembler la terre. Je me sens libre, tellement libre, c'est la meilleure chanson que j'aie jamais entendue ! Puis Miah me prend dans ses bras, me serre contre lui et nous nous balançons en rythme. Je me pends à son cou, je l'embrasse et s'offrent à nous une infinité de possibles, de presquitudes et de peut-être…

Nous nous asseyons à l'arrière du pick-up, les jambes ballantes, la musique en sourdine. Le brouillard s'est levé, la lune brille de tous ses feux.

– Et toi ? je demande.

– Et moi, quoi, Cap'taine ?

– T'as pas envie d'écrire ton histoire ?

– Tu veux dire laisser une trace, autre que mon casier judiciaire ?

– Non, sérieux. Tes photos, peut-être ?

– Je ne sais pas. J'y ai jamais vraiment réfléchi. J'ai passé la majeure partie de ma vie à m'efforcer de ne pas me faire trop d'illusions.

Un rayon de lune éclaire son visage. J'ai l'impression de voir en lui.

Avant que j'aie pu lui demander pourquoi, il reprend :

– Mais quand je suis avec toi, je me sens plus calme, comme si tout était parfaitement à sa place, je suis bien dans ma peau. Et je ne veux pas seulement dire quand je suis « avec toi avec toi »...

Il prononce ces derniers mots sur un ton plein de sous-entendus, mais son expression est difficile à interpréter. Un mélange de tristesse et de lumière. Ce doit être pareil pour moi car j'ai l'impression que la fille que j'étais à Mary Grove, Ohio, ne se sentait pas toujours bien dans sa peau, pas à sa place.

« Tout est parfaitement à sa place. Exactement. »

Je baisse les yeux vers mes mains et ma peau dans laquelle, ce soir, je me sens parfaitement bien.

JOUR 11
(TROISIÈME PARTIE)

L'auberge est plongée dans l'obscurité et le silence. Nous passons devant en revenant des ruines. Je n'ai pas envie de rentrer parce que c'est une nuit magique, parce que nous sommes magiques. Sans un mot, nous filons chez Miah.

Il s'arrête devant, laissant le moteur tourner.

– Je peux te ramener chez toi.

– Ou je peux entrer.

Il penche la tête sur le côté pour me dévisager. Son sourire n'est qu'un fantôme de sourire, un écho lointain. Il essaie de lire en moi. Je le laisse faire. Je ne détourne pas les yeux. Je ne gigote pas nerveusement. Je soutiens son regard. Le courant qui passe entre nous électrise l'air, la nuit, la lune.

– Je préfère ton idée, déclare-t-il finalement.

Tout doucement. Comme si parler trop fort risquait de rompre le charme.

À l'intérieur, ce n'est pas comme la dernière fois. Ou alors c'est moi qui ai changé. Il me tend un soda que je prends distraitement parce que mon cœur bat tellement fort que j'ai peur qu'il l'entende.

Il s'assied sur le canapé mais je dis :

– J'aimerais que tu me montres ta chambre.

Je me sens téméraire, pleine d'audace, sûre de moi.

Il se lève, me prend la main et me conduit dans une pièce avec des poutres au plafond et une immense fenêtre qui donne sur la cour de derrière et, plus loin, sur la mer.

Il allume une lampe qui projette une lueur en forme de croissant de lune sur le sol.

– Y a de la musique ?

– Je peux en mettre.

– Choisis.

Pendant qu'il fouille dans sa collection de vinyles, je regarde les photos accrochées au mur – des clichés en noir et blanc de chênes, de chevaux, de dunes, d'ossements d'animaux divers et variés.

– C'est beau, je murmure pour moi-même, pour lui. Même les os.

Une photo retient mon attention. Un gros plan sur une paume ouverte où reposent trois objets en forme de cœur, qui ressemblent un peu à des coquillages. Je reste là, à la contempler. Ce mélange de mélancolie et de beauté me fascine. Comme les lettres de Zelda Fitzgerald ou tout l'œuvre de Ray Bradbury.

– Vertèbre de cerf, m'explique-t-il.

– Tu as le don pour faire du beau avec du pas si beau.

J'ai presque comme un pincement d'envie, de jalousie parce que, où qu'il aille, quoi qu'il fasse, Miah semble savoir exactement qui il est. Mieux encore, il sait regarder les choses sous un angle particulier, ce dont je suis incapable.

– Quand Bram m'a donné cet appareil, il m'a dit : « Tu pourrais te servir de ta colère comme moteur. Cherche des histoires à raconter. Essaie d'être spectateur plutôt qu'acteur pour une fois. Ça développera ton empathie. »

– Et ça a fonctionné ?

– Très drôle, Cap'taine. Eh bien, oui, on dirait bien.

Je me penche pour regarder les cadres posés sur l'étagère. Une femme qui a le même sourire que lui. Un gars d'une vingtaine d'années avec un short très familier – une version plus âgée, plus costaud de Miah. Deux filles, une rousse, une châtain, qui rigolent, bras dessus, bras dessous. Deux fillettes plus jeunes, l'une châtain et frisée, l'autre blonde, qui font des grimaces. Sa famille. C'est étrange de penser qu'il y a dans le monde d'autres personnes qui le connaissent et qui l'aiment. Je me demande comment est le Miah du continent. Est-il différent de celui que je connais ?

Je suis en train d'imaginer cet autre Jeremiah Crew, si loin de celui-ci, quand la musique retentit, rauque et imbibée de whisky.

Il s'approche de moi, me prend la main et entrelace nos doigts. Nous dansons un peu, je le regarde dans les yeux en pensant que c'est dingue : on a vécu dix-huit ans sans se connaître et, du jour au lendemain, il entre dans ma vie et il me connaît mieux que quiconque. Je n'arrive même plus à me rappeler comment c'était avant, sans lui – avant de le rencontrer, avant qu'il me voie, qu'il me parle, qu'il me raconte tout ce qu'il a traversé, qu'il me confie tout ce qui le touche.

– On n'est pas obligés de faire quoi que ce soit, Cap'taine.

– Je sais. Mais j'en ai envie. Et tu n'as pas à me promettre quoi que ce soit. Tu n'es pas forcé de m'aimer.

– Je ne peux pas te promettre que ça n'arrivera pas.

– Je risque de te briser le cœur.

– Je sais.

– Ou toi de briser le mien.

– Alors on ferait sûrement mieux de se serrer la main tout de suite, merci, c'était sympa, au revoir.

– Ou on pourrait se dire : *Qui vivra verra.*

Nous sommes yeux dans les yeux. Je me sens déjà toute nue. Mais je n'ai pas peur. C'est plutôt agréable. Qu'il me voie telle que je suis. Le vrai moi et tout ce qui va avec. Ce que j'aime chez moi et ce que je n'aime pas.

– Je me protège, tu te souviens.

Je me penche pour l'embrasser. Il me rend mon baiser, léger comme un murmure. Cette impression de chute libre comme si je ne contrôlais plus rien – ni mon cœur, ni ma tête, ni mon corps –, qui signifie que moi, je n'ai aucune protection. Et l'alarme se déclenche parce que plus je m'attache à lui, plus il risque de me faire mal.

« Arrête, Claudine. »

Je ne peux pas être à la fois là et pas là. Il faut choisir.

Je l'embrasse plus fort et ses lèvres me répondent. Puis ses mains sur mon visage, mes mains dans son dos. Et voilà que je déboutonne sa chemise bleu ciel.

« Il n'y a que lui et moi, nos mains, nos corps, ici, maintenant. Rien d'autre ne compte. »

Heureusement, mon cerveau finit par se mettre en veille et c'est mon corps qui prend les commandes, mais contrairement à la première fois, je suis pleinement présente. Plus de commentaires dans ma tête. Je suis à cent pour cent là et bien là, sur ce lit. Le morceau qui passe est *Tennessee Whiskey*. Je suis contente que ce ne soit pas une chanson idiote qui aurait gâché mon souvenir. C'est parfait. Comme nous deux. Comme cet instant.

Mon cœur se sent en sécurité, et ça ne lui était pas arrivé depuis longtemps. Je me doute que ce ne sera pas toujours le cas, mais pour l'instant, c'est ce que je ressens tandis que nous nous écroulons sur le lit, nous déshabillant pour nous retrouver peau contre peau, partout.

Contrairement à ce que je craignais, à aucun moment je ne quitte mon corps. Je ne suis pas en train de nous regarder du dessus, de l'étagère, du rocking-chair ou de dehors. Je suis sur le lit, avec lui. Je ne me demande pas si mon corps le déçoit. Je ne me demande pas où mettre ma jambe ou mon bras. Je suis ses mouvements. Quand il me touche, c'est comme un feu d'artifice. Des étincelles partout, en moi, autour de moi. Quand je le touche, il gémit à mon oreille et s'écarte.

Il prend un préservatif, mais il a un instant d'hésitation, je comprends qu'il ne fera rien tant que je n'aurai pas dit que je suis OK. Alors je le dis :

– C'est bon pour moi.

Il le met en place en le déroulant, comme la première fois.

Puis il recommence à m'embrasser. Et je le sens tout dur. Et même si ce n'est pas la première fois, j'ai l'impression que si. C'est ainsi que ça aurait dû se passer.

Il y va tout doucement, en me regardant, scrutant mon visage. Je passe les mains dans son dos, sur ses bras, tendus parce qu'il se tient au-dessus de moi. J'en veux plus. Je le veux tout entier.

Mais d'abord, il se penche et m'embrasse, et je l'embrasse plus fort, je me fais plus pressante pour lui dire que c'est bon. C'est oui. Maintenant. Mon corps veut le sien. Je suis en feu de la tête aux pieds.

Alors je le sens en moi. Tout entier. Ça fait un peu mal, mais surtout, je suis à nouveau surprise de sentir un autre corps dans le mien. Il faut s'habituer.

Mon corps s'adapte très vite, cependant : « Oh tiens, ça alors ! C'est étonnant. Pourquoi on n'a pas essayé plus tôt ? »

Je suis vraiment dedans. Il est vraiment dedans. Littéralement. Dans mon vagin. (« Vagin » ? Non mais sérieux ? « Pénis » ? Pourquoi des mots aussi laids ?)

Et *paf !* je me mets à rire.

Il s'écarte un peu, me dévisage.

– Euh… ça va, Cap'taine ?

– Non, mais quand même ! « Vagin » ? « Pénis » ? On ne pourrait pas trouver des mots plus sexy ?

Il rit aussi. Dépose un baiser sur mon front et marmonne un truc du genre :

– Ah là là ! Ça s'arrête jamais là-dedans !

Le rire s'éteint, étouffé par les draps, le matelas, et on se tait. Il n'y a plus que la musique et le bruit de nos respirations.

Ça prend du temps, mais nous finissons par nous accorder. Trouver un rythme. Et pendant un instant, ce n'est pas une seconde première fois. Je le vois à sa façon de me regarder, de m'embrasser. Il n'a plus peur de me faire mal. Il bouge avec moi, il ne se retient plus. Et moi non plus. Je lâche prise… sur cet été, mes parents, Saz et tout ce qui m'était familier, y compris ma virginité. À la façon dont il s'occupe de moi, je vois qu'il a reçu le message quand j'ai dit que tout ne tournait pas autour de lui.

Il me touche ici…

Et là…

Et là…

Et il s'enfonce en moi.

Les yeux dans les yeux.

Et...

Effectivement, je me laisse aller complètement. Enfin, plus exactement, je me laisse aller et je prends le contrôle en même temps. Cette sensation d'infini. De liberté. Un instant de perfection où mon corps est à la fois lourd et léger. Puis il se dissout dans les draps, flotte jusqu'au plafond, passe par la fenêtre et disparaît dans l'océan, à l'horizon.

Son lit est près de la fenêtre. Je n'ai même pas à lever la tête pour voir le ciel et les étoiles. Il dort, le souffle régulier. Je le regarde dormir. Ses paupières qui papillonnent. Sa main posée sur ma jambe pour me garder près de lui.

Je chuchote :

– Je pourrais tomber amoureuse de toi. Peut-être même que je t'aime déjà. Je préfère te prévenir.

Puis je ferme les yeux et je m'assoupis un instant avant de devoir partir.

JOURS 12 À 14

Nous sommes au milieu du séjour et je ne pense (presque) qu'à ça. Quand et où on pourrait le faire la prochaine fois, quand et comment je pourrais m'éclipser avec Miah. Lorsque je marche sur la route ou le long de la plage, je me sens plus grande et plus sexy. Une nouvelle Claude tellement bien dans sa peau. Je suis Captain Marvel, la Veuve Noire et Domino, tous mes super héros préférés réunis. Je suis une dompteuse d'animaux sauvages, une chercheuse de trésor, une combattante de la liberté.

On le fait partout – dans le pick-up, sur la plage, dans les écuries de Rosecroft. Je me faufile chez Miah, dans son lit, et nous nous retrouvons à tâtons dans le noir. Nous chuchotons sous les draps, puis nous les jetons par terre avec les oreillers, les couvertures, tout ce qui a le malheur d'être sur le lit avec nous.

Tous mes muscles sont endoloris par cette hyperactivité. Je suis excitée, affamée et aussi… heureuse. Tellement occupée que je ne passe même pas à l'épicerie vérifier ma messagerie.

Les deux jours suivants sont bien remplis.

Nous pataugeons sur des kilomètres dans la boue des marécages à la recherche de nouveaux trésors.

Nous suivons les traces des tortues dans le sable et marquons les nids.

Nous allons jusqu'à la pointe de Barbe-Noire en quête de son butin enfoui.

Miah m'emmène auprès de ce qu'il appelle l'Arbre de l'Amour Absolu : un chêne et un palmier qui ont poussé ensemble, les troncs enchevêtrés pour n'en former qu'un.

Sur la plage, près du musée de l'île, nous restons sous la pluie à observer une famille de quatre lamantins. Des créatures placides, qui flottent et dérivent dans l'eau. Miah se tient dans mon dos et me serre contre lui. Et dans les bois, derrière le musée, il me montre un cottage – labo et studio photo – qui appartenait aux Blackwood. Les vitres sont cassées et les branches des arbres se sont frayé un chemin à l'intérieur, mais à part ça, il paraît intact, comme si le propriétaire allait revenir d'un instant à l'autre.

– Si on restait vivre ici, j'y installerais notre atelier. Tu pourrais écrire et moi, développer mes photos, dit-il.

Nous discutons sans arrêt. De tout et de rien.

Il apprend que :

Petite, j'avais deux amies imaginaires nommées Ruban et Fil Dentaire.

Je me demandais avec qui j'irais vivre si jamais mes parents divorçaient. Je choisissais toujours ma mère.

En CM1, j'avais traité Jessica Leith d'idiote et je m'étais sentie trop mal parce qu'elle s'était mise à pleurer.

J'ai tellement horreur de mes taches de rousseur et de mes grains de beauté que j'ai essayé de les enlever avec du dissolvant.

J'ai peur qu'entre Saz et moi, ce ne soit plus jamais comme avant.

Je crains que M. Russo ait raison et que je sois incapable d'écrire quoi que ce soit de profond ou de vrai.

Je me dis que, peut-être, je ne suis pas digne d'être aimée et que c'est pour ça que mon père ne veut plus de nous.

J'apprends que :

Il a commencé à boire du whisky à onze ans et qu'il cachait ses bouteilles dans le vide sanitaire, sous la maison, comme son père.

Quand il est arrivé sur l'île, il a volé un des bateaux de l'auberge, s'est échoué dans le nord et a dû faire vingt-cinq kilomètres à pied pour rentrer. C'est après cet incident qu'il a décidé de changer et de laisser le charme de l'île agir.

Il a plein de copains mais pas de meilleur ami et personne qui le connaisse vraiment bien.

Un drame lui est arrivé il y a deux ans, mais il ne se sent pas encore prêt à en parler.

Sa couleur préférée est le bleu, comme le ciel, et aussi le vert, comme les arbres.

Son deuxième prénom est Shepherd. Et en troisième il a essayé cinq minutes de se faire appeler Shep.

Sa chanson préférée est *Joy to the World* des Three Dog Night, pas parce qu'il y a son prénom dedans, mais parce qu'elle exprime ce qu'il ressent sur cette île.

S'il devait aller vivre ailleurs, ce serait dans l'Ouest, pour les grands espaces, l'esprit ouvert des habitants, le fait qu'ils ne se mêlent pas de la vie des autres.

La photo dont il est le plus fier est celle des vertèbres de cerf en forme de cœur. Il aime sa simplicité. Son honnêteté. Parce qu'il l'a prise comme ça, sans réfléchir, sans forcer, contrairement à d'autres.

Tous les garçons ne fonctionnent pas pareil. Je ne touchais, je ne caressais, je n'embrassais pas Shane, Matteo ou Wyatt de la même façon que Miah, c'est complètement différent. Avec les autres, je devais réfléchir davantage. J'essayais, je me trompais avant de comprendre ce qui leur plaisait ou pas. Alors qu'avec Miah, c'est instinctif. Comme si mon corps, mes mains, ma bouche connaissaient déjà les siens.

Et surtout, nous nous apprenons mutuellement. Et à cet instant, sur cette île, maintenant, nous sommes parfaitement raccord.

CE QUE J'AI APPRIS…
SUR MOI-MÊME

J'adore :

- qu'il m'embrasse derrière l'oreille et au creux du cou, juste au-dessus de la clavicule ;
- la manière dont ça vibre quand il murmure contre ma peau ;
- ses mains tour à tour rudes, douces, brutales, légères comme la brise ;
- qu'il m'explore, comme s'il voulait établir une carte de mes zones érogènes – les endroits qui me font rire et ceux qui me font soupirer ;
- le regard qu'il me lance juste avant de m'embrasser, comme s'il n'y avait que moi au monde ;
- me blottir contre lui après, la tête sur son torse, l'épaule au creux de son aisselle, ma jambe sur la sienne ;
- me sentir si forte et si belle ; apprendre à connaître mon corps ; cette impression d'être désirable, invincible, puissante et libre. Absolument complètement libre.

JOUR 15

Nouveau colis de mon père. En l'ouvrant, je sens l'odeur de la maison et ça me donne le mal du pays. Le genre de nostalgie qui serre la gorge au point de ne plus pouvoir avaler ni respirer.

Ma Clo,

Je compte les jours qui me séparent de ton retour. En attendant, voici quelques spécialités de Mary Grove : des mini-cookies de chez Joy Ann, les petits chocolats couverts de perles de sucre arc-en-ciel de chez Taggart, les immondes bonbons amers de chez Veach et le dernier numéro de La Gazette parce que je sais que ta mère et toi, vous aimez lire la rubrique « Héros locaux »... et celle-ci est particulièrement croustillante.

À bientôt!

Bisous,

Papa

Je fouille dans le papier de soie rouge et vert à motifs de rennes qui tapisse le carton. Je fourre un chocolat dans ma bouche et commence à feuilleter *La Gazette de Mary Grove*. Ma mère et moi, on s'amusait souvent à lire la rubrique «Héros locaux» à haute voix en faisant un sketch devant papa. «Il faudrait carrément la mettre en musique, avait-il suggéré une fois. Ça ferait un bel opéra.» Durant la semaine, nous nous étions entraînés à répéter nos passages préférés de nos plus belles voix de chanteurs d'opéra. Je revois la scène. Je me remets à chanter quelques phrases qui me reviennent en mémoire. Puis je me plonge dans la lecture de la page qu'il a marquée avec un pansement Jane Austen qu'il a dû trouver dans mon armoire à pharmacie.

Je rigole toute seule. Je m'imagine papa en train de lire cet article à propos d'une vieille dame qui a fabriqué un gigantesque drapeau américain avec les résidus de fibres récupérés dans le filtre de son sèche-linge. Je le vois sur la terrasse, en train de prendre son café dans son mug Sex Pistols préféré – celui que je lui ai offert pour la fête des Pères quand j'avais neuf ans. La seule tasse qu'il utilise depuis. Je vois sa tête : il sourit, il ne peut pas s'en empêcher. Je l'imagine remonter au petit galop chercher de quoi marquer la page avec ce qui lui tombe sous la main.

Puis partir faire le tour de la ville en voiture pour trouver mes friandises préférées. Rentrer à la maison pour tout emballer dans du papier de Noël. Vouloir m'écrire une carte et ne pas savoir quoi dire parce qu'il se doute que je suis en colère contre lui et que je suis avec ma mère qui est encore plus en colère contre lui. Mais l'écrire quand même et l'envoyer parce qu'il a envie de me faire plaisir.

Et voilà que, soudain, je ne peux même plus avaler ma salive parce que j'ai une boule de la taille d'une balle de baseball dans la gorge. Ça me fait tellement mal que les larmes me montent aux yeux. Je bats des cils pour les chasser et le journal devient tout flou.

Je mets exactement huit minutes pour aller à la plage en courant. J'arrive à dix heures pile. Comme Miah n'est pas encore là, je vais tremper les pieds dans l'eau en le guettant.

Dix heures vingt.

Je me mets en maillot et je m'allonge sur le sable, si chaud qu'il me brûle le dos. Je me redresse toutes les cinq minutes pour voir s'il est arrivé.

Dix heures et demie.

On est censés partir en balade. C'est lui qui a proposé. Il m'a dit hier soir :

– Rendez-vous à la plage à dix heures.

Juste avant de me hisser contre lui, les jambes autour de sa taille, et de m'embrasser.

Onze heures.

Je me tourne sur le ventre, même si le soleil est bien trop fort pour ma pauvre peau tachetée de fille du Midwest. Je glisse un cookie dans ma bouche et je le laisse fondre pour le faire durer un maximum. Le menton en appui dans mes mains, je garde les yeux rivés sur les dunes.

Onze heures et demie.

Je retourne au bord de l'eau pour me rafraîchir. J'ai la peau qui brûle à cause du sable et du soleil. Une vaguelette recouvre mes pieds et je sens quelque chose effleurer mes orteils mais c'est juste un coquillage. Je le ramasse et le rejette à la mer. « Adieu, insécurités ! » je pense en le regardant voler. Il disparaît et je l'imagine qui s'enfonce dans les profondeurs de l'océan.

Je me penche pour en ramasser un autre. « Adieu, angoisses ! » Je le lance et j'en prends un autre, et encore un autre. « Adieu, sol qui se dérobe sous les pieds ! » « Adieu, cœur brisé ! » « Adieu, peur ! »

À midi, j'ai rempli l'océan de toutes les casseroles que je traînais derrière moi depuis mon départ de l'Ohio, et même avant. Mais Miah n'est toujours pas là.

Il ne m'a pas laissé de mot à la maison, aucune explication. Je me badigeonne de crème solaire, je prépare un sac avec de l'eau et à manger – plus écouteurs, stylo, carnet et téléphone – et je file.

Avant de partir, je colle un Post-it sur la porte pour lui dire où je suis. Direction l'épicerie. Terri remarque :

– Je ne t'avais pas vue depuis longtemps. Tu as trop pris le soleil.

– J'étais occupée.

Je ne précise pas avec qui. J'essaie d'avoir l'air aussi affairée que possible afin de décourager les questions. Je m'assieds à ma table habituelle, approchant une deuxième chaise pour mes pieds. J'ai quatre messages vocaux de Saz. Trois laissés au cours des trois derniers jours, tous sur le sexe. Le dernier date de ce matin : « Salut. Rappelle-moi quand tu pourras. » Sec, bref, ça craint. Je le réécoute plusieurs fois. D'habitude, Saz laisse des messages interminables, et si ça coupe, elle rappelle pour en laisser un autre. Et puis sa voix... morne, terne, grise, comme quand sa grand-mère est morte. Je compose son numéro mais ça ne sonne même pas. Je tombe direct sur sa boîte vocale. « C'est moi. Je t'aime plus que les baisers, les préliminaires et le sexe. » Je pose mon portable, face visible, la sonnerie coupée, et j'essaie d'écrire, de me concentrer. Terri lit un livre et le seul client qui entre est un homme qui achète de la glace et un soda. Une fois qu'il est parti, je lance :

– Hé, Terri ?

Elle s'est replongée dans *Les Oiseaux se cachent pour mourir.*

– À votre avis, qu'est-ce qu'on peut accepter comme excuses quand quelqu'un vous a posé un lapin ?

Elle lève à contrecœur les yeux de la page.

– Ça dépend de ce que tu avais prévu de faire et avec qui...

– Une balade avec mon copain.

– Je le connais ?

– Peu importe.

Je ne suis vraiment pas d'humeur pour qu'elle me fasse la leçon sur Jeremiah. Elle fronce les sourcils parce qu'elle sait très bien de qui je veux parler.

– Attends.

Elle marque sa page avec son doigt et feuillette le livre à la recherche d'un passage précis. Elle me le lit :

– « Aucune intention, si noble soit-elle, ne peut justifier de briser le cœur de quelqu'un », Colleen McCullough.

– Quelle sagesse.

– Tout à fait.

Je note cette citation dans mon cahier et je l'entoure rageusement. Je me repasse notre dernière conversation encore et encore, à la recherche de fumerolles, de secousses annonciatrices de la catastrophe. Qu'est-ce que j'ai dit ? Qu'est-ce qu'il a dit ? Le moindre indice pouvant expliquer pourquoi il n'est pas venu. Si j'avais son numéro de téléphone, je pourrais lui envoyer un SMS ou l'appeler, mais il ne me l'a pas donné et il n'a pas le mien parce qu'il me l'a rendu. Il est peut-être avec une autre fille, quelqu'un de Jacksonville. Quelqu'un que je ne connais même pas, qui a plus d'expérience, qui est plus facile à vivre, qui aime la nature, qui a de longs cheveux lisses et la peau qui ne brûle pas au soleil. Je me sermonne : « Du calme. Sois rationnelle. Fais appel à la Claude cérébrale, pas à la Claude émotive. Pourquoi toujours imaginer le pire ? »

Si ça se trouve, il gît raide mort, quelque part. Je devrais être inquiète, pas en colère… Et s'il lui est arrivé malheur ? Il a pu se noyer dans le marais, se faire attaquer par des sangliers ou dévorer par un alligator. J'imagine tous les scénarios dans les moindres détails, jusqu'à son expression au moment où il est avalé en entier puis recraché sur le sol – tas d'os à prendre en photo ou transformer en mobile.

Je me sens tellement, tellement bête.

Je lui ai fait confiance, je lui ai dit tous mes secrets, alors qu'il n'en avait sans doute rien à faire et qu'il était prêt à bondir dès qu'un meilleur coup se présenterait. J'ai arrêté une seconde de penser qu'il risquait de me briser le cœur… et voilà ce que j'ai récolté. Maintenant, il est parti, il a emporté le sol avec lui, avec tout ce que je lui ai confié, et ma virginité. « Voilà ce qu'on récolte quand on s'attache. »

En rentrant, je trouve mon Post-it toujours sur la porte, intact. Il n'est même pas passé. Et je sais pourquoi : Miah est en train de tout gâcher parce qu'il est heureux.

JOUR 16

Miah se pointe à dix heures le lendemain matin – pieds nus, en maillot de bain, T-shirt à inscription ridicule – comme si de rien n'était. Il frappe à la porte. Je sors. D'après ce que je peux constater, il est indemne, des pieds à la tête – ni bleus, ni cicatrices, ses deux bras et ses deux jambes à leur place.

– Oh. Tu es en vie. Tant mieux.

– On avait rendez-vous à dix heures.

Il sourit, dans une vaine tentative pour alléger l'atmosphère, genre : « Rien de grave, on reste amis. » Ses fossettes pétillent aux coins de sa bouche, pour me charmer, me convaincre de lui pardonner.

– Dix heures *hier*. À la plage. Je t'ai attendu pendant deux heures.

– Putain… on est déjà demain ?

Il fait mine de consulter son téléphone, alors qu'il ne l'a jamais sur lui.

– Je t'ai cru mort… ou dans les bras d'une autre fille.

– C'est ça que j'aime chez toi, Cap'taine. Tu as une imagination débordante.

Il s'appuie contre l'encadrement de la porte, l'air détaché, mais pas trop. Je sens son odeur… il sent la mer.

Moi, je reste plantée sur le seuil, aussi raide que les colonnes de la terrasse, sans faire un geste vers lui.

– Je suis sérieuse. Je n'ai même pas ton numéro.

– Même si tu l'avais eu, tu n'aurais pas pu m'appeler.

– Ce n'est pas la question.

– OK. Je vais te le donner.

– Je n'en veux pas.

Il se redresse, abandonnant l'appui de la porte.

– OK… donc qu'est-ce que tu es en train de me dire ? Que je ne suis pas digne de confiance ? Ou c'est toi qui ne peux faire confiance à personne ?

– N'inverse pas les rôles ! T'étais où ?

– J'ai dû m'occuper d'un truc. Allez, on y va ! Une bonne balade, ça nous fera du bien…

Il tourne les talons, sûr que je vais le suivre.

– C'était pour le boulot ?

Il s'arrête sur les marches, une main sur la balustrade, et me regarde, les yeux plissés.

– Non.

– Shirley et Bram vont bien ?

– Oui.

J'attends qu'il développe mais il n'ajoute rien.

– Alors c'était quoi ?

Je vois qu'il hésite. Il se demande ce qu'il peut me dire ou pas. Vu tout ce que je lui ai confié, ça me rend dingue. Il ouvre la bouche et tout ce que j'entends, c'est : « J'ai changé d'avis à ton sujet, tu ne me plais plus finalement. » En réalité, il se justifie :

– J'ai eu un imprévu, je n'ai pas pu venir. Mais maintenant, je suis là.

Il a son accent du Sud traînant, celui qu'il prend lorsqu'il ne veut pas être trop sérieux. Mais sa voix est tendue.

– Tu aurais pu passer me prévenir ou me laisser un message. Tu es libre de faire ce que tu veux de ton temps, mais c'est pas sympa de faire attendre quelqu'un pour rien.

– Allons-y.

Je pourrais lui dire que j'ai d'autres projets pour le rendre un peu jaloux, mais je choisis la franchise.

– J'ai pas envie, je lâche avant de rentrer à l'intérieur en claquant la porte.

Je reste adossée contre le battant, brûlante de rage et... d'autre chose... un peu comme l'amertume de la trahison, mais en moins fort. De la déception, peut-être. Je me suis sentie rejetée. Hier. Et à nouveau aujourd'hui puisqu'il refuse de me dire où il était. J'attends une minute ou deux avant de regarder par la fenêtre. Il est parti.

Le musée se trouve au bord de l'eau, sur la côte sud-ouest de l'île. Un bâtiment blanc, tout simple, qui servait autrefois de glacière aux habitants de Rosecroft. Ma mère a l'air surprise de me voir, mais elle dit juste :

– Ça me fait plaisir que tu sois venue.

En pénétrant à l'intérieur, j'ai l'impression d'avoir fait un bond dans le temps, d'avoir été projetée dans le passé. Le bâtiment est vieux, avec ses murs fissurés, craquelés, couverts d'un mélange de chaux et de brisures de coquillages. Ça sent le renfermé, à croire que les fenêtres n'ont pas été ouvertes depuis un siècle... ou tout du moins depuis la construction du bâtiment. Ma mère referme la porte derrière nous car le musée n'est accessible au public que le mardi et le vendredi, ou bien sur rendez-vous.

Dans les vitrines, je découvre des ossements d'animaux, une carapace de tortue, des pointes de flèche de toutes les tailles. De la porcelaine et de l'argenterie aux initiales des Blackwood. Ainsi que d'autres objets ayant appartenu à la famille – une bible, un livre d'or rempli de signatures, des bougeoirs, des bijoux. Les murs sont couverts de photos ou de tableaux des résidents les plus célèbres de l'île depuis l'époque des Amérindiens.

Je suis maman dans la réserve poussiéreuse, qui est plus petite que l'épicerie et remplie du sol au plafond de livres, cartons et vieilles cagettes à pêches. Je comprends alors ce qu'elle fabrique depuis deux semaines : étiqueter les boîtes d'archives, classer les dossiers par noms et époques... Toute l'île est là – toute son histoire, tous ses habitants. C'est une des choses qui m'étonnent le plus chez ma mère. Qu'elle soit capable de mettre en ordre l'histoire d'un endroit, de donner un sens universel à de simples bribes et anecdotes. Et elle a réussi cette prouesse en quinze jours, en plein chagrin d'amour.

– Avant que j'arrive, ces papiers étaient exposés à tout vent, n'importe qui pouvait venir se servir et les emporter chez lui. Personne n'avait pris le temps de les trier... Cependant, je n'ai toujours rien de la main de Tillie alors que j'ai presque tout passé en revue. C'est bizarre, j'ai bien peur que Claudine ait tout détruit... C'est impossible de ne laisser aucune trace derrière soi, tu ne crois pas ?

Je connais cette expression, cette voix... Quand un sujet la captive, elle est excitée, couverte de poussière en permanence... Ses yeux brillent comme des pièces de monnaie et on entend presque les rouages de son cerveau tourner, même si elle est occupée à tout autre chose, comme dîner ou regarder la télé. Tellement elle est à fond dans son truc.

– Tu es sur ton petit nuage, dis-je.

Parce que c'est toujours exactement comme ça qu'elle le décrit : comme tomber amoureux. Être sous le charme, ne plus penser à rien d'autre qu'à l'être aimé.

Elle écarte les mains en signe d'impuissance et confirme :

– Je suis sur mon petit nuage.

J'aimerais être aussi passionnée. Qu'un projet m'anime, m'emplisse, m'occupe l'esprit nuit et jour, me fasse flotter comme un ballon gonflé à l'hélium.

Elle me montre son système de classement puis se laisse tomber sur la chaise du vieux bureau en bois, près de la fenêtre. Allongée par terre, j'entreprends de classer les papiers par dates. De temps à autre, je m'interromps pour lire quelques lignes. Récits de fêtes, de parties de chasse, de dîners. Maladies. Disputes. Histoires de cœur. Naissances et décès. Le grand et le petit, l'essentiel et le banal. Des tranches de vie.

Souffrance, amour et chagrin. Oubliés désormais. Je repense au mal que m'a fait mon père. Et Miah. La vie est une succession de peines. Qui vous submergent, vous coupent le souffle au point qu'on pense ne plus jamais pouvoir respirer. Et puis avant même qu'on ait pu s'en rendre compte, ce ne sont plus que des mots sur le papier, silencieux, endormis, jusqu'à ce que quelqu'un tombe dessus et les lise.

Je me perds un moment dans les histoires. Puis maman et moi, nous échangeons des anecdotes que nous avons trouvées et je me retrouve transportée dans l'Ohio, quand je l'aidais sur ses projets, autrefois.

Elle me dit :

– Selon une lettre du mari de Tillie, ils avaient l'habitude de dresser une table sur la plage pour jouer aux cartes puis boire un verre sous les chênes de Virginie.

Ils allaient de nuit visiter les îles voisines à la voile.

Ils se mettaient sur leur trente-et-un, buvaient du champagne et dansaient sur la pelouse comme Daisy Buchanan et Jay Gatsby.

Pour la première fois, je m'imagine Tillie en mouvement et en couleurs. Ça ne devrait pas me surprendre, c'était une vraie personne, de chair et de sang.

Maman ajoute :

– Au nord de l'île, l'arrière-grand-mère de Shirley, Clovis, fut la première guérisseuse et les gens – Tillie, entre autres – venaient d'aussi loin que Savannah ou Charleston pour la consulter.

Je lui raconte :

– La fille de Clovis, Beatrice, collectionnait les anecdotes, établissant ainsi la première histoire orale de l'île. Un jour, elle est partie de chez elle, au nord de l'île, avec une canne et un couteau, en disant à sa famille qu'elle reviendrait lorsqu'elle serait passée voir tous ceux qui avaient une histoire à raconter.

L'autre fille de Clovis, Aurora, est devenue gardienne du phare, après avoir perdu son père et ses frères en mer.

Maman enchaîne :

– À dix-neuf ans, Claudine a quitté l'école de filles de Miss Porter pour revenir sur l'île et elle n'en est plus jamais repartie. Elle a épousé le fils du paysagiste de Rosecroft, un homme du nom de Tom Buccaneer, qui est mort dans un accident d'avion. Claudine s'est alors armée d'un pistolet pour patrouiller sur les plages, guettant les braconniers, afin de protéger sa propriété.

Elle précise :

– Rosecroft aurait été incendié par l'un de ces braconniers. Les

Blackwood ont vu les flammes depuis l'auberge, mais le temps qu'ils arrivent au manoir – l'épicentre de leur vie sur l'île – il était parti en fumée.

Je lui rapporte la rumeur qui court : que c'est Claudine elle-même qui aurait mis le feu deux mois avant sa mort pour que Rosecroft meure avec elle, pour s'assurer que personne d'autre ne pourrait jamais y vivre.

Toutes ces anecdotes… Selon ma mère, c'est ce qui donne de la couleur à la vie : ces petits moments uniques. Je me dis que Claudine – comme nous tous – a écrit son histoire au fur et à mesure.

J'ai arrêté de penser à Jeremiah – ce qu'il fait, où il est en ce moment. Je me perds dans cet autre monde. Je commence à reconnaître des noms que je n'avais jamais entendus auparavant. À reconstituer la vie de ces personnes.

J'apprends que, sur l'île, les Noirs et les Blancs vivaient chacun dans leur coin, la communauté geechee au nord et la famille Blackwood au sud. Clovis Samms a été la première à franchir cette ligne de démarcation invisible.

Et puis je tombe sur une lettre annonçant le mariage de Samuel Blackwood Junior, vingt-deux ans, avec Tillie Donaldson, jeune femme de dix-neuf ans venue d'Indianapolis, accompagnée d'une coupure de presse. Après une cour hâtive, puis leur lune de miel à New York, Samuel et Tillie prévoyaient de se rendre dans leur maison d'hiver, « sur une île au large des côtes de la Géorgie, regorgeant de beautés naturelles ».

Mon cœur se serre en pensant à la jeune Tillie, qui croyait avoir toute la vie devant elle, avant que le sol ne se dérobe sous ses pieds.

Je demande à ma mère :

– Comment Tillie avait-elle rencontré son mari?

– Je crois que c'était un ami de fac de son frère aîné et qu'il était venu leur rendre visite pendant les vacances.

– Tu sais, j'ai toujours été fascinée par tante Claudine, le fait qu'elle ait passé toute sa vie ici, et que malgré la tragédie qui a bouleversé son existence, elle ait vécu sa vie… Elle a écrit l'histoire de la famille et épousé l'homme qu'elle aimait, a conservé et protégé sa demeure. Mais maintenant, j'aimerais en savoir plus sur Tillie.

– Moi aussi. C'est frustrant de ne pas savoir pourquoi elle est morte. Et de ne pas pouvoir en apprendre davantage parce qu'elle n'a pas laissé d'indices.

– Tu as entendu les histoires de fantômes qui circulent sur l'île ?

Elle est à genoux, maintenant, les mains dans la paperasse. Elle arrête de trier pour me regarder.

– Non.

Je lui rapporte la véritable histoire de Tillie – d'après Miah. Qu'elle a eu le cœur brisé d'avoir perdu son bébé, son frère et sa mère coup sur coup. Puis je lui avoue que, Jeremiah et moi, nous nous sommes retrouvés enfermés au sous-sol de Rosecroft.

Maman écoute et, quand j'ai fini, elle commente :

– Ah… Eh bien, voilà quelques informations sur elle !

Et je sens une bouffée d'hélium me soulever du sol.

– Tu sais, reprend-elle, ça m'est arrivé, il y a longtemps. De me retrouver coincée au sous-sol de Rosecroft. Sauf que moi, j'étais toute seule et pas avec un charmant garçon, hélas.

Elle me raconte alors la première fois qu'elle est venue rendre visite à tante Claudine, à l'époque où la maison avait encore un plafond, un plancher et tous ses murs intacts. Pendant que les adultes vaquaient à leurs ennuyeuses occupations, ma mère est partie faire le tour de la maison et s'est retrouvée au sous-sol. Il servait déjà de débarras à l'époque, alors elle a farfouillé dans les vieux livres et les vieux vêtements jusqu'à ce sa mère l'appelle. Elle a voulu ressortir par la porte par laquelle elle était entrée, celle qui donnait dans le couloir, mais elle était verrouillée. Elle a tambouriné contre le battant et crié à s'en casser la voix et, finalement, elle s'est faufilée dehors par une fenêtre. De retour à l'intérieur, elle a demandé pourquoi personne n'était venu lui ouvrir, et ils ont dit qu'ils n'avaient rien entendu et que, de toute façon, la porte n'était pas fermée à clé.

– Alors j'ai actionné la poignée… et elle s'est ouverte sans difficulté.

Elle s'accroupit.

– Et selon toi, c'était Tillie ? je demande.

– Peut être. Je ne suis pas sûre de croire aux fantômes, mais je pense que nous sommes tous constitués d'énergie, et ça me semble logique que nous en laissions un peu derrière nous, surtout dans le cas d'une mort si tragique et soudaine. À mon avis, on laisse une empreinte.

Je regarde autour de moi, cette pièce, et l'île, par la fenêtre, en me demandant si je laisserai une empreinte après mon départ. Pendant quatre heures, nous parlons et lisons. À un moment donné, j'observe ma mère, la façon dont ses cheveux tombent sur le livre qu'elle feuillette, la façon dont elle souffle sur sa mèche de temps en temps, sans prendre la peine de la repousser avec la main, trop absorbée par ce qu'elle lit.

– Maman ?

Elle lève les yeux.

– Oui ?

– Merci de m'avoir présenté ce côté de la famille.

Elle sourit et, brusquement, elle redevient la maman que j'ai toujours connue, celle qui chassait mes cauchemars et qui avait toujours réponse à tout, quelle que soit ma question.

– Au-delà des mots, dit-elle – ce qui signifie : « je t'aime au-delà des mots ».

– Au-delà des mots, je répète.

JOUR 16
(SUITE)

Un pick-up noir est garé devant chez Addy. Je le contourne en remontant l'allée, encore plongée dans les histoires du passé, avec Tillie et Claudine. Miah m'attend sur les marches du perron. Je suis à la fois surprise de le voir et pas vraiment, contente et agacée. Il a le dos voûté comme un papy, la tête baissée pour éviter le soleil. Dès qu'il m'aperçoit, il redevient Miah, se lève d'un bond, s'étire, me sourit.

– Qu'est-ce que tu fais là ?

– J'ai une surprise pour toi.

Je jette un regard au pick-up, dans son dos.

– C'est important, Cap'taine.

Son sourire vacille. J'ai très, très envie de lui dire non, mais il y a quelque chose dans sa voix, son sourire hésitant… Et puis je n'ai pas envie d'être celle qui va toute sa vie redouter que son copain soit en train de coucher avec une autre fille ou de se faire dévorer par un alligator. Celle qui de façon plus générale n'a plus confiance en rien.

Pour toutes ces raisons, je réponds :

– OK.

Nous filons vers le nord. Le pick-up cahote dans les nids-de-poule creusés par la pluie et la chaleur de juillet. J'ai les dents qui claquent à chaque soubresaut, mais Miah ne dit rien, perdu dans ses pensées. Je me tourne vers lui pour vérifier qu'il est bien là, une main sur le volant, l'autre sur sa cuisse.

Je ne parle pas, lui non plus, mais ce n'est pas un silence confortable. Je suis prisonnière de mes pensées qui tournent en boucle. Et lui, il est complètement ailleurs. J'essaie de me concentrer sur les arbres qui défilent à la fenêtre.

Quelques minutes plus tard, il se gare sur le bord de la route, dans l'herbe, laissant juste assez de place pour permettre aux autres véhicules de passer. Il descend, fait le tour et se penche à ma fenêtre.

– Pourquoi on s'arrête ici ?

– Je ne peux pas flirter un peu avec toi ?

Il me sourit mais pas franchement, je vois qu'il est toujours ailleurs, c'est un peu forcé.

– Si, mais pourquoi on s'arrête ?

Je sais qu'il mijote quelque chose.

– Il est temps que tu apprennes à faire du vélo.

– Ici ? je m'étonne en contemplant la route qui file devant nous.

– Ici.

– Mais je suis en robe. Et en tongs. Je ne peux pas apprendre à faire du vélo en tongs. Et puis… il risque de pleuvoir.

Sourcils froncés, je jette un regard au ciel qui est plus bleu que bleu.

– De toute façon, je pense que je ne suis pas faite pour le vélo. Et ça ne me dérange pas. Je veux dire, je ne sais pas en faire et alors ? Tant pis. C'est pas grave.

C'est vrai mais, surtout, je le sens si distant que je me demande ce que je fais là.

Pendant ce temps, il fouille à l'arrière du pick-up. Il revient avec un casque rouge vif en annonçant :

– Capt'aine, tu vas apprendre à faire du vélo ! Comme ça, ce soir, à marée basse, on pourra rouler sur la plage, sous les étoiles.

Il me tend le casque.

Puis il m'ouvre la portière.

Je me retrouve plantée au bord de la route en petite robe à bretelles et tongs. Et voilà qu'il tire un vieux vélo bleu de derrière un arbre.

– Y aurait pas un meilleur endroit pour apprendre ? La route est toute défoncée… et si une voiture passe ?

– À partir de là, ça va mieux, réplique-t-il.

Effectivement, devant nous, la route est parfaitement plane.

– Je l'ai ratissée pour que tu puisses avoir un sol bien lisse pour apprendre.

Ça a dû lui prendre des heures. Peut-être qu'en fait, une petite part de lui est bien là, avec moi, et pas ailleurs, finalement. Alors j'enfonce le casque sur ma tête, je m'approche du vélo, je l'enfourche et j'attends. Je n'ai pas envie de me ridiculiser. Je n'ai pas envie de m'étaler par terre ni de me rompre le cou. Mais je ne veux pas décevoir Miah non plus. Il a préparé le terrain, exprès pour moi, ce qui est sans doute la plus gentille attention qu'on ait jamais eue à mon égard. Alors le moins que je puisse faire, c'est d'essayer.

Il se poste devant le vélo, face à moi.

– Et si je n'y arrive pas ?

– Oh, je suis persuadé que, têtue comme tu es, quand tu veux, tu peux.

– Je ne suis pas têtue.

Il rigole. Et soudain, je le retrouve. Puis il pose une main sur la selle, l'autre sur le guidon.

– Bon, alors... les trucs à savoir : pédale vite, pédale fort. Le menton levé, les yeux fixés droit devant. Le vélo va là où tu regardes. L'astuce, c'est de pédaler. Plus tu pédales vite, plus c'est facile. Et ne réfléchis pas trop.

– Facile à dire.

– À trois. Un... deux...

– Attends. Embrasse-moi.

Il se penche en avant, coinçant le vélo entre ses jambes. Puis il prend mon menton dans ses mains et m'embrasse langoureusement, comme un soldat qui part à la guerre. Je savoure. Ses mains sur mon visage, ses lèvres sur les miennes, je sens qu'il est là et bien là... et moi aussi.

Il recommence le compte à rebours et, à trois, on démarre. Je pédale, il me pousse. Je pédale le plus vite possible. Le vélo tangue, j'ai peur de tomber, mais il le redresse.

– Je reste à côté de toi jusqu'à ce que tu y arrives. Que tu sois prête à filer sur la plage.

Nous continuons un moment comme ça. Je pédale, il pousse. Le vélo tangue, il le redresse, je mets pied à terre. Encore et encore. Plus rien n'existe à part Miah, le vélo et moi. Chaque fois, je freine tellement fort que je manque passer par-dessus le guidon.

– Mollo sur les freins. Dans le pire des cas, tu tombes. Et alors ? C'est pas la fin du monde.

– Je veux pas tomber.

– Mais ça risque d'arriver. Il vaudrait mieux que tu te fasses à l'idée.

– Tu veux m'apprendre la vie, là, ou quoi ?

– Non, je suis juste là pour t'apprendre à faire de ce fichu vélo.

Il a un sourire taquin genre : « C'est bon, je plaisante ». Mais sa voix est tendue, je sens percer une pointe d'agacement.

– Waouh.

– Quoi ?

– Ce ton, là. Qu'est-ce qui te prend ?

– Rien.

– Tu parles. C'est pas ton genre de t'énerver contre moi, puis de dire qu'il n'y a rien, tout va bien, c'est bon.

– Peut-être que tu ne me connais pas si bien que ça.

On dirait qu'il me défie.

– Peut-être que si tu me disais ce qu'il y a, je pourrais mieux te connaître.

– Écoute, Cap'taine, ça va. Je vais très bien. Et j'irais encore mieux si tu arrivais à faire de ce foutu vélo.

Je plisse les yeux pour lui faire comprendre que je n'en crois pas un mot.

– Allez, on recommence.

– OK, mais on en reparlera plus tard.

Je décolle, pressée de m'éloigner de lui. Il court à côté.

– Pédale vite, pédale fort.

Je pédale de plus en plus vite, de plus en plus fort pour qu'il ne puisse pas suivre. Je l'entends crier :

– Le menton levé, les yeux droit devant.

Puis plus rien. Je pédale, pédale, et quelques secondes plus tard, je me rends compte qu'il n'est plus là. Je savoure l'instant

– l'air sur mon visage, la sensation enivrante de filer… cette sensation de liberté absolue… J'ai envie de continuer. De pédaler de plus en plus vite… de décoller comme E.T., de survoler la terre, de traverser les nuages, d'aller jusqu'au soleil…

Sauf que, soudain, les pédales tournent trop vite pour mes pieds. Je freine trop fort, soulevant un nuage de poussière, et je suis à deux doigts de passer par-dessus le guidon. Mais je me rattrape, je plante mes pieds dans le sol, toussant et crachant mes poumons. En me retournant, je le vois accourir vers moi.

Il me saute dessus, manquant me faire tomber. On rit. Toute à ma joie, je sautille sur place, sauf que je me prends les pieds dans le vélo et que nous nous écroulons tous les deux dans la poussière. Nous restons affalés là, le temps de reprendre notre souffle, sous la voûte des arbres et du ciel.

Nous nous noyons dans le bleu. Je ne veux pas rompre le silence. Mieux vaut le laisser parler quand il en aura envie. S'il en a envie.

Je fais taire mon pouls et mon cœur. Je fais taire mon cerveau qui proteste : « Il a changé d'avis. C'était ça, hier. Tu ne le connais pas vraiment. Vous aurez beau passer du temps nus tous les deux, tu ne le connaîtras jamais vraiment. Voilà ce qu'on récolte quand on s'attache trop. Mais même s'il dit tout ce que tu redoutes le plus – "Je ne t'aime plus. Je ne t'ai jamais aimée parce que tu n'es pas digne d'être aimée" –, tu t'en remettras. »

Je me répète de profiter de l'instant, de profiter de ce bleu, d'arrêter de me préparer au pire. Je reste parfaitement immobile, jusqu'à ce que le bleu m'entoure, coule dans mes veines et me raccroche à l'instant présent.

Toujours allongé, il lâche :

– Ma mère a fait une crise d'angoisse au supermarché la

semaine dernière. Ma sœur a appelé à l'auberge hier pour dire qu'elle n'avait pas quitté son lit depuis. Elle n'est pas allée travailler, elle n'a rien mangé. Kenzie essayait de tout gérer. Et moi, je n'étais pas au courant.

– Et ça va ? Ta mère ?

– Ça va aller… enfin, comme d'habitude. La première fois dont je me souviens, j'avais six ans. Je ne savais pas ce qu'elle avait. Je croyais qu'elle jouait à un jeu…

Il laisse sa phrase en suspens.

– Voilà pourquoi j'ai dû partir hier. Je suis allé à Jacksonville pour m'occuper de tout ça.

Il m'épargne les détails, je l'entends à sa voix.

Je me rallonge et je réponds doucement, posément :

– Je ne peux pas imaginer ce que tu endures. Je suis désolée pour toi. Mais ce n'est pas une raison pour t'énerver contre moi, te venger sur moi ou me donner l'impression que je suis un boulet. Pas une raison pour ne pas donner signe de vie. Parce que moi, forcément, je pense tout de suite que c'est à cause de moi, ou que tu as changé d'avis, ou que tu sabotes tout parce que c'est chouette entre toi et moi. Alors je préfère que tu me dises la vérité. Si tu es honnête avec moi, je vais être honnête avec toi, tu vois. Je te le dis en face, je suis comme je suis, tu es comme tu es. C'est à prendre ou à laisser.

Il soutient mon regard un moment.

– Putain.

Puis il fixe à nouveau le ciel.

– OK.

Il soupire.

Je vois qu'il hésite, qu'il réfléchit, qu'il cherche par où commencer. Finalement, il se lance :

– J'ai l'habitude. Ça arrive. Ça a été comme ça toute ma vie et je suis encore là. J'y vais, je gère. Mais je suis censé passer huit semaines dans l'année sur cette île. Rien que pour moi. Huit semaines. C'est tout. Deux mois où je peux faire ce que j'ai à faire sans devoir m'occuper de tout le monde.

– Et ton frère ? C'est l'aîné. Il ne peut pas t'aider ?

– C'était l'aîné.

– Quoi ?

– Mon frère était l'aîné de la famille.

Avant que j'aie pu demander ce qui s'est passé, si c'est ça le drame dont il n'est pas encore prêt à parler, il dit :

– C'est le premier été où je ne rentre pas à la maison tous les week-ends. Je m'apprête à partir une année entière, il faut que le reste de la famille s'habitue à vivre sans moi. Mais comment pourrais-je partir alors que ma mère a besoin de moi ? Le truc, c'est qu'elle est malade, mais pas malade au point de ne pas savoir ce qu'elle fait. Du style : « Alors maintenant que tu as la belle vie, tu vas nous tourner le dos ? Tu veux dire à ta sœur de dix ans que tu ne tiens pas assez à elle pour rester et t'occuper d'elle ou bien tu vas nous abandonner comme ton père ? À ton avis, qui a veillé sur toi pendant toutes ces années où tu faisais n'importe quoi ? Mais évidemment, tu préfères aller là-bas chez les riches que rester avec ta propre famille. »

Il souffle comme s'il avait retenu sa respiration jusque-là.

– Ça va te paraître bête, Cap'taine, mais je voudrais juste pouvoir avoir dix-huit ans. Être libre de merder, de faire mes propres choix et de ne pas être un adulte en permanence. Ne pas avoir seulement le choix entre : « Et si je pars et qu'il se passe un truc horrible pendant que je ne suis pas là ? » et : « Et si je reste à Jacksonville et que je ne fais jamais rien de ma vie ? »

Parce que, franchement, les deux options sont aussi nazes l'une que l'autre.

Je m'imagine ce que serait cette vie à Jacksonville pour lui. Pas d'île. Pas d'aventures. Pas de Jeremiah doré par le soleil. Juste un Jeremiah qui bosse, rongé par l'angoisse, et qui dépérit, enfermé à l'intérieur.

– C'est quand même ta vie.

– Non. Je n'ai jamais vécu ma vie, là-bas. Seulement trinqué pour les choix des autres.

– Mon père a brisé le cœur de ma mère. Et par moments, je me dis que je devrais abandonner l'idée d'aller à la fac pour rester avec elle et veiller sur elle. Que plus jamais personne ne lui fasse de mal. Mais c'est une adulte. C'est elle, la maman. Moi, mon job, c'est de continuer à construire ma vie.

– La différence, c'est qu'elle te laisse libre de penser à toi. Elle ne te fait pas sentir que c'est égoïste de vouloir vivre ta vie. C'est normal. Moi, je n'ose même pas regarder mes sœurs en face, sachant que je vais les laisser. Et encore moins ma mère. La veille de mon départ pour l'île, ma sœur Channy m'a offert un cadeau enveloppé dans un sac en papier. C'était sa peluche préférée. Qu'elle a depuis tout bébé. Avec laquelle elle dort la nuit. Elle m'a dit : « Je te donne Bibou si tu ne pars pas. »

Comme je ne sais pas quoi dire, je lui prends la main, entrelaçant nos doigts. Nous restons là longtemps, envahis par le bleu.

Au bout de quelques minutes, je me tourne vers lui pour demander :

– Alors qu'est-ce que tu vas faire à la rentrée ? Pour de vrai.

– M'inscrire à un tournoi de rodéo. Devenir un véritable cowboy.

– Avant ou après la NASA et la CIA ?

– Entre les deux.

Ça m'agace qu'il évite la question. J'ai envie d'insister pour savoir où il va vraiment, ce qu'il va faire, mais je reste allongée là, à contempler le ciel.

À un moment, il reprend :

– Je sais que tu as déjà rencontré Shirley, mais j'aimerais te présenter Bram. On devrait dîner chez eux, un soir, comme elle l'a proposé.

« Il me laisse approcher. »

C'est un grand pas, mais quelque chose me souffle de ne pas en faire toute une histoire parce qu'il risquerait de changer d'avis et de retirer son invitation. Alors je réponds d'un ton léger :

– Ouais, ce serait sympa... Jeremiah Crew, merci de m'avoir appris à faire du vélo.

Et je m'arrête là, alors que j'ai envie d'en dire beaucoup plus.

– Claudine Henry. Merci.

– De quoi ?

Je me redresse pour le regarder, allongé là.

Il plonge ses yeux dans les miens.

– D'être toi.

JOUR 17

Ce matin, je vais à vélo jusqu'à l'épicerie où je trouve une pancarte sur la porte, griffonnée dans une écriture penchée : «Partie sur le continent. De retour bientôt.» Je secoue la poignée, mais c'est fermé à clé. Je regarde par la vitrine, les chaises sont retournées sur les tables et Terri n'est pas derrière la caisse.

Je m'assieds sur les marches pour tenter de capter un signal. Je lève mon portable en l'air d'un côté, de l'autre. J'essaie d'appeler Saz quand même, mais comme ça ne passe pas, je lui écris un SMS :

Je sais que tu m'as demandé de t'appeler. Je fais ce que je peux. J'espère que tout le monde va bien, surtout toi, Sazzy.

Je le relis avant d'ajouter :

Vous avez prévu quoi, avec Ivy, pour la rentrée? Elle va à Prescott dans l'Arizona, non? Vous en parlez ou pas? Vous avez envisagé de rester à Mary Grove pour ne pas avoir à vous séparer?

J'ai beau essayer encore et encore, le SMS ne passe pas. J'arrache un vieux clou planté dans la porte pour tenter de crocheter la serrure. En vain. Je me mets sur la pointe des pieds, sur une jambe, puis sur l'autre, façon flamant rose, téléphone tendu vers le ciel. Rien. Alors je le pose par terre pour faire le poirier. Ma jupe me retombe sur la tête, me plongeant dans un méli-mélo de fleurs et de feuilles jaune et noir. Je me demande ce que ça donnerait si le monde était bicolore, comme ça.

Soudain, un sifflement strident me fait sursauter et je m'écroule par terre. En passant, Grady commente :

– Jolie culotte !

Et il glousse.

Je m'époussette, enfonce ma casquette sur ma tête et ramasse mes affaires.

– Qu'est-ce que tu fabriques, Claudette ?

Sur le coup, je m'étonne : « Pourquoi il m'appelle comme ça ? », puis je me souviens que c'est le nom que je lui ai donné.

J'ai envie d'inventer une excuse farfelue et excentrique, mais je réponds platement :

– J'essaie d'avoir du réseau.

– Tu sais, si besoin, tu peux venir au Haz.

– Je croyais qu'ici, c'était le seul endroit où on avait un peu de réception.

– Non, parfois, avec un peu de chance, on parvient à contacter le monde extérieur de là-bas.

Il y a quelque chose dans son regard – tête penchée, paupières lourdes – et sa façon de dire « venir au Haz » d'une voix un peu rauque mais douce.

– Non, c'est bon, merci.

– Tant pis pour toi.

Je saute sur mon vélo et je m'éloigne.

Je l'entends lancer dans mon dos :

– Ou plutôt tant pis pour moi.

Sur le chemin du retour, je passe devant un groupe de campeurs éparpillés entre les arbres. J'hésite à m'arrêter pour leur demander s'ils sont perdus lorsque je m'aperçois qu'ils sont en train de ramasser des déchets et des branches mortes, victimes de la dernière tempête, avant de les empiler sur le bord de la route.

Je reprends ma route quand j'entends crier. C'est Miah, perché dans un chêne, torse nu, aussi à l'aise que Tarzan. Il se tient d'une main au tronc, tendant l'autre pour montrer quelque chose aux campeurs, qui doivent en fait être des gamins d'Outward Bound. Il tire un bout de bois mort coincé entre les branches et je vois saillir ses muscles. Une seconde plus tard, le bout de bois cède et dégringole par terre.

Je reste plantée là, sur mon vélo, à le regarder, ainsi absorbé par son travail. Paisible et heureux. Tellement heureux que je n'ose pas le déranger.

Le soir, je dîne tôt et je file rejoindre Miah sur la plage. On fait une balade au coucher de soleil. Entre les dunes, je découvre des failles et des canyons, tout un autre monde. Sur le sentier de plus en plus étroit, nous avançons l'un derrière l'autre et je me perds dans la contemplation de la lumière dorée dans ses cheveux.

Je suis en train de m'imaginer qu'on est sur une autre planète quand il me demande :

– J'aimerais passer la nuit avec toi. La nuit entière, du soir au matin. Avec toi. Me réveiller à tes côtés pour voir comment tu es coiffée au saut du lit. Et trouver la réponse à d'autres questions : si ce sont de vrais grains de beauté ou si tu les dessines au crayon, par exemple, et si tu ronfles fort ou pas.

– Alors premièrement, ce sont de vrais grains de beauté, tu vois bien qu'ils ne partent pas quand je me baigne. Deuxièmement, je ne ronfle pas du tout. Troisièmement, ma mère ne voudra jamais.

– Alors je viens chez toi.

– Je ne pense pas que ça lui plairait non plus.

– Tu n'as qu'à m'inviter et on verra comment ça se passe, non ?

JOUR 18

Je n'ai organisé qu'une seule et unique fête de ma vie, en cinquième. Avec Saz, on avait préparé les invitations et la déco, organisé une gigantesque partie d'Action ou Vérité – nous garantissant au moins un bisou sur la bouche... Toute la classe était conviée... et finalement, on avait passé toute la soirée à regarder mon grand amour (Zachary Dunn) et le sien (Harriet Loos) sortir ensemble dans un coin.

À l'auberge, je trouve Jared dans la cuisine en train de faire la plonge.

– J'invite du monde chez moi demain soir et j'aimerais que tu viennes.

– OK. À quelle heure ? J'apporte à boire si tu veux.

– Ma mère sera là, donc je ne suis pas trop sûre pour l'alcool...

– Des sodas, dans ce cas. Et je peux peut-être récupérer du dessert.

Wednesday surgit alors et dépose une pile d'assiettes sales dans l'évier.

– Du monde... genre Jared, Miah, toi et moi ?

– Et Emory.

Je renifle une odeur piquante… de l'herbe peut-être. Puis je sens un courant d'air tandis que Grady passe à côté de moi.

– Cool ! J'ai hâte, lance-t-il.

– Super, dis-je alors que je n'avais aucune intention de l'inviter. Et Grady, apparemment.

Wednesday soupire :

– Il serait plus sexy s'il n'était pas si lourd.

– Compte sur nous, conclut Jared.

Un peu après six heures du soir, ma mère me trouve en train de farfouiller dans la cuisine pour faire l'inventaire de ce qu'on a et de ce que je dois commander sur le continent pour la fête. Elle entreprend de m'aider, brandissant un paquet de chips. J'acquiesce. Elle agite un sachet d'amandes. Je secoue la tête. On continue comme ça un moment, un ballet parfaitement orchestré qu'on répète depuis que je suis petite.

Elle s'éclaircit la voix.

– Et alors… Jeremiah…

– Jeremiah. Qu'on appelle aussi Miah. Mais jamais J. Crew.

– OK. Vous vous voyez beaucoup.

– Tu m'as dit de ne pas rester à ruminer à la maison.

– Je ne suis pas sûre d'avoir employé le mot « ruminer » mais je suis heureuse de ne plus te voir ratatinée sur ton fauteuil près de la fenêtre.

J'ouvre un soda. Je lui en verse dans un verre et je bois directement à la cannette. J'attends la suite.

– Ça fait longtemps qu'on a eu notre grande discussion.

C'est parti…

– J'ai tout enregistré. C'est bon, maman.

Quand j'étais en CM2, ma mère est venue dans ma chambre, s'est assise sur mon lit et a répondu à toutes les questions que je me posais sur le sexe. Le lendemain, elle m'a donné un livre, *Notre corps, nous-mêmes*, et j'ai appris à me masturber. J'ai fait ça presque tous les soirs durant l'année de CM2 – c'était mon nouveau hobby secret – avec mes doigts, ma brosse à dents électrique, mes peluches, tout ce qui pouvait me servir à me caresser. Mes peluches ont commencé à avoir un torticolis à force...

Elle reprend :

– Je ne vais pas te poser de questions, mais tu sais que je suis là si besoin. Tout ce que je te demande, c'est de bien te protéger.

– Au cas où... si jamais... bien sûr que je me protégerai. Je ne suis pas idiote.

– Je sais, désolée.

– Non, c'est moi.

Je m'assieds à côté d'elle et nous buvons nos sodas. Les filles Llewelyn, même façon de s'asseoir, même manière de bouger le pied nerveusement comme si on écoutait de la musique. Toujours semblables malgré cette faille qui nous sépare.

– Tu veux me parler un peu de lui ?

– Non.

– Il a quel âge ?

– Comme moi.

– Il fait plus.

– Bah non.

– Il va à la fac ?

– Je crois qu'il prend une année sabbatique. Il est venu travailler avec l'association Outward Bound pour aider les jeunes du programme de réinsertion.

Je ne précise pas qu'il a frôlé la maison de correction.

– Il est très doué pour la photo. Il arrive à faire ressortir la beauté là où elle n'est pas évidente.

Je le présente vraiment comme le mec idéal. Parce que ma mère, qui pourrait se reconvertir voyante tant elle lit facilement en son interlocuteur – surtout si c'est moi –, s'exclame :

– Waouh, ça a l'air sérieux.

– Oui et non. C'est juste pour l'été.

– Je me souviens de ma première fois.

– Pitié…

– Il s'appelait Ryan, il avait un an de plus que moi et, à mes yeux, c'était la perfection incarnée. J'entrais en terminale, il partait étudier au Texas, mais il a affirmé qu'il voulait qu'on reste ensemble… Il a dû me téléphoner deux fois après son départ. Il était toujours trop occupé. Par la suite, j'ai appris qu'il revenait voir ses parents sans me prévenir. Ça m'a anéantie. Il a essayé de me reconquérir l'été suivant, mais j'étais passée à autre chose.

– Tu as regretté de ne pas avoir attendu de le faire avec quelqu'un d'autre ? je demande, en pensant à mon père, à ce que ça aurait pu changer.

– Non, à l'époque, c'était lui ou rien. Mais c'est une décision très personnelle. Je ne suis pas sortie avec beaucoup d'hommes, Claudine, mais par chance, c'étaient tous des hommes bien.

Elle se tait, attendant sans doute que je réagisse.

– Je n'ai pas envie de te parler de lui.

J'aimerais pouvoir lui dire : « Je crois que je suis amoureuse de lui. Mais je ne veux pas être amoureuse de lui parce qu'on va devoir se quitter dans deux semaines et que je ne le reverrai sans doute jamais. Alors j'essaie de ne pas trop l'aimer. J'essaie de me contenter de passer du bon temps avec lui, de m'amuser, sans trop m'attacher. Ça vaut mieux, non ? C'est la méthode d'Alannis et elle sort avec des garçons depuis l'âge de douze ans. »

– Tu n'es pas obligée, du moment que tu sais que je suis là au cas où.

Nous baissons les yeux vers nos pieds qui s'agitent.

– Addy va passer nous voir, m'annonce-t-elle.

– Quand ?

– Dimanche.

Je ne sais pas ce qui me pousse à demander :

– Mais papa ne vient pas, hein ?

– Non.

– Tant mieux.

JOUR 19

Je suis assise par terre au milieu du salon, en train de jouer au Jenga avec Wednesday, Jared, Amory et Grady. Les cheveux blancs de Grady lui tombent dans les yeux et il a trois bagues tête de mort à la main gauche. Ses doigts longs et fins me font penser à une araignée.

– Moi, la première fois, j'avais quinze ans, dit Emory. J'ai trouvé ça dément, mais quand j'y repense avec ma longue expérience de mec de dix-neuf ans…

Wednesday toussote d'un air lourd de sous-entendus. Elle se penche en avant et tapote les blocs, tout doucement pour ne rien faire tomber.

Emory la bouscule, elle recule vite. La tour vacille mais ne s'écroule pas.

Elle lui donne une tape sur l'épaule.

– Tricheur !

Il rigole.

– Comme je le disais, en y repensant, c'était franchement un désastre. On ne savait vraiment pas s'y prendre, ni l'un ni l'autre.

Miah, qui revient des toilettes, s'installe à côté de moi.

– Qu'est-ce que j'ai raté ?

– La première fois… plus précisément quand et, si tu es d'humeur bavarde, avec qui, explique Wednesday.

Elle lui sourit, je me raidis. Je suis sûre qu'elle le fait exprès.

– J'avais dix-sept ans. Il s'appelait Nicholas. J'ai attendu le plus longtemps possible parce que mes sœurs se « préservent » pour le mariage, et mes parents doivent penser que moi aussi. Je ne peux pas leur en parler, je suis sûre qu'ils me jetteraient dehors.

– C'est pour ça que tu es partie ? je demande. Avant qu'ils te jettent dehors ?

Elle se fige, le doigt en l'air, pointé sur un bloc.

– Peut-être.

Le bloc coulisse, elle le saisit et le pose délicatement au sommet de la tour avant de se rasseoir.

– Et toi ?

Elle regarde Miah.

– Quoi, moi ?

Il s'allonge à moitié, examine la tour en penchant la tête d'un côté, de l'autre. Puis il me chatouille les pieds.

– Tu avais quel âge la première fois ?

Elle nous dévisage tour à tour. J'ai une furieuse envie de courir m'enfermer dans les toilettes pour ne pas entendre parler des filles qui m'ont précédée.

– Un gentleman ne se vante pas de ses conquêtes, réplique-t-il d'une voix polie mais glaciale.

Elle le regarde dans les yeux, il soutient son regard. Et ils restent comme ça, sans ciller.

– Moi, oui ! intervient Grady.

Il tire un bloc et le laisse tomber sur la tour, sans trop se soucier qu'elle s'effondre.

– J'avais treize ans. Elle s'appelait Bridget. Ou bien Brittany ?

Jared secoue la tête.

– Un peu de respect, mec.

Grady écarquille les yeux.

– Quoi ?

– Soit t'as un don naturel pour jouer les connards… soit t'en es un vrai.

Emory lui demande :

– Uniquement des filles ?

Grady prend une poignée de chips.

– En majorité, oui. Et j'ai même une petite amie.

Ça, ça nous coupe le sifflet.

– Elle habite sur le continent. Ça fait cinq ans qu'on sort ensemble par intermittence.

– Et ça lui arrive de venir ici ? s'enquiert Wednesday.

– Elle habite sur le continent, je la croiserai cette année.

C'est ainsi que nous apprenons que Grady va à la SCAD, l'école d'art et de design de Savannah, spécialité sculpture et arts du spectacle. Comme quoi, il ne faut pas juger sur les apparences.

Je suis partie dans la cuisine avec Jared chercher à boire et, de là, je vois les autres jouer au Twister. Je préfère ne pas regarder Miah et Wednesday entremêler leurs jambes et leurs bras, ne pas penser aux autres activités que ce genre de position m'évoque.

Jared jette un regard dans le salon avant de se retourner vers moi.

– Ne leur répète pas mais je n'ai couché qu'une seule fois. L'an dernier. J'avais vingt ans.

– Je le dirai pas. Mais je trouve ça cool.

– C'était juste pour un soir, mais c'était sympa. Je veux dire, c'était pour le sexe, point. Elle en avait envie, j'en avais envie. On savait que ça n'irait pas plus loin entre nous. Mais la prochaine fois, j'aimerais être amoureux.

Wednesday s'écroule par terre, entraînant Emory dans sa chute. Miah a la tête en bas et les pieds en l'air, ce qui me rappelle quand on a fait le poirier sur la plage, ce qui me rappelle notre bain de minuit, tout nus au clair de lune.

– L'amour, ça complique tout. Ça paraît cliché, mais c'est vrai, je dis.

– Oui, bah, je préfère une relation compliquée que rien du tout.

Il met de la glace dans un verre et me le tend.

– Mais...

Il me dévisage.

– On ne vous voit pas très souvent en ce moment.

– On se balade.

– C'est cool. Je suis content qu'il t'ait trouvée, parce que c'est un mec bien et que tu le rends heureux.

– Je suis contente de l'avoir trouvé également.

Il me sert à boire. On entend des cris et des rires qui montent du salon.

– Ne t'inquiète pas. Pour Wednesday, je veux dire. Ce n'est pas pareil avec toi.

– Merci.

Mais je me demande quand même : « En quoi est-ce différent avec moi ? Ce n'est pas comme si notre couple avait un avenir. »

Comme s'il lisait dans mes pensées, Jared dit :

– Il part bientôt, non ?

– Ouais...

« Dans treize jours. »

– Qu'est-ce que vous allez faire ?

– Je ne sais pas. On n'en a pas vraiment parlé. On profite du moment présent.

– J'espère que vous trouverez une solution. C'est drôle. On forme une petite famille un peu barrée, ici. Comme les Enfants Perdus.

Nouveaux éclats de rire. Cette fois, Emory et Miah sont tombés l'un sur l'autre. Wednesday prend des photos avec son portable tandis que Grady esquisse une petite danse de la victoire.

– Ouais, t'as raison.

« Et je suis ravie d'en faire partie. »

Tout le monde part aux alentours de minuit. Miah est le dernier à s'en aller. Sur le pas de la porte, il se tourne vers la chambre de ma mère et me lance un peu plus fort que nécessaire :

– Bonne nuit, Cap'taine.

– Bonne nuit, Miah, dis-je, alors que maman est partie se coucher il y a une bonne vingtaine de minutes.

Il m'embrasse avant de s'engouffrer dans la nuit, et je ferme la porte derrière lui, au cas où elle tendrait l'oreille. Je prends mon temps pour éteindre les lumières, me servir un verre d'eau. Mes petites habitudes avant de me coucher. Je prends mon carnet sur le fauteuil près de la fenêtre. Je me brosse les dents. Je me nettoie le visage. Je donne une friandise à Dandelion. Puis je vais dans ma chambre, en fermant soigneusement la porte.

On cogne à la fenêtre. Miah est de l'autre côté. Quand je l'ouvre, il chuchote :

– Je suis en train de me faire dévorer vivant.

Je suis à califourchon sur lui, dans mon lit, et il rit. Je me penche pour l'embrasser puis je le dévisage. Il a l'air heureux… mais pas seulement, peut-être un peu… amoureux ?

– Pourquoi t'as pas voulu nous raconter ta première fois ?

– Parce que je n'ai plus douze ans.

Il m'embrasse encore, et il a toujours cette expression de plénitude.

– Je préférerais que t'aies pas couché avec elle. Ce serait plus facile d'être son amie.

– Je préférerais aussi ne pas avoir couché avec elle.

– Et il y en a eu combien d'autres ? Des filles, je veux dire.

J'ai à peine fini de poser la question que mon cœur s'emballe. « Ne me réponds pas, je ne veux pas le savoir. »

– Pourquoi ?

– Pour pouvoir me situer dans le classement.

– Alors premièrement, je ne fais pas de classement. Et deuxièmement, de toute façon, il n'y aurait pas grand-monde sur la liste. Quand je ne suis pas sur cette île déserte, je passe tout mon temps à m'occuper de ma mère et de mes sœurs.

– Désolée.

– C'est bon. Et moi, c'est quoi mon rang dans le classement ?

– Tu es le seul garçon avec qui j'ai couché.

– Oui, mais pas le seul avec qui tu as fait des trucs.

– Ça me semble tellement loin. C'était dans une autre vie.

Je suis sincère. J'ai l'impression que Shane, Matteo et Wyatt sont sortis avec une autre fille, pas avec moi.

– Tu as déjà entendu parler de l'huître viennoise ? je demande.

Cinq minutes plus tard nous sommes plongés dans *Les Joies du sexe*, à scruter ses croquis de manuel de SVT, ou à nous chuchoter les passages les plus misogynes. Il prend un accent comique qui me rappelle M. Hernandez, mon prof d'espagnol de seconde. J'enfouis mon visage dans mon oreiller pour étouffer mon rire.

– Il est vraiment horrible, ce bouquin, commente-t-il. Mais les positions sont… intéressantes.

Il me montre une illustration. Je secoue la tête.

– Il y en a des mieux.

Je lui prends le livre des mains.

Nous nous décidons pour la « flanquette » : c'est un peu comme une partie de Twister mais sans le tapis de jeu. Les explications ne sont pas très claires et il prend mon pied dans le nez, dans l'œil, dans le menton. Je commence à avoir une crampe à la cuisse. On doit faire une pause tandis que je sautille sur place, enroulée dans le drap, parce qu'il n'est pas question que je m'agite devant lui comme ça avec les seins qui bringuebalent.

La crampe finit par partir. Nous nous efforçons de reprendre notre sérieux. Cette fois, il prend à nouveau mon pied dans la figure et je tombe du lit avec un bruit sourd. Nous nous figeons, aux aguets.

– Euh, il va falloir qu'on trouve plus calme.

Tandis que je me rallonge, il ferme le livre et le cache sous le matelas. Tout bas, il m'annonce :

– Je pense que c'est le moment de te parler des recherches que j'ai faites…

– Quel genre de recherches ?

– Sur le sexe.

– Du porno ?

– Mais non, des articles sérieux et instructifs du genre : « comment donner du plaisir à votre partenaire », « prendre en compte les désirs de votre femme», etc. On n'en fait jamais trop quand il est question de satisfaire sa copine.

– Et quand as-tu fait ces recherches ?

– La dernière fois que je suis allé sur le continent.

– Et alors ? Ça t'a appris quelque chose ?

– Rien du tout.

Il tend la main vers mon téléphone.

– Je peux ? Pour illustrer mon propos ?

J'acquiesce.

Il se met en appui sur un coude. L'écran éclaire son visage tandis qu'il fait semblant de lire.

– En fait, ce n'est pas tout à fait exact. Je sais maintenant qu'il y a huit mille terminaisons nerveuses dans le clitoris.

– Ah, je l'ignorais.

– Et également que : «Il se peut qu'elle n'apprécie guère le contact direct.» Un conseil : «Son corps vous servira de guide.»

Il fait défiler les pages en marmonnant :

– Aucun intérêt, aucun intérêt, aucun intérêt...

Puis il lève le nez du portable et fait mine de le jeter à travers la pièce. Il se penche et m'embrasse.

– On laisse la lumière allumée, je veux te voir.

Je lui prends la main pour la glisser entre mes jambes, en positionnant ses doigts exactement comme les miens d'habitude. Et je chuchote :

– Si tu veux apprendre à donner du plaisir à ta femme, il suffit de demander.

Ensuite, il me rend la pareille : il guide ma main, me montre quand, où et comment le caresser.

Alors que nous sommes allongés sur le côté, face à face, je lui demande :

– Ça te fait quoi, toi, quand on fait l'amour ?

Il me prend la main pour la plaquer contre la sienne, paume contre paume, doigt contre doigt.

– Bon sang, Cap'taine. T'as de grands doigts pour une fille !

– Réponds à ma question.

Il entrelace nos doigts.

– Je ne sais pas. Avant, j'étais convaincu que personne ne me connaissait mieux que moi-même, et puis je t'ai rencontrée. Ça fait comme une sorte de pression, qui monte, qui monte, partout dans mon corps puis qui se concentre en un point précis… et *paf !* je vole en éclats. Et là c'est comme si j'avais un poids énorme sur les épaules – genre Atlas, là, le Titan… – sauf qu'au lieu de porter la Terre, je peux la soulever par-dessus ma tête, la faire tournoyer et la lancer dans une autre galaxie. C'est le lever de soleil, le coucher de soleil et le clair de lune parfait en même temps.

Il me lâche la main pour suivre mes courbes du bout des doigts.

– Et toi, ça fait comment ?

– Tu te rappelles quand on a roulé dans la nuit sans phares et qu'on a vu des millions de lucioles ? Eh bien, imagine que je les aie attrapées dans un bocal, qu'on l'ouvre pour les libérer et qu'elles illuminent tout, d'un coup.

Il siffle.

– C'est trop tard pour changer ma réponse ?

– Oui.

– Tu devrais écrire ça dans un livre, un jour, Cap'taine.

– Oui, peut-être.

– Comme ça, je saurai que tu parles de moi.

– Ou peut-être que je ressentirai ça avec tout le monde.

– Non, je ne crois pas.

On s'embrasse un moment, ma main dans ses cheveux. Je me concentre sur la chaleur de sa peau contre la mienne, et j'oublie que ma mère est à l'autre bout du couloir.

Puis il murmure :

– Il y avait quand même un bon conseil dans l'un des articles.

– Quoi ?

Il me glisse à l'oreille :

– N'oubliez pas le reste de son corps.

Un peu plus tard, je me penche vers la table de chevet pour fouiller dans le tiroir. Je lui tends un des cookies envoyés par mon père.

– C'est quoi ?

– Un échantillon de Mary Grove, Ohio.

Il le fourre dans sa bouche et ferme les yeux.

– Ils viennent d'une petite boutique du centre-ville, chez Joy Ann. La meilleure pâtisserie du monde. À l'intérieur, ça sent le sucre, l'anniversaire et le bonheur.

Je lui parle de la famille qui tient le magasin, de l'écureuil qui vient quémander des cookies au beurre de cacahuètes sur le seuil, de notre rituel secret du matin, à papa et à moi.

– Trop bon, il commente.

Je lui en donne un autre et j'en prends un, avant de refermer le tiroir. Je me blottis contre lui, la tête sur son torse, et on reste là, tranquilles. Je sens sa poitrine qui s'abaisse et se soulève, ses poils me chatouillent la joue.

Je reprends :

– C'est comme des lucioles, mais c'est aussi comme l'écriture. La sensation que tu as quand tu écris une phrase, un paragraphe, une scène particulièrement juste, vraie, sincère. Ça te donne l'impression d'être invincible, de pouvoir tout faire. Comme un super-pouvoir. Rien ne peut t'atteindre. Tu es la meilleure. Et c'est ce que je ressens quand je suis avec toi, Jeremiah. J'ai l'impression que je suis la meilleure.

Il me caresse les cheveux, le dos, vertèbre par vertèbre, puis murmure :

– Parce que c'est le cas.

JOUR 20

Bram et Shirley Bailey vivent à la pointe nord de l'île. Sur la route principale, un panneau indique : ZONE NATURELLE PROTÉGÉE. ACCÈS INTERDIT SAUF AUX RÉSIDENTS. Miah continue. Si la nature qui entoure la maison d'Addy et l'auberge est sauvage, celle-ci l'est encore plus. Les palmiers et les chênes de Virginie se mêlent aux pins, et des pans entiers de la route disparaissent sous la végétation.

Nous passons devant une église baptiste, l'hôtel en ruine autrefois tenu par Clovis Samms et un site vieux de quatre mille ans, le Shell Ring – des monticules cérémoniels amérindiens constitués de coquillages. Miah dit qu'en fouillant, on trouve encore des outils et des tessons de poterie de l'époque précolombienne.

Les Bailey habitent au lieu-dit Belle Hammock, dans une maison rouge avec de grandes fenêtres, une large terrasse et un toit en tôle qui brille sous le soleil de fin d'après-midi. Un bus scolaire jaune est garé à l'arrière, au milieu des plantes et des fleurs.

Bram est un homme trapu, d'une cinquantaine d'années, avec les cheveux poivre et sel, la peau brune et burinée. Il a une expression un peu rieuse, comme si on venait de lui raconter une blague. Même si les commissures de ses lèvres se soulèvent à peine, ses yeux sourient, et il me plaît instantanément.

Shirley ouvre grand les bras pour me serrer contre elle en reprochant à Miah :

– Il était temps que tu nous l'amènes !

Protégés par la moustiquaire de la terrasse, nous mangeons des huîtres, que nous gobons avec une sauce au citron, et Shirley nous raconte des histoires sur l'île.

À un moment, elle désigne Miah du menton.

– Il nous a dit que tu étais une Blackwood.

– Une lointaine cousine. Du côté pauvre de la famille. Je porte le prénom de mon arrière-grand-tante, Claudine.

– Je l'ai connue quand j'étais petite, dit Shirley. Je la prenais pour une reine parce qu'elle se comportait comme telle, ses chiens la suivaient partout. Elle avait toujours un pistolet à la ceinture, on racontait que c'était celui avec lequel sa mère s'était suicidée.

– Et vous savez ce qui lui est réellement arrivé ?

– À Tillie ?

Bram nous ressert en huîtres et me passe la sauce.

– Tu sais, on est dans le Sud, personne n'en a jamais reparlé, soupire Shirley. Mais elle a dû faire une sorte de dépression post-partum, qui s'est aggravée parce qu'elle a perdu son bébé. Sauf qu'à l'époque, on n'appelait pas ça comme ça. On disait : « Oh, la pauvre Tillie. Elle a eu le cœur brisé au point qu'elle en est morte ! »

Shirley me sourit.

– Elle t'aurait plu. C'était une femme sympathique, dynamique, vraiment charmante. Pleine d'humour et drôle. Une femme pleine de vie…

Elle secoue la tête.

– Mon arrière-grand-mère Clovis était sa meilleure amie. Sa mort l'a dévastée.

– Votre arrière-grand-mère était la guérisseuse de l'île, c'est bien ça ?

– Oui, elle a soigné les gens pendant cinquante-deux ans. Elle est morte à cent ans.

Je l'interroge alors sur ses ancêtres – Clovis mais aussi Aurora, la gardienne du phare, et Beatrice, la conteuse.

Shirley se lève de table pour passer dans le salon, où elle inspecte la bibliothèque, les poings sur les hanches, à la recherche de quelque chose.

En nous adressant un clin d'œil, Bram lui lance :

– Étagère du bas, le troisième en partant de la gauche.

Elle se penche, tire quelque chose des rayonnages et revient avec un album de photos.

– Il connaît la place de chaque chose, dit-elle en souriant à son mari.

– Ça vaut mieux, réplique-t-il. Cette femme perdrait sa propre tête si elle n'était pas sur ses épaules.

Mais derrière le ton moqueur, on entend l'amour qui les lie. Shirley s'assied et ouvre l'album de photos, puis tapote le portrait noir et blanc brumeux d'une femme qui a l'air de ne pas tenir en place.

– C'est Clovis. La seule photo que j'aie d'elle.

Je la dévisage en pensant à toutes les aventures qu'elle a dû vivre – longtemps avant que Beatrice puisse les enregistrer – et emporter avec elle à sa mort.

Puis la discussion dévie sur Outward Bound. Cela faisait déjà seize ans que Bram et Shirley travaillaient avec cette association lorsqu'ils ont fait la connaissance de Miah.

– Il était insupportable, commente Bram. La première fois qu'il est venu ici, Shirley menaçait tous les jours de rendre son tablier.

Miah me regarde.

– Je te l'avais dit. Un vrai boulet.

Shirley secoue la tête.

– Mais derrière ses blessures, on voyait qu'il avait bon fond. En général, pour trouver le bon côté des gens, il suffit de chercher.

– Personne ne s'était donné cette peine avant vous, réplique Miah.

Je l'imagine à treize ans, ce gamin qui devait prendre soin de toute sa famille, qu'il le veuille ou non. Persuadé qu'il ne pourrait jamais vivre sa vie parce que celle des autres passait avant. Je lui prends la main et il la serre dans la sienne sans cesser de discuter, comme si c'était le geste le plus naturel du monde.

Ils veulent en savoir plus sur moi – dans quelle université j'irai à la rentrée, ce que j'étudierai, quel est le travail de ma mère. Ils ne posent aucune question sur mon père. J'ignore si Miah leur a raconté pourquoi je suis ici, sur l'île.

Au dessert, la conversation revient sur Outward Bound. Je demande :

– Et vous, vous partez à la fin de l'été ou bien vous restez sur l'île toute l'année?

Et Shirley répond :

– Nous partons bientôt dans le Montana avec celui-là.

Sur le coup, je pense qu'elle veut parler de Bram, mais elle regarde Miah.

– Ce sera sa première année en tant que guide.

Je regarde Miah. Il fixe son assiette.

– C'est incroyable, je murmure, et la tarte me reste coincée en travers de la gorge.

Je bois. J'avale. Mais la boule est toujours là.

Dans le pick-up en rentrant, nous n'abordons pas le sujet. Visiblement, il n'a pas envie d'en parler et ce n'est certainement pas à moi de prendre l'initiative, donc on fait comme si de rien n'était. Je n'ai rien appris de neuf, en fait. Dans moins de deux semaines, il va quitter l'île. Point. Ça n'a pas changé.

Il remarque :

– Tu es bien silencieuse, Cap'taine.

– Pardon.

– Bram et Shirley t'aiment bien.

– Moi aussi, je les aime bien.

Et je pense : « L'amour complique tout. Ça fait souffrir, ça fait douter et regretter d'aimer. Ça te rend méfiant, de crainte qu'il arrive un malheur ou une mauvaise surprise. Ça te dissuade de tomber amoureux à nouveau par peur d'avoir mal, encore. »

– Tu as des questions à me poser sur le Montana ?

– Pas vraiment.

C'était marrant cinq minutes de blaguer sur la NASA et la CIA… mais maintenant que je connais la vérité, je peux l'imaginer construire sa vie à l'autre bout du pays… Pendant que je serai à New York en train de me faire de nouveaux amis et de rencontrer de nouveaux garçons, il sera dans le Montana en train de se faire de nouveaux amis et de rencontrer de nouvelles filles. Sans oublier que Saz sera à Chicago, à se faire d'autres amis également. Et mon père dans un coin de l'Ohio, et ma mère dans un autre. Tout le monde éparpillé aux quatre coins du pays.

Soudain toutes les pensées que j'ai refoulées resurgissent. Le pont-levis se relève. La herse s'abaisse. Je suis dans ma forteresse, je contemple les environs. Je le vois, mais il ne peut pas me voir.

– OK, fait-il.

Il ralentit, s'arrête, fait demi-tour et nous voilà repartis vers le nord.

– Où on va ?

– Ah, tu es là, Cap'taine ? Je croyais t'avoir perdue en route.

– Je suis là.

– Alors, viens avec moi.

– Où ça ?

– Je veux te montrer quelque chose.

Rouge écaillé, battu par les vents, comme s'il était là depuis la nuit des temps, le phare se dresse tout au nord de l'île, encore plus haut que la maison de Bram et Shirley. C'est ici que la fille de Clovis, Aurora Samms, a pris la relève de son père et de ses frères, morts en mer. On distingue encore les fondations de sa maison, grand carré de pierres et de briques dans l'herbe.

Nous sortons du pick-up, Miah a sa couverture sous le bras. Le vent essaie de nous faucher, de nous emporter.

– C'est là qu'habitait Aurora, crie-t-il quand nous passons devant.

– Mais où est passée sa maison ? Elle a brûlé aussi ?

– Aurora a été la dernière à y vivre. Elle est morte dans les années 1970 et les services du parc naturel l'ont laissée tomber en ruine.

Nous luttons contre le vent, en nous cramponnant l'un à l'autre, puis au phare. Il est obligé de forcer un peu la porte dont le bois a travaillé au fil des années et des intempéries, mais elle finit par s'ouvrir. À l'intérieur, ça sent l'humidité, un siècle de pluies et de tempêtes accumulées, néanmoins le calme est appréciable. Nous avançons dans la pénombre. Il referme la porte derrière nous, et le vent cogne contre le battant, cherchant à entrer. Je m'attends presque à ce qu'il dise qu'on va rester dans le noir, que nos yeux vont s'accoutumer à l'obscurité, quand il sort une lampe de poche, parce que c'est Miah, et qu'il prévoit toujours tout.

Il entreprend de monter l'escalier face à la porte. Je le suis, plus haut, toujours plus haut, en colimaçon. Nous passons devant de petites lucarnes rectangulaires qui tremblent dans leur cadre, surplombant l'immensité noire de l'océan. C'est la partie la plus sinistre de l'île. J'ai du mal à m'imaginer cette jeune femme, toute seule ici.

– C'est encore loin ?

J'ai un ton grincheux et geignard de sale gosse, qui n'exprime pas ce que je ressens vraiment. Je devrais avoir une voix perdue, lointaine.

– On monte jusqu'en haut, répond Miah.

Je jette un regard vers le bas. L'escalier en colimaçon fait comme un coquillage, de plus en plus étroit à mesure que nous montons… pour déboucher, mille marches plus haut, sur un plancher en bois brut, tout vermoulu. La pièce est parfaitement circulaire et entièrement vitrée. Au milieu trône la lampe, tel un œil aveugle, éteint, mort.

Miah me tend la torche le temps d'étaler la couverture.

– Approche, Cap'taine.

Je ne veux pas approcher, je veux rester dans ma forteresse. Je ne veux pas qu'il s'imagine que je suis tombée amoureuse de lui et qu'il va me manquer. Je veux qu'il pense que tout va bien, que je reste cool quoi qu'il arrive. C'est ce que je lui ai promis, après tout.

Il éteint la torche. Les vitres tremblent. Dehors, le vent mugit, mais à l'intérieur nous sommes bien à l'abri. Il se couche sur la couverture, les mains croisées sous la tête, et m'attend.

Alors je m'assieds, pour commencer. Puis je m'allonge aussi… et je découvre les étoiles au plafond.

– Oh, regarde…, je souffle.

– C'est Aurora qui les a peintes, d'après Shirley. Pour lui tenir compagnie les nuits trop noires où elle était toute seule ici.

Je repère la Grande Ourse, le Cygne et la ceinture d'Orion.

Il me demande :

– Qu'est-ce qui te tracasse, Cap'taine ?

Bizarrement, c'est plus facile de lui répondre, ainsi, dans le noir, en contemplant les constellations au plafond.

– Tu pars dans le Montana ?

– Tu as quelque chose contre le Montana ?

– J'y suis jamais allée. Mais tu seras là-bas, et moi à New York, et Saz à Chicago. Et du coup, je ne sais plus trop pourquoi on fait tout ça puisque ça ne mène à rien.

– Quand tu dis « tout ça », tu veux dire nous deux ? Sortir ensemble ?

Je garde les yeux rivés sur les étoiles.

– Oui. Je sais qu'on avait dit que c'était juste pour l'été, juste pour s'amuser. OK, ça me va. Franchement. Mais je me demande aussi à quoi ça sert puisque ça ne dure pas.

Je ne sais plus trop si je parle de notre relation, de mon amitié avec Saz, du couple de mes parents ou de l'amour en général.

– Mais ça compte quand même. Ce n'est pas parce que je pars dans le Montana que ce qu'on vit maintenant ne compte pas.

– Je sais. C'est juste que… je t'avais promis de ne pas être triste quand tu partirais… mais je crois quand même que tu vas un peu me manquer.

– Waouh. Un peu ?

– Ouais, peut-être.

Il me prend la main à tâtons.

– Moi, je pense que tu vas beaucoup me manquer.

Il l'embrasse et pose nos deux mains entrelacées sur sa poitrine.

Je me tourne vers lui. Mes yeux se sont juste assez accoutumés à la pénombre pour voir qu'il me regarde.

– T'es pas mal comme petit ami, tu sais.

– J'essaie.

– Mais il faut dire que je n'ai jamais eu de vrai petit ami, alors je ne peux pas comparer.

– Mais il faut dire que je vis la moitié du temps sur une île déserte, alors je n'ai pas beaucoup l'occasion de m'entraîner.

Nous restons là, allongés, à écouter le vent qui hurle et tape contre les vitres.

– Mieux vaut ne pas parler d'après… Comme Saz et moi, on s'était promis de ne pas parler de la fac avant qu'il soit temps d'y aller, pour se protéger.

« Ouais, et mieux vaut ne pas y penser, même. »

– Comme tu veux, Cap'taine.

Ça va, à la fois mieux et moins bien parce que, du coup, j'y pense.

Puis soudain, il me demande :

– Tu sens ?

– Quoi ?

Là-haut, au sommet de cette vieille, vieille tour, je me prépare à affronter le vent, l'orage, la tempête qui couve.

– Le sol.

Je ferme les yeux et je me concentre pour percevoir le plancher à travers la couverture, sous mes mains, mes jambes, mon dos, ma tête.

– Oui, je sens.

Sans un mot, je me rapproche de Miah pour me blottir à ma place habituelle, et il m'attire contre lui. Je pose ma tête sur son torse, il passe un bras autour de moi.

– Je suis là, souffle-t-il si bas que je l'entends à peine. Tu peux t'appuyer sur moi.

J'ai beau me dire : « Contente-toi de ce moment. Savoure l'instant. Vis le présent », mon cœur a envie de le croire.

JOURS 21 ET 22

Avant l'arrivée d'Addy, maman et moi, nous changeons les draps, passons l'aspirateur et nettoyons les sanitaires. Nous donnons à Miah une liste de courses et, une heure et demie plus tard, il repasse nous déposer quatre grands sacs. Par la fenêtre, je le regarde regagner son pick-up à reculons en me souriant tout du long.

Je lance à ma mère :

– Je pourrais aller habiter chez lui pendant qu'Addy est là.

– Bien essayé, mais non. Quelqu'un peut dormir sur le canapé du bureau.

Moi, évidemment.

– Mais vous avez plein de choses à vous raconter. Si Saz venait, on ne dormirait pas de la nuit.

– Sauf qu'Addy et moi, on est vieilles. À dix heures, on sera couchées.

L'épicerie a rouvert. Je laisse mon vélo dehors, à côté de la porte, sous la pancarte GLACES, BOISSONS FRAÎCHES ET TOUT LE RESTE.

Quand je pénètre à l'intérieur, Terri lève le nez de son livre (*La Vallée des poupées*) et me lance :

– Il paraît qu'Addy arrive aujourd'hui.

L'île est tellement petite que tout se sait.

Je lui demande ce qu'elle a fait sur le continent et elle me parle de son petit-neveu qui vient de naître et du film qu'elle a vu, avec l'acteur de *Rocketman*.

Je m'achète une glace puis je lui dis que je dois appeler une amie.

Je laisse tomber mon sac sur la table, et avant même que Terri ait pu se replonger dans sa lecture, Saz décroche.

– Bah alors ?

– Désolée, le magasin était fermé depuis mercredi et c'est le seul endroit de l'île où j'ai du réseau. Ça va ?

Je sors ma glace de son papier. J'en croque un bout et je frissonne tandis que le froid coule dans ma gorge.

– J'ai un truc à te dire.

– Tu vas te marier.

– Au sujet de ton père.

– Mon père ?

Ma glace commence à goutter sur la table.

Je ne sais pas pourquoi mais il me faut une bonne minute pour comprendre qu'elle parle de mon père, genre *mon père*. Neil Henry. Faut dire qu'il m'est complètement sorti de la tête ces derniers temps.

– Mes parents sont allés boire un verre au White Lion – tu sais, le bar. Et je crois bien qu'ils l'ont vu avec quelqu'un.

Il me faut encore une minute pour imaginer mon père dans un bar.

– Quelqu'un ?

– Une femme. Je ne sais pas qui. Une brune. Ils ne l'ont pas reconnue.

– Et ils faisaient quoi ?

– Bah... ils prenaient un verre. Ma mère m'a dit que, quand il les a aperçus, eh bien... il est parti une minute plus tard. La femme est restée donc c'était peut-être quelqu'un qu'il venait juste de rencontrer. Sûrement, d'ailleurs.

– Mais si c'est ça, alors pourquoi tu m'en parles ?

– Parce que, au cas où il y aurait autre chose derrière, je voulais que tu sois au courant. Moi, je préférerais savoir.

– Ah oui ?

J'ai pris un ton sec et cassant.

– Oui. Et je préférerais que ce soit toi qui me le dises.

Je ne sais pas ce qui me retient de lui raccrocher au nez. J'aimerais effacer toute cette conversation de ma mémoire, parce que, jusque-là, je passais une bonne journée. Il fait beau, mais pas trop chaud, Addy va bientôt arriver, et je dois voir Miah plus tard. Mais je me retiens parce que Saz est ma meilleure amie et que ça part d'une bonne intention et qu'elle m'aime plus que Etsy, les Skittles et Byron, son frère préféré. Donc je me contente de la remercier d'un ton un peu pincé et je lui dis qu'Addy va arriver donc je dois y aller, et que je l'aime aussi. Pas que je l'aime plus que ceci ou cela, parce que j'ai la tête complètement vide, mais je l'aime quand même.

Addy arrive par le ferry de l'après-midi. Nous l'attendons sur le quai. Elle serre d'abord maman dans ses bras, puis moi, puis à nouveau maman. Elle est coquette et élégante, avec ses cheveux gris plus courts que les miens et ses yeux bleus pétillants. En kimono fleuri et pantalon de lin blanc, elle n'a pas changé, c'est la même Addy que quand j'étais petite. Toujours égale à elle-même. Intemporelle. La nostalgie me serre la gorge.

Maman a toujours été proche d'Addy. Elle l'a soutenue quand Danny s'est noyé. Elle l'a soutenue lors de son divorce d'avec Ray. C'est à ce moment-là qu'Addy est venue vivre ici, dans cette maison qu'elle avait héritée de sa mère, pour « reprendre son souffle », comme elle dit. Elles sont inséparables. Lauren et Addy. Addy et Lauren. Comme Saz et moi.

Pendant le dîner à l'auberge, personne ne mentionne mon père. Je le vois en train de discuter avec une autre femme dans un bar, mais j'enfouis cette image tout au fond de mon cerveau. Il faudrait un équipement de spéléologie pour la retrouver.

Addy parle de l'homme qu'elle vient de rencontrer – un avocat de Colombus – et de son travail de paysagiste qui la fait voyager sur toute la côte Est et parfois même jusqu'en Californie.

Addy ne m'a jamais fait ressentir qu'il y avait une différence d'âge entre nous. Je l'ai toujours considérée comme mon amie également. Mais j'ai beau être contente de la voir, ça me fait bizarre. Comme si elle n'avait rien à faire là (alors qu'on vit chez elle, c'est le comble !). Elle amène avec elle le monde extérieur dans notre petit univers de l'île et ça ne colle pas.

Je travaille avec maman et Addy au musée pendant que Miah nettoie les sentiers avec les gamins d'Outward Bound. Assise par terre au milieu de la paperasse, je pense à lui, je me repasse notre histoire. Je me rejoue toutes nos aventures, mémorisant le moindre détail, mais, la date fatidique approchant, j'ai déjà l'impression qu'elles deviennent floues.

J'essaie de me convaincre que les parents de Saz ne sont pas vraiment certains qu'il s'agissait de mon père. Ils ont vu un homme aux cheveux frisés et à la barbe en broussaille qui lui ressemblait. C'est tout.

Je m'excuse un instant pour retourner dans la salle d'exposition fouiller dans mon sac à la recherche du carnet bleu, qui commence à se remplir. Je l'ouvre à une page vierge. Je passe ma main à plat sur le papier blanc comme si je pouvais sentir les mots à venir.

Après le dîner, avant de me coucher dans le bureau, j'ouvre la fenêtre comme on le faisait avec Saz. Je reste assise là longtemps, le regard perdu dans la nuit bourdonnante.

« C'est ouvert, je t'attends. Viens. »

Même si ce n'est pas prévu, j'espère que Miah va me faire la surprise de passer.

J'écrase un moustique sur ma jambe, un autre près de mon oreille. Je laisse la fenêtre à peine entrebâillée, puis je m'allonge sur le canapé. Je finis les cookies et j'écris jusqu'à avoir les paupières lourdes. Je n'arrive plus à garder les yeux ouverts. Je pose la tête sur mon oreiller et à un moment, je dois m'assoupir. Vers minuit, je sens le canapé s'enfoncer légèrement. J'ouvre les yeux. Miah est là. Il a éteint toutes les lumières sauf une.

– T'en as mis du temps. Je me suis fait dévorer toute crue.

– Je pense que nous savons tous les deux que j'en vaux la peine.

Il m'adresse un clin d'œil appuyé et je secoue la tête.

Il me prend le stylo des mains, puis s'apprête à éteindre la lampe.

– Attends.

Au lieu de lui parler de ma conversation avec Saz ou de lui raconter ce qu'on a fait avec Addy, je lui montre mon carnet.

– Tu m'as demandé si j'écrivais. Eh bien, oui, j'écris. Enfin, je note des choses, mais je ne sais pas encore ce que ça va donner. Peut-être rien, peut-être un vrai texte, un jour.

Il me regarde, m'écoute, j'ai toute son attention. Et d'une voix douce, il murmure :

– J'espère qu'un jour, je te lirai.

JOURS 23 ET 24
(PREMIÈRE PARTIE)

Tôt le lendemain matin, Addy, maman et moi, nous allons à la plage ramasser des coquillages, regarder les bateaux pêcher la crevette. Nous sommes seules sous l'immensité bleue du ciel. La voix de ma mère est pleine d'entrain. Quand elle rit, ses yeux se plissent. J'ai lu que ce qui différencie un sourire forcé d'un vrai sourire, ce sont les petites rides autour des yeux.

Addy et maman racontent de vieilles histoires de famille, celles que j'adore, sur leur enfance en Géorgie. Je participe de temps à autre, mais ce sont leurs aventures et, petit à petit, je reste en arrière pour les laisser discuter toutes les deux. Je regarde leurs deux têtes si proches, blonde pour maman, grise pour Addy. Elles se prennent le bras, on dirait deux sœurs, qui glissent sur le sable tels deux cygnes. Addy lui chuchote quelque chose à l'oreille, maman éclate de rire. Elle rit tellement qu'elle est obligée de s'arrêter, pliée en deux. Quand elle se redresse, elle s'essuie les yeux, encore secouée de saccades. Bizarrement, ça me fait aussi monter les larmes aux yeux, alors je me concentre sur les coquillages.

Mais elles attendent que je les rattrape. Addy me pose des

questions sur l'université que j'ai choisie, me demande si j'ai hâte, si je sais avec qui je partagerai ma chambre. Je réponds mais j'ai envie de lui dire que je préfère profiter de l'instant présent. Ne pas songer à demain. Étrange que je refuse de penser à la fac alors que je ne pense qu'à ça depuis des années. En fait, je ne veux surtout pas imaginer ce que fera Miah quand on va partir chacun de son côté.

Lorsque je me penche pour ramasser une dent de requin, elle commente :

– Danny les collectionnait. Il en avait des bocaux entiers dans sa chambre. Il adorait cette île. J'ai longtemps eu du mal à revenir ici après sa mort.

– Tu as envisagé de vendre la maison ?

– Oui, souvent. Mais il y a quelque chose ici…

Elle laisse sa phrase en suspens.

– L'île me l'a arraché, mais elle peut aussi guérir. Nous avons eu notre lot de tragédies dans cette famille, cependant nous avons toujours trouvé du réconfort ici. C'est pour cela que je considère cette île comme la nôtre. Nous y sommes attachés.

– « L'île t'apporte ce dont tu as besoin », dis-je sans même réaliser immédiatement que je cite Miah.

– Tout à fait.

Je lis dans son regard qu'elle comprend ce que je veux dire ou qu'elle a déjà entendu cette phrase.

Nous marchons toutes les trois bras dessus, bras dessous un moment.

Maman annonce :

– Claude a rencontré un garçon.

Addy hausse un sourcil.

– Un gars bien, j'espère.

– Il s'appelle Jeremiah Crew et il travaille sur l'île, poursuit maman.

– Je connais Jeremiah, dit Addy.

Difficile de savoir si son avis est positif ou négatif.

Je me penche pour ramasser une autre dent de requin… et cacher mes joues écarlates. C'est la plus belle dent que j'aie jamais trouvée. Grande comme une pièce de vingt-cinq cents, lisse et noire. J'ai hâte de la montrer à Miah mais, soudain, je pense à Danny et je la tends à Addy.

– Tiens, c'est pour toi.

Elle bat des cils, j'ai peur qu'elle se mette à pleurer, mais à la place, elle la glisse dans sa poche et la tapote en murmurant :

– Merci, il l'aurait adorée.

Le soir, je profite qu'Addy et maman ont ouvert une bouteille de vin pour m'éclipser avec Miah. Nous filons jusqu'à l'embarcadère du ferry. Il tire un seau et trois cannes à pêche de l'arrière du pick-up et nous nous installons sur la jetée. Puis nous attrapons et relâchons des poissons tandis que la nuit tombe autour de nous. De l'autre côté de la mer, loin, loin à l'horizon, je distingue les lueurs du continent.

Quand nous avons fini de pêcher, nous contemplons les étoiles, assis sur un banc, au bout du quai. On prend tout notre temps, repoussant l'heure de rentrer.

– On devrait y aller, dis-je malgré tout, alors que je n'en ai aucune envie.

– Je sais.

Nous restons encore un peu, puis je me lève, il se lève, et main dans la main, nous regagnons le pick-up.

Lorsque nous arrivons à la maison, la lumière est allumée.

J'aperçois ma mère et Addy par la fenêtre, exactement à l'endroit où je les ai laissées. Sous les étoiles, adossé à la maison, Miah m'embrasse. Je me hisse sur la pointe des pieds pour l'embrasser avec la même fougue.

Et je pense :

« J'ai envie de toi, j'ai envie de toi, j'ai envie de toi. Tout de suite, maintenant. »

Le lendemain, un orage en fin d'après-midi rafraîchit l'atmosphère. Il fait un peu moins lourd. Addy propose de nous faire à dîner. Ensuite, assises toutes les trois sur la terrasse, avec Dandelion qui nous surveille par la fenêtre, nous mangeons une glace tandis que je leur raconte les histoires de fantômes qui circulent sur l'île.

– Il y a aussi une dame blanche, renchérit Addy. Qui hante les dépendances de Rosecroft. Je l'ai croisée une fois, quand j'étais petite. Elle se tenait à la fenêtre du premier étage. Elle me regardait.

Elle se lève, sa glace à la main, puis nous fixe tour à tour d'un regard vide, ma mère et moi.

– Et c'était qui ?

– Aucune idée.

Elle se rassied, lèche son cône.

– Personne n'a jamais su. Mais si tu veux mon avis, c'est Tillie. Certains esprits demeurent sur place, d'autres se déplacent. Tillie fait partie de cette dernière catégorie. Elle protège Rosecroft, la propriété et toutes ses dépendances.

Je leur raconte que Tillie se serait emparée du bracelet de Miah. Puis j'embraye sur la Société du Tiroir Secret, et les messages qu'elles y ont laissés, selon les confidences de maman.

Addy émet un grognement. Elle échange un regard complice avec ma mère et, brusquement, je les vois telles qu'elles devaient être à mon âge, ou même plus jeunes.

– Tous les étés, avoue Addy, je tombais amoureuse de quelqu'un, et tous les étés, avant de rentrer chez moi, je lui écrivais une lettre d'amour, lui avouant tout ce que j'étais trop lâche pour lui dire en personne. Quand Ray et moi, nous avons divorcé, je suis venue passer un peu de temps ici, pour me remettre sur pied...

Elle jette un coup d'œil à ma mère.

– ... et je lui ai aussi écrit quelques lettres.

Elle éclate de rire avant de fourrer la pointe du cornet dans sa bouche.

Elle se tourne vers moi.

– Et toi ? Tu écris, ici ?

– Un peu. Rien de transcendant, mais un peu...

– L'écriture, murmure-t-elle, c'est parfois une vraie thérapie...

– C'est ce qu'on dit, confirme ma mère en m'adressant un clin d'œil.

Pour esquiver le sujet, je prétexte que j'ai soif et je vais chercher à boire dans la cuisine. Dandelion se faufile entre mes jambes. Je me penche pour le caresser. C'est alors que j'entends la porte-moustiquaire claquer.

– Bon, alors... en vrai, comment ça va ?

Addy se plante devant moi, les mains sur les hanches.

– Oh, tu sais...

– Je sais.

Elle s'accroupit pour gratouiller le chat sous le menton.

– Je suis désolée pour tes parents, ma puce. Ta mère est l'une des femmes les plus merveilleuses qui vivent sur cette planète et ma meilleure amie. Je la considère davantage comme une sœur que mes propres sœurs. Alors un truc pareil… je ne peux même pas imaginer… Et pourtant j'ai traversé la même épreuve. Mais… elle l'aime, cet homme. C'est incompréhensible.

Je ne saisis pas vraiment ce qui est si dur à comprendre à ses yeux – que ma mère aime mon père ou qu'ils se séparent. Soudain, j'ai l'impression qu'on vient de lever un coin de rideau et que ma mère se trouve toute nue derrière, exposée, et je veux détourner les yeux, mais c'est trop tard, je l'ai vue.

– Elle garde la tête haute, tout du moins de l'extérieur. Je pense que le boulot l'aide beaucoup. C'est bien qu'elle s'occupe, dis-je.

– Du moment qu'elle ne fait pas semblant. Elle cache bien son jeu. C'est pour ça que je suis venue. Pour m'assurer qu'elle n'a pas tout refoulé. Je veux qu'elle sache que je suis là, toujours. Et puis, toi aussi, tu es là, bien sûr. Tu vas veiller sur elle jusqu'à ce que je revienne, d'accord ? Surtout maintenant que les gens sont au courant.

– De quoi ?

– De leur séparation, de votre exil sur cette île, de sa relation avec cette fille…

Elle le marmonne si bas que j'ai failli ne pas entendre. Sauf que j'ai entendu. « Cette fille. »

Et à cet instant, le sol se dérobe à nouveau sous mes pieds. Je baisse les yeux, par réflexe. Même si dans les faits le parquet est bien là, je n'ai plus aucun appui. Pas besoin de demander : « Quelle fille ? » Parce que je sais. Ce n'est plus juste une femme que les parents de Saz ont aperçue en compagnie de mon père dans un bar. C'est plus que ça. Le looping complet que décrit mon estomac en est la preuve. Le froid qui me glace les os en est la preuve. L'emballement de mon pouls en est la preuve.

« Je ne veux pas que tu t'imagines qu'il y a quelqu'un d'autre. »

Et pourtant. Il y a quelqu'un d'autre. Ce qui signifie que non content d'avoir fait voler en éclats ma petite vie, il m'a menti.

– Et elle travaille avec lui, forcément. Le cliché.

– Je sais...

C'est plus facile que d'avouer : « Je ne savais pas. Je n'en avais pas la moindre idée. J'ignorais tout de son existence jusqu'à maintenant. » Et j'aurais préféré continuer ainsi. Je veux oublier ce qu'elle vient de me révéler. Aller repêcher le bout de phrase au fin fond de mes tympans et le lui jeter à la figure.

– Ta mère est une vraie guerrière, mais c'est dur pour elle, quand même. Et pour toi aussi, je m'en doute.

Je parviens à articuler :

– Oui, oui.

Mais si ma mère était au courant et qu'elle a délibérément choisi de ne pas m'en parler, alors elle m'a menti aussi. Et de sa part, ça me blesse encore plus.

Addy me prend par les épaules pour me serrer contre elle. Je sens son parfum et son shampooing. Je vois le gros grain de beauté qu'elle a dans le cou, juste derrière l'oreille. Je la connais depuis toujours, et depuis toujours, je connais son parfum, son shampooing et son grain de beauté dans le cou. Mais brusquement, je ne les reconnais plus. Plus rien n'a aucun sens.

Ce que j'entends, c'est :

« Tout le monde le savait sauf toi. Quelle idiote de ne pas avoir vu ce que ton père fabriquait juste sous ton nez. »

Alors qu'en réalité, elle me dit :

– Surtout, si je peux faire quoi que ce soit pour toi, n'hésite pas. Toi aussi, tu peux compter sur moi.

– Merci.

Il faut que je parte, vite, parce que sinon je vais me mettre à pleurer, pleurer sans m'arrêter, et on ne retrouvera qu'une flaque sur le sol.

– Je veillerai sur elle, promis.

Puis je prétexte que j'ai besoin de faire pipi, je fonce, je ferme la porte derrière moi et je vomis tout mon dîner. Je reste assise sur les toilettes un temps indéterminé, qui se compte en minutes ou en heures. Je finis par me lever, me rincer la bouche, me remettre du rouge à lèvres, me recoiffer et, quand je ressors, je me ressemble à nouveau plus ou moins.

Sur la terrasse, maman et Addy boivent de la limonade en bavardant d'un ton léger. Ça lui fait toujours du bien de la voir. Et elle en a besoin en ce moment.

Elle lève les yeux quand je m'assieds à côté d'elle. Ça fait longtemps que je ne lui ai pas vu l'air aussi heureux.

– Ça va ? me demande-t-elle.

– Oui.

Je souris.

Moi aussi, je cache bien mon jeu.

– J'ai juste soif.

Quand je lève mon verre, ma main ne tremble pas.

Elle l'aime et il ne la mérite pas. Il ne *nous* mérite pas.

J'ai envie de me blottir contre ma mère, qu'elle me prenne dans ses bras pour me protéger de tout ça. Je veux qu'Addy parte de chez nous alors qu'on est chez elle. Je veux partir d'ici. Je veux rentrer chez nous, mais pas chez nous dans l'Ohio, parce que mon père y est et que ce n'est plus chez moi. Je veux une nouvelle maison où on sera en sécurité et heureuses ma mère et moi, et où je n'aurai plus aucun contact avec mon père.

JOUR 24
(DEUXIÈME PARTIE)

Je suis assise sur mon lit, à fixer le mur comme si c'était un écran de cinéma. Je distingue des visages. Il y a trois femmes qui travaillent avec mon père. Michelle, Fiona et Pamela. Je les connais toutes depuis des années. Elles sont venues dîner à la maison. Elles étaient aux vingt-cinq ans de mariage de mes parents. À ma remise de diplôme. Rôdant dans l'ombre tels des fantômes. Comme Tillie derrière sa fenêtre. En coulisse, à attendre. Elles sont brunes toutes les trois.

Il faut que je sorte, même si je ne sais pas trop où aller. Je dis à ma mère que je vais rejoindre Miah. J'embrasse Addy en lui disant « à tout à l'heure » alors que je n'ai pas l'intention de revenir avant qu'elle soit couchée ou, mieux, qu'elle ait quitté l'île.

Je sors.

Je sens à peine mes jambes.

Je ne sais pas comment j'arrive à marcher.

Sur quoi prendre appui, puisque le sol s'est encore dérobé sous mes pieds ?

C'est la deuxième fois que ça m'arrive en peu de temps. On ne peut pas compter dessus, il est mouvant, pas fiable. Il peut se dérober à tout instant. Sol. Amour. Même combat.

Je passe devant les chevaux en train de paître, comme tous les soirs. Je frappe à la porte de la petite maison bleue. J'attends. Je ne sais pas ce que je ferai s'il n'est pas là. Je ne sais pas où aller sinon. J'attends, j'attends, mais il ne vient pas ouvrir.

Je file à l'épicerie à vélo, aussi vite que mes mollets me le permettent. Je pédale à fond, de plus en plus vite, alors que ça ne sert à rien, je ne peux pas m'enfuir, on est sur une île.

Arrivée devant le magasin, je jette le vélo par terre et je me rue sur la porte. Je tambourine à coups de poing, jusqu'à m'en faire mal même si – quelle surprise ! – c'est fermé, parce qu'il est tard et que Terri est partie depuis longtemps. Je sors mon portable, mais évidemment, il n'y a pas de réseau.

Je remonte sur mon vélo et je file vers le Haz sur la route cahoteuse, en me cramponnant pour ne pas passer par-dessus le guidon. J'entends de la musique avant même de voir la maison. Il y a de la lumière, des gens. Je laisse tomber le vélo pour continuer à pied.

Vers dix heures, je me retrouve dans la cour à lancer des balles pour un jeu à boire. Comme Miah n'est pas là, je fais équipe avec Wednesday contre Emory et Jared. Je descends bière sur bière, ravie que l'alcool et la musique fassent taire mes pensées. Plus rien n'existe à part cette île, ce jeu et ces gens, mes amis.

Une fois éliminés, Jared et moi, nous regardons les autres jouer.

– Mon pote Rashid était super doué à ce jeu, dit-il.

– Celui qui est mort ?

– Ouais.

Je scrute son visage, d'ordinaire souriant et ouvert. Ce soir, il est indéchiffrable, son regard est voilé.

Je finis par demander :

– Qu'est-ce qui lui est arrivé ?

Il met un moment à répondre que Rashid s'est suicidé. Ça fera trois ans en août. Il ne s'étend pas davantage sur sa mort. À la place, il me parle de sa vie, courte mais intense. Il me confie à quel point c'est dur d'être celui qui reste. « Comme tante Claudine, après la mort de sa mère. »

Puis il me demande :

– Miah t'a déjà emmenée sur l'ancien terrain d'aviation ?

– Je ne crois pas.

– On devrait y aller avant que tu partes, peut-être faire un pique-nique ? Il n'y a pas grand-chose à voir, mais j'aime bien. Ça devrait te plaire.

J'arrête de penser à ce qui doit être une des pires expériences au monde – ton meilleur ami qui se suicide et tout ton monde qui s'écroule – pour me concentrer sur ce garçon nommé Rashid qui profitait au maximum de chaque instant et cet autre nommé Jared qui s'efforce de vivre aussi pleinement que possible.

Je rentre pour aller aux toilettes. Je ferme la porte et me penche au-dessus du lavabo afin d'examiner mon visage non comme un tout mais trait par trait – bouche, nez, sourcils, taches de rousseur, front, menton. Je recule pour contempler l'ensemble. Je souris. La fille dans le miroir me sourit. Je tire la langue. Elle tire la langue. Je fais la grimace. Elle fait la grimace. Mais c'est comme le shampooing, le parfum, le grain de beauté d'Addy – ce sont des détails qui n'ont plus aucun sens.

En ressortant des toilettes, je tombe sur Grady – littéralement.

– Attention ! fait-il en levant son verre pour éviter de le renverser.

– Désolée.

Cette façon qu'il a de me dévisager. Je fais défiler la liste dans ma tête – bouche, nez, yeux, sourcils, et le reste – pour vérifier que je n'ai pas oublié de remettre quoi que ce soit en place.

– Alors tu vas en école d'art à Savannah ? dis-je pour détourner l'attention sur lui.

– C'est l'idée, ouais.

– Avec ta copine.

– Non, pas vraiment avec elle. Mais elle sera là aussi.

– Comment c'est possible d'être en couple et en même temps pas en couple ?

– Ça nous convient à tous les deux.

– Et vous couchez avec d'autres gens pendant l'été ?

– Pourquoi ?

– Simple curiosité.

– Tu es intéressée ou c'est une question d'ordre général ?

– Non, juste pour savoir.

– Ah, dans ce cas, je te dirais de ne pas te tracasser pour ça.

– Et elle est au courant que tu couches à droite à gauche ?

– Pareil, inutile de te tracasser pour ça. Même si ça a l'air de te tracasser pas mal.

– Non, pas du tout.

Je le dévisage sans ciller en pensant à l'importance de l'honnêteté. C'est fou, on a beau s'ouvrir aux gens, être sincère, ils continuent à mentir.

– Tu as des œuvres à me montrer ici ?

– Pas vraiment. Juste un ou deux trucs, peut-être.

– Je pourrais les voir ?

J'ignore qui parle – moi, la fille qui a trop bu et se balade en apesanteur, sans sol où poser les pieds, ou la fille dans le miroir avec tous ses traits bien en place, comme d'habitude. Ce que je sais en revanche, c'est que cette sensation de malaise grandissant au creux du ventre signale que je m'apprête à faire quelque chose que je vais regretter.

– Ouais, bien sûr, répond Grady.

Sa chambre est en haut, au bout du couloir, côté marécages. C'est une simple chambre, pas un baisodrome plein de pin-up et de pipes à eau comme je me l'étais imaginé.

Je m'assieds sur le lit.

– Vas-y, montre-moi.

On dirait que je le mets au défi. « Vas-y, montre-moi. Montre-moi quel genre de mec tu es. Montre-moi que je suis bien vivante. »

Il laisse la porte ouverte.

– Qu'est-ce que tu fabriques ?

– J'attends que tu me montres tes talents d'artiste.

J'essaie de prendre un ton léger comme une brise d'été. Je sais que je ferais mieux de me lever et de partir, mais je veux combler le vide terrible que j'ai en moi. Le combler pour qu'il n'y ait plus de place pour la souffrance et toutes les pensées sinistres qui vont avec.

Il ferme la porte. Mon cœur bat trop vite. Je sens mes joues me cuire. Ma petite voix intérieure me répète : « Qu'est-ce que tu fais là, Claudine ? Va-t'en. Vite. File tant qu'il est encore temps. »

Il s'approche de moi et me tend la main. Il m'aide à me relever, puis m'effleure le menton du bout du doigt, presse son front contre le mien en fixant mes lèvres. Je reste plantée là, comme une statue, immobile et pétrifiée. Mais je ne recule pas car, brusquement, j'ai envie de sa bouche sur la mienne, pour chasser les idées noires qui m'envahissent. Peut-être est-ce ce que je veux depuis le début.

Et, sans prévenir, il m'embrasse. Je suis surprise par ces lèvres inconnues contre les miennes, pas celles dont j'ai l'habitude. Je me force à lui rendre son baiser, même si dans ma tête, j'entends : « Arrête ! Va-t'en ! » Il prend mon visage entre ses deux mains, comme dans un livre ou dans un film, et alors que je me fais la remarque que ça a l'air tout naturel pour lui, même si la petite voix se met à hurler « ARRÊTE ÇA TOUT DE SUITE ! », je continue à l'embrasser.

De plus en plus avidement. Des deux côtés. Ses dents se cognent contre les miennes, et au lieu de ralentir, je continue, plus langoureusement encore.

Je l'embrasse jusqu'à ce que je sente sa main dans mon dos, contre ma peau, sous mes vêtements. Là, je m'écarte comme si, tout à coup, mon cerveau reprenait le contrôle, que j'avais retrouvé le sens commun et moi-même, la vraie Claude qui – qu'elle ait un sol sous les pieds ou non – n'a aucune envie d'embrasser Grady.

– Putain, j'peux pas faire ça.

– Tu pouvais, y a deux secondes, réplique-t-il.

– J'ai changé d'avis, désolée.

Il me sourit, mais sans aucune chaleur. C'est un sourire crispé de colère.

– Je ne te comprends vraiment pas.

– Pas grave.

Je me dirige vers la porte, il s'interpose.

– T'es venue là pour m'allumer. C'est toi qu'as commencé et maintenant tu t'en vas. C'est frustrant, si tu vois ce que je veux dire. T'as de la chance que je sois un gars bien.

– Ouais, quelle chance. Pousse-toi, s'te plaît.

C'est comme si tout mon corps retenait son souffle, même mon cœur ne bat plus très vite (peut-être même qu'il ne bat carrément plus du tout).

Comme il ne bouge pas, je reprends :

– OK, je suis montée. OK, j'ai commencé ce qui, crois-moi, n'est pas la chose dont je suis le plus fière dans ma vie. Mais quand je te dis de te pousser, tu te pousses.

J'attends qu'il s'écarte parce que je ne devrais pas avoir à le contourner. Mais plus vite je sortirai de là, et en un seul morceau, mieux ça vaudra.

Il ne me rattrape pas quand je passe derrière lui. Alors je sors de la chambre, croise Wednesday dans le couloir, descends l'escalier, franchis la porte, dévale les marches du perron, traverse le jardin, croise Jared qui m'interpelle, et Emory, et les autres.

Laissant là mon vélo, je détale en courant.

JOUR 24
(TROISIÈME PARTIE)

Il y a de la lumière, maintenant. La porte de la petite maison bleue s'ouvre instantanément et il est là. Pieds et torse nus, il me sourit. Je ne dis rien. Je pensais fondre en larmes et pleurer, pleurer, pleurer au point d'inonder sa maison et l'île tout entière. Mais à la place, je me jette sur lui. Je l'embrasse goulûment. Ça le prend au dépourvu. Il me prend dans ses bras, me soulève et me porte à l'intérieur. Et me voilà adossée au mur de la cuisine, et je l'embrasse encore et encore. Je tire sur son short, je le lui arrache presque.

Il recule.

– Hé ! Qu'est-ce qui se passe ?

– J'ai envie de toi.

– Oui, ça, j'ai bien compris. Mais qu'est-ce qui t'arrive ?

– Rien. J'ai pas le droit d'avoir envie de toi ?

– Si…

Je l'embrasse à nouveau, il me rend mes baisers. Je retrouve sa bouche si douce, celle que je connais, celle que je suis censée embrasser. Il me soulève à nouveau et m'emporte dans sa chambre où nous nous affalons sur le lit. Je me colle contre lui. Je me fonds dans sa chaleur, dans son odeur, mais la bouche de Grady est toujours là. Je veux l'oublier. Oublier tout ce qu'Addy m'a dit sur mon père. Je veux sortir tout ça de moi, l'expédier sur le continent, peut-être même sur la Lune, tiens.

J'ai tellement envie de lui, c'est comme si ma vie en dépendait.

Les vêtements volent, les miens, les siens. Nous nous retrouvons nus, mais pas encore assez nus. Je ne veux plus penser à rien qu'à nous, nos corps, nos sensations. Parce que dès que je m'arrête, Grady est là, mon père est là et je pense à ma mère et à moi à la rue, jetées dehors. Je n'ai pas envie de revivre cette sensation d'avant / après. Avant que mon père nous chasse. Après que mon père a rencontré cette femme. Je ne veux plus d'avant ni d'après. Je veux juste être Claude. Maintenant.

Brusquement, je m'aperçois qu'il n'a pas de préservatif.

– Tu n'oublies pas un truc ?

– Merde ! Attends.

Après, je reste allongée là, à fixer le plafond. Grady est toujours là, mon père aussi, faire l'amour ne les a pas chassés. Et ce n'est pas tout ce qui m'angoisse... il y a aussi la fin de l'été qui approche. Et ce que j'ai fait. Le vide que j'avais dans la poitrine a laissé la place à une culpabilité qui me serre comme un étau, je peux à peine respirer.

Je me retire loin, très loin. Miah croit que je suis allongée à côté de lui, mais en réalité, je ne suis plus dans cette pièce, plus sur cette île, même plus sur cette terre. Je suis dans une autre dimension, et mes yeux me retransmettent la scène comme des écrans d'ordinateur. Voilà ce qui arrive lorsqu'on veut se protéger, ne pas trop s'attacher. Parce qu'on sait qu'inévitablement, l'autre va nous blesser, qu'on préfère amortir la chute. Comme ça, on tombe de moins haut, ça fait moins mal.

– Hé, Capt'aine, fait-il.

Je reviens sur terre, comprenant qu'il vient de dire quelque chose que je n'ai pas entendu.

Il roule sur le côté en posant un bras sur moi.

– Où t'es, là ?

– Ici...

– Je vois bien que non. Qu'est-ce qui ne va pas ?

– Rien.

« Tout. » Au lieu de me rapprocher de lui, faire l'amour m'a éloignée, non seulement de lui, mais de tout le monde.

– Non, arrête. Joue pas à ça.

Il veut me prendre la main, mais je m'écarte en marmonnant :

– Peut-être que j'ai juste envie de m'amuser sans trop réfléchir pour une fois.

– OK. Super, moi aussi. Mais là, t'es trop bizarre.

– J'suis pas bizarre.

– Tu parles.

– Sois pas lourd.

– J'suis pas lourd.

– Si, t'es un gros relou qu'a failli oublier de mettre une capote.

– Euh, bah... toi aussi, Capt'aine. Et j'espère que tu sais que ce n'était pas voulu. Tu vas croiser des gars qui te diront qu'ils n'arrivent pas à jouir avec une capote et qui essaieront de te convaincre d'avoir un rapport sans protection. Genre : « Profitons de l'instant... »

– Pourquoi tu me parles des autres ?

– Juste pour te préparer... Je ne serai pas toujours là...

– Merci, mais je ne suis pas idiote. Pas question que je couche avec un type qui me fait ce plan-là.

Maintenant, je suis en fusion. Nous sommes encore nus, allongés, côte à côte, et il pense déjà à quand on ne sera plus ensemble.

– Désolé, j'ai quatre petites sœurs et j'ai tendance à les surprotéger.

– J'ai pas envie de parler de quand je coucherai avec d'autres gars, pas maintenant, pas avec toi.

– Je comprends. Et pour être honnête, j'ai pas envie d'en parler non plus.

On se tait un instant. Puis il reprend :

– Mais contre qui tu es en colère ? Ton père ?

Il se redresse un peu pour me regarder, je suis fuyante, mais il insiste :

– Hé ! Allez, c'est moi.

Il m'effleure le visage, me relève le menton, m'empêche de tourner la tête. Il me touche si délicatement, si tendrement que je recule. Mais je lui dis. Je lui dis, il le faut.

Ça sort en désordre, comme des éclats de verre brisé, trop pointus pour les prendre avec les doigts, trop nombreux pour les ramasser. Je lui dis pour mon père et sa maîtresse. Je lui dis pour Grady.

Il m'écoute. Si calme. Si silencieux.

– Dis quelque chose.

– Je ne sais pas quoi dire.

Sa voix est blanche. Comme une pièce complètement vide et déserte.

– Je t'en prie, dis quelque chose.

Son silence pèse sur ma poitrine, m'étouffe, je suffoque. J'ai soudain l'impression que le fonctionnement de mes organes – mes poumons, mon cœur – dépend du fait qu'il me parle.

– Je pense qu'il ne vaut mieux pas.

– Miah, je suis désolée. Je ne savais pas ce que je faisais. Je suis venue te voir mais tu n'étais pas là et...

Il me regarde mais ses yeux sont vides aussi. Quand il prend la parole, c'est d'une voix posée. Tout bas. Si bas.

– Tu n'inverses pas un peu les rôles ? Alors maintenant c'est ma faute ? Je n'étais pas là donc tu es partie te jeter dans les bras du premier venu ?

– Non, bien sûr que non. Ce n'est pas ce que je voulais dire. Je ne sais pas pourquoi j'ai fait ça. Je n'étais pas vraiment moi-même. Je sais bien que ça paraît idiot, et que ça n'excuse rien, mais c'est ce que je ressentais.

– Coucher ou sortir avec quelqu'un ne va pas faire disparaître tes problèmes. Putain, Claude !

Jamais il ne m'appelle Claude. Je sens les larmes me monter aux yeux et avant que j'aie pu l'arrêter, l'une d'elles roule sur ma joue.

– Si ça peut te consoler, je me suis sentie encore plus mal après.

– Non, ça ne me console pas. OK, je comprends. C'est pas cool, l'histoire avec ton père et tout. C'est pourri. Mais je n'y suis pour rien, moi, Cap'taine.

Il s'assied, tout calme. Si calme. Sa voix est posée, mesurée, complètement dénuée d'émotion. Et c'est ma faute.

Il se lève. L'espace d'un instant, j'espère qu'il va me prendre dans ses bras. Mais il remet son short, enfile son T-shirt et sort de la pièce. J'attends une, deux, trois secondes. Puis je m'habille en vitesse et je le suis. Sans me jeter un regard, il ouvre la porte.

– Qu'est-ce que tu fais ?

– Je te ramène chez toi.

Le trajet jusqu'à la maison prend une éternité. Il s'arrête, mais sans couper le moteur, ce qui veut dire qu'il ne me raccompagnera pas à la porte.

– Je suis désolée.

Jamais de ma vie je n'ai eu autant envie de remonter le temps pour arranger les choses. « Si seulement je n'étais pas allée au Haz. Si je n'avais pas croisé Grady. Si je n'étais pas montée dans sa chambre. » Je me repasse tout en boucle, encore et encore, comme si ça pouvait changer le résultat.

– Je suis désolée, je répète.

– Moi aussi.

Une demi-heure plus tard, je suis couchée dans le canapé-lit. Seule dans ma tête, seule avec moi-même, ce que je redoute le plus.

« C'est normal qu'il soit en colère, blessé. Toi aussi, tu serais en colère, blessée. Tu as eu tort, tu t'en veux, mais ça ne change rien. La seule chose qui te reste à faire, c'est de demander pardon, encore et encore. Et arrêter d'avoir peur d'être toi-même. »

Je sors mon carnet bleu pour noter toutes mes idées noires jusqu'à la dernière.

JOUR 25

Le lendemain matin, nous raccompagnons Addy au ferry. Miah porte ses bagages pleins à craquer sans effort. Quand nous arrivons à l'embarcadère, Grady est là avec Emory, et d'autres gars du coin. Il nous regarde tour à tour, Miah et moi. Puis il se lève en annonçant :

– Je prends le relais.

– Non, c'est bon, réplique Miah. Je m'en charge.

Il lui passe devant et hisse les sacs sur le bateau avec aisance, comme s'ils ne pesaient pas une tonne. Addy lui tend un pourboire mais il refuse.

– Pas la peine, dit-il en la gratifiant d'un sourire éclatant.

Puis il me lance :

– À plus.

Pas « à tout à l'heure » ni « à ce soir », juste « à plus ». Je le regarde passer à nouveau devant Grady qui lui crie un truc que je n'entends pas. Mais Miah poursuit son chemin sans ciller, sous son regard fixe.

– C'est quoi, le problème ? me demande ma mère.

– Bah, tu connais les hommes ! je réponds d'un ton léger.

Je scrute son visage à la recherche d'un signe qu'elle connaît effectivement mon père et cette autre femme, quelle qu'elle soit.

– Les hommes, répète-t-elle.

– Les hommes, soupire Addy. J'aimerais ne pas tant les aimer.

Le capitaine arrive, Grady sur les talons. Je détourne la tête pour ne pas croiser son regard. Mais voilà que d'autres passagers déboulent avec leurs bagages, embarquent à bord du ferry, s'installent. Archie, le chien de l'île, zigzague entre eux en battant paresseusement de la queue par cette chaleur.

Addy nous serre dans ses bras, ma mère d'abord, puis moi.

– Prends bien soin d'elle, me glisse-t-elle à l'oreille. Et laisse-la prendre soin de toi.

– Promis.

– Et fais attention à ton petit cœur. Il y en a eu assez de brisés dans cette famille !

Je ne sais pas si c'est une remarque générale ou si elle pense à Miah en particulier, mais j'ai envie de répliquer : « Faudrait prévenir les autres de se méfier de moi, et non l'inverse. »

Puis elle embrasse à nouveau ma mère et quand elle la lâche, je vois qu'elle a les larmes aux yeux. Je détourne à nouveau la tête.

Addy monte à bord et s'installe à sa place. Nous lui faisons signe tandis que le bateau s'éloigne. Maman reste plantée là plus longtemps que moi, la main en l'air, le sourire aux lèvres. Quand Addy est enfin hors de vue, elle se tourne vers moi.

– C'est dur de se séparer.

Je ne réponds pas, je me contente de la serrer contre moi.

– Moi, je suis contente qu'on se retrouve toutes les deux.

Elle me dévisage mais je m'efforce de ne rien laisser paraître. De prendre l'air innocent et souriant de la fille dévouée, au cœur toujours intact.

– Je pourrais t'aider un peu au musée, aujourd'hui, si tu veux.

Elle me regarde toujours, essayant de me percer à jour, mais elle finit par accepter :

– Oui, avec plaisir.

Maman et moi, nous passons le restant de la journée ensemble au musée à trier et classer la paperasse de Claudine. Je ne dis pas un mot sur mon père.

Sur le chemin du retour, je ne dis rien non plus.

Pendant le dîner, je ne dis toujours rien.

Alors que nous regardons le ballet des lucioles, assises sur la terrasse de l'auberge, je ne dis rien. Elle a déjà assez souffert, c'est mon boulot de la protéger, de lui acheter du parfum au chèvrefeuille, de lui dire qu'elle est belle, et de m'assurer qu'elle ait un sol – aussi instable soit-il – où poser les pieds.

La porte-moustiquaire claque, je lève les yeux. Wednesday me fait signe d'approcher. Je détourne la tête. J'entends des pas. La voilà qui rapplique. Elle me toise, sourcils froncés.

– Faut que je te parle, fille du continent.

– Je suis occupée.

– Claude...

Voilà que ma mère s'en mêle.

– D'accord.

Je me lève à contrecœur pour suivre Wednesday à l'intérieur, dans la bibliothèque, qui est déserte.

– Grady t'a fait du mal ? me questionne-t-elle.

– Non.

– Dis-moi la vérité.

– Non. J'ai été bête. C'est ma faute.

« Je me suis fait du mal. Toute seule. Pas besoin de Grady. Ni de Miah. »

– Il s'est passé un truc ?

– Non.

– Claude ?

Et peut-être parce que, pour une fois, elle m'appelle par mon vrai nom, je réponds :

– Ça a failli, mais j'ai tout arrêté.

– Tu sais que c'est un gros salopard.

– Je sais.

Elle soupire.

– Miah est au courant ?

– Oui, je le lui ai dit.

– Pourquoi ?

– Bien obligée.

– Merde.

Quand elle secoue la tête, ses nattes oscillent comme des balanciers d'horloge.

– Écoute, quand j'avais seize ans, je me suis construit une forteresse pour éviter d'avoir mal. J'en ai pris soin comme de ma propre maison. Au début, j'étais bien à l'intérieur, c'était petit, mais douillet, avec tout ce dont j'avais besoin. J'en ai pris soin. Je l'ai peinte. Je me suis peinte telle que je voulais être. On ne m'entendait pas, on ne me voyait pas. Je me faisais toute petite, discrète. Même mes désirs étaient petits et discrets, au lieu d'être magnifiques et flamboyants. Mais à force, j'ai commencé à étouffer, alors j'ai entrouvert la porte de la forteresse, tout doucement. Je suis sortie petit à petit… et j'ai fini par quitter l'Alabama pour vivre ma vie. Et être capable de dire aux autres : « Voilà qui je suis. Je veux être chanteuse. Je veux changer le monde grâce à ma musique. Je veux tomber amoureuse et avoir le cœur brisé. Je suis pansexuelle. J'ai l'air d'une dure à cuire, mais pas du tout. Enfin, pas toujours. » Et voilà. Je suis sortie de ma forteresse. Et y a des jours où ça craint. Mais au moins, je peux respirer.

Au bout d'un long moment, je réponds :

– OK.

– OK ?

– Ouais.

– C'est tout ce que j'avais à te dire.

Et sur ces mots, elle s'en va. Une seconde plus tard, je l'interpelle depuis le pas de la porte :

– Hé, Wednesday ?

Elle se retourne vers moi.

– Oui, fille du continent ?

– Merci.

Mon vélo m'attend devant la maison. Je scrute les alentours, les bois, la route, mais il n'y a personne.

– Qui est-ce qui l'a posé là ? demande maman.

– Aucune idée.

Une fois à l'intérieur, nous nous blottissons sur le canapé, avec Dandelion entre nous, pour regarder un film. Les paroles de Wednesday tournent en boucle dans ma tête. « Est-ce que je suis dans ma forteresse ? Vraiment ? » Je me ronge les ongles, perdue dans mes réflexions.

Au moment où Jean Seberg apparaît à l'écran, maman se tourne vers moi.

– Mmm ! Je me disais bien que j'avais déjà vu cette coupe quelque part.

Sa voix me tire de mes pensées. Je regarde le visage si lumineux de Jean Seberg.

– Elle a l'air naturelle, c'est ce dont j'avais envie.

– C'est vrai. Ce film a fait d'elle une icône, mais elle a été très malheureuse dans la vie.

Ma mère parle doucement. Nous lisons les sous-titres.

– Elle s'est suicidée à quarante ans. On n'a retrouvé son corps qu'au bout de dix jours, sur la banquette arrière de sa voiture, à cent mètres de son appartement parisien.

Ça me touche plus que ça ne le devrait. À l'écran, elle rit et sourit, marche dans les rues de la ville. Et malgré ce que je viens d'apprendre, j'ai envie d'être comme elle. Ou tout du moins cette version fantasmée d'elle.

« Si je pouvais creuser un trou par terre pour que personne me verra, je le ferais », dit son personnage.

« On ne sait jamais ce que cachent les gens. On se cache tous parfois, si besoin. »

– Tout va bien avec Jeremiah ?

La question a beau me surprendre, je garde les yeux rivés à l'écran.

– J'ai fait une énorme bêtise et je le regrette. J'aimerais revenir en arrière, mais c'est impossible.

– Tu as envie d'en parler ?

– Non. Je me sens déjà assez mal comme ça. Je veux juste oublier. Ou construire une machine à voyager dans le temps, retourner hier après-midi et tout changer pour que ce ne soit jamais arrivé.

Je m'attends à ce qu'elle me réponde que je devrais faire plus d'efforts. Être plus gentille, moins compliquée, moins tordue. Ne pas m'enfermer dans ma forteresse. Tous les reproches que je me fais déjà.

Mais au lieu de ça, elle soupire :

– Oh, bon sang, on se ressemble tellement.

Je la regarde.

– J'avoue qu'il a pu m'arriver, de temps à autre, au cours de mon existence, de faire des choses idiotes que j'ai regrettées et que j'aurais voulu pouvoir effacer, poursuit-elle.

– Tu es parfaite.

– Non. Personne n'est parfait, Dieu merci. Sinon on s'ennuierait ! Il y a tant de choses que j'aurais aimé faire différemment, après coup, y compris avec ton père. Hélas, on n'a jamais cette chance, donc il faut s'efforcer de retenir la leçon, de ne pas commettre les mêmes erreurs. Et continuer à avancer, sachant que de toute façon, on va forcément merder à nouveau. Et souvent.

Je hausse les sourcils car ma mère dit rarement des gros mots.

Elle sourit.

– Désolée. Le plus important, c'est de toujours faire de son mieux, de ne pas être trop dur avec soi-même quand on n'y arrive pas, et de ne pas avoir de regrets. Fais confiance au vieux singe !

Je passe la main dans mes cheveux pour les lisser, sur le front, derrière les oreilles.

– Je sais bien que je vais beaucoup merder, quoi que je fasse. Et que je ne dois pas être trop dure avec moi-même. Mais je n'ai pas envie que mon histoire avec Miah soit juste « une bonne leçon » à retenir. Je veux que ce soit plus que ça.

– Alors va lui parler, même s'il ne veut rien entendre, jusqu'à ce que tu aies dit ce que tu as à dire.

JOUR 25
(SUITE)

Il est onze heures du soir et je pédale dans la nuit pour aller chez Miah. Je ne sais pas trop ce que je vais lui dire, mais j'ai besoin de lui confier ce que je ressens.

« Mon père avait donc une maîtresse. »

Ces mots me tournent en boucle dans la tête.

Je les crie à voix haute, espérant que ça va briser le cercle infernal. Mais ils s'échappent de mes lèvres et restent à flotter dans les airs, juste devant moi, hors de ma portée. J'aimerais les rattraper, mais c'est impossible. Parce que c'est vrai.

« Mon père a une maîtresse. »

Je n'espérais pas vraiment que mes parents allaient se remettre ensemble. Enfin, je ne sais pas. Maintenant c'est évident que non. Et que ma mère et moi, on le dérange dans sa nouvelle petite vie.

Et ça, c'est vrai aussi.

« On le dérange. »

Je le trouve sur la terrasse, au clair de lune, en short, T-shirt noir, pieds nus. Il est debout, les bras croisés, à contempler les étoiles. J'appuie le vélo contre un tronc pour m'aventurer à travers les hautes herbes et les pousses de cactus. Je monte les marches. Je suis à côté de lui.

– Salut, dis-je, un peu essoufflée.

– Salut, répond-il, les yeux rivés vers le ciel.

Je fais défiler dans ma tête tout ce que j'ai envie de lui dire, mais finalement, je me tais. Je suis son regard. Là-haut, c'est comme une immense couverture d'un bleu profond, percée de millions de petits trous lumineux.

Sans me regarder, il demande :

– Qu'est-ce que tu veux, Cap'taine ?

– Je veux te dire que je suis désolée. Je veux te demander pardon, mille fois, et t'expliquer pourquoi j'ai fait ça, même si ça n'excuse rien. Je veux te dire à quel point j'ai peur d'avoir tout gâché entre nous alors que c'est la meilleure chose qui me soit arrivée depuis longtemps. *Tu* es la meilleure chose qui me soit arrivée depuis longtemps. J'aimerais qu'il ne se soit rien passé avec Grady, mais ça s'est passé, et c'est ma faute. Et je veux te dire que je sais que c'est ma faute, à moi et à personne d'autre. Je veux te dire à quel point je hais mon père et comme je me sens mal et perdue, même si je sais que ça ne change rien. Je veux être là avec toi, même si tu ne m'adresses plus la parole et qu'il n'y a que moi qui parle. Je veux avoir la chance de te dire à quel point tu comptes pour moi. Tu ne peux pas savoir. Je veux te dire que je ne veux pas que ce soit fini entre nous. Je veux te demander de me pardonner.

J'ai une boule dans la gorge et les larmes aux yeux.

Miah a baissé les yeux vers moi. Il reste un moment à me dévisager. Finalement, il lâche :

– Viens, on bouge de là.

Avant qu'il puisse changer d'avis, je grimpe dans le pick-up. J'ai l'impression d'avoir couru un marathon. Je me concentre sur ma respiration – inspirer, expirer. Calmement, doucement. J'attends, mais il ne vient pas. Il a peut-être changé d'avis, tout compte fait. Puis j'entends un bruit sourd, il vient de mettre un truc à l'arrière, et voilà qu'il ouvre la portière et s'installe au volant.

Nous cahotons en silence sur la route principale. J'ignore où il m'emmène. J'essaie de trouver les mots justes, mais j'ai trop de choses à lui dire. Alors on reste là, côte à côte, sans se parler. Il prend une piste large, à travers les broussailles. Chaque fois que je crois connaître l'île, il m'emmène dans un coin où je ne suis jamais allée.

On ne parle pas et il n'y a pas de musique, à part le chant des cigales. Les arbres défilent, nous fonçons dans la nuit, sans phares, les lucioles éclairent la route. Je m'attends presque à ce qu'il continue jusqu'à la mer, mais à un moment, il ralentit puis s'arrête.

Il descend, je descends, on n'a toujours pas échangé un mot. Il prend un truc à l'arrière – un sac – et je le suis sous la voûte des arbres durant environ un ou deux kilomètres. Nous traversons le premier cordon de dunes, côté forêt, puis avant d'arriver à la plage, il pénètre dans la petite vallée entre les dunes. Et à l'abri du vent, il s'arrête, laisse tomber le sac et me tend une boîte d'allumettes.

– Pour quoi faire ?

– Ça va avec ça !

Il brandit une bouteille d'essence à briquet.

– Il fait pas un peu trop chaud pour un feu de camp ?

Mais trop tard, il ramasse du petit bois et l'empile à mes pieds. Il l'arrose d'essence, puis m'adresse un signe du menton. Je craque une allumette et la jette sur le tas. Je regarde le feu prendre, grandir, crépiter… les flammes danser dans la nuit.

Il fouille dans son sac à dos pour en tirer un carnet qu'il me tend.

– Écris tout ce que tu as peur de dire tout haut. Écris tout ce qui t'empêche d'être complètement toi-même. Écris tout ce qui t'empêche d'être complètement avec moi.

– Pourquoi ?

– Pour qu'on puisse brûler tout ça.

Je décide de ne pas évoquer la journée que j'ai passée sur la plage à l'attendre, en jetant mes angoisses à coups de coquillages dans l'eau. Je me dis surtout qu'il n'y a pas assez de pages dans ce carnet pour noter toutes les idées noires qui m'encombrent.

Il écrit *Grady* sur un coin de feuille, puis l'arrache et le brandit au-dessus des flammes. Le papier se racornit, noircit, puis commence à brûler et le mot disparaît, lettre par lettre.

Il écrit *Mon frère me manque*, l'arrache, le jette au feu.

Il écrit *Je veux vivre ma propre vie, pas celle d'un autre.*

Et *Je veux juste pouvoir avoir dix-huit ans.*

J'écris *Je déteste mon père.*

Saz me manque.

Grady ne compte pas.

Je suis désolée, Miah.

Je n'aurai plus jamais confiance en personne.

Nous passons vingt bonnes minutes à écrire et à jeter nos petits mots au feu, chacun son tour. Je me vide la tête et le cœur sur le papier, jusqu'à ce qu'il ne reste plus rien.

Et ensuite, nous nous asseyons dans le sable. Miah sent le soleil et les draps frais. Je n'ose pas le toucher, j'ai l'impression que je n'en ai plus le droit. Je reste là, les mains sur les genoux, à me demander ce que je pourrais lui dire d'autre.

Finalement, c'est lui qui prend la parole :

– Je sais ce que c'est que d'être mal.

Je le regarde, mais il fixe les flammes.

– Oui, mais ça ne justifie pas ce que j'ai fait.

– Non.

Il pousse un grognement exaspéré en secouant la tête. Il ferme les yeux, puis les rouvre.

– Putain.

Il soupire.

– Mais je te comprends. Parfois, quand ça ne va pas, on fait des conneries pour que ça aille encore plus mal. Lorsque j'avais treize ans, et que ça craignait vraiment, je cherchais comment atténuer la douleur et j'ai trouvé. Ça a marché quelque temps, mais le problème, c'est qu'ensuite il m'en fallait plus, j'en voulais plus, toujours plus... et que très vite, je me suis retrouvé complètement anesthésié. Je ne sentais plus rien.

Il contemple ses propres mains.

– Mais tu sais ce que j'ai découvert ?

Son regard se perd à nouveau dans les flammes.

– C'est qu'il faut la sentir, cette douleur. Même si tu as l'impression qu'elle va te tuer.

– Je suis désolée. Pour Grady. Vraiment désolée.

– Je sais. Écoute, il ne nous reste plus beaucoup de temps et j'ai envie de le passer avec toi. Vraiment, je veux qu'on reste ensemble.

– Mais ?

Je me prépare parce que je le sens venir.

– Mais ça fait mal. Et si on veut continuer à se voir le temps qu'il nous reste sur cette île, il faut que je te pardonne. Et j'en ai envie mais... jusque-là, on a été plutôt honnêtes l'un envers l'autre, et je mentirais si je te disais... Je ne sais pas si cette histoire avec Wednesday, ça t'a autant contrariée. Mais là, tu y es allée à fond, Cap'taine. Vraiment...

– Et donc ?

– Et donc il va falloir qu'on dépasse cette histoire avec Grady. On est plus grands que Grady.

Il me regarde.

– Enfin, moi, en tout cas.

Il plonge son regard dans le mien, les coins de sa bouche se soulèvent et voilà les fossettes. Pas comme d'habitude, mais bon...

– Reste que ça m'a quand même fait mal.

– Je suis désolée, je répète.

– Je sais.

Et brusquement les fossettes disparaissent. Il s'absorbe à nouveau dans la contemplation du feu.

Il y a un million de trucs que j'aimerais lui dire, seulement je me tais, parce que je sais que ça ne changerait rien.

Mais brusquement je lui demande :

– Parle-moi de ton frère. Enfin, si tu veux bien.

Il met un instant à répondre.

– J'ai l'impression de ne pas avoir eu le temps de le connaître vraiment parce que, quand j'ai été en âge de partager des choses avec lui, il est parti à l'entraînement, puis à l'école militaire, puis il a servi une première fois, et une deuxième. C'était un gros dur, mais il avait le sens de l'humour. Quand il rentrait à la maison, il ne mettait que ce short débile, celui que tu aimes tant. Il disait qu'après avoir crapahuté dans le désert en uniforme, avec tout son barda, mettre ce short c'était « poser son matos sur un coussin de nuages ». C'est débile, mais quand je le porte, j'ai l'impression qu'il est un peu là, avec moi. Qu'on vit toutes ces aventures ensemble.

– Je ne trouve pas ça idiot.

– Avant que je rencontre Bram et Shirley, mon frère était la seule personne qui ne m'ait jamais laissé tomber. Hélas, ça ne veut pas dire que j'ai toujours été un bon frère.

– Il s'appelait comment ?

– Flynn.

– Je suis désolée pour Flynn.

– Ouais, moi aussi.

Il se tourne vers moi.

– J'ai appris quelque chose d'autre aussi, Cap'taine. À un moment, il faut se lancer. Avoir confiance à nouveau. Et au pire qu'est-ce qui peut t'arriver ? Bon, d'accord, que le sol se dérobe sous tes pieds. Ça s'est déjà produit, tu as survécu. Tu es toujours là, tu avances. Alors si ça se reproduit, tu survivras encore. Sinon tu peux rester sur le qui-vive vingt-quatre heures sur vingt-quatre, mais ça ne t'empêchera pas d'avoir quand même des galères. Parce que c'est la vie. La chose dont tu peux être sûre et certaine, c'est que tu auras des galères. C'est pour ça qu'il faut profiter de ce qu'on a – la chasse au trésor, la lune rousse, toi…

Il me prend la main en ajoutant :

– Je suis désolé pour ton père.

– Au moins, il est toujours là. Je sais. Je vais essayer de m'en souvenir. C'est juste que… j'ai l'impression d'être la dernière à savoir… Tout le monde s'en doutait à part moi.

De ma main libre, je prends le carnet pour écrire : *Je me sens tellement bête.* Je tiens le papier au-dessus des flammes jusqu'à ce qu'elles le dévorent et le transforment en cendres.

Nous restons un long moment assis comme ça à regarder le

feu s'éteindre. Je me concentre sur sa main dans la mienne – ses doigts, sa peau, sa chaleur. Quoi qu'il se passe entre nous, je n'oublierai jamais le contact de sa main dans la mienne.

– J'ai réfléchi et je pense que tu dois vivre tes plus grands rêves. Quels qu'ils soient. Le Montana. Outward Bound. Le rodéo. La lune. Tu as le droit de vivre ta vie à fond, Jeremiah Crew.

Je croise son regard. Son expression est difficile à déchiffrer. J'ai l'impression de le voir quand il était petit garçon, avant toutes les souffrances et les deuils, avant qu'il soit obligé de grandir trop vite, de devenir un adulte et de s'occuper de tout le monde.

Il m'attire contre lui.

Nous nous allongeons. Il ferme les yeux, moi aussi.

– Je suis là, dit-il. Tu peux compter sur moi.

Je reste longtemps dans ses bras. À me répéter que tout va bien. « Pour l'instant. On est ensemble, il est là. » À me répéter que ça me suffit.

« Il est là. »

« Il est là. »

« Il est là. »

– Moi aussi, je suis là, je chuchote. Tu peux compter sur moi.

JOUR 26

Le lendemain matin, je me retrouve dans la cuisine avec ma mère. Nous allons et venons – nous nous servons du café, des céréales, coupons des dés de fruits à ajouter dans un yaourt, tout ça, sans parler. Je ne veux plus jamais parler. Jamais, jamais.

Mais soudain, elle lève les yeux vers moi et me demande :

– Ça va ?

Je fonds en larmes.

Elle me prend aussitôt dans ses bras. Je sanglote dans son cou. Je reste comme ça un moment, cramponnée à elle. Puis je me force à relever la tête pour dire :

– Il faut que je te parle.

Elle se prépare au pire. Vu sa tête, elle doit croire que je suis enceinte.

– C'est une discussion « tête à tête sur le canapé » ou une discussion « promenade au grand air » ?

– Non, c'est une discussion « y a un monstre au coin du bois ».

Ça veut dire : « Allons dans ma chambre construire une cabane avec des oreillers pour se cacher dedans. » C'est ce qu'on faisait quand j'avais sept ans et que j'avais peur des arbres qui entouraient notre maison. J'étais persuadée qu'ils abritaient une abominable créature. Alors la nuit, ma mère s'asseyait sur mon lit pour m'assurer qu'il n'y avait aucun monstre dans les bois et que si jamais il y en avait eu – ce qui n'était pas le cas –, il n'aurait rien pu me faire car il aurait d'abord fallu qu'il sache ouvrir une porte verrouillée de l'intérieur, puis qu'il évite le chien, et ensuite il aurait eu affaire à mon père, et enfin à ma mère avant de réussir à m'atteindre. Quel système de défense !

Nous laissons nos bols sur le plan de travail de la cuisine pour aller dans sa chambre. Une fois que nous sommes barricadées derrière une pile de coussins, assises en tailleur sur le lit, face à face, je lui rapporte ma conversation avec Addy. Et je me remets à pleurer – à cause de mon père et de sa maîtresse, à cause de cette vie en montagnes russes.

Elle me prend dans ses bras, tout contre son cœur, et même si ça ne change rien, ça me suffit. Je fais en sorte que ça me suffise.

– Alors premièrement, je suis navrée que tu l'aies appris de cette façon, commence-t-elle. J'adore Addy, mais ce n'était pas à elle de t'en parler. Enfin, elle ne pouvait pas savoir que tu n'étais pas au courant. C'est moi qui aurais dû te le dire. Donc c'est ma faute. Ton père et moi, nous nous efforçons de gérer cette situation au mieux… sauf que ce n'est pas si facile. Deuxièmement, tu n'y es absolument pour rien. Que ce soit bien clair.

– Je sais.

Seulement, je n'en suis pas si sûre.

Et voilà que j'ai envie de grimper sur ses genoux comme quand j'étais petite et que tout était simple. Quand je n'avais rien de pire à craindre qu'un monstre au coin des bois.

– Qu'est-ce qu'Addy t'a raconté exactement ?

– Juste qu'il sortait avec une femme qui travaille avec lui.

J'aurais espéré qu'elle démente, hélas son expression me le confirme.

– Tu le savais ?

J'espère encore que, par je ne sais quel miracle, elle me dise : « Non, je l'ignorais. » Je ne veux pas l'accabler, mais j'ai besoin d'être sûre qu'elle ne me ment pas, même par omission.

– Je suis au courant depuis un petit moment.

Ça me fait un coup à l'estomac.

– Tu aurais dû me le dire.

– Je sais.

Elle ne se cherche pas d'excuses.

– Encore un secret.

– Je sais. Je suis désolée.

– Je le hais.

– C'est compliqué, tu sais, un couple. Il faut être deux pour le former… et le détruire. Tout n'est pas tout noir ou tout blanc. Ça doit te paraître soudain, comme si l'amour pouvait s'évaporer du jour au lendemain. Mais je me rends bien compte que notre couple s'est fissuré petit à petit. Même si je n'en étais pas consciente sur le moment.

– Je le déteste quand même.

– Je comprends. Moi aussi. Pourtant je connais ton père mieux que quiconque et il n'en fait toujours qu'à sa tête. C'est comme ça. Comme dans le livre que tu aimes bien… Charlie je ne sais quoi…

– *Le Monde de Charlie.*

– Cette réplique sur le fait qu'on accepte l'amour qu'on croit mériter. C'est exactement ton père.

– Bon, il sort avec qui, alors ?

– Michelle.

– Et c'est sérieux ?

– Je pense. Il a parlé d'emménager avec elle, donc on envisage de vendre la maison. Il faudra que je me trouve un nouveau chez-moi. Mais quoi qu'il en soit, ça ne veut pas dire qu'il ne t'aime plus. Ton père t'aime plus que tout au monde, y compris lui-même.

– OK, je réponds platement.

On dirait Claudinator. Pourtant à l'intérieur, je suis déchaînée, une vraie tornade – un mélange détonant de fureur, impression de trahison, panique.

« C'est ce que vous vouliez dire, monsieur Russo ? Pensez-vous que, désormais, je serais capable d'écrire quelque chose de sincère qui permettrait au lecteur de ressentir quelque chose ? »

– Claude ?

– Oui.

– Je suis ta mère. Je te connais depuis toujours. Il faut que tu me parles. Je sais ce que c'est, j'ai tendance à refouler mes émotions, moi aussi.

– OK.

– On peut parler de tout. Ton père. La maison. Saz. La fac. Le sexe.

– J'ai pas vraiment envie de parler de sexe avec toi.

– D'accord. Tu sais, ma mère n'a jamais abordé le sujet avec moi. Alors je tiens à m'assurer que tu sais que tu peux m'en parler. Mais je comprends... Dis-moi juste que tu fais attention parce que je suis une maman et que les mamans ont besoin d'être rassurées à ce sujet.

– Je fais attention.

– Et ça se passe bien ?

Elle veut dire le sexe, avec Miah, pas le reste.

– Oui, ça va.

Elle soupire. Elle se penche vers moi pour coller son front contre le mien. Nous restons ainsi un moment, avant de nous rasseoir. Je m'imagine ma maison, qui sera bientôt à quelqu'un d'autre, ma chambre verte, qui ne sera plus ma chambre verte mais la chambre verte de quelqu'un d'autre.

– Je suis contente de te voir pleurer. Je me fais du souci pour toi. Si les émotions ne sortent pas sous forme de larmes, elles ressortiront autrement. Et tu as le droit d'être une enfant avec tes parents. Même quand tu seras adulte. C'est normal que je joue la maman. C'est bon pour moi, même. Surtout maintenant. Alors laisse-moi être ta maman.

Cet après-midi-là, toutes les deux, Lauren et Claude, Claude et Lauren, nous sortons nous promener. Le soleil et la chaleur nous enveloppent comme pour dire : « Ça va aller. »

Maman lève les yeux vers le ciel.

– *« Tout va bien. Tout finira bien. Toutes choses, quelles qu'elles soient, finiront bien. »*

Ma mère et mon père ne se revendiquent d'aucune religion, mais c'est une citation mystique que maman aime répéter.

Puis elle se tourne vers moi avec une petite grimace comique.

– Aujourd'hui, pas de boulot, on va faire l'école buissonnière.

– Et si on allait à Rosecroft à vélo ? je propose.

Elle hausse les sourcils, stupéfaite.

– Depuis quand tu sais faire du vélo ?

Mais je suis déjà en train d'enfourcher ma monture – jambes nues, pieds nus, tête nue, vu que j'ai oublié ma casquette – pour dévaler l'allée à fond de train.

Nous pédalons côte à côte, le soleil dans la figure, les cheveux au vent. À Rosecroft, nous nous frayons un chemin à travers les hautes herbes et les briques pour atteindre le grand escalier à l'arrière de la maison, du côté des marécages. Je passe la première, elle me suit jusqu'au premier étage. Il n'en reste pas grand-chose à part une seule pièce, spacieuse, avec le ciel bleu pour plafond et un léger parfum de fleurs.

En entrant, j'ai le souffle coupé.

La porte du placard est ouverte. Maman me montre le trou de la balle. J'enfonce mon doigt à travers, comme elle l'a fait petite, en me demandant si Claudine a fait pareil. Venait-elle parfois ici ou avait-elle condamné l'accès à cette pièce ? Peut-être était-ce ici qu'elle dormait ? Ou bien avait-elle choisi une chambre le plus loin possible de celle-ci ? Je l'imagine dans cette vieille demeure, errant dans les longs couloirs, seule dans ces pièces immenses, descendant l'escalier – comme moi à cet instant – afin de regagner le rez-de-chaussée, avec le fantôme de Tillie pour seule compagnie.

Je suis soudain submergée d'amour pour Tillie, cette belle et triste jeune femme morte trop tôt. Tout s'éclaire brusquement. Voilà pourquoi Claudine est restée là jusqu'à la fin. Elle ne voulait pas abandonner sa mère.

Une fois ressorties, nous longeons la maison, et maman me décrit à quoi elle ressemblait autrefois, pièce par pièce. Les meubles de jardin en rotin bleu dans la véranda, côté nord. La balancelle en bois. Les portes en chêne doré sur leurs gonds de métal noir. Le hall d'entrée carré. La boîte aux lettres en cuivre pour le courrier au départ. La salle des cartes où était exposé le livre d'or. La porte voûtée donnant sur le grand salon, avec sa cheminée ornée de la devise des Blackwood : VIVIS SPERANDUM. TANT QU'IL Y A DE LA VIE, IL Y A DE L'ESPOIR. Le grand canapé rouge réservé aux siestes de Claudine, où personne n'osait s'asseoir. Et ainsi de suite.

Lorsque le soleil se couche à l'horizon, nous avons rebâti la maison sur ses ruines, à coups de souvenirs.

Dans mon lit, je relis *Zelda* pour la centième fois. Fitzgerald est à Hollywood, tentant de percer comme scénariste pendant que Zelda est hospitalisée en Caroline du Nord pour schizophrénie. Sans même se cacher, il a une folle aventure avec une journaliste à scandale, Sheilah Graham, qui plus tard en fera un livre, alors que Zelda est enfermée dans un sanatorium où elle finira littéralement brûlée vive.

Quel sale con.

Je pose le bouquin et j'attends que Miah vienne, la tête sur l'oreiller.

Nous sommes allongés sur le lit, face à face, tout habillés. Au début, je n'ose pas le toucher. Pourtant, c'est bien lui, mais il a changé… ou alors c'est moi. Peut-être qu'il s'est passé trop de choses – mon père, Grady – pour reprendre là où nous en étions avant la visite d'Addy. C'est ce que je lui dis.

– Ah… et tu veux faire quoi, alors, Cap'taine ?

– Je ne sais pas.

Il me prend la main et la pose sur son cœur.

– Commençons par ça.

Puis il m'embrasse. Je l'embrasse. Pendant une minute, peut-être deux.

Nous nous écartons.

– Tu sais, Cap'taine, on n'est pas obligés de faire quoi que ce soit. Parfois on n'a simplement pas la tête à ça, et c'est pas grave.

– Tu as toujours envie ?

– Euh… pratiquement tout le temps, ouais.

– Je veux dire avec moi.

– C'est ce que je voulais dire aussi. J'ai pratiquement tout le temps envie de toi.

Je l'embrasse. Il m'embrasse. Je pose à nouveau ma main sur son cœur. Je le sens battre – un peu plus rapide que d'habitude, mais toujours aussi régulier. Si régulier.

JOUR 27

Nous sommes debout avant le lever du soleil, et nous filons à la plage à vélo. Nous les laissons sur le bord du sentier. Celui qui traverse les dunes jusqu'au sable. Je porte mon sac, lui son appareil photo. Après la dernière dune, je l'aperçois. Le ciel est une palette de toutes les nuances de bleu pâle, rose et or. L'eau a capturé ses couleurs et les retient si bien que tout, ciel et mer, est baigné de la même lumière époustouflante. Un monde tout propre et pur.

Lorsque je confie ma remarque à Miah, il répond :

– Shirley appelle ça un ciel frais lavé, comme si tout repartait à zéro.

« Comme nous. »

J'inspire l'air vif et léger. D'ici quelques heures, il sera lourd et humide comme une couverture trempée, mais pour le moment, il est si agréable.

– Il faut que j'écrive, je dis.

Mais en vérité, je suis déjà en train d'écrire. Les images et les mots se bousculent dans ma tête. Il faut que je les sorte de là, que je les couche sur le papier.

J'arpente un instant le sable avant de trouver l'endroit parfait pour m'asseoir, avec la meilleure vue du soleil levant et du garçon qui se balade au bord de l'eau, en prenant des photos, ici et là.

De temps à autre, je lève la tête afin de m'assurer qu'il est toujours là. Je le regarde patauger dans les vaguelettes, s'agenouiller dans le sable, cherchant le bon angle, puis couvrir l'appareil de sa main pour faire défiler ses photos. Il se tourne vers moi comme s'il avait senti mon regard.

Il rit.

– Je te vois, Cap'taine !

J'écris : *Je te vois, Cap'taine !* J'aimerais pouvoir le dessiner. Il se fond presque dans le soleil levant.

Soudain, j'entends un *clic*. Je lève les yeux. Il est là, allongé tout près, l'objectif pointé sur moi. Je suis tellement concentrée que j'ai mis un moment à m'en apercevoir. « Je suis contente que tu sois là », je pense.

Un peu plus tard – j'ai perdu la notion du temps –, je le vois debout devant moi, torse nu.

– Viens piquer une tête avec moi.

– Je ne peux pas. Je suis dans mon truc.

Même si je suis partagée. J'ai à la fois envie de rester et d'y aller.

– Quand est-ce que je pourrai le lire ?

– Jamais, sans doute.

Il rit.

– OK… reste alors.

Je sais qu'il veut dire « reste dans ton élément ». Il fait volte-face et court vers la mer.

Il se découpe sur fond de ciel bleu vif.

« Tiens, le soleil est levé, ça y est. »

Il essaie d'enlever son short en courant et manque se casser la figure. *Clic*. Je prends des photos en mots. *Clic.*

– Y a rien à voir ! braille-t-il.

Clic.

Et il fonce dans l'eau.

Clic. Clic. Clic.

JOUR 27
(SUITE)

Assise sur l'une des quatre chaises du magasin, je me ronge les ongles. Il n'y a personne, à part Terri derrière sa caisse.

À midi pile, mon père appelle.

– Papa.

– Salut, ma puce.

Je n'ai aucune idée de ce que je vais lui raconter. Si je vais lui parler de l'autre femme, la mentionner tout du moins. Il faut que je sache d'abord ce qu'il a à me dire.

– J'ai discuté avec ta mère, ma puce. Je suis désolé.

Plus de Clo. Nous sommes désormais « ta mère » et « ma puce », visiblement.

– Vraiment désolé que tu l'aies appris comme ça. Désolé de ne pas t'en avoir parlé. Désolé de t'avoir déçue.

Mon cœur cogne dans mes tympans. Si seulement tout pouvait redevenir comme avant. Ma maison serait toujours ma maison. Mes parents seraient toujours mes parents. Mon père ne serait pas tombé amoureux de Michelle du travail ni rien.

– J'aimerais pouvoir être là, dit-il.

– C'est vrai ?

– Oui…

– Mais c'est toi qui nous as demandé de partir, non ?

– Clo…

Me voilà redevenue Clo. « Oh non, tu ne peux pas me balancer mon surnom comme ça, quand ça te chante. Me le reprendre, me le redonner. »

– Oui ou non ?

– C'est compliqué.

– Tu as rencontré quelqu'un et tu quittes maman. Ça ne me semble pas bien compliqué.

Silence à l'autre bout de la ligne.

– Tu m'as dit qu'il n'y avait personne d'autre. Tu as précisé, je cite : « Je tiens à ce que tu le saches. » Pourquoi avoir insisté là-dessus alors que c'était un mensonge ?

– Désolé.

Je me tais.

– Clo ? Tu es là ?

– Tu sais que si tu l'épouses, tu auras à nouveau une vie de famille ? Tu en es conscient ?

Silence.

Je lui laisse le temps de répondre, mais comme ça ne vient pas, je reprends :

– Donc, en fait, le problème, c'est bien nous. Ce n'est pas que tu ne supportes pas la vie de famille. Tu ne supportes plus *notre* famille.

– Pas du tout. Je n'aurais jamais dû dire ça. Je ne savais pas comment présenter les choses et je m'y suis mal pris.

– C'est vrai que vous allez vendre la maison ?

– On y réfléchit. Rien n'est encore décidé.

– C'est pour ça que tu m'as envoyé tout ça ? Pour te débarrasser de mes affaires ?

– Je te les ai envoyées parce que je pensais que tu aimerais les avoir.

– Eh bien, tu peux disposer du reste. Tout brûler si ça t'arrange. Je m'en moque.

J'ai à peine terminé ma phrase que je la regrette instantanément. Mes affaires n'y sont pour rien. Je ne vois pas pourquoi elles seraient les victimes collatérales de cette histoire.

Et soudain le puzzle se met en place : nous jeter dehors, vendre la maison... Il avait sûrement tout prévu depuis le début. C'est pour ça que je ne trouvais pas son T-shirt Nirvana. Il devait déjà être chez elle, rangé dans un tiroir de sa commode ou plié sur une étagère de placard. Et cette femme se servira des affaires de ma mère, des affaires de mes parents, de nos affaires. Elle mènera notre vie, dans une nouvelle version améliorée – dont ma mère et moi, nous sommes exclues.

Avant que je puisse ajouter quoi que ce soit, il reprend :

– On va se voir bientôt, on pourra en reparler, mais j'ai encore des choses à te dire. Primo, ne doute jamais de mon amour. Je ne suis peut-être pas le père parfait, mais je t'aime. Deuzio, je ne serai sûrement pas toujours à la hauteur à l'avenir, mais ce ne sera pas faute d'essayer.

Pendant qu'il parle, je commence à me pincer le bras. Et puis j'arrête.

– Il faut du temps pour bien connaître ses parents. Tu as de la chance d'avoir une mère extraordinaire. Je ne suis même pas sûr que tu en aies encore pleinement conscience, mais tu le découvriras en grandissant. Je ne suis pas aussi génial – on le sait bien tous les deux –, mais j'espère que dans les années à venir, tu verras à quel point je tiens à toi, même si j'ai une fâcheuse tendance à tout faire foirer.

J'ai beau avoir l'habitude d'entendre mon père jurer, ça m'agace qu'il fasse le papa sensible, sincère, qui me dit qu'il m'aime et tout et tout. Je veux pouvoir le haïr. De toutes mes forces.

– Je ne veux pas la voir. Michelle.

J'ai du mal à prononcer son nom.

– Tu n'es pas obligée. Pas tout de suite.

« Non, jamais. »

Je ne réponds rien. Il attend.

Finalement, il laisse échapper un petit soupir triste :

– On en reparlera quand tu rentreras à la maison. On ira à la pâtisserie acheter tout leur stock de mini-cookies. Jusqu'au dernier. On achètera la boutique entière.

– Non, on ne pourra pas retourner chez Joy Ann comme si rien ne s'était passé. Nos petites habitudes, à tous les deux, c'est mort. Fini. Depuis que tu nous as jetées dehors.

– Je ne vois pas pourquoi, Clo. On pourra continuer même quand tu seras à la fac. Même quand tu seras une autrice célèbre qui vit en Californie.

Puis il enchaîne :

– Je t'aime plus que Beethoven, les cookies de chez Joy Ann et mon T-shirt Nirvana que tu me piques sans arrêt. Je t'aime plus que tout.

Non mais, il se permet de nous voler nos rituels, à Saz et à moi, pour essayer de m'amadouer ! C'en est trop. Je lui raccroche au nez. Sans répondre que je l'aime aussi.

Miah est devant chez lui, torse nu, penché au-dessus d'un tas d'os et d'une cuvette de javel dont l'odeur me pique les yeux.

Avec son vieux poste radio vintage à fond, il ne m'a pas entendue arriver.

Je le regarde. Il a l'air absorbé par ce qu'il fait, heureux, comme lorsqu'il bossait avec les gamins d'Outward Bound, l'autre jour. Sauf que, cette fois, je suis obligée de le ramener sur terre.

– Tu trouves pas ça un peu morbide, les os ?

Sans le vouloir, j'ai pris un ton agressif, accusateur. Je baisse la musique.

Il plonge les os dans la cuvette, un par un.

– Non, c'est comme un truc de la décharge dont tu parles tout le temps, là où l'amour va mourir. Ce sont des survivants. Les choses qui restent. Comme l'amour qui demeure pour être recyclé.

– Et nous, alors, qu'est-ce qu'on va devenir dans une semaine ? je demande.

Il se redresse, repoussant la mèche qui lui tombe dans les yeux.

– Comment ça ?

– Qu'est-ce qu'on va devenir ?

– Je ne sais pas.

– Tu y as pensé au moins ?

– Oui, j'y ai pensé. Bien sûr que j'y ai pensé. Je ne suis pas du genre : « Bon, bah, salut, miss ! Merci pour tout ! »

– Sois sérieux.

– Je suis sérieux. Seulement je ne sais pas ce qu'on va devenir, Cap'taine. Je ne sais même pas ce que je vais devenir. Peut-être que je pars, peut-être que je reste. Peut-être que, dans cinq ans, je serai là, à faire l'aller-retour entre chez ma mère et ici, à blanchir des os en pensant à la fille que j'ai connue un été. À l'époque où on était Claude et Miah – dompteurs d'animaux sauvages, chercheurs de trésor et combattants de la liberté !

– Ne plaisante pas. C'est pas le moment.

– Désolé.

Il s'assied sur la plus haute marche du perron, ses mains trempées sur les genoux.

– Cap'taine, on n'avait pas prévu de se rencontrer et c'est sans doute beaucoup trop tôt.

– J'ai jamais rencontré quelqu'un comme toi.

– J'ai jamais rencontré quelqu'un comme toi non plus. Et ça ne risque pas de se reproduire parce que les Claude Henry, ça ne court pas les rues. Mais chaque chose en son temps...

– Alors qu'est-ce qu'on fait?

– Je ne sais pas. Je ne me vois pas te dire adieu mais je ne nous vois pas non plus continuer au téléphone et par SMS comme tout le monde.

– Alors à quoi bon?

J'aimerais revenir quatre semaines en arrière, quand on avait encore tout l'été devant nous. Mais c'est impossible et, brusquement, j'ai envie de fuir parce que je ne peux pas rester là, à côté de lui, à faire semblant de profiter de l'instant présent, alors que dans ma tête, c'est déjà l'heure, je le vois partir, s'éloigner de cette île et de moi, à jamais.

– Viens t'asseoir à côté de moi.

– Il faut que j'y aille.

– Ne fuis pas.

– Je peux pas rester, parce que si je reste, je vais craquer et j'ai pas envie que tu le voies. Je veux que tu te souviennes de moi comme ça.

Je lui adresse un sourire radieux.

– Ce n'est pas toi que je fuis, c'est notre séparation que je fuis. Laisse-moi juste le temps de reprendre mon souffle.

Et avant qu'il ait pu répondre ou essayer de me retenir, je détale.

La plage est déserte à part quelques mouettes et bécasses. Je file droit dans l'eau. Le vent essaie de me repousser vers le rivage mais je résiste. J'avance, j'avance, jusqu'à ce que le sable se dérobe sous mes pieds et que je plonge brusquement, d'un seul coup. Mes bras se tendent vers la surface, vers l'air, malgré moi.

Je m'enfonce, de plus en plus profond, en m'imaginant comment ce serait de vivre dans cet autre monde. Je suis si pleine de colère que je suis surprise que son poids ne me fasse pas couler. Contre mon père, ma mère, Michelle, Saz, Ivy, Grady, tout le monde, même Miah.

Je retiens mon souffle jusqu'à ce que je n'en puisse plus, que j'aie la tête qui tourne et que mon corps me ramène à la surface. Tout tangue autour de moi tandis que j'inspire goulûment. Je pense aux tortues. Ça doit être tellement dur de ne pas pouvoir se mettre debout, de devoir ramper sur le rivage et de s'écrouler sur le sable, désorientée, perdue.

Je me dis : « Essaie de ressentir ça. Toute cette détresse, ce désarroi. Il faut s'y plonger pour pouvoir ensuite avancer. »

Je me traîne hors de l'eau, je m'affale sur le sable. Je reste là, à contempler le ciel en pensant à mon cousin Danny. Je pense à tout ce qu'il va rater, ce qu'il n'aura jamais la chance de voir ou de vivre. Mais il y a d'autres choses qu'il ne connaîtra jamais – le chagrin et les secrets, et ce que ça fait d'avoir le cœur brisé.

Je retourne au magasin. Maintenant je pense à mes parents. Mon père qui me dit qu'il m'aime. Ma mère qui veut jouer les mamans. Puis je m'imagine en train de dire au revoir à Miah la semaine prochaine. C'est pour ça que je rappelle Saz pour lui dire que je l'aime.

Elle décroche immédiatement.

– Je t'aime aussi.

– Plus que les dents de requin, les tortues caouannes et les lunes rousses.

– Plus que la pizza sans ananas, les soirées pyjama et Ivy. Plus que tout et que quiconque.

– Qu'est-ce que tes parents vont faire de ta chambre quand tu seras partie à la fac ?

– Rien. Elle restera exactement pareil pour quand je reviens. Tu te rappelles, quand la sœur de Mara est partie faire ses études, ses parents ont transformé sa chambre en salle de gym ? Ma mère était outrée. Elle disait : « Je préfère encore aller à la piscine municipale en bikini que de te faire ça. »

J'inspire. J'expire.

– Mes parents vont vendre la maison. Ma chambre verte sera la chambre verte de quelqu'un d'autre. Et puis ils la peindront d'une autre couleur et notre maison sera complètement changée, et ce ne sera plus chez nous.

Je ne sais pas ce qui est pire : voir sa chambre transformée en autre chose ou ne plus du tout avoir sa chambre.

– Je crois que tu n'es plus la Claude Henry qui habitait Capri Lane avec son lit à baldaquin dans sa chambre verte. Et puis, tu seras toujours chez toi à la maison, Hen.

J'ai la gorge tellement serrée que je ne peux pas répondre. Puis je parviens à articuler :

– Tu me manques, Saz.

– Toi aussi.

– J'aimerais que tu sois là.

– Je suis là, avec toi, tu sais. Même si tu ne peux pas me voir.

Peut-être qu'elle est là… ou peut-être pas. Mais c'est ce qu'on dit à sa meilleure amie pour la réconforter quand on aimerait être à ses côtés et chasser ses idées noires. C'est pour ça que je réponds :

– Je sais.

JOUR 28

Je file à Rosecroft à vélo. À part deux chevaux sauvages à la lisière des bois, l'endroit est désert. Je monte les marches, contourne le panneau ACCÈS INTERDIT pour rejoindre les ruines. Je me fraie un chemin, pièce par pièce, enjambant avec précaution les briques et les gravats pour arriver au cœur de la demeure.

Et là, je la vois autour de moi – pas la maison de Claudine, mais la mienne.

Par ici, il y a le salon, et la fenêtre proche de la porte d'entrée que je laissais entrouverte pour Saz.

C'est devant cette même fenêtre que nous installions le sapin de Noël pour qu'on le voie de dehors parce que ça réchauffe le cœur de voir scintiller ces lumières quand on marche dans la rue par une froide nuit d'hiver. Le piano était de l'autre côté, contre le mur, face au canapé. Je détestais répéter, pourtant, pendant des années, j'ai pris des cours avec Mme Gernhoffer, que j'énervais tellement que sa perruque était toute de travers à la fin de l'heure. C'est mon père qui jouait le mieux et Bradbury l'accompagnait en aboyant. Il adorait *Vive le vent*. On accrochait nos chaussettes de Noël au manteau de la cheminée, là, dans le salon.

Par ici, c'est la terrasse, surplombant le ruisseau. Mon père l'a fermée avec une moustiquaire pour que le chat et le chien puissent en profiter également. Tous les cinq – maman, papa, Claude, Bradbury et Dandelion – on s'asseyait là après le dîner pour écouter le bruissement des arbres.

Les marques sur le cadre de la porte de la cuisine, c'était un rituel de ma mère. Elle mesurait tous ceux qui venaient à la maison – même les adultes, même les animaux. Ma salle de bains, c'était celle-ci, dans le couloir du premier étage. En regardant bien, on distingue un éclat dans la baignoire à l'endroit où j'ai jeté rageusement ma brosse le jour de mon entrée en sixième parce que mes cheveux refusaient de coopérer.

Puis il y avait le bureau de ma mère, avec les bibliothèques jusqu'au plafond que mon père avait montées en un week-end, pour que ses ouvrages de recherche trouvent leur place dès qu'on avait emménagé. Et là, c'était le fauteuil où je m'asseyais pendant qu'elle travaillait, pour lire ou l'aider comme je pouvais, apprenant à trouver une histoire dans chaque chose. C'est là que j'ai commencé à écrire, quand j'avais dix ans.

La chambre de mes parents était au bout du couloir, elle donnait sur le ruisseau. C'est là que maman et moi, nous avons eu notre grande conversation au sujet du père Noël, puis plus tard, au sujet du sexe. C'est là que chaque matin, Dandelion se perchait sur la commode et faisait tomber toutes les affaires de mon père une à une jusqu'à ce que celui-ci se décide à aller nourrir ce « foutu chat ».

Enfin, la grande chambre verte mansardée où il y avait toujours de la musique, c'était la mienne. Tellement spacieuse que j'avais la place de danser. Mes livres étaient contre ce mur. Mon placard était là, mais la plupart de mes vêtements gisaient en tas sur le sol. Le lit à baldaquin était par là. Mes affiches là, là et là. Mon bureau – où j'ai commencé à écrire mon interminable roman – était devant la fenêtre. Et c'est par cette fenêtre que j'ai vu Wyatt et ses amis décorer mon jardin de papier toilette avant que mon père ne les interrompe…

Je m'assieds dans le vert de l'herbe, le vert de mon tapis, pour me représenter tout ça dans les moindres détails.

Une heure plus tard, je suis assise sur les marches, adossée à une colonne. À travers mon T-shirt, je sens son contact frais et rugueux. Je sors mon carnet et mon stylo pour écrire.

Je perds la notion du temps. Je ne compte plus les jours ni les minutes. Je ne m'inquiète plus du temps qui passe. Je remplis des pages et des pages, de pensées, d'anecdotes et de morceaux de moi. J'écris à en avoir des crampes, puis je ferme les yeux et j'appuie ma tête contre la colonne.

Quand je les rouvre, le soleil se couche. Le ciel est rose, orange et or. Je le regarde s'illuminer puis s'obscurcir petit à petit. J'écris : *vingt-huitième coucher de soleil* parce que je les ai comptés depuis que je suis ici. Je ramasse mes affaires et je rentre.

Je laisse la fenêtre entrouverte et je m'endors, bercée par le chant des cigales. Aux alentours de minuit, Miah se faufile dans ma chambre, dans mon lit. Je sens sa peau, son torse, son souffle dans mon cou. Il me serre contre lui.

– Y a un truc dont je suis sûr, c'est que je suis là, maintenant, avec toi. On est là tous les deux, ensemble. Je ne peux pas te dire où ça mène mais, putain, ce que je suis content de t'avoir rencontrée. Je ne peux pas te dire ce qui va se passer demain, la semaine prochaine, l'été prochain ou dans cinq ans. Mais je sais que maintenant, à cet instant précis, sur cette île, je suis à ma place, avec toi.

JOURS 29 ET 30

J'aimerais pouvoir arrêter le temps. Comme si on était dans un roman de Ray Bradbury et que, au cours de son existence, chacun avait la possibilité de mettre cinq fois sa vie sur « pause » aussi longtemps qu'il le désire pour prolonger indéfiniment une période donnée.

Voilà ce que je voudrais. Pouvoir respirer pleinement parce qu'il est là, que je suis là et que personne ne s'en va.

L'ÎLE

TROISIÈME PARTIE

JOUR 31

La veille de son départ, il pleut. Maman est dans le salon, au milieu d'une mer de paperasse qui recouvre le carrelage. Elle scanne chaque page, ses lunettes perchées au bout du nez. De temps à autre, elle en déplace une, recule, les parcourt toutes à nouveau des yeux. Dandelion débarque, s'assied sur un tas de feuilles et entreprend de faire sa toilette. Elle le soulève pour aller le poser sur le canapé.

– Qu'est-ce que c'est ?

– Des documents datant de la mort de Tillie. Il y a eu une enquête avant que la police conclue officiellement au suicide.

– Son mari a été soupçonné ?

– Forcément, oui, mais jamais vraiment sérieusement. Il lui était entièrement dévoué et ça se savait. Quant au rapport du médecin légiste...

Elle pointe un formulaire du bout du pied.

– ... il ne laisse aucun doute sur le fait qu'elle s'est donné la mort.

Côte à côte, nous contemplons tous ces papiers. Ces bribes de vie. J'ai envie de m'asseoir par terre pour les lire. J'ai envie d'aider ma mère à les classer pour que nous puissions avoir une vision claire de qui était Tillie, avant et après, et que nous résolvions une bonne fois pour toutes le mystère de sa mort. Le pourquoi.

Mais Miah m'attend. Ça me fait comme un pincement au cœur.

– Je vais chez Miah.

– OK.

Ma mère est distraite, absorbée par ce puzzle qu'elle veut absolument compléter.

– Il part demain, je risque de rentrer tard.

Elle rassemble ses cheveux, les attache en queue-de-cheval et me regarde en fronçant les sourcils. Ses lunettes sont vertes. Je me rappelle quand elle les a achetées, dans une pharmacie, à Memphis – on était partis en road trip tous les trois, avec papa.

– Qu'est-ce que tu entends par tard ?

– À l'aube ?

– Claude.

– Maman. Tu sais où je suis et tu peux venir me chercher pour me ramener ici, si tu veux. Mais c'est important pour moi.

– Qu'est-ce que je suis censée dire ? Si je refuse, je m'interpose entre toi et ce garçon, et tu m'en voudras éternellement ou tout du moins très longtemps. Si j'accepte, je suis la mère la plus négligente du monde, et ma propre mère me renierait sans hésitation si elle savait.

– Et si tu essayais : « Je comprends » ? Ou bien : « Ça ne me plaît pas mais je comprends parce que je me rappelle ce que c'est d'avoir dix-huit ans et d'être amoureuse. De plus, tu es une jeune adulte presque responsable qui va prochainement entrer à l'université et je regretterai bientôt l'époque où tu me demandais la permission de passer la nuit avec un garçon de confiance qui ne boit pas et fait des œuvres d'art avec des os» ?

– Il fait des œuvres avec des os ?

– Des os d'animaux, pas d'humains. Hum, peut-être aurais-je mieux fait d'omettre ce détail.

Elle s'assied sur l'accoudoir du canapé et me dévisage.

J'insiste :

– Quand on est arrivées ici, tu m'as demandé de te dire si j'avais besoin de quelque chose. J'ai besoin de passer cette soirée avec lui. S'il te plaît.

Elle soupire.

– Tu l'aimes vraiment ?

– Je crois bien.

Nous échangeons un long regard puis elle déclare :

– File.

Miah et moi, nous roulons sans parler, ce n'est pas la peine. La météo parle pour nous. Grise. Humide. Triste. Il a beau répéter qu'il faut vivre dans l'instant, je sais qu'il n'a qu'une chose en tête, comme moi : notre temps ensemble est compté.

Je me répète que ça va aller.

Sur le chemin de Rosecroft, il s'arrête au bord de la route, au niveau d'une trouée dans les arbres. Un sentier s'enfonce dans la forêt. Il fouille dans la boîte à gants, puis dans la console centrale, en tire un trousseau de clés, argent et or étincelants dans la lumière morne du jour.

Il sort du pick-up pour m'ouvrir la portière. Nous marchons main dans la main, les doigts entrelacés, sous le feuillage mouillé des chênes de Virginie.

– Où on va ?

– Tu vas voir.

Quelques mètres plus loin, nous arrivons devant un portail de fer forgé rouillé, muni d'un vieux cadenas et d'un panneau accès interdit. Il essaie une clé après l'autre jusqu'à trouver la bonne.

– C'est quoi, cet endroit ? je demande.

La pluie tombe dru, sans discontinuer, déterminée. À croire qu'elle va tomber ainsi pour le restant de nos vies. Je rends les armes, j'enlève ma casquette de pêcheur, et en quelques secondes, je suis trempée de la tête aux pieds.

– Un cimetière, répond-il en poussant le portail.

C'est alors que je remarque les tombes : des rectangles gris et plats, bien alignés. Quelques stèles ravagées par le temps qui sortent à peine de terre, des plaques couvertes de mousse, des statues d'anges, les mains tendues ou agenouillés en prière.

Miah s'adresse au cimetière, aux arbres et au ciel :

– Nous demandons aux morts la permission d'entrer.

La pluie tambourine sur les tombes, comme un chœur régulier. Certaines sont couvertes de fleurs, de livres, de plats, de verres ou de lampes à huile.

– La croyance veut que les esprits des morts demeurent dans les environs et que, pour éviter qu'ils embêtent les vivants, il faille leur faire des offrandes. Leur apporter des affaires qui leur appartenaient.

Il parle à mi-voix comme si les morts risquaient de l'entendre.

– Les lampes sont là pour éclairer leur chemin vers l'inconnu.

Nous parcourons chaque allée, pour lire les épitaphes, les mots d'amour ou de chagrin, les noms et les dates, les citations douces et mélancoliques de Rudyard Kipling, J. M. Barrie ou Oscar Wilde.

La vie est brève, mais dans sa brièveté, elle nous offre des moments d'exception, des aventures marquantes.

Deuxième étoile à droite et tout droit jusqu'au matin.

Vivre est la chose la plus rare au monde, la plupart des gens existent, voilà tout.

Au bout de la rangée, à côté de sa mère, repose Claudine Blackwood.

Elle refusa de s'ennuyer, principalement parce qu'elle n'était pas ennuyeuse.

C'est de Zelda Fitzgerald.

– J'aime beaucoup Zelda, moi aussi.

Je reconnais certains noms, d'autres pas.

– Il y a tant d'histoires que personne en dehors de cette île ne connaîtra jamais ! je soupire.

– Raison de plus pour les écrire.

Nous sommes maintenant dans la partie afro-américaine du cimetière où sont enterrées Clovis, Aurora et Beatrice Samms. Leurs tombes sont couvertes de fleurs. Une lanterne brille sur la stèle de Clovis.

– Qui entretient la flamme ?

– Sa famille, en principe. Mais les gardiens du parc naturel y veillent également. Et moi aussi, de temps en temps, je viens vérifier qu'elle ne s'éteint pas.

Tout au fond du cimetière, il y a un muret de pierre croulant, en demi-lune. Nous nous perchons dessus et Miah retrace nos aventures de l'été de son point de vue. Il me dit comme il était fier quand j'ai trouvé ma première dent de requin toute seule. Il me promet qu'il pensera toujours à moi chaque fois qu'il croisera une luciole. Il me parle de notre soirée dans les ruines, qui a changé à jamais sa façon de les voir. Il me rappelle la fois où on s'est retrouvés embourbés dans les marécages, et où il m'a juré qu'être coincé dans la boue avec moi, c'était le rêve.

Il a un ton léger – pas comme mon cœur.

Je demande :

– Alors qu'est-ce qu'on fait ?

– On est assis là, sur ce mur magnifique.

– Sérieusement. Donc tu pars demain, et voilà, je ne te reverrai plus jamais ?

– Peut-être…

– J'ai pas envie de partir.

– Moi non plus.

Il me prend la main et la caresse avec son pouce.

– Et si on ne partait pas ? Si on restait ici ?

– Dans ce cimetière ?

– Dans ce cimetière. Enfin, sur l'île. On continue – ça, toi et moi. Après, tu viens me voir à New York, je viens te voir dans le Montana.

J'ai envie qu'il se batte pour moi, pour nous.

Il se frotte pensivement le menton.

– OK, tu laisses tomber la fac. Je laisse tomber Outward Bound.

– Je ne plaisante pas.

– Moi non plus.

Pendant quelques minutes, je nous imagine, lui et moi, dans sa jolie maison bleue sous le ciel bleu, vivre nos aventures, sans plus jamais craindre que le sol se dérobe sous nos pieds parce qu'à la place on aura le sable, l'herbe et l'océan pour patauger.

Il soupire :

– Ou pas…

– Ne dis pas « ou pas ».

– D'accord.

Des gouttes de pluie scintillent dans ses cheveux, sur ses cils, sur son front.

– Cap'taine, il y a plein d'endroits qui t'attendent dans ce monde. Tu as des histoires à écrire, des aventures à vivre. Si je préférerais les vivre avec toi ? Putain, oui. Mais je ne vois pas comment ce serait possible.

– Tu pourrais venir à New York. Il y a des tas d'écoles de photo là-bas. Et des tas de choses à photographier. En plus, c'est une île aussi. D'un autre genre, c'est tout.

Mais en le disant, je sais pertinemment qu'il ne viendra jamais à New York.

– Cap'taine, tu m'as bien regardé ? Je serais malheureux comme une pierre, là-bas.

C'est imparable. Définitif.

– Alors c'est fini ?

– J'espère que non. Mais nous sommes encore ensemble. Maintenant. Le reste de la journée. Ce soir. Et demain. C'est tout ce que je sais.

Il sourit. Un sourire triste mais paisible.

Je lui rends son sourire triste mais paisible.

Et il m'embrasse. Sauf que c'est trop tard, je sens déjà mon cœur se figer. Une petite mort.

– Il faut qu'on y aille, décrète-t-il. Mais d'abord… mets-toi là, debout.

Il me désigne le pied du mur. Il saute par terre et court à l'autre bout pieds nus.

Je me retiens de pleurer.

« Ne pleure pas. Non, pas question. »

Je descends du mur et je reste plantée là.

Puis je l'entends.

– Tu es là, Cap'taine ?

C'est un murmure qui me parvient par une fissure, mais aussi clairement que si Miah se tenait à côté de moi. Je me tourne vers lui, il me fait signe.

– Oui, je chuchote contre le mur.

– De quoi as-tu le plus peur ?

J'ai envie de répondre : « De ne plus jamais te revoir. » Mais à la place, je dis :

– De ne pas écrire ma propre histoire. De ne pas savoir qui je dois être. Et toi, de quoi as-tu le plus peur ?

– Toujours de toi.

Nous allons nous sécher chez lui. Je prends une douche express pour ne pas perdre une minute de mon temps avec lui. Il me prête un T-shirt et un short, si bien que j'ai l'impression de devenir lui. Je suis pieds nus et j'ai son odeur.

Pendant qu'il se douche, je contemple les cadres au mur, comme au musée. J'étudie chaque photo. Les os, les ruines – les restes de choses.

Je l'entends chanter *Joy to the World* dans la salle de bains.

Dans son lit, j'ai toujours son T-shirt, mais le short gît par terre. Miah est nu. La pluie bat contre la vitre. Je l'effleure du bout du doigt.

– Si tu pouvais changer un détail dans ton corps, qu'est-ce que ce serait ?

– Oh, punaise, Cap'taine, j'en sais rien ! Mon gros orteil gauche.

– Moi, j'effacerais mes grains de beauté.

– Mais je les aime, moi.

Il pointe du doigt tous ceux que j'ai sur le ventre.

– Ça me fait penser aux longs jours d'été, au soleil et à la lune rousse.

– On dirait que j'ai la varicelle.

Je sais que je ne devrais pas souligner mes défauts, ce que je n'aime pas chez moi. Mais j'essaie d'être légère, enjouée, pour ne pas penser au temps qui passe trop vite. Pour qu'il ne commence pas à me manquer alors qu'il est encore là.

Je lève les bras tel un chef d'orchestre. Il me prend la main et l'examine comme si c'était la chose la plus fascinante au monde, en observant chaque tache de près. Il fait courir ses doigts le long de mon bras. Il me colle un bisou sur le coude. Ensuite, il fait pivoter mon bras légèrement à gauche, puis à droite et m'embrasse l'intérieur du poignet, le dos de la main, puis l'épaule, la paume…

– Qu'est-ce que tu fabriques ?

– J'embrasse tous tes grains de beauté.

Il m'embrasse un genou.

– Je crois que je ne t'ai jamais embrassée ici.

Il embrasse l'autre.

– Je veux t'embrasser partout, partout.

Il me colle un bisou sur le nombril.

– Ni ici.

Il m'embrasse l'oreille.

– Ni là.

Et il continue, en prenant tout son temps.

Je n'ai pas besoin de l'embrasser partout pour savoir qu'il a une tache en forme de cœur sur l'épaule gauche et une cicatrice sous le menton. Que les poils de ses bras, qui paraissent dorés d'ordinaire, prennent des reflets roux au soleil. Que son gros orteil droit est un peu plus long que le gauche. Et qu'il a aussi une cicatrice sur le genou gauche.

Il remonte de l'autre côté le long de mon bras jusqu'à mon

épaule, et mon oreille. Je ne suis pas très à l'aise qu'il me scrute d'aussi près en plein jour. Les taches, les bourrelets ici, et les os qui ressortent là, toutes les bosses, tous les défauts. Mais c'est comme ses photos, la réalité, l'honnêteté, la beauté. Alors je le laisse m'embrasser. Et j'arrête de m'en faire parce que c'est lui, c'est moi, et qu'il n'y a plus de cachotteries entre nous, même si je le voulais.

– Je ne t'ai jamais embrassée ici, poursuit-il, ni là.

« Je pourrais rester ici, vivre sur cette île avec Jeremiah Crew. »

– Ni là.

Il dépose un baiser sur mon front. Quoi qu'il arrive, je sais qu'il y aura au moins une personne au monde qui aura tout vu de moi.

Après, nous restons allongés, l'un contre l'autre. Il me prend dans ses bras, ma tête sur son torse.

– Je veux passer toute la journée avec toi, demain, dit-il.

– Moi aussi.

– Il nous reste une tonne de choses à faire sur cette île, Cap'taine. Je veux t'emmener au nord pêcher des huîtres. Et puis camper au Blue Hollow et faire du canoë dans les marais.

« Et moi, je veux continuer à t'aimer. Et que tu m'aimes aussi. Et dormir dans tes bras parce que c'est là que je dors le mieux, sans me réveiller et fixer le plafond pendant des heures. Un sommeil paisible et heureux. »

– Bah, alors, faudra qu'on revienne, je dis.

– Bah, je crois bien, oui.

Je suis décidée à ne pas fermer l'œil de la nuit pour ne pas perdre une seconde de notre temps. Quand je sens qu'il devient flou, je murmure :

– Je flotte.

D'une voix rêveuse, il répond :

– Moi aussi, je t'aime.

Et il dérive, de plus en plus loin.

J'aimerais le secouer pour le réveiller, lui demander de répéter pour être sûre d'avoir bien entendu. J'ai envie de claironner : « C'est toi qui l'as dit en premier, même si tu n'en es même pas conscient. Tu m'aimes, Jeremiah. »

Mais je reste là, dans ses bras, à l'écouter respirer, son souffle calme et régulier. Il remue, me serre plus fort contre lui, je contemple le plafond en savourant ces cinq petits mots.

JOUR 32

Quand je me réveille, son côté du lit est vide. Je reste allongée, hésitant à me lever car une fois que je serai debout, la journée commencera officiellement, et le compte à rebours jusqu'à son départ sera lancé. Peut-être que si je restais couchée, je pourrais arrêter le temps.

– Bonjour, Cap'taine.

Il se tient sur le seuil, déjà habillé. Short noir, T-shirt bleu ciel.

– Cette journée est un vrai cauchemar, déclare-t-il.

Son talkie-walkie grésille, il le regarde en secouant la tête.

– Tout le monde a besoin de moi, et c'est toujours comme ça quand je suis censé faire autre chose.

Il se penche pour m'embrasser.

– Du genre rester au lit avec toi.

J'essaie de le retenir mais il se redresse en grognant.

– Et donc ? je demande.

– Et donc, je vais devoir régler quelques trucs, mais ensuite, je serai tout à toi.

Il sourit.

Je souris.

Au fond de moi, je me demande s'il ne joue pas le gars surbooké pour se protéger, parce qu'il sait qu'il doit partir et que ce n'est pas la peine de faire durer les adieux. Je me demande si ce serait plus facile de ne plus jamais le revoir. Me raconter que ce n'était qu'un rêve, que tout cet été n'a jamais existé, retrouver mon père, Saz et mes amis dans l'Ohio, puis partir à la fac comme si de rien n'était.

Sauf que ce n'était pas rien, qu'il me reste une journée avec lui et que j'y tiens. Une journée entière du début à la fin, pas sous le signe des adieux mais plutôt de : « Ce n'est qu'un au revoir. »

Mais non, il n'invente pas parce qu'il parle dans son talkie-walkie en arpentant le couloir. Je me redresse, pose les pieds par terre et attrape mes vêtements.

On doit se retrouver après le déjeuner pour aller à la plage. Il me dépose au magasin, où j'achète un nouveau carnet parce que le mien est presque terminé. Celui-là est grand et épais avec une couverture verte de la couleur des hautes herbes. Je rentre à la maison sous le soleil.

Je trouve ma mère dans la cuisine, un livre à la main, en train de boire un café. Elle a relevé ses cheveux en chignon improvisé et mis le T-shirt « Autrice culottée » que je lui ai offert à Noël dernier.

– Je suis rentrée, je dis.

– Je vois ça, fait-elle en posant son livre. Tout va bien ?

– Oui.

Je sens le mur entre nous, et je ne veux pas, alors je la serre dans mes bras, et elle me rend mon étreinte. Ensemble, nous faisons tomber ce mur, puis nous nous écartons – parce que les meilleures choses, même les câlins, ont une fin. Je nous sers deux verres de jus, prends deux bols dans le placard, sors le paquet de céréales. Elle me tend une tasse de café puis désigne le fauteuil près de la fenêtre où trône un paquet.

– Encore lui ?

– Oui.

– Je lui ai dit d'arrêter.

– Alors ne l'ouvre pas.

Elle sourit.

– Mais je connais ton père. C'est sa façon de se faire pardonner.

J'emporte bols, verres et tasses – un numéro d'équilibriste – sur la table. Je m'assieds dos au paquet. Ma mère s'installe en face de moi.

Nous mangeons en silence, puis je demande :

– Il était comment quand tu l'as connu ?

Son geste se fige dans les airs. Elle pose sa tasse et fixe le plafond.

– Compliqué. Drôle. Un peu prétentieux, mais d'une manière touchante. Il pensait pouvoir tout réussir. Toujours en noir, dans sa phase artiste, parce qu'il se trouvait plus mature que les autres et que c'était un musicien de génie ! Il m'impressionnait un peu.

Elle ne me demande pas pourquoi je lui pose la question.

– Mais quand il est sorti de Juilliard, pourquoi vous n'êtes pas restés à New York ? Pourquoi il n'a pas tenté de percer dans la musique ?

– Ton père ne s'est jamais senti à sa place, ni dans cette école ni dans cette ville. Il avait un don naturel pour la musique, mais les études formelles, ce n'était pas pour lui.

– Mais il aurait quand même pu exploiter son don.

– Ce n'est pas facile de gagner sa vie en tant qu'artiste.

– Tu y arrives bien, toi.

– Oui, je suis consciente de la chance que j'ai. Et je me dis en permanence : «J'espère que personne ne va découvrir l'imposture!»

– Tu crois que vous seriez toujours ensemble s'il n'avait pas abandonné la musique?

– Je n'en sais rien. Mais je veux que tu me promettes une chose : que toi, tu vas vivre ta vie et devenir la Claude que tu mérites.

– Je te le promets.

Nous reprenons nos cuillères, puis nos tasses, pile en même temps, parfaitement synchronisées.

– Arrête, je dis.

– Non, toi, arrête!

Et nous éclatons de rire. Et chaque fois que le rire faiblit, nos bruits de cochons à bout de souffle nous font repartir de plus belle.

– Maman? Tu vas me manquer.

– Toi aussi. Horriblement. Mais je viendrai te voir à New York. J'emmènerai peut-être même Dandelion. Et puis, Thanksgiving va vite arriver. En attendant, je t'encouragerai à vivre ta vie et écrire ta propre histoire, et je serai super fière de toi.

– Qu'est-ce que tu vas faire, toi?

– Après t'avoir conduite à New York, installée dans ta chambre d'étudiante et t'avoir dit au revoir? Sans doute dévorer un kilo d'Oreo et tremper le poil de Dandelion de larmes.

– Et ensuite?

– Je ne sais pas.

Son regard se perd au loin par la fenêtre.

– Sans doute rester ici un moment. Ta tante Katie veut me rendre visite. Et puis...

Elle hausse les épaules.

– … je m'y plais bien. Il y a du boulot.

– L'île t'apporte ce dont tu as besoin. Comme le lever de soleil. Quand le monde repart de zéro. Shirley, l'amie de Miah, appelle ça un « ciel frais lavé ».

Elle sourit de son plus beau sourire de maman.

– C'est joli.

– Je t'aime plus que filer à vélo et Rosecroft au crépuscule et tous les mots du monde. Je t'aime au-delà des mots.

– Moi aussi, je t'aime au-delà des mots.

Elle tient sa tasse entre ses deux mains, le soleil illumine ses cheveux de reflets dorés.

– Tu sais que c'est lui qui a commencé ce rituel : « Je t'aime plus que… »

– Non, Saz et moi, on l'a inventé quand on était petites.

– Non, Saz et toi, vous l'avez repris, mais ça vient de ton père.

On frappe à la porte. C'est Jared. Il me tend un petit mot avec un smiley au sourire d'excuse. Mon cœur se serre. « Alors voilà, c'est tout. Les adieux de Miah, c'est ça. »

J'ai presque envie de le rendre à Jared, mais je le déplie quand même.

Capt'aine, je dois courir d'un feu à l'autre (c'est une image, heureusement).

Je prendrai le ferry plus tard pour qu'on ait un peu de temps ensemble. Je passe te chercher à cinq heures.

Je t'embrasse,

Miah

Avec Jared, on part à vélo pique-niquer sur l'ancien terrain d'aviation. Une jument et son poulain paissent non loin de nous. Après manger, nous nous allongeons dans l'herbe pour les observer. Mes paupières sont lourdes, à cause de la chaleur, et du repas.

– Claude ?

Je me tourne vers lui. Il me regarde, la main en visière.

– Oui ?

Je fais de même pour le dévisager.

– Ça fait quoi d'être amoureux ?

Je m'allonge, les mains sous la nuque, contemplant le ciel. Je prends mon temps pour répondre, ce n'est pas une question facile. C'est une émotion difficile à décrire. Qui est indissociable de la peur, du doute et de l'angoisse. Le questionnement perpétuel, le temps passé à tout disséquer, jusqu'à avoir l'impression d'être une grenouille sur une paillasse de labo, exposée à tous les regards. L'attachement – trop, pas assez, juste assez –, l'insécurité qui en découle. Le fait que cette personne peut te faire plus de mal que quiconque, justement parce que tu l'aimes. La nécessité de faire confiance, de se dire que ça n'arrivera pas, que peut-être, oui, peut-être, cette personne est sincère et que, tout du moins pour un temps, tu peux te reposer sur elle. Qu'elle ne se dérobera pas.

Finalement, je réponds :

– Quand c'est la bonne personne, tu te sens invincible, compris, et chez toi où que tu sois dans le monde.

Il soupire :

– J'aimerais me sentir invincible.

Nous pédalons jusqu'à l'auberge où il me fait entrer en douce dans la suite Blackwood – siège de la Société du Tiroir Secret. C'est une pièce spacieuse, lumineuse. Le bureau occupe tout un pan de mur. On dirait un géant endormi. Il y a deux valises près de la commode. Des vêtements dans le placard.

– La chambre est occupée ?

– Oui, mais j'ai demandé l'autorisation, c'est bon.

Je n'en suis pas si sûre mais c'est trop tard. Il glisse la main dans la bouche du géant – le fameux tiroir secret – et en tire une liasse de lettres. Il me les tend, nous les lisons ensemble.

De père à fils, de mère à fille, de mari à femme, de sœur à frère, d'ami à ami. Des paroles pleines de sagesse, ou torturées par le manque. Des mots d'amour. Des excuses, des poèmes, une demande en mariage, une épitaphe. Parfois le message est anonyme. Parfois il se réduit à une ou deux lignes, parfois il s'étale sur plusieurs pages.

– Quelle est la plus vieille lettre que tu aies lue ?

– Euh… elle datait de 1994, je pense.

– Il n'y en avait pas de plus anciennes ?

– Si, mais on vide le tiroir de temps à autre de manière à faire de la place pour les nouvelles. Il y en a des cartons pleins dans le grenier.

– On pourrait y trouver des messages écrits par les Blackwood, non ?

– Oh, si, sûrement. C'est même quelqu'un de la famille qui a fondé la STS.

– Claudine ?

– Sa mère.

Il désigne un cadre doré accroché au mur, au-dessus du bureau. Une lettre rédigée à l'encre noire sur papier bleu pâle, aux coins jaunis. Une écriture nette et élégante, penchée comme si elle faisait la révérence.

Cher ami,

Bienvenue à la Société du Tiroir Secret. Vous êtes invité à y laisser lettres, messages et souvenirs. Écrivez vos aventures, notez vos pensées, quelles qu'elles soient. Vos mots nous importent. Puis glissez-les dans ce tiroir où ils seront en sécurité.

Bien sincèrement,

Tillie Donaldson Blackwood

23 septembre 1933

Cinq ans avant sa mort, l'année de la naissance de Claudine.

Un frisson d'excitation me parcourt. C'est la seule trace écrite qui nous reste de Tillie. Héritage touchant et romantique d'une femme sensible et pleine de vie. Je sors mon portable pour prendre la lettre en photo.

Avant de partir, j'ajoute ma contribution :

Chère Claude,

Écris ta propre histoire.

Tendrement,

Moi-même

Une fois rentrée, je m'installe sur ma banquette à la fenêtre pour ouvrir mon paquet – qui est plus lourd qu'il n'y paraît. Je le secoue, ça fait du bruit. Je doute que ce qu'il contient me suffise pour pardonner à mon père, mais je l'ouvre néanmoins.

Au milieu d'un tas de papier de soie de Noël, bleu constellé de flocons de neige argentés, je trouve une carte postale qui claironne : *Bienvenue dans l'Ohio, le pire du Midwest!* en surimpression sur une photo de la gigantesque arche bleue enjambant l'autoroute I-70, qui accueille les visiteurs dans l'État. La route s'étend à perte de vue. *On a des champs, du maïs, des cochons, de la méth et encore des champs !*

Au verso, mon père a écrit :

Ma Clo,

Je pense que tu ne peux pas trouver tout ça sur ton île et que ça doit te manquer. Si tu arrives à les finir avant ton départ, tu gagneras toute mon admiration. Ma vénération, même. Rapporte les survivants (s'il y en a) et je te promets que je te les cuisinerai avec amour.

Bisous.

Ton papa, pour le meilleur et pour le pire. Que ça te plaise ou non. Retours refusés. Le père dont tu as hérité, qui ne te mérite pas mais qui t'aimera toujours quoi qu'il arrive.

Je pose la carte pour fouiller sous les papiers et me voilà qui bats des cils, encore et encore, parce que je ne veux pas pleurer. Je ne veux pas pleurer. Je ne veux pas lui pardonner et je ne veux pas pleurer.

Cinq minutes plus tard, je me passe le visage à l'eau froide avant de contempler mes yeux bouffis et rouges dans le miroir de la salle de bains. Je redescends dans le salon, près de la fenêtre où j'ai aligné le contenu du colis : douze paquets de Mac & Cheese.

À cinq heures, Miah gare son pick-up devant la maison. Je l'entends arriver et je sors l'accueillir sur la terrasse.

– Désolé, Cap'taine. Quelqu'un est entré par effraction dans les bureaux du parc naturel, deux gamins d'Outward Bound se sont perdus, Bram et Shirley ont besoin de moi pour fermer leur maison et ma sœur a appelé.

– Ta mère va bien ?

– Je ne sais pas encore.

Il appuie son front contre le mien en chuchotant :

– Et si on se faisait la malle ?

– Ouais, allons-y, je réponds.

Il ferme les yeux. Moi aussi.

Au bout d'un moment, il s'écarte en soupirant :

– Je pars à dix heures moins le quart ce soir. Ça nous laisse encore un peu de temps.

Il m'adresse un petit sourire triste. Il s'efforce d'avoir l'air normal et guilleret, mais le sourire vacille et je le vois vraiment. Il plonge son regard en moi, si profond que je le sens.

– J'ai encore deux trois trucs à faire, puis je repasse te chercher.

Soudain, l'angoisse me submerge. J'essaie de lutter, je me dis que je suis triste, que c'est normal. Parce que nos vacances sur l'île sont finies. Mais ça va au-delà de ça. La panique me gagne parce qu'au fond de moi, j'en suis convaincue : « Le voilà, ton adieu, c'est maintenant. C'est tout. »

– Qu'est-ce qui se passe, Cap'taine ?

Il sourit à nouveau, mais l'inquiétude voile son regard. Je vois bien qu'il est persuadé qu'il va venir, qu'il passera me chercher.

– Rien, je dis.

Parce que je veux chasser cette ombre dans son regard. Je veux plonger mes yeux dans les siens et n'y voir que moi.

Alors il m'embrasse et c'est juste un baiser. Rien de plus, mais en cet instant, il prend toute sa valeur.

JOUR 32
(SUITE)

Pendant le dîner à l'auberge, j'essaie de me concentrer sur la conversation, mais je guette Miah, les yeux rivés sur la porte. J'ai essayé de me raisonner, de me dire que je me faisais des idées cet après-midi. Bien sûr qu'il va passer me chercher. Puis, soudain, je m'imagine qu'il arrive comme promis sauf que je ne le vois pas et qu'il s'en va, il quitte l'île sans qu'on ait pu se dire au revoir.

– Je vais aux toilettes, je reviens, dis-je.

Je m'éclipse de la salle à manger, je passe devant les toilettes sans m'arrêter pour sortir par la grande porte qui donne sur la pelouse. Déserte. J'attends une, deux minutes. Puis je reviens à table et je me rassieds.

Ma mère me jette un regard soupçonneux, mais ne dit rien.

En apportant le dessert, Jared me prévient qu'il quitte l'île quelques jours pour aller chez des amis.

– Faudra que tu me fasses signe quand tu reviendras.

– Je ne suis pas sûre de pouvoir revenir de sitôt. Mais si tu es là, je passerai te voir.

– Tu seras toujours la bienvenue chez les Enfants Perdus. Tu es des nôtres, maintenant.

Comme Wednesday passe par là, je lui fais signe. Elle agite la main.

– Quel immense honneur, je dis.

Alors Jared me prend dans ses bras et me serre à m'étouffer.

– Je suis content de t'avoir rencontrée, me glisse-t-il à l'oreille.

– Moi aussi.

Puis il s'en va et je me redresse un peu dans ma chaise, ravalant mes larmes. Je tripote mon dessert du bout de ma fourchette, avant de la reposer.

Ma mère bavarde, les autres clients aussi. Ça fait une musique de fond. Il est neuf heures vingt et une et le ferry part à quarante-cinq.

Neuf heures vingt-deux.

Vingt-trois.

Vingt-quatre.

À vingt-cinq, sans un mot pour ma mère ou les autres personnes de la table, je me lève et je m'en vais. Cette fois, je sors par la grande porte.

Il fait nuit et il bruine. Les étoiles émergent une à une, comme des fleurs, hésitantes mais pleines d'espoir. Les cigales chantent. C'est l'été.

Appuyée à la balustrade de la terrasse, je guette son pick-up. Ce soir, il sera obligé d'allumer les phares parce que la pluie a éteint les lucioles, comme les étoiles. Je le verrai arriver avant de l'entendre, s'il vient du sud.

Neuf heures vingt-huit.

Je dévale les marches, pataugeant dans l'eau accumulée dans les creux du bois. Je reste en bas, dans l'allée, laissant la pluie tremper mes cheveux, ma peau, ma robe.

Je regarde vers le sud et vers le nord, parce qu'il peut arriver de n'importe où.

Neuf heures trente et une.

Je me dis qu'il est toujours en retard. Sans doute en train de terminer ses bagages en vitesse et de fermer la petite maison bleue, puis celle de Shirley et Bram. En train d'éteindre un incendie ou de retrouver des gamins d'Outward Bound qui grâce à lui ne sont plus perdus. D'aider à charger le ferry avant de passer me dire au revoir.

Neuf heures trente-cinq.

Je vais le retrouver à l'embarcadère. Je jette mes chaussures et je fonce dans l'allée, sous les chênes de conte de fées, vers la mer. Je descends le sentier jonché de coquillages en sentant à peine leurs pointes me piquer les pieds. Et tout en courant, je cherche des yeux les phares. Je n'arrête de courir qu'une fois sur le quai.

Qui est désert.

Je reste longtemps à contempler la mer, noire et infinie, à part les lueurs de la côte au loin. Le continent. À des années-lumière d'ici.

J'attends qu'un ferry surgisse.

J'attends que Miah arrive.

J'attends. J'attends.

Je ne sens plus la pluie qui dégouline, parce que la seule chose que je sens, c'est cette douleur dans mon cœur. Une douleur d'une intensité que je n'ai jamais connue. À la fois belle et monstrueuse. Elle me remplit. Complètement.

On devait avoir encore du temps.

Encore un peu de temps ensemble.

Je me laisse tomber sur le banc trempé, qui me trempe encore plus. La pluie finit par s'arrêter. Je lève les yeux. Les étoiles dessinent un tapis de lumière dans le ciel. L'émotion que ça me procure est liée à Miah, mais pas que. C'est tous ces étés quand j'étais petite, que j'avais huit, dix, douze ans. Tous ces moments merveilleux, pleins d'amour, de lumières et d'une infinité de possibles.

Je pose une main sur le banc et je sens quelque chose. Un truc lisse et frais. Je baisse les yeux. C'est une dent de requin. La plus grosse que j'aie jamais vue. Avec un cercle tracé autour.

Je remonte le sentier, je retourne à l'auberge, la dent de requin dans la poche. À travers les arbres, les lumières de la terrasse sont des repères dans la nuit, des lanternes éclairant le chemin vers l'au-delà. Je monte les marches, pataugeant dans les flaques accumulées dans les creux du bois. Je remets mes chaussures, je chasse les cheveux de mon visage, et voilà.

C'est moi, à prendre ou à laisser – moi trempée, chiffonnée, par Miah délaissée.

– Claude ?

Ma mère m'appelle de l'autre bout de la terrasse. Elle est perchée sur la balancelle comme si elle me guettait. Je la rejoins et me laisse tomber à côté d'elle, avec une boule dans la gorge de la taille de la planète.

– Ça va ? me demande-t-elle.

Elle sait. Je le vois sur son visage.

– Ça va aller, dis-je.

Mais mon cœur n'y croit pas.

Elle me prend la main. La balancelle tangue d'avant en arrière, d'arrière en avant, et nous écoutons la pluie tomber.

À neuf heures cinquante-trois, je le sens. L'île paraît plus vide car il n'est plus là.

Je n'ai pas envie de rentrer à la maison tout de suite alors je me dirige vers la plage. Tant pis si je croise un alligator, un serpent ou un sanglier. Je traverse les arbres, les dunes, le sable, et je me retrouve sous la lune et l'immensité du ciel. Je ne tiens pas en place, je ne peux pas m'asseoir. Je lâche mon sac, je balance mes chaussures et je marche pieds nus. Les vagues font un bruit de tonnerre. Je suis seule sur cette plage.

Je marche des kilomètres. J'évite de regarder les lumières au loin, celles des îles voisines. Parce que derrière, il y a le continent, et là-bas, il y a Jeremiah Crew, qui ne m'a pas dit au revoir.

L'ancienne moi aurait pensé : « C'est parce qu'il n'en avait rien à faire de toi, il ne t'aime pas comme tu l'aimes, c'est pour ça qu'il est parti comme un voleur alors qu'il avait promis de passer te voir. »

Mais je sais que ce n'est pas vrai.

Il n'est pas venu parce que… comment a-t-il dit quand il blanchissait les os ? « Je ne me vois pas te dire adieu. »

Les vagues s'écrasent sur le sable. Les vagues repartent vers le large. Avec fracas.

Je marche bien au-dessus de la laisse de mer, dans le sable doux. Et brusquement, va savoir pourquoi, je pense à mes parents. Peut-être qu'il n'y a aucune explication à leur rupture. Peut-être qu'il n'y a aucun mode d'emploi pour faire durer l'amour. Mes parents se sont aimés longtemps. Et puis plus. Mais ça ne change rien au fait qu'ils se sont aimés autrefois et qu'ils m'aimeront toujours.

Je suis tellement dans mes pensées que j'ai failli ne pas les voir – ces empreintes dans le sable jusqu'à la mer. Sans doute un crabe ou un raton laveur… Je me penche pour les examiner. On dirait presque une trace de pneu, avec des rainures un peu plus profondes sur les côtés et moins creusées au milieu.

Mon cœur s'emballe. Je cherche frénétiquement d'où partent les empreintes et je découvre un nid, au pied des dunes. « Faites qu'elles ne s'arrêtent pas. » Il ne faut pas qu'elles s'arrêtent.

Je les suis, plus bas, plus bas, jusqu'à ce qu'elles disparaissent dans l'eau. Peut-être que les traces s'étaient arrêtées dans le sable mais que la marée montante les a recouvertes. Peut-être que le bébé tortue est parvenu jusqu'à la mer. Je me dis qu'il a réussi.

Je scrute l'océan, aussi loin que mon regard porte, à la recherche d'un signe de ce courageux survivant, même si je sais qu'il doit être parti depuis longtemps. À la simple idée qu'il est tout seul, dans cette immensité, j'ai envie de pleurer.

« Bravo, petit ! J'espère que tu iras jusqu'en Afrique. »

Puis mon regard s'attarde sur les lueurs lointaines, à l'horizon. Le continent. Jeremiah doit être quelque part par là. Je ne le reverrai peut-être jamais et ça me fait comme un coup de couteau dans le cœur. Mais il a raison, peu importe où j'irai, ce que je ferai, qui je rencontrerai, j'aurai toujours le souvenir de Claude et Miah, Miah et Claude, pour toujours et à jamais.

Je murmure :

– Jeremiah, j'espère que tu es en route pour l'aéroport. J'espère que tu vas monter dans cet avion pour le Montana sans te retourner.

Je reviens sur mes pas, là où j'ai laissé mes affaires, et je m'affale dans le sable. Je sors mes deux carnets, le bleu et le vert. J'ouvre le bleu pour relire tout ce que j'ai écrit depuis que je suis ici. Toutes mes pensées, positives ou négatives, toutes mes peines, tous mes désirs, toutes mes aventures.

Hemingway a dit : « Il suffit d'écrire une seule phrase juste. D'écrire la phrase la plus juste possible. »

Je ne pense pas à M. Russo qui me reproche de ne pas ressentir assez de choses, je ne me demande pas si ce que j'écris est bon ou mauvais. J'ouvre le carnet vert – de la couleur des hautes herbes –, et je me lance.

Tu as été mon premier. Pas seulement pour le sexe, même si c'est un tout, mais le premier à voir clair en moi, au-delà des apparences.

Certains noms et lieux ont été modifiés, mais l'histoire est vraie. J'ai tout couché sur le papier parce qu'un jour, tout cela appartiendra au passé et je ne veux pas oublier ce que j'ai traversé, ce que j'ai pensé, ce que j'ai ressenti... ni qui j'étais. Je ne veux pas t'oublier.

Mais surtout, je ne veux pas m'oublier.

JOUR 35

Je roule à vélo, sous la voûte verte, si verte des arbres. Je sens le soleil sur mon visage, et le vent dans mes cheveux. C'est un jour radieux. Je suis radieuse.

Je m'arrête sur le bord de la route, j'aperçois sa maison. J'aimerais m'asseoir sur les marches pour attendre qu'il revienne et m'entraîne dans de nouvelles aventures. Qu'il m'emmène à la chasse au trésor ou marcher sur la plage au clair de lune. Qu'il m'embrasse sous la pluie au fond d'un cimetière, près du mur aux murmures.

Sans réfléchir, j'appuie sur « lecture » et la chanson résonne dans mes écouteurs – sa chanson préférée qui me fera toujours penser à lui, à nous deux, en train de danser au milieu des ruines, dans le brouillard. Et le voilà qui me regarde avec son petit sourire en coin, comme si j'étais un vrai miracle. Je l'entends me dire : « Tu es éblouissante, Claudine Llewelyn Henry. »

Lui. Moi.

Moi. Lui.

Nous. Enlacés. Entrelacés. Ses mains sur ma joue, dans mes cheveux, le long de mon dos. Ses doigts doux comme les nuages sur ma peau, où aucun garçon ne s'était jamais aventuré. Mais c'est plus que cela. C'est nos pieds dans la boue, la porte du sous-sol fermée à clé, les lunes rousses, et tout ce qu'on s'est confié loin des oreilles indiscrètes.

Je pense à tout ce qui fait que je l'aime.

Le sursaut quand il me touche. Comme une étincelle. Une décharge électrique. Pas assez pour me tuer, mais assez pour me faire sentir vivante, m'affamer, me bouleverser.

Son odeur de demain. Si demain avait une odeur.

Comme un T-shirt usé juste comme il faut.

Un coucher de soleil sur un champ de maïs, doré et chaud.

Des draps tout juste sortis du sèche-linge.

La neige fraîche.

Pour moi, il est tout ça. Il est mon chez-moi.

La chanson s'achève. Le chant ininterrompu et pétillant des cigales remplit le silence, comme si l'air même chantait. Le soleil me brûle la peau. Le ferry sera là dans une heure, il faut que je retourne à la maison. Mais je reste un moment plantée sur cette route sablonneuse, à contempler les chevaux à la queue virevoltante qui paissent dans l'herbe, les grands bras des chênes de Virginie dégoulinants de mousse espagnole. Les rocking-chairs bleus, les crânes et ossements divers et variés – d'un blanc éclatant – entassés dans un coin de la terrasse. Sa maison est plongée dans le silence, pas le moindre signe de vie. Son pick-up est garé devant, encore poussiéreux de notre dernière balade à la plage.

Je chasse une bestiole d'un revers de main. Je me frotte la nuque où mes cheveux commencent à repousser. Ils sont encore courts, mais ça me plaît. Les taches de rousseur se sont multipliées sur mon visage et mes épaules, depuis le début de l'été, mais ça ne me dérange plus tant que ça. Je me sens plus grande, plus âgée.

Bien dans ma peau. Mais toujours moi-même. Claude. Avant et après.

« Ici, on a ri ; là, on s'est disputés. Ici, on a aimé, on a rêvé. C'est là que le feu a pris. Et là que la première brique est tombée. C'est là que le sol s'est dérobé sous mes pieds. C'est ici que j'en ai reconstruit un nouveau.

C'est ici que tout a commencé. »

C'est la dernière chose qu'il m'ait dite : « J'ai encore deux trois trucs à faire, puis je repasse te chercher. » Peut-être que si je reste là assez longtemps, il reviendra. Alors je l'aperçois presque, qui vient vers moi sur le chemin. Pieds nus. T-shirt débraillé. En me voyant, il sourit. Prêt pour de nouvelles aventures.

REMERCIEMENTS

À la fin de ma dernière année de lycée, je venais d'avoir dix-huit ans quand mon père est entré dans ma chambre pour m'annoncer que, avec ma mère, ils se séparaient. Toute ma vie se résumait à nous trois – maman, papa, moi. Mes parents étaient tout pour moi. Et soudain, mon monde s'est écroulé. J'ai perdu tous mes repères. C'était comme si le sol se dérobait sous mes pieds. Je n'avais pas le droit de parler de la séparation à qui que ce soit, ce qui était encore plus dur. Cinq jours après la remise des diplômes, ma mère et moi nous avons quitté ma ville natale de l'Indiana – laissant derrière nous la maison de mon enfance, mon père, mon chien, ma meilleure amie et le garçon que j'aimais – pour les montagnes de Caroline du Nord. Ce fut un été de dernières et de premières fois, et tant d'années plus tard, je suis encore très émue lorsque je repense à cette période de ma vie.

L'Été de tous les possibles est le livre que je n'aurais jamais pensé écrire. Il est, à bien des égards, encore plus personnel que *Tous nos jours parfaits*. C'est le livre dont j'aurais eu besoin quand j'avais seize, dix-sept, dix-huit ans. Mais je n'aurais pas pu l'écrire sans le soutien et les encouragements d'un grand nombre de personnes.

Il y a sept ans, mon agent littéraire, Kerry Sparks, a parié sur moi, a cru en moi et a pour toujours changé ma vie – à la fois personnelle et professionnelle –, un bouleversement inimaginable et extraordinaire. C'est un soleil permanent, féroce maman ours si besoin, éditrice avisée, amie hilarante, mon héroïne absolue sur cette terre. Merci à Kerry et à l'équipe de l'agence littéraire Levine Greenberg Rostan pour tout ce que vous êtes et tout ce que vous faites.

Melanie Nolan, de chez Knopf, est l'une des meilleures éditrices avec qui j'aie jamais eu le privilège de travailler. Dès ce premier déjeuner, où nous nous sommes découvert une passion commune pour *Les Petites Chéries*, de R. F. Maxwell (et pour les bottes de cowboy !), nous nous sommes tout de suite comprises. Par ses commentaires perspicaces et bien vus, elle a su me donner des conseils avisés, tout en nourrissant ma créativité. Notre collaboration est inestimable. C'est un honneur de travailler avec elle.

La plus belle famille de l'édition m'a accueillie chez Penguin Random House, où je me sens comme chez moi. Mes plus sincères remerciements à Barbara Marcus, Felicia Frazier, Judith Haut, Jillian Vandall, Dominique Cimina, Morgan Maple, Arely Guzmán, Pam White, Jocelyn Lange, Lauren Morgan, John Adamo, Elizabeth Ward, Kelly McGauley, Jenn Inzetta, Alison Impey, Adrienne Waintraub, Emily DuVal, Megan Mitchell, Jake Eldred, Kate Keating, Noreen Herits, Gillian Levinson, Karen Sherman, Artie Bennett et tous ceux qui ont contribué à faire connaître ce livre dans le monde. Avec vous, tous les jours sont parfaits. Toute ma gratitude va également à Tito Merello dont le merveilleux portrait de Claude et Miah est en couverture.

Un million de remerciements et ma reconnaissance éternelle à mon fabuleux éditeur britannique, Ben Horslen, et toute l'équipe de Penguin Random House UK, pour notre troisième voyage littéraire ensemble. Merci également à Sylvie Rabineau et Lauren Szurgot de WME pour leur foi enthousiaste en mes livres et en moi. Grâce à elles, je me sens prête à conquérir le monde – et j'aimerais être les deux quand je serai grande.

J'ai une immense gratitude pour les habitants généreux et accueillants de l'île de Sapelo, en particulier Chris et Barbara Bailey, ainsi que les gens des Outer Banks et de l'île de Cumberland. (Jared Hilliard, j'ai la chance de non seulement te compter parmi mes amis mais d'avoir pu t'inclure dans cette histoire !) J'ai eu le privilège de partager de mémorables dîners d'été accompagnés de bon vin avec mon amie passionnée de livres, Lisa Langshaw, qui nous a quittés avant que j'aie fini celui-ci, mais dont l'âme effervescente survivra à jamais à travers le personnage d'Addy.

Ma merveilleuse et indispensable assistante, Briana Qu'est-ce-que-je ferais-sans-elle Bailey (toutes les mentions de sangliers te sont spécialement destinées !). Et mes formidables *community managers*, Mackenzie et Lila Vanacore, dont l'expertise et les idées géniales m'émerveillent au quotidien. Spéciale dédicace à Kenzie qui m'a autorisée à partager ses paroles de sagesse en les mêlant aux miennes, à travers les conseils que Wednesday donne à Claude, sur le fait de sortir de sa forteresse.

Je remercie mon tout premier lecteur, Justin Conway (j'y reviens dans un instant), qui est aussi un éditeur du tonnerre. Et mes premiers jeunes lecteurs, Annalise von Sprecken, Mackenzie et Lila, Katie-May Taylor et Gabriel Duval. Quant à Kerry Kletter, non contente d'être l'une des meilleures éditrices que je connaisse, c'est aussi l'une des meilleures autrices. (Sérieusement, faites-vous plaisir, courez acheter tous ses livres !) En parlant d'excellents écrivains qui sont aussi mes amis, Angelo Surmelis et Ronni Davis font partie de mon socle – un sol qui ne se dérobe jamais sous mes pieds. Ils me soutiennent, me font rire et m'apprennent à m'aimer, taches de rousseur comprises.

Merci à The Lovelies de nous rendre la vie si jolie, ainsi qu'à Lisa Brucker, Grecia Reyes, Krista Ramirez, Beth Jennings White, Megan White, Jennifer Koerner, Shari Franklin, Logan Franklin, Karen et Jon Preble et Janet Geddis (dont la librairie Avid est LA MEILLEURE) pour votre amitié. Merci, Alex, Hilda et Terrie (sans oublier Sloane !), qui se sont occupés de nos chères boules de poils pendant notre absence. Un grand merci à la vraie Wednesday qui soutient l'association de lutte contre le cancer CLIC Sargent et m'a laissée utiliser son nom. (J'espère que tu vas aimer ton personnage, je croise les doigts !)

Merci, Paula Mazur et Mitchell Kaplan, d'avoir cru en mon livre et en moi, et de vous êtres montrés si compréhensifs et géniaux.

Maintenant, les gens du pays, l'Indiana ! Elizabeth Bailey, l'une de mes deuxièmes mamans chéries, merci d'avoir été là quand j'avais dix-huit ans et besoin de parler à quelqu'un. Et d'avoir gardé mon secret durant toutes ces années. Merci à Jim Resh et son équipe de l'Office du tourisme du comté de Wayne, de faire sans relâche la promotion de mes livres.

Merci à Joe Kraemer, mon frère, meilleur ami et complice, pour la mauvaise influence qu'il a sur moi (au sens positif, bien sûr !). Saz, c'est toi, et Laura Lonigro, partie trop tôt mais toujours dans nos cœurs – elle nous manque tellement. Je lève un verre à vous deux depuis les marches de l'Institut des arts de Dayton. *Notre* institut des arts.

Merci à ma famille pour leur amour, leur humour et leur

soutien indéfectibles, y compris à ma sœur-cousine Lisa von Sprecken, à mon frère-cousin Derek Duval, à mes tantes adorées, Lynn Duval Clark et Doris Knapp, et à mon oncle Bill Niven – l'homme qui murmure à l'oreille des chats –, père de substitution bien-aimé, protecteur et ami.

Merci au-delà des mots à mon incroyable Ansley qui me comprend et me soutient, cœur et âme, pour m'avoir épaulée sur Instagram Live, et pour nos boums improvisées (Harry Styles et les Jonas Brothers *forever*!). Merci à mon merveilleux Ashton d'être toujours un vrai gentleman, qui m'apprend des choses avec beaucoup de patience et me rappelle, si souvent, de garder mon calme. Tous les câlins et tout l'amour du monde à vous deux.

Je pense que je ne pourrais pas écrire sans chats qui marchent sur mon clavier, s'enfuient avec mes stylos ou me réveillent à trois, quatre ou cinq heures du matin. Heureusement, j'ai la chance d'avoir cinq matous très littéraires – Sa Majesté Lulu, la reine du pianotage sur clavier d'ordinateur et des réveils au petit matin ; Rumi, véritable usine à ronrons, toujours à moitié endormi ; le courageux Scout (avec ses pattes de géant polydactyle) ; l'exaspérant Linus Niven Conway (que j'ai dû souvent affronter pour écrire ce livre) ; et notre douce Luna aux yeux écarquillés, bébête mais douée d'une incroyable volonté, boule de poils qui supporte mieux les voyages que nous et a la carrure d'une star (notez mes efforts subtils pour proposer Luna dans le rôle de Dandelion en cas d'adaptation du roman au cinéma).

Vous l'aurez compris, ce livre est personnel. Ni Claude ni moi ne serions ici sans mes parents, Penelope Niven et Jack Fain McJunkin Junior, qui m'ont appris que je pourrais être ou faire ce que je voudrais, sans jamais me limiter ni freiner mon imagination, m'ont nourrie d'un amour inconditionnel, et ont veillé à ce que je puisse m'épanouir dans toute ma «Jenniferitude». Cela fait dix-huit ans qu'il me manque, mon papa, à la fois drôle et bourru, marathonien, voleur de biscuits et chef gourmet à ses heures. Et ma maman, six ans, ma jumelle de cœur et de plume, exceptionnelle, pétillante, apaisante (et meilleure amie, et mentor, Penny et Jennifer, Jennifer et Penny, les femmes Niven), mais je baigne toujours dans leur amour. Et chaque mot que j'écris vient d'eux.

Ce livre est personnel d'une autre manière. En 2018, je me suis rendue sur une île reculée de Géorgie, ordinateur portable à la main, tandis que naissait dans mon esprit l'idée d'écrire *L'Été de tous les possibles*. Le jour où je suis arrivée là-bas, j'ai rencontré celui qui est désormais mon mari, Justin Conway – le vrai Jeremiah Crew – qui m'a soulevée de terre pour me faire monter dans son pick-up. J'étais partie là-bas à la recherche de ce livre et, à la place, j'ai trouvé une version (de luxe, pieds nus, et de mon âge) en chair et en os du personnage auquel je réfléchissais depuis plus d'un an. Cet homme qui, dès notre rencontre, a recueilli mes secrets et m'a confié les siens. Qui m'a appris à trouver des dents de requin. Qui m'a prêté des bottes en caoutchouc. Qui m'a montré son île. Qui m'a portée pour traverser un ruisseau devenu une rivière. Qui m'a fait rouler de nuit à la lumière des lucioles. Lui. Moi. Moi. Lui. Nous. Enlacés. Ce livre est pour lui. Pour nos pieds dans la boue, la porte du sous-sol fermée à clé, nos lunes rousses, et tout ce qu'on s'est confié loin des oreilles indiscrètes.

Nous avons su dès le premier jour. Six mois plus tard, nous nous sommes mariés, et depuis nous continuons à écrire notre histoire d'amour chaque jour.

Enfin, je dois remercier mes lecteurs. Chers Lovelies : rien de tout cela ne serait possible sans vous. Je ne perdrai jamais ça de vue. Je vous aime au-delà des mots.

Bon, maintenant…

Refermez ce livre.

Mais n'oubliez pas de vous ouvrir à l'amour et à tous les possibles, aux presque et aux peut-être.

Faites entendre votre voix.

Laissez les autres entrer.

Faites vos propres choix. C'est votre avenir, votre corps, vous avant tout.

Maintenant, filez écrire votre vie.

L'AUTRICE

JENNIFER NIVEN est l'autrice du best-seller *Tous nos jours parfaits*, adapté en film en 2020 ainsi que des *Mille Visages de notre histoire*, tous deux traduits en plus de 75 langues. Elle a également écrit quatre romans pour adultes et trois ouvrages autobiographiques dans lesquels elle raconte ses années lycée. Elle vit avec son compagnon et leurs cinq chats amateurs de littérature à Los Angeles, où elle aime par-dessus tout se promener.

RETROUVEZ D'AUTRES ROMANS
DE JENNIFER NIVEN

TOUS NOS JOURS PARFAITS

Quand Violet et Finch se rencontrent, ils sont au bord du vide, en haut de la tour du lycée, décidés à en finir avec la vie.
Finch est la « bête curieuse » de l'école. Il oscille entre les périodes d'accablement, dominées par des idées morbides et les phases d'« éveil » où il déborde d'énergie. De son côté, Violet avait tout pour elle. Mais, neuf mois plus tôt, sa sœur adorée est morte dans un accident de voiture. La survivante a perdu pied, s'est isolée et s'est laissé submerger par la culpabilité.
Pour Violet et Finch, c'est le début d'une histoire d'amour bouleversante : l'histoire d'une fille qui réapprend à vivre avec un garçon qui veut mourir.

LES MILLE VISAGES
DE NOTRE HISTOIRE

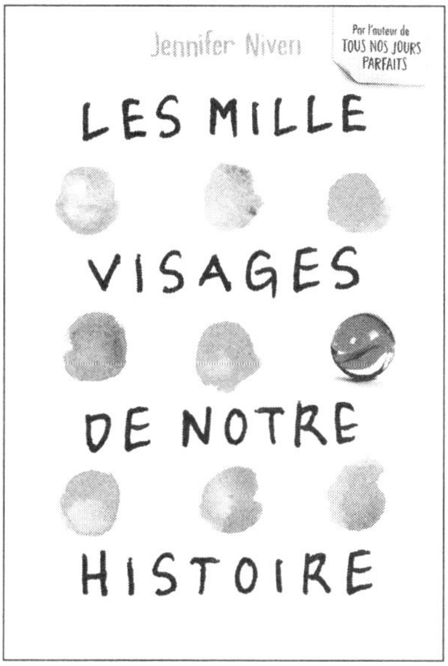

Tout le monde croit connaître Libby Groby, mais personne ne s'est jamais intéressé qu'à son obésité. Elle a longtemps vécu recluse dans sa chambre, cachant son corps et ses angoisses. Cette année, Libby en est sûre, sa vie peut changer ! Tout le monde croit connaître Jack Masselin : lycéen rebelle, sexy… imprévisible. Sous son arrogance, Jack a enfoui un secret douloureux.

DÉCOUVREZ AUSSI…

DE L'IMPORTANCE DE SAVOIR REBONDIR

LAURA ZIMMERMANN

Une copine révoltée contre le monde entier, un nom imprononçable, une récente passion pour le volley et un *crush* pour le petit nouveau du lycée… La vie serait somme toute plutôt supportable pour Greer si elle n'était pas obligée de la partager avec deux colocataires un poil envahissants : ses seins.

Le papier de cet ouvrage est composé de fibres naturelles, renouvelables, recyclables, et fabriquées à partir de bois provenant de forêts gérées durablement.

Mise en pages : Maryline Gatepaille

Loi n° 49-956 du 16 juillet 1949
sur les publications destinées à la jeunesse
978-2-07-515263-1
Numéro d'édition : 557018
Premier dépôt légal : avril 2021
Dépôt légal : septembre 2022
Imprimé en Italie par Grafica Veneta S.P.A.